Mörderische Brandung

Nicola Layne Anderson

Mörderische Brandung

Sylt-Krimi

Weltbild

Besuchen Sie uns im Internet:
www.weltbild.de

Genehmigte Lizenzausgabe für Weltbild GmbH & Co. KG,
Ohmstraße 8a, 86199 Augsburg
Copyright © 2024 by Nicola Layne Anderson
Dieses Werk wurde vermittelt durch Agentur Ashera
Projektleitung und Redaktion: usb bücherbüro, Friedberg/Bay.
Umschlaggestaltung: Johannes Frick, Neusäß
Umschlagmotiv: © Johannes Frick unter Verwendung von Motiven von iStock
(© PPAMPicture, © sbayram, © da-kuk)
Satz: Datagroup int. SRL, Timisoara
Druck und Bindung: CPI Moravia Books s.r.o., Pohorelice
Printed in the EU
ISBN 978-3-98507-853-0

Prolog

Sofie konnte nichts sehen. Dunkelheit breitete sich vor ihr aus und hatte das Tageslicht verschlungen. In aller Klarheit nahm sie aber das Rauschen des Meeres wahr, das sich wie dunkler, wogender Samt bis zum Horizont ausbreitete, und sie spürte die Kälte des Ostwinds, dessen Hauch ihr am ganzen Körper die Haare aufstellte. Es wäre eine ruhige nächtliche Szenerie gewesen, wäre da nicht das Klicken und der kühle Stahl einer Schusswaffe gewesen, die gegen ihren Hinterkopf gedrückt und entsichert wurde. Die Holzplanke des Steges knarzte, als sie das Gewicht auf ihr linkes Bein verlagerte, um die Balance zu halten. Nur ein einziger kleiner Schritt vorwärts, und sie würde in die kalte Nordsee stürzen. Das Wasser ging zurück, in wenigen Stunden wären hier nur noch Sand und Schlick. Wenn sie jetzt ins Wasser fiel, würde der Sog sie hinausziehen in die grenzenlose Schwärze.

Sie hatte immer an die Erzählungen geglaubt, dass sich in den letzten Momenten das ganze Leben wie ein Film vor dem inneren Auge abspielte, damit man selbst die Gelegenheit erhielt, sein Gesamtwerk in allen Facetten der dargebotenen Inszenierung abschließend zu beurteilen.

All das, um die letzte und wichtigste aller Fragen zu beantworten: War es ein gutes Leben?

Sie hatte sich immer an alle Regeln gehalten. Nie hatte sie einen Strafzettel bekommen oder ihre alleinerziehende Mutter enttäuscht. Aber sie hatte auch oft geweint. Sie war allein gewesen, zurückgezogen und schüchtern. Ein dysfunktionales Zusammenspiel von wenig erfolgversprechenden Eigenschaften.

Ihr Leben hätte besser sein können, doch es war keineswegs schlecht. Einsam, aber keineswegs trostlos, betrachtete man es von außen, und dennoch hatte sie größere Erwartungen gehegt. Erwartungen, die sich nun nicht mehr erfüllen würden.

Sie spürte nichts außer Bedauern. Bedauern darüber, dass sie allein sterben würde. Ohne Partner oder Kinder, die sie vermissen und betrauern würden. Bedauern darüber, dass ihr Versuch, eben diesen Umstand zu ändern, sie heute an den Rand dieses Stegs geführt hatte. Da stand sie nun in ihrem grünen Kleid, an dem der kalte Wind zerrte. Mit der Spange im offenen blonden Haar mit den hellen Strähnchen. Mit verlaufendem Make-up um die Augen, von Tränen verwischt.

Wie lächerlich sie jetzt aussehen musste!

Sofie hatte viele Dates gehabt. Zu einem zweiten Treffen kam es selten. Vielleicht wirkte sie zu bedürftig? Zu einsam? Eine ehrliche Antwort, woran es lag, bekam sie nie.

Umso mehr wollte sie einen guten ersten Eindruck machen, wünschte sich nichts sehnlicher als die wärmende Nähe eines Partners. Sie war bereit, Kompromisse einzugehen, sich zurückzunehmen, zu verzichten. Trotz allem reichte es nie. Das Gefühl, mit ihr würde etwas nicht stimmen, war immer lauter geworden, wie das Rauschen eines Zuges, der eilig vorbeirast.

Ein kleiner Schimmer der Hoffnung war in ihr gewachsen, als sie *ihn* traf. Irgendetwas war anders als sonst. Er kam auf sie zu, bat fast schüchtern um eine Verabredung am Abend des nächsten Tages. Von Anfang an war er sehr aufmerksam, charmant, drückte sich gewählt aus, entsprach ihrer Vorstellung von gutaussehend. Besonders stachen ihr seine breiten Schultern und die muskulösen Oberarme ins Auge. Er gefiel ihr. Bis er sie mit eben jenen Armen in einer Dünenböschung zu Boden drückte. Jeder Versuch, sich aus seiner Gewalt zu befreien, war zum Scheitern verurteilt gewesen. Ihre Schreie wurden ungehört vom auffrischenden Wind davongetragen.

Sie konnte sich nicht vorwerfen, sich nicht gewehrt zu haben. Sie kratzte und biss, versuchte, ihn mit aller Kraft von sich wegzudrücken. Eine Zeitlang schien ihn ihr Widerstand zu amüsieren, dann wurde er des Spiels überdrüssig und schlug ihr mit der geballten Faust ins Gesicht. Sie vernahm das Knacken ihres Jochbeins. Unsägliche Schmerzen explodierten in ihrem Kopf, pochten im Rhythmus ihres rasenden Pulses. Er drohte sie umzubringen, wenn sie sich nicht fügen würde. Daran zweifelte sie keinen Augenblick, ebenso wenig wie an der Aussichtslosigkeit ihrer Situation. Also gab sie nach.

Trotz allem würde sie heute sterben, das wusste sie.

Sofie hatte keine bleibenden Spuren hinterlassen auf dieser Erde, in diesem Leben. Der Gedanke an ihre graue Maine-Coon-Katze durchfuhr sie. Das arme Tier würde in der kleinen Zweizimmerwohnung elendig verhungern, weil sie wieder mal einen Fehler begangen und sich leichtsinnig auf einen, wie sie dachte, romantischen Spaziergang am Strand eingelassen hatte. Ihre verstorbene Mutter hätte sie zurechtgewiesen, weil sie mit einem Fremden abends in eine menschenleere Gegend gegangen war. Wie naiv sie doch gewesen war!

Sie hatte auf ganzer Linie versagt. Würde es überhaupt jemandem auffallen, wenn sie nicht mehr da war? Möglicherweise ihren Arbeitskollegen, wenn sie nicht im Büro erschien, wo sich die Arbeit stapelte. Gewiss würden die Kollegen murren, nach zwei Tagen auf sie schimpfen und die ersten Nachrichten auf ihrem Smartphone hinterlassen. Nachrichten, die unbeantwortet bleiben würden. Dennoch würde niemand persönlich vorbeischauen. Sie hatte dort keine Freunde, sondern bloß Kollegen. Ihre Gemeinsamkeiten erschöpften sich darin, dass sie im selben Unternehmen arbeiteten.

Melissa aus dem Marketing wäre eine Kandidatin gewesen. Sie waren im gleichen Alter, hatten ähnliche Interessen. Ein paar nette Worte mehr, zwei, drei Verabredungen – vielleicht wäre Melissa mehr geworden als die Kollegin aus Zimmer 316. Vielleicht wäre sie eine Freundin geworden, hätte sich Sorgen gemacht, nachgeschaut und die graue Minka vor dem elenden Hungertod bewahrt, der ihr nun bevorstand, wenn nicht ein Wunder geschah.

Sie schluchzte laut auf, schluckte, jeder Muskel war zum Zerreißen angespannt. Es roch nach Algen, Salz und ihrer eigenen Angst.

Ihrem Ende.

Sofie fragte sich, warum er zögerte. Gab es etwa noch Hoffnung? Würde sie den Sonnenaufgang sehen und die Chance bekommen, alles besser zu machen? Regungslos stand er hinter ihr. Hätte sie nicht das kalte Eisen gespürt, dann hätte sie glauben können, dass sie allein auf dem Steg stand. Das Warten war zermürbend.

»Bitte, ich werde nichts sagen, bitte, ich verspreche …«, begann sie zu flehen. »Du musst das nicht tun – ich verrate niemandem etwas. Lass mich einfach nach Hause …« Stille. Vage Hoffnung, dass ihre Bitte Wirkung zeigen würde.

Dann drückte er ab. Noch bevor sie das Klicken wahrnehmen oder Schmerz empfinden konnte, hatte das Projektil ihre Schädeldecke durchschlagen.

Ihr letzter Satz blieb unvollendet. Ihr Körper sackte nach vorn und schlug auf der schwarzen Wasseroberfläche auf. Kein Film, der sich vor ihrem inneren Auge abspielte – nur ein klaffendes Loch in ihrem Kopf. Und Blut, das sich mit dem Salzwasser vermischte.

Eins

Marleen ließ die grüne Landschaft in gemächlichem Tempo an sich vorbeiziehen. Die Sonne wärmte ihr Gesicht und Arme. Es wäre die vorerst letzte Fahrt dieser Art, und sie sog die Eindrücke mit tiefen Atemzügen noch einmal auf – Wiesen, die im Wind wogten, Vieh auf den Weiden und eine völlig überfüllte Autobahn – die sie sicher nicht vermissen würde, die sie aber gen Westen in Richtung der alten Garnisonstadt Rendsburg brachte. Diese hatte über 200 Jahre lang die Südgrenze Dänemarks geschützt.

Die Straße führte an unscheinbaren Orten vorbei, die ebenso wie ihr Fahrtziel vor allem Ruhe verhießen. Sie versprachen von Hecken gesäumte Straßen und einige Entfernung zu ihrer Heimat Kiel, waren jedoch immer noch zu nah dran an der Heimat, zu leicht und zu schnell erreichbar, anders als die Insel, die sie ansteuerte. Ihr Weg führte sie zunächst nach Niebüll, wo sie in einen Kreisverkehr einbog und die dritte Ausfahrt ansteuerte, die »Sylt/Söl« auswies. Sie entschied sich für die rot gekennzeichnete Spur und stand wenig später auf dem Zug. Die Abläufe hatte sie bereits verinnerlicht, aber sie musste sich eingestehen, dass dies eine besondere Überfahrt war. Die letzten Male – bei der Wohnungssuche und dem Umzug – war sie immer wieder zurückgekehrt, hatte den gleichen Weg in anbrechender Dämmerung zurückgelegt und war wieder gen Süden gefahren. Diesmal war es anders. Auf der Rückbank lagen die beiden letzten Umzugskartons mit den Dingen, die sie bis zuletzt gebraucht und daher noch nicht rübergebracht hatte. Achtlos hatte sie die letzten Kleidungsstücke und Dinge, die ihre Eltern ihr mitgeben wollten, in die Kartons gestopft.

Zwei Wasserflaschen, eine halb ausgetrunken, die andere noch unangetastet, lagen auf dem Beifahrersitz. Die Klimaanlage lief auf Hochtouren. Warm war es trotzdem, das Wasser blieb ihr bester Verbündeter auf dieser Odyssee.

Mit diesem Gedanken war sie nicht allein. Irgendwo im Süden hatten die Sommerferien bereits begonnen; Scharen von Fahrzeugen mit fremden Kennzeichen waren zu sehen. Sie zog die Handbremse an und legte den ersten Gang ein, dann schob sie den Sitz ganz nach hinten, um mehr Beinfreiheit zu haben. Sie hatte einen Platz auf dem Oberdeck ergattert. Im Sommer waren diese Plätze natürlich besonders begehrt – jeder wollte, wenn möglich, mit offenem Verdeck oder offenen Fenstern die salzige Luft genießen.

Der Zug rollte an, fuhr an Gebäuden aus rotem Backstein vorbei durch eine Grünschneise, bis sich die Landschaft öffnete und den Blick auf weite Rapsfelder preisgab, durchbrochen von einzelnen landwirtschaftlichen Gebäuden, Windrädern, die in den Himmel stachen, und Solarpaneelen. Marleen schraubte den Deckel von der Flasche und trank etwas von dem Wasser, dass während der Fahrt warm geworden war.

Hinter Klanxbüll veränderte sich die Landschaft noch einmal. Auf den letzten Metern bis zum Damm säumte eine Stromtrasse zur Linken den Weg. Rechts war Marschland, das durch die Eindeichung nördlich vom Damm gewonnen worden war und nun als Naturschutzgebiet und Heimat verschiedener Vogelarten diente. Irgendwo hier schlummerten die Überreste eines verloren gegangenen Dorfes. Eine dünne Verbindungsstraße führte an weidenden Schafen vorbei hoch zum Margarethenkoog und dem nördlichsten Festlandspunkt. Dann fuhr der Zug über den Damm. Hinter dem Grünstreifen erstreckte sich das Watt, legte Lahnungen frei, die die Küste schützten.

Die Fahrt dauerte vielleicht vierzig Minuten, doch Marleen kam es kürzer vor. Sie hatte ihre Gedanken vom pfeifenden warmen Wind und dem salzigen Geschmack der Luft treiben lassen. Rumpelnd kam der Zug im Bahnhof von Westerland zum Stehen. Ein Mitarbeiter gab den Weg frei, Marleen nahm die enge Rechtskurve runter vom Bahnwaggon und reihte sich ein.

Wenige Minuten später parkte sie den Wagen am Straßenrand vor dem Haus, in dem sie von jetzt an wohnen würde. Ihre erste Handlung auf der Insel war es, sich zu strecken und sich ein bisschen die Beine zu vertreten. Bei ihren früheren Besuchen hatte sie bereits die Augen nach einer guten Laufstrecke offengehalten und war auch fündig geworden. Die Straßen führten schnell ins Grüne und über den Ortsrand zum Meer. Sie freute sich bereits auf die langen Runden. Vielleicht würde sie schon heute Abend eine Strecke laufen. Die Laufschuhe würde sie schnell finden. Der Aufbruch aus Kiel war überstürzt und kurzfristig gewesen, aber sie war gut organisiert, hatte die Kisten beschriftet, den Inhalt aufgeschrieben und draufgeklebt, sodass sie wusste, was sich in welcher Kiste befand.

Sie schnappte sich einen Karton von der Rückbank, wandte sich zum Haus und schaute in das freundliche Gesicht ihrer Vermieterin, die gerade im Hauseingang wischte. »Sie müssen ein wenig vorsichtig sein, Frau Jacobs. Es ist noch nass im Flur«, sagte die alte Dame zur Begrüßung.

Marleen setzte trotz des schweren Umzugskartons im Arm ihr bestes Lächeln auf. »Gar kein Problem, Frau Hayken.«

Frau Hayken war eine achtzigjährige, robuste Frau, die noch viel am Haus selbst machte und alle Formalitäten bei der Vermietung geregelt hatte.

»Wann geht's denn bei Ihnen los?« Ob der Frage stellte Marleen den Karton auf den Boden ab, pustete durch und lehnte sich an die kühle Hauswand aus roten Ziegeln.

»Nach dem Wochenende«, sagte sie. »So habe ich noch zwei Tage, um richtig anzukommen.«

Frau Hayken nickte. »Die Kollegen werden sich bestimmt darüber freuen, dass Sie ein wenig frischen Wind reinbringen.«

Das war allerdings etwas, woran Marleen nur geringes Interesse hatte. Sie hatte monatelang im Fokus von Kollegen gestanden und freute sich darauf, ungestört ihre Arbeit erledigen zu können.

»Ich halte Sie mal nicht weiter auf, gewöhnen Sie sich gut ein und melden Sie sich, wenn es Fragen oder Probleme gibt.« Mit diesen Worten gab Frau Hayken den Weg ins Haus frei.

Marleen bückte sich und hob den Karton wieder auf. »Das mach ich.« Sie lief die Treppe hinauf. Die Wohnung war klein, aber vollkommen ausreichend. Eigentlich war es eine Wohnung für eine Zweier-WG, doch die zweite Mieterin war für ein Auslandssemester in Massachusetts. Kanada, hatte Frau Hayken gesagt. Marleen hatte es dabei belassen, sie wollte nicht unnötig neunmalklug erschienen.

Sie stellte den Karton stellte ab, schaltete die Kaffeemaschine – ein günstiges rotes Modell, das seinen Zweck erfüllte – an und setzte sich auf das Sofa, das sie bei der letzten Überfahrt mit ihrem Vater gemeinsam hochgeschleppt hatte. Die Pause war schnell wieder vorbei. Es gab noch viel zu tun. Sie musste die Wohnung aufräumen, putzen und die Uniformen raushängen, damit sie am Montag für den Dienstantritt vorbereitet wäre. Sie gewöhnte sich nur langsam an den Gedanken, wieder in Uniform Dienst zu tun.

Zwei

Der Blick auf das Display der Supermarktkasse ließ ein ungutes Gefühl in Marleen aufsteigen. Die Lebensmittelpreise waren in letzter Zeit erheblich gestiegen, und zusammen mit den Umzugskosten rissen die Einkäufe, die aufgrund der Insellage teurer waren als auf dem benachbarten Festland, ein großes Loch in ihren Geldbeutel.

Mit knirschenden Zähnen legte sie ihre Bankkarte der Förde-Sparkasse auf das Lesegerät, verstaute die Einkäufe in ihren mitgebrachten Stofftaschen und verließ das Geschäft. Vom Supermarkt bis zu ihrer kleinen Mietwohnung in Tinnum waren es nur fünfzehn Minuten zu Fuß. In vielerlei Hinsicht war die neue Wohnung schlechter als die alte – kleiner, kälter, ungünstig aufgeteilt. Ihre alte Wohnung in Kiel-Schilksee hatte ihre Vorzüge gehabt, sie war gut isoliert und gut gelegen. Es war nicht weit zur Steilküste gewesen, wo sie gedankenverloren wandern und ihre Joggingrunden drehen konnte, ganz wie sie wollte.

Was sie an ihrem neuen Wohnort auf Sylt besonders schätzte, war die Entfernung zum Festland. Die Insellage gab ihr ein Gefühl von Distanz zu den Ereignissen in Kiel. Vor zwei Monaten hatte sie ihren Versetzungsbescheid in Händen gehalten, vor zwei Wochen war es dann soweit gewesen. Die Wohnung war zwar noch immer nicht fertig eingeräumt, aber sie war bewohnbar und sogar wohnlich, da Marleen alle nicht ausgepackten Kartons in der geräumigen Abstellkammer gestapelt hatte.

Oben an der Treppe angekommen, direkt über dem Wohnzimmer ihrer Vermieter, setzte sie die prall gefüllten Taschen behutsam auf den Küchentisch. Mit einem aktuellen Song auf den Lippen räumte sie ihren Einkauf in die Schränke der Einbauküche ein. Das braune Holz war mit Macken und Kratzern übersät, aber angesichts der günstigen Miete sah sie darüber hinweg. Zufrieden blickte sie sich in der Wohnung um, die sie vorerst ihr Zuhause nennen durfte.

Sie war bereits darauf eingestellt gewesen, eine Wohnung auf dem Festland zu mieten und täglich zu pendeln. Doch so war es natürlich deutlich angenehmer und außerdem zeit- und kostensparend. Im Baumarkt hatte sie polarweiße Farbe und Spachtelmasse besorgt, die noch unberührt im Flur standen, bereit, ihr Zimmer bei Gelegenheit aufzufrischen. Sollte etwas Farbe übrigbleiben, würde sie auch die Küche neu streichen. Die abgenutzten Wände konnten es gebrauchen. Aber heute war es für solche Aktionen zu spät.

Trotz des Umzugschaos' hatte sie es geschafft, eine gewisse Ordnung in die Schränke und die Abstellkammer zu bringen. Die Tassen hatten bereits zwei Mal ihren Platz gewechselt und fanden nun ihren endgültigen Standort in greifbarer Nähe zur Kaffeemaschine. Auch die Gemüsekonserven waren mehrfach umhergewandert, bis sie endlich in der untersten Ebene des Schrankes verräumt waren.

Trotzdem war sie zwiegespalten. Zufrieden, weil sie an diesem Freitag doch Einiges geschafft hatte. Frustriert, weil immer noch drei Kisten im Flur standen, die auf den Dachboden gehörten.

Nach ihrem Studium hatte sie ihren Dienst im Polizeirevier Kiel 1 angetreten. Ihr hervorragender Abschluss hatte ihr den Weg in die Mordkommission geebnet – sehr früh und sehr jung, mit hohen Anforderungen und Erwartungen an ihre Arbeit und an sich selbst. Diese drei letzten Kisten erinnerten an ihre Vergangenheit. Nun, hier auf der Insel, war es an der Zeit, ein neues Kapitel zu beginnen. Jetzt waren nur noch diese 45 Quadratmeter von Bedeutung, aufgeteilt in ein Zimmer, eine Küche, ein Bad und die Abstellkammer, die im Mietvertrag hochtrabend als »Vorratsraum« bezeichnet wurde. Ein schiefes Holzregal, das mehr klapperte, als es Halt bot, machte nach Auskunft der Vermieterin den feinen Unterschied aus. Die

Wohnung war zentral gelegen, nahe dem Bahnhof, und bot Marleen einen idealen Ausgangspunkt. Gleichzeitig war alles Wichtige fußläufig erreichbar. Ihre Vermieter hatten das Zimmer gerne an das junge, alleinstehende »Mädchen« vermietet. Dass sie Polizistin war, war für die Vermieterin ein Bonus.

Sie schaltete die Musik ab. Als das Radio schwieg, breitete sich Stille im Raum aus. Trotz aller erreichter Wohnlichkeit fühlte es sich noch immer merkwürdig an, allein zu sein. Es brachte Vorteile mit sich, die nicht von der Hand zu weisen waren. Zum Beispiel lagen keine Barthaare mehr im Waschbecken. Doch sie war das Alleinsein nicht mehr gewöhnt. Jahrelang war immer jemand da gewesen, mit dem sie ihre Zeit verbringen konnte. Die neuen Arbeitskollegen hatten sie gut aufgenommen, nach der kurzen Zeit waren sie jedoch eher Bekannte als Freunde.

Vorbei am Badezimmer fiel ihr Blick auf einen alten Ganzkörperspiegel. An manchen Stellen war die Oberfläche bereits getrübt, oben links gab es einen Sprung. Ein Grund mehr, ihn beizeiten auszutauschen. Sie war 28 Jahre alt – zu jung, um an einem Freitagabend alleine zu Hause zu bleiben. Doch wo sollte sie hin? *Zunächst mit einem guten Buch ins Bett,* kam ihr der Gedanke.

Die meisten Bücher erschufen eine Welt um sie herum, in der man eben nicht allein war, obwohl ein ganzes Meer zwischen ihr und der Familie sowie ihren alten Freunden lag. Sie machte es sich im Schlafzimmer bequem. Das Bett diente ihr als zweites Sofa, sie stützte sich mit dem Rücken an die Wand. Das Zimmer war klein, aber sie hatte es geschafft, es einladend zu gestalten. Ihre alte Lichterkette half dabei, und auch die große Papierlampe sorgte für eine angenehme indirekte Beleuchtung. Sie stand noch mal auf, machte sich einen Tee und stellte ihn auf den Nachttisch. Dann warf sie sich ein weiteres Mal auf das Bett, nur um kurz darauf innezuhalten, weil ihr Smartphone penetrant auf sich aufmerksam machte.

Es war Kathi, ihre beste Freundin, die Einzige, der Marleen die Gründe für ihren Umzug anvertraut hatte. Nicht alles. Manches war zu schlimm, um es jemand anderem aufzubürden. Nein, das meiste musste sie erst mal mit sich allein ausmachen. Gut gelang ihr das nicht. Täglich wurde Marleen mit der Frage konfrontiert, warum es nicht einfacher wurde und warum der Schmerz noch immer so tief saß, als sei es erst gestern gewesen.

»Hey, Kathi, wie ist es am anderen Ende der Welt?« Kathi hatte sich auf eine Reise der Selbstfindung nach Ecuador begeben, Tausende Kilometer lagen zwischen ihnen.

»Ich war auf den Galapagosinseln, die Tierwelt ist atemberaubend! Ich schick dir später Fotos. Und ich hab noch eine Überraschung für dich!«, platzte Kathi regelrecht heraus.

»Eine Überraschung?«, wiederholte Marleen, neugierig und zugleich besorgt.

»Ich hoffe, du hast heute Abend noch nichts vor.«

»Nein, habe ich tatsächlich nicht.«

»Ich konnte den Gedanken nicht ertragen, dass du den Abend möglicherweise allein verbringst. Und da ich nicht bei dir sein kann, habe ich dir eine besondere Abendgestaltung organisiert. Du bist fest angemeldet, also keine Widerworte!«

»Du hast … was? Du kannst mich doch nicht einfach irgendwo anmelden!«, entgegnete Marleen.

»Kann ich und habe ich. Es ist an der Zeit, dass du dich um dich kümmerst, und wenn du es nicht tust, dann übernehme ich das eben«, erwiderte Kathi entschlossen.

Plötzlich schien das Kissen im Rücken unbequem zu sein. Marleen richtete es neu aus und zog es in eine bessere Position. Das Smartphone wechselte die Seite, war nun an ihrem linken Ohr. »Was genau hast du geplant oder eher: Was hast du getan?«

»Um zwanzig Uhr steht ein Cocktailkurs auf dem Programm, und dein Name ist bereits auf der Teilnehmerliste eingetragen. Der Laden hat eine Fünf-Sterne-Bewertung, er heißt

›Melody's Beach‹ und liegt an der Süderstraße. Die Kosten habe ich übernommen – bitte, gern geschehen.«

»Bist du verrückt? Warum fragst du mich denn nicht vorher? Ich will da nicht allein hingehen«, entgegnete Marleen mit Nachdruck.

»Du gehst da hin! Der Spaß hat mich neunundneunzig Euro gekostet. Fast hundert! Beinahe ein grüner Schein! Stell dir einfach vor, wir würden zusammen ausgehen. Ich bin mir sicher, du wirst viel Spaß haben. Der Kurs geht drei bis vier Stunden.«

»Kathi, das kann doch nicht dein Ernst sein!«, versuchte es Marleen erneut.

»Keine Widerworte!«, tönte es vom anderen Ende der Leitung.

»Nein, ehrlich, ich würde lieber zu Hause bleiben. Die anderen werden sich doch fragen, warum ich da ganz allein auftauche. Die denken dann, ich hätte keine Freunde.«

»Quatsch, das ist doch Unsinn!«, erwiderte Kathi bestimmt. »Falls es wirklich jemanden interessieren sollte, was ich nicht glaube, dann sag einfach, du bist neu hier. Das stimmt, und jeder wird es verstehen.«

»Ich bin mir nicht sicher, ob …«

»Falls du dich dort nicht wohlfühlen solltest, kannst du immer noch früher gehen. Das ist ein grüner Schein! Grün, Marleen, grün! Lass ihn mich nicht verschwendet haben.« Im Hintergrund vernahm sie Gemurmel. »Süße, ich muss jetzt wirklich Schluss machen. Schreib mir später, wie es war. Drück dich!« Dann legte Kathi eilig auf.

Marleen starrte eine Weile auf das Display, bevor sie sich aus ihrer gemütlichen Ecke erhob. Sie wusste, dass in Kathis Worten etwas Wahres steckte. Seufzend ging sie zu ihrem Kleiderschrank, griff nach einem eleganten schwarzen Cocktailkleid und ihren Pumps und legte dunkles Augen-Make-up auf. Ihre brünetten langen Haare trug sie offen. Jeder Teil ihres Wesens sträubte sich gegen den Ausflug, trotzdem machte sie sich auf den Weg, nachdem sie noch einen letzten prüfenden Blick in den Spiegel geworfen hatte. Laut ihrem Smartphone war der Weg nicht weit, die Bar lag direkt am Wasser. Autofahren käme nach dem Alkoholgenuss ohnehin nicht in Frage, da war der Weg zu Fuß ideal.

Die gemeinsamen Cocktailabende mit ihren Freundinnen hatten ihr immer gefallen, aber allein fühlte sich alles irgendwie seltsam an. Es war ein lauer Sommerabend. Die Sonne hatte den Tag über geschienen und die Insel aufgeheizt. Sie schlenderte die belebte Promenade entlang, sog die frische, warme Luft ein, die vom Duft und den Klängen der Saison erfüllt war: klirrende Gläser, lachende Menschen, sommerliche Beats, die aus den Anlagen der Cafés und Restaurants schallten. Sie sah das Schild nicht gleich und warf daher noch mal einen Blick auf ihr Smartphone. Sie hatte länger für den Weg gebraucht als beabsichtigt. Etliche Touristen, die der Sommer auf die Insel lockte, schlenderten in kurzen Klamotten an ihr vorbei. Ihre braune Lederjacke hatte sie vorsorglich mitgenommen, doch die abendliche Wärme machte es vorerst unnötig, sie zu tragen; stattdessen hing sie lässig über ihrem Arm. Ihr Blick schweifte suchend umher, während sie ihr Smartphone in die kleine Handtasche gleiten ließ, deren Band über ihrer Schulter hing. Endlich entdeckte sie den Eingang zu der gesuchten Bar. Mit einem tiefen Atemzug öffnete sie die gläserne Doppeltür und betrat, immer noch widerstrebend, die mit dunklem Holz gestaltete Bar. Von hinten beleuchteten weiße, würfelförmige Lampen die Szenerie mit etlichen Flaschen, die in türkises Licht getaucht waren. Ein Gemisch aus lebhaften Stimmen und Gelächter empfing sie. Vorsichtig bahnte sie sich ihren Weg vorbei an leeren Tischen und hochgestellten Stühlen hin zu einer großzügigen Theke, an der sich einige Leute versammelt hatten. Marleen zwang sich zu einem Lächeln. Eine Frau mit schwarzen Haaren und sonnengebräunter Haut näherte sich ihr, ein Tablet in der Hand haltend. »Schön, dass du da bist. Ich bin Mel.«

»Marleen Jacobs«, stellte sie sich vor.

Mel überprüfte kurz das Tablet. »Perfekt, da bist du ja. Wir duzen uns hier alle – wenn das für dich okay ist … Ich mache mal schnell einen Haken hinter deinem Namen.« Mel tippte kurz etwas in ihr Tablet. »Jetzt fehlt uns nur noch eine Person. Wir warten noch ein paar Minuten«, sagte sie mit einem freundlichen Lächeln.

»Wo finde ich die Garderobe?«, erkundigte sich Marleen und winkte mit der Jacke.

»Einfach den Gang entlang, dann rechts.«

»Gut, ich bin gleich wieder da.«

»Das will ich doch hoffen«, scherzte Mel. »Es ist noch nie vorgekommen, dass eine Teilnehmerin direkt wieder umdrehte und auf eine Teilnahme verzichtete.«

Dafür war der Preis ja auch zu hoch, dachte Marleen. In dem gedimmten Licht des Flurs, der zur Garderobe führte, löste sie sich von der fröhlichen Gesellschaft. Sie näherte sich dem Garderobenständer und entledigte sich ihrer Jacke, die sie sorgfältig über einen der freien Kleiderbügel hängte. Marleen betrachtete ihr Spiegelbild in einem kleinen anti-ken Spiegel, der neben der Garderobe hing, richtete ihre Haare, durch die der sommerliche Wind mit einer sanften Brise gefahren war. Mit einem letzten Blick auf ihre Jacke drehte sie sich um und machte sich bereit, in den Abend ein-zutauchen.

Ein Rundumblick bestätigte ihre Vermutung: Sie war die Einzige, die allein gekommen war. Alle anderen waren entwe-der Paare oder Freundesgruppen, die sich ordentlich in Zweier-konstellationen aufteilten, obwohl sie in einem Kreis standen. »Auf dem Tisch steht ein Begrüßungsdrink, den ich für euch vorbereitet habe. Bedien dich einfach«, zwitscherte Mel. Mit ihrem ersten Getränk des Abends gesellte Marleen sich zu den anderen, lächelte und stellte sich der geselligen Runde vor, ob-wohl sie viel lieber im Boden versunken wäre. Einige lächelten höflich zurück, die meisten schienen schon eine Weile da zu sein. Bunte, leere Gläser standen auf den Tischen hinter ihnen.

Ein Teilnehmer erzählte gerade eine Geschichte, doch Marleen hörte nur die Pointe.

Dann schwang die Eingangstür erneut auf. »Na, dass du jetzt noch auftauchst, grenzt ja an ein Wunder«, scherzte Mel. Alle Augen richteten sich auf den Mann, den Mel herzlich mit einer innigen Umarmung begrüßte – offensichtlich kannten sie sich privat. Er trug ein weißes T-Shirt und eine graue Jeans, war groß, schlank, mit dunkelblonden Haaren und attraktiven Gesichtszügen. Er nickte der Runde kurz zu, schenkte aber nur Mel seine volle Aufmerksamkeit. Marleen betrachtete den Neuankömmling mit interessierten Blicken. Seine Augen hatten eine helle, fast stechende blaugraue Farbe.

»Nachdem auch der Letzte, etwas unpünktlich, eingetroffen ist, sind wir damit vollständig. Nehmt bitte in der Sofaecke Platz«, verkündete Mel und klatschte in die Hände. »Nochmals willkommen, alle zusammen! Ich freue mich riesig, euch hier zu haben. Mein Name ist Mel, und das hier ist meine Bar oder eher mein Baby. Ich werde heute Abend eure persönliche Barkeeperin sein. Beginnen wir aber langsam. Worauf müsst ihr euch einstellen? Was liegt vor euch? Im Mittelpunkt wird natürlich stehen, dass ihr lernt, wie man perfekt ausbalancierte Cocktails zubereitet. Dabei möchte ich, dass ihr den Abend auch gemeinsam genießt, Ideen und Inspirationen austauscht. Gemeinsam werden wir ein wenig durch die Geschichte reisen und entdecken, wie die klassischen Cocktails entstanden sind. Wir werden auch die Geheimnisse hinter den perfekten Mischungsverhältnissen lüften, sodass ihr am Ende in der Lage sein und sogar darauf brennen werdet, einen eigenen Cocktail zu entwerfen. Zögert bitte nicht, Fragen zu stellen oder eure Gedanken mit den anderen zu teilen. Und – das ist am wichtigsten dabei – habt Spaß und genießt den Abend. Also, hoch die Gläser, auf einen unvergesslichen Abend voller Geschmacksexplosionen.«

Marleen fand sich in einer unerwartet gemütlichen Atmosphäre wieder. Warmes Licht umhüllte die Ledersofas und

Barhocker und lud zum Verweilen ein. Mel begann mit einer kurzen Vorstellungsrunde. Während Marleen ihren Blick über die Gruppe schweifen ließ, umfasste sie ihr Glas etwas fester, bis sie an der Reihe war. »Hallo, ich bin Marleen. Meine beste Freundin hat mich hier angemeldet, vermutlich, weil ich immer zu starke Drinks mixe«, begann sie mit einem leichten Lächeln. »Und ich bin neu auf der Insel. Vor zwei Wochen bin ich hierhergezogen«, schob sie nach.

Mel nickte ihr ermutigend zu. »Dann hoffe ich, dass ich dich demnächst öfter hier sehe«, sagte sie geschäftstüchtig.

Als der Nachzügler sich vorstellte, konnte Marleen ein Schmunzeln nicht unterdrücken. Die lakonische Art, wie er seine Anwesenheit erklärte, war erfrischend. »Ich bin Jan, und ich bin hier, weil Mel mir sonst den Hals umdreht.«

»Sag das nicht«, entgegnete Mel. »Wie steh ich denn sonst da!«

»Sie hat mir vor drei Jahren einen Gutschein geschenkt, so lange macht sie das hier schon, und der läuft bald ab. Also bin ich hier.«

Mel hakte nach und wollte Jan noch nicht von der Angel lassen: »Und was erhoffst du dir von diesem Abend?«

»Neue Inspirationen, nehme ich an, und Gratisdrinks«, antwortete Jan.

»Die wirst du ganz sicher bekommen«, versicherte Mel ihm und allen anderen.

Dann begann sie mit einem unterhaltsamen Vortrag über das Handwerk und die Kunst eines Barkeepers und über die Geschichte der Cocktails, ließ mit ihren Worten malerische Orte, verruchte Bars und geheimnisvolle Rezepturen entstehen. In das weiche Sofa zurückgelehnt, konnte Marleen sich entspannen. Möglicherweise war es auch der Alkohol, der seine Wirkung tat. Ein Geschichtskurs war das Letzte, womit sie gerechnet hatte, aber Mels Energie und Enthusiasmus steckten den Rest der Gruppe an. Jedes Wort zeugte von Mels Leidenschaft für ihre Arbeit.

Dann stellte sie sich hinter einen Tisch, auf dem sie ihre Ausstattung platziert hatte. »Wichtig für einen guten Cocktail ist das richtige Equipment. Jeder kann Cola auf Whisky schütten, aber zu einem richtigen Cocktail gehört schon etwas mehr.« Mel nahm den ersten Gegenstand in die Hand, reichte ihn herum. »Ein Boston-Shaker. Er besteht immer aus zwei Teilen – nicht mehr, nicht weniger. Ein Metallbecher und ein kleineres, gläsernes Gegenstück. Ihn richtig zu verschließen ist eine Herausforderung, aber wie immer, kommt auch das mit entsprechender Übung.« Sie wartete, bis alle Gelegenheit gehabt hatten, den Shaker zu betrachten, stellte ihn dann ab und griff das nächste Exemplar. »Das ist ein Tin-in-Tin-Shaker. Dabei handelt es sich um eine scherbenfreie Version des Boston Shakers, bei der beide Becher aus Metall gefertigt sind. Damit ich später nicht mit dem Besen hier durchmuss, konzentrieren wir uns auf diesen Shaker.« Mel füllte Soda in den Shaker, hielt die beiden Teile in die Luft. »Die Kunst des Verschließens liegt darin, die beiden Becher schräg zueinander zu positionieren und mit einem festen Schlag eine Art Vakuum-Effekt zu erzeugen, der ein sicheres Verschließen gewährleistet. Zum Öffnen bedarf es eines gezielten Schlags an der Seite des Shakers, um ihn wieder zu lösen. Nun zum Prozess des Cocktailschüttelns selbst: Zutaten und Eis werden in den größeren Becher gefüllt, der kleinere wird schräg aufgesetzt und durch einen Schlag befestigt. Dann wird geschüttelt, was das Zeug hält. Das Sieben des fertigen Cocktails ist ein weiterer wichtiger Schritt, um unerwünschte Bestandteile wie Eis, Kräuter oder Fruchtstücke zurückzuhalten. Hierfür nehmen wir ein Hawthorne-Sieb, dessen flexible Spirale sich perfekt an den Shaker anschmiegt, sodass nur der reine, erfrischende Cocktail ausgegossen wird.« Dann erklärte sie den Rest der Ausstattung, vom Messbecher, auch Jigger genannt, über die Eiszange bis hin zu der Zitronenpresse. Und dann folgten noch einige Hinweise zu anderen Shakern und Siebarten.

Nachdem sie fertig war, warf Mel einen erwartungsvollen Blick in die Runde. »Dann würde ich sagen, lasst uns beginnen. Bitte bildet Paare, ihr werdet immer zu zweit an einem Arbeitsplatz tätig sein.« Die Gruppe bewegte sich von den gemütlichen Sofas zur Bar, wo sechs Arbeitsstationen eingerichtet waren. Von zwölf Leuten waren nur zwei allein gekommen, sodass Marleen stand ganz automatisch neben dem Mann im weißen Shirt landete. Er reichte ihr freundlich die Hand. »Ich bin Jan, und du bist Marleen, richtig?« Sie nickte bestätigend. »Ich denke, wir werden ein gutes Team.«

»Möchtest du mit dem ersten Cocktail starten? Wenn ich es richtig verstanden habe, wechseln wir uns ab«, schlug sie vor.

»Gerne. Eigentlich ist Kochen ja eher meins«, antwortete er mit einem charmanten Lächeln, das seine weißen Zähne zeigte.

Die erste Aufgabe war ein »Espresso Martini«. Jan machte sich daran, die Zutaten zu sammeln und in den Becher zu füllen – Wodka, Espresso, Kaffeelikör, Zuckersirup und zerstoßenes Eis. Er schlug den Becher zu und schüttelte kräftig, wobei er die trainierten Arme anspannte. Nach dem Ausschütten legte er noch zwei Kaffeebohnen je Glas darauf. »Sieht irgendwie nicht so besonders aus«, bemerkte er selbstkritisch, als er Marleen den ersten Drink servierte.

»Da gebe ich dir recht. Sieht ein bisschen aus wie gerührte Erde.«

»Wie dunkle Brühe mit Schaum und Kaffeebohne als Topping«, fügte er hinzu. Marleen konnte nicht anders, als zu lachen. Jan kostete seinen Drink, ließ ihn im Glas schwenken wie ein Connaisseur. »Schmeckt aber überraschend lecker, vielleicht ein bisschen zu süß«, sagte er.

»Und, seid ihr zufrieden mit dem Ergebnis?«, fragte Mel, die vorbeikam und eine Hand auf Jans Schulter legte.

»Schmeckt hervorragend!«, versicherte Marleen und unterdrückte dabei ein Lachen ob der zuckrigen Masse, die ihr als Cocktail serviert worden war.

Mel erhob ihre Stimme, sicherte sich die Aufmerksamkeit ihrer Gäste und kündigte den nächsten Cocktail an, einen Gin Basil Smash. Die Zutaten breitete sie sorgfältig vor sich aus, sodass alle sie gut sehen konnten. Es waren nicht viele: Gin, Zitronensaft, Zuckersirup und Basilikum im Topf. »Zuerst nehmt ihr etwa zehn bis zwölf Basilikumblätter, am besten mit den Stielen, denn auch der Stiel gibt Farbe und Geschmack in unseren Drink. Und dann muddelt ihr. Das bedeutet, ihr zerdrückt das Grünzeug mit einem Muddler. Das macht ihr, bis alles so aussieht.« Sie präsentierte eine wenig appetitliche grüne Masse. »Nehmt dann den Zuckersirup, Gin und Zitronensaft, messt alles genau ab und gebt es in den Shaker. Fügt noch Eiswürfel hinzu und schüttelt alles kräftig durch, bis der Shaker richtig schön kalt wird.« Sie blickte kurz auf, um sicherzugehen, dass ihr alle folgen konnten. »Zum Schluss siebt ihr den Drink mit unserem Hawthorne, und zur Sicherheit nehmen wir noch zusätzlich ein feines Sieb zur Hilfe, damit später auch sicher keine Stückchen im Drink sind. Wir nehmen noch etwas Basilikum als Deko, und voilà, euer Gin Basil Smash ist fertig. Lasst es euch schmecken!«

Die Anweisungen für den Cocktail waren denkbar einfach, also griff sich Marleen ein Bündel Basilikumblätter, zerkleinerte sie behutsam, darauf bedacht, die Essenz und den Geschmack des Basilikums freizusetzen. Es wurden ein paar mehr Blätter als vorgegeben; *Hauptsache, die Farbe wird am Ende schön kräftig,* dachte sie sich. Die anderen Zutaten kamen hinzu, alle bis zum letzten Gramm genau abgemessen. Mit einem Schlag verschloss sie den Shaker. Und stellte dann fest, dass sie ihn nicht korrekt aufgesetzt hatte, denn der leuchtend grüne Drink platschte mit Schwung direkt auf Jans weißes T-Shirt und hinterließ dort großflächige grüne Flecken. »Das tut mir so leid!«, entfuhr es Marleen. Sie stellte den Shaker ab, der weiter auf den Tisch tropfte, und suchte hektisch nach Tüchern. Ihr Kopf wurde hochrot und heiß.

»Ist doch nicht schlimm«, sagte Jan und schleckte sich die Reste vom Handrücken. »Übrigens ist es ganz lecker.«

Das Geschehen war nicht unbemerkt geblieben; die anderen Teilnehmer schauten teils belustigt, teils mitfühlend zu ihnen herüber, was Marleens Unbehagen noch verschlimmerte. Dem Trubel zum Trotz nahm Jan ruhig die Papiertücher entgegen, verwischte die grüne Flüssigkeit und säuberte seine Hände. »Kann jedem passieren«, sagte er amüsiert. »Ich zeig dir mal, wie du mein T-Shirt beim nächsten Mal sauber lässt.« Er wischte die Reste des Drinks vom Shaker, dann präsentierte er ihr die zwei Hälften, hielt sie schräg ineinander und verschloss sie mit einem kräftigen Schlag. Zur Demonstration, dass der Shaker dicht war, warf er ihn hoch in die Luft, wo sich das Teil mehrfach drehte, und fing ihn wieder auf. Die Aktion brachte ihm einen kurzen Beifall der anderen Teilnehmer ein und lenkte die Aufmerksamkeit weg von Marleens Missgeschick. Dankend nahm sie den Shaker entgegen, öffnete ihn und servierte die Drinks; letztlich waren es nur zwei kleine Pfützchen, die übriggeblieben waren.

Nach dem dritten Cocktail war der Zwischenfall jedoch schon vergessen, nach dem vierten Cocktail wurde die Stimmung ausgelassener, und nach dem fünften Cocktail, einem köstlichen, von allen Teilnehmern wild zusammengestellten Dessert-Cocktail, beendete Mel die Veranstaltung mit einem lockeren Spruch. Einige Teilnehmer gingen zu Mel, um sich für den tollen Abend zu bedanken und sich persönlich zu verabschieden. Andere, darunter Marleen, suchten bereits den Weg zur Garderobe. Sie winkte nur kurz zum Abschied.

Marleen trat hinaus in die frische Luft. Es war spät geworden, die Straßenlaternen leuchteten bereits. Sie ließ den Abend Revue passieren und kam zu dem Ergebnis, dass es durchaus schön gewesen war und sie Kathi dankbar für die Initiative sein musste. Seit Monaten hatte sie keinen so lustigen Abend gehabt.

Hinter ihr kam Jan aus der Bar. »Also, bis dann mal«, sagte er und ging zu einem schwarzen Fahrrad, das an der Hausmauer lehnte. Er beugte sich vor, öffnete das Fahrradschloss und machte Anstalten, sich daraufzuschwingen.

Marleen stutzte. »Du willst doch bestimmt schieben, oder?«, fragte sie vorsichtig.

»Nein, wieso?« Jan verzog keine Miene.

»O doch, du *wirst* schieben. Du hast schließlich etliche Cocktails getrunken.«

»Was wird das denn?«, fragte Jan und wandte sich amüsiert zu ihr um. »Bist du ein Bulle, oder was?«

»Wir mögen das Wort nicht, aber letzten Endes, ja, bin ich ein ›Bulle‹.« Sie griff in ihre Handtasche, zog einen Dienstausweis hervor und präsentierte ihn.

»Das gibt's ja nicht.« Nun lachte Jan hemmungslos, nicht spöttisch, eher auf eine liebenswerte Art, und hob die Hände in die Luft. »Tja, und nun?«

»Für den Moment belasse ich es bei einer Verwarnung«, sagte sie mit einem Augenzwinkern.

»Zu meiner Verteidigung muss ich aber vorbringen, dass Frau Polizeikommissarin selbst sehr viel zu dem Alkoholpegel beigetragen hat.«

»Nimm es nicht persönlich. Ich würde auch jeden anderen davon abhalten, betrunken Fahrrad zu fahren.«

»Nimmst du trotzdem meine Daten auf?«, scherzte er. »Oder sollte ich eher deine aufnehmen? Schließlich schuldest du mir einen Gin Basil Smash ohne grüne Flecken auf dem Shirt. Schadensersatz, quasi.«

Nach einem kurzen Austausch der Telefonnummern verabschiedete sich Jan. Marleen lief in die andere Richtung. Sie hatte eigentlich noch keine Lust, nach Hause zu gehen. Sie überprüfte, ob Jan tatsächlich schiebend seinen Weg antrat. Zumindest hatte er den Anstand, zu schieben, bis sie außer Sichtweite war. Sie war sicher, dass er danach trotzdem fahren würde, aber das wäre dann nicht mehr ihr Problem. Ihr Handy zeigte fünf Minuten vor Mitternacht. Kurzerhand entschied sie, ihre Pumps auszuziehen und barfuß durch den Sand zur

Wasserlinie zu wandern. Sie lief weiter, bis alles hinter ihr lag –
weit entfernt vom Lärm der Lokale. Die kühle Nachtluft und
das Rauschen des Meeres waren ihre einzigen Begleiter.

Das leichte Ziehen in ihren Wangen erinnerte sie daran, wie
viel sie gelacht hatte, und ein warmes Gefühl breitete sich in ihr
aus. Doch sie spürte auch einen Hauch von Melancholie. Über
ihr spannte sich das Firmament weit und unerreichbar bis zum
Horizont. Der Wind spielte mit ihren offenen Haaren. Es war
ein wunderbarer Abend gewesen; warum fühlte sie sich jetzt
so … so gestrandet im Nirgendwo? Genau so hatte sie es doch
gewollt, oder nicht?

Drei

Marleen hatte der Dienstbesprechung gelauscht. Im Lauf der letzten Wochen hatte sich ein festes Muster entwickelt. Zwar waren die Zuordnungen keinesfalls fest, jederzeit konnte man die Teams neu zusammenwürfeln, die gemeinsam Streife fuhren. Manchmal ergaben sich auch schon wegen der Anwesenheiten andere Zusammensetzungen.

Heute würde Marleen wieder mit Matthias unterwegs sein.

Sie war noch nicht lange da, hatte aber bereits eine Ahnung davon, wie die Kollegen tickten.

Ein Detail in dieser Runde brachte Marleen wie schon so oft zum Schmunzeln. Egal, welches Revier sie betrat, die Zusammensetzung der Gruppe schien sich in erstaunlicher Weise zu ähneln. Es war, als ob ein unsichtbarer Regisseur die Szene immer wieder neu inszenierte, mit leicht veränderten Charakteren, aber dem gleichen Grunddrehbuch.

Im Team gab es immer die Urgesteine, hier Henning Frödden und Michael Lorenzen, die bereits mehr Jahre in diesen Mauern verbracht hatten, als sie zählen konnten. Sie waren die Säulen des Polizeireviers, an denen sich die Neulinge orientierten. Sie selbst hatte nun die Rolle der »Neuen« übernommen, lernte von den anderen die Eigenheiten der Insel und des Reviers kennen.

Dann gab es noch Sven Külters, unverkennbar der Sportler in der Runde, der seine Feierabende mit dem Stemmen einer Langhantel verbrachte, während Matthias Seger, ebenfalls sportlich gebaut, sich eher durch Fußball fit hielt. Jonas Wilken war dünn und hochgewachsen, auch er in der Altersfraktion unter vierzig, und fiel durch sein helles blondes Haar und eine entspannte Körpersprache auf. Matthias und Sven hatten beide dunkelbraunes Haar und mehr »Zug« in ihrer Art. Klaas Sivke, heute nicht anwesend, war gemütlich, groß, etwas korpulenter, Mitte fünfzig und die Ruhe in Person. Claudi, mit vollem Namen Claudia Gebauer, trug den inoffiziellen Titel der »Reviermutti«. Marleen hatte das Gefühl, nach nur zwei Gesprächen mit ihr mehr über Claudias Familie zu wissen, als über ihre eigene. Sie kannte die Namen, Geburtstage, Ziele, Haustiere und Hobbys von Claudias Söhnen, ohne jemals danach gefragt zu haben. Claudias ältester Sohn, gerade zehn Jahre alt, befand sich in der Phase, in der er davon träumte, Feuerwehrmann zu werden – ein herber Schlag für die Mutter, da er damit die Polizisten-phase hinter sich gelassen hatte. Sein abschließendes Urteil, das den Traum vom Polizistendasein in ABC-Schaum erstickte, war die Überzeugung, dass das Bekämpfen von Feuer spannen-der und »cooler« sei als Observierungen. Claudia hatte erwo-gen, ihm vom SEK zu erzählen, hätte es aber nicht ertragen, wenn sich ihre Söhne dort jemals bewerben würden. Dann schon lieber Feuerwehr.

Marleen hielt ihr Smartphone unter dem Tisch und lauschte nebenbei noch den Gesprächen der Kollegen.

»Hey Marleen, was treibst du Schönes? Sind die Fahrräder heute sicher vor dir?« 😌

»Niemals! 😄 *Und was machst du – Flecken entfernen?«*

»Fast. Ich büffele für eine Weiterbildung – Ingenieurskram. Aber später gönne ich mir eine Auszeit beim Kiten. Kitest du auch?«

»Ganz schön fleißig. Nee, hab ich noch nie probiert.«

»Der Sommer ist in vollem Gange. Wie wär's, wenn wir uns nachmittags zum Schwimmen treffen oder einfach am Strand ent-spannen?«

»Klingt gut, aber ich hab Spätdienst.«

»Dann halt morgen! 😊 *«*

»Okay, schick mir einfach den Standort.«

»Mach ich. Freu mich schon!«

Sie steckte das Smartphone weg, gerade rechtzeitig, wie sich zeigte, da die Kollegen nun, da die Einsatzbesprechung der der Frühschicht erledigt war, in Aufbruchstimmung waren.

Am folgenden Nachmittag kletterte das Thermometer unaufhörlich nach oben, während die Sonne gnadenlos vom Himmel herabstrahlte. Eine warme, aber kräftige salzige Brise, getragen vom endlosen Meer, ließ den Sommer beinahe greifbar erscheinen. Hier und da flatterte eine einsame Gardine im Wind, als wollte sie versuchen, die letzten Reste der Kühle einzufangen.

Marleen legte eine Decke in den Fahrradkorb und fuhr Richtung Strand zu dem Treffpunkt, den Jan ihr übermittelt hatte. Sie hatte sich für ein luftiges Sommerkleid und weiße Sneaker entschieden. Am Strandparkplatz angekommen, stellte sie ihr Rad ab und vergewisserte sich auf dem Smartphone noch mal, dass sie am richtigen Ort war. Dann mischte sie sich unter die Leute. Gerade bei gutem Wetter wimmelte es an Sylts Stränden vor Menschen, die schwammen, sich sonnten oder einfach nur Zeit mit Freunden verbringen wollten.

Marleen ließ den Strandparkplatz, eingebettet in grasbewachsene Hügel, hinter sich, als sie den Rand des Strandaufgangs erreichte. Mit federnden Schritten stieg sie hinab, ein Lächeln spielte um ihre Lippen, während sie ihre Sneaker abstreifte. Die nackten Füße im Sand zu spüren war für sie jedes Mal wie eine kleine Befreiung.

Der Ort, den Jan für ihr Treffen gewählt hatte, lag im Süden der Insel. Marleen blinzelte und hob instinktiv die Hand vor die Augen, um sich vor dem blendenden Sonnenlicht zu schützen. In der Ferne zeichneten sich die Konturen der Schirme auf dem Wasser ab, doch wer genau sich auf den Brettern bewegte, ließ sich von hier aus nicht ausmachen. Ein Blick auf die Uhr verriet ihr, dass sie etwas zu früh dran war. Doch die unverhoffte Ruhe gab Marleen die Gelegenheit, in Gedanken zu versinken und den Moment zu genießen. Sie ließ den Blick über die Wellen schweifen, die wie flüssiges Gold im Licht glänzten.

Sie lief weiter in Richtung Wasser, suchte sich einen guten Platz und entfaltete mit einem geschickten Schwung die Decke. Sie trat auf das weiche Gewebe, ließ ihre Zehen spielerisch in den Stoff graben. In diesem Moment erblickte sie Jan. Er war von hier nicht zu übersehen mit seinem leuchtend roten Kite, der sich wie ein Ruf zur Freiheit gegen den klaren Himmel und das tiefblaue Meer abzeichnete. Viele Kitesurfer waren unterwegs. Unter ihnen konnte man die Neulinge gut von den erfahrenen Abenteurern unterscheiden. Und Jan schien ein Profi zu sein. Mit einer Eleganz, die nur jahrelange Übung hervorbringt, manövrierte Jan den Kite mit präzisen Bewegungen der Lenkstange, während eine unsichtbare Hand ihn geschmeidig über die Wasseroberfläche zog. Um ihn herum wirbelten feine Wassertropfen auf, als er nach einem Sprung des Boards wieder auf der Wasseroberfläche auftraf.

Als sein Blick auf Marleen fiel, die entspannt auf ihrer Decke am Strand lag, leuchtete sein Gesicht augenblicklich auf, und er hob die Hand zu einem schwungvollen Gruß. Nach einer letzten Kurve und dem gekonnten Herablassen seines Schirms machte er sich daran, seine Ausrüstung sorgfältig zu verstauen.

Der Neoprenanzug, der seinen Körper umschloss, schien wie eine zweite Haut an ihm zu kleben.

»Freut mich, dass du es geschafft hast«, sagte er. »Ich ziehe mich nur schnell um.«

Marleen neigte den Kopf zurück und schloss ihre Augen. Das Rauschen der Wellen erfüllte ihre Ohren, während die Wärme der Sonne ihre Haut liebkoste. Ein plötzliches Gewicht neben ihr ließ sie aufschrecken. Jan hatte sich mit einem leisen Aufprall auf die Decke fallen lassen, sodass seine Hüfte leicht gegen ihre stieß. Er war in eine blaue Jeans und einen bequemen schwarzen Hoodie geschlüpft. Seine noch feuchten Haare lagen ihm schwer auf der Stirn, vereinzelt rannten einzelne Tropfen Salzwasser herunter.

»Ich bin immer überrascht, wie kühl das Meer noch ist«, bemerkte Marleen mit einem Blick auf die wogende Wasseroberfläche.

»Ich könnte dir einen Neoprenanzug besorgen. Damit würdest du bestimmt nicht frieren«, bot Jan an.

»Das sehe ich.« Marleen lachte leise mit Blick auf seine Gänsehaut.

»Du würdest jedenfalls nicht *er*frieren«, korrigierte Jan sich.

»Ich stelle mir gerade vor, wie ich mich in den Leinen verfange und mich selbst stranguliere.«

»Man weiß nie, was man kann, bis man es versucht. Ich denke, du könntest es locker meistern«, ermutigte Jan sie, während er mit einer Handbewegung das Wasser von seinem Gesicht strich und durch seine sonnengeküssten Haare fuhr. »Das Wasser ist eigentlich recht angenehm, aber ich kite auch im Winter. Wenn du es ausprobieren magst, gib mir einfach Bescheid.«

»Machst du das denn schon lange?«, fragte Marleen. Mit dem Ellbogen stützte sie sich ab, um ihn anzusehen.

»Ewig, seit ich denken kann. Es gibt einem etwas … Besonderes. Man kann es schwer beschreiben.« Trotzdem versuchte Jan es, begann einen langen Monolog über das Kitesurfen und was es für ihn bedeutete, und erzählte, dass er letztes Jahr in einem Kite-Camp in Portugal gewesen war. Anscheinend konnte er sich nicht mal im Urlaub vom Wasser trennen. Er war ein Kind der Insel – ein Insulaner durch und durch. Hier geboren, nie weggegangen. Unsicher, ob er diesen Schritt jemals wagen würde. Er gehörte zu der Gemeinschaft derer, die diese Insel wirklich liebten und nicht nur hier wohnten, weil es »in« war oder weil er es sich leisten konnte. Und er liebte seinen Sport. Es war wie Fliegen und Fallen gleichzeitig. Einfach herrlich, um den Kopf nach der Arbeit freizubekommen.

Während er erzählte, blickte Marleen aufs Meer hinaus. Es war eine andere See als bei ihr zu Hause. Nur wenige Kilometer lagen dazwischen, und doch war alles von Grund auf anders. Der Wind war stärker, die Wellen rollten rauer und mit mehr Kraft ans Land.

Sie blickte nach rechts, schaute ihn lange an.

Für einen flüchtigen Augenblick schien er in ihre Augen einzutauchen. Er legte seine Hand sanft auf ihren Arm. Dann fanden seine Lippen die ihren und küssten sie.

In seiner Nähe fand Marleen ein Gefühl von Sicherheit, das sie lange nicht gespürt und während der letzten Monate vermisst hatte. Trotzdem regte sich auch Misstrauen. *Gibt es irgendwo einen Haken? Übersehe ich etwas?*, fragte sie sich immer wieder. *Was übersehe ich?* Er wirkte so gelassen! Sie hatte sich an ein Leben im Ausnahmezustand gewöhnt. Während sie ihr Herz nur zu gern verlieren wollte, konnte sie nicht anders, als nach dem verborgenen Sturm und dunklen Wolken Ausschau zu halten.

Sie ärgerte sich über sich selbst, löste sich von Jan. »Mir wird warm«, sagte sie unvermittelt. »Kommst du mit, um dich abzukühlen?«

Er wirkte etwas irritiert, stand jedoch auf und zog sie an der Hand mit hoch. Das Wasser war kalt, der Sand warm, beinahe heiß.

Sie blieben am Strand bis zum Sonnenuntergang. »Und du bist sicher, dass ich dich nicht nach Hause bringen soll?«, fragte er. Gerade lud er seine Ausrüstung in einen Geländewagen.

»Das ist sehr lieb, aber ich bin mit dem Fahrrad da.«

»Stimmt, stimmt, Frau Kommissarin hat ja nichts getrunken.« Sie hatte das Rad neben den Wagen geschoben. Es war spät geworden, die Dämmerung hatte eingesetzt. Noch wehrten sich die letzten Sonnenstrahlen gegen die einbrechende Dunkelheit.

»Es war ein schöner Tag«, fasste er die gemeinsamen Stunden zusammen, und diesmal war es sie, die ihn noch einmal küsste.

»Das war es.«

»Hör mal, Marleen … Ich würde es mir nie verzeihen, wenn ich dich jetzt allein durch die Nacht radeln lassen würde. Dein Fahrrad kriegen wir leicht in meinen Wagen. Was meinst du?«

Marleen zögerte einen Moment. »Nur, wenn es dir wirklich keine Umstände bereitet.«

»Absolut keine.« Seine Antwort kam prompt und aufrichtig.

Ohne weitere Worte öffnete Jan den Kofferraum seines Wagens, klappte die Sitze um und hob Marleens Fahrrad hinein. Nachdem alles sicher verstaut war, setzte er sich hinters Lenkrad, während Marleen sich auf dem Beifahrersitz niederließ.

Die Türen schlossen sich, und nachdem der Motor zum Leben erwacht war, fuhr Jan in die Nacht hinein Richtung Norden.

Vier

Zwei Monate später

Als Marleen am Morgen erwachte, wurde sie von der Sonne begrüßt, die durch die Vorhänge ihrer Wohnung schien. Ein Zettel lag auf ihrem Nachttisch, ein Smiley zierte das Papier und eine handschriftliche Nachricht:

Ich habe früh einen Auftrag. Hab einen schönen Tag. Kuss, Jan.

Ein Lächeln huschte über ihr Gesicht, während sie den Zettel las.

Sie eilte durch ihre Küche. Der Wecker hätte eigentlich einen pünktlichen Start in den Tag erzwingen sollen, doch die Versuchung der Snooze-Taste war zu groß gewesen und hatte sie wertvolle Zeit gekostet. Die kalten Dielen unter ihren Füßen halfen ihr dabei, wach zu werden. Marleen wusste, sie musste sich beeilen, um rechtzeitig beim Polizeirevier zu sein. Ihr erster Weg führte sie zur Kaffeemaschine. Mit flinken Bewegungen füllte sie den Filter mit Kaffeepulver und goss Wasser ein. Die Maschine begann zu blubbern. Während der Kaffee durchlief, eilte Marleen ins Badezimmer. Sie sprang unter die Dusche, kämmte dann ihre langen Haare und schlüpfte in ihre Uniform. Als sie zurück in die Küche kam, hatte der Duft des Kaffees bereits den ganzen Raum erfüllt. Sie goss sich eine Tasse ein und nahm einen hastigen Schluck. Das Koffein belebte sie. Sie trank aus, stellte die Tasse auf den Tisch und eilte zur Tür.

Als sie das Haus verließ, traf sie auf Frau Hayken, die vor dem Haus kniete, schon die Blumen gegossen hatte und jetzt Unkraut jätete. Marleen war in Eile, doch sie konnte einem kurzen Plausch mit ihrer Vermieterin nicht ausweichen. Ein paar freundliche Worte, ein rascher Austausch, das musste schon sein.

»Guten Morgen, Frau Hayken«, grüßte Marleen mit einem Lächeln, während sie die Haustür hinter sich schloss.

»Guten Morgen«, erwiderte Renate Hayken. Sie erhob sich etwas mühsam vom Boden und zupfte ihre Strickjacke zurecht, die sie über ihr sommerlich geblümtes Kleid gezogen hatte. Sie tauschten ein paar Worte über die jüngsten Ereignisse in der Nachbarschaft aus.

Schlurfende Schritte kündigten den Ehemann an. Marleen hatte ihn bisher nur einmal gesehen – bei der Vertragsunterzeichnung, die aber komplett von Frau Hayken abgewickelt worden war. Er hatte buschige Augenbrauen, sein graues Haar wirkte unordentlich, seine Haltung war leicht gebeugt.

»Ah, da ist ja mein Liebster«, sagte Frau Hayken liebevoll und winkte ihn heran.

»Wer ist das?«, fragte er mit einem leicht pampigen Ton.

Marleen stellte sich nochmals vor und bedankte sich bei ihm für die Möglichkeit, ihre Wohnung zu mieten. Herr Hayken murmelte etwas Unverständliches, das nicht besonders freundlich klang. Dann wandte er sich ab und ging zurück in den Garten.

Seine Frau blickte ihm nach und seufzte leise. Dann wandte sie sich an Marleen und erklärte in gedämpftem Ton: »Er wollte Ihnen gegenüber nicht unhöflich sein. Bitte, nehmen Sie es nicht persönlich. Es gibt gute Tage, an denen er ganz der Alte ist, und schlechte Tage, an denen die Demenz ihren Tribut fordert.«

Marleen nickte verständnisvoll und beobachtete, wie Herr Hayken langsam weiterging. »Er ist ein liebevoller Ehemann«, flüsterte Renate Hayken. »Aber es wird schwierig. Die Krankheit zerreißt Stück für Stück unsere gemeinsame Zeit. Zweiundsechzig Jahre Ehe, und inzwischen muss ich dankbar sein, dass er mich noch erkennt. In ein Pflegeheim kann ich ihn auch nicht geben«, sagte sie und lachte bitter. »Ich habe das schon einmal probiert – er wäre fast eingegangen, so sehr hängt er an diesem Haus. Manchmal zu sehr, möchte man denken.«

»Wie meinen Sie das?«

»Er wird manchmal aggressiv, vergisst, dass Solveig nicht mehr oben in der Wohnung wohnt, und fragt dann, was zum Teufel diese fremden Leute in seinem Haus zu suchen haben. Einige Mieter haben sich schon gestört gefühlt.« Solveig, das wusste Marleen, war die älteste Tochter des Paares, die die Insel vor dreißig Jahren verlassen hatte, fest entschlossen, nie wieder zurückzukehren. Jedenfalls nicht für länger als ein paar Tage; so lange, wie es eben brauchte, um Geburtstage oder Festtage zu feiern.

»Sie brauchen sich keine Sorgen zu machen«, versicherte Marleen. »Wenn Sie Hilfe brauchen, zögern Sie nicht, mich anzusprechen.«

Frau Hayken legte dankbar eine Hand auf Marleens Schulter und hinterließ dabei eine Spur von Erde. »Tatsächlich fühle ich mich seit Ihrem Einzug sicherer. Es beruhigt mich, zu wissen, dass eine Polizistin bei uns wohnt. In diesen unsicheren Zeiten ist das sehr tröstlich.«

Marleen zog ihr Smartphone aus der Tasche und sah auf die Uhr. Trotz des kurzen Fußwegs drohte sie sich zu verspäten. »Jetzt muss ich aber wirklich los, sonst komme ich zu spät zur Arbeit.«

»Natürlich, Liebes, gehen Sie nur«, erwiderte Frau Hayken, winkte zum Abschied und kniete sich dann wieder hin, um weiter das Unkraut aus der Erde zu ziehen.

Gerade noch pünktlich betrat Marleen die Polizeiwache. Ihr Fußweg dauerte kaum eine Viertelstunde, ein Umstand, der nicht selten neidische Bemerkungen hervorrief. Einige ihrer Kollegen wohnten über die Insel verstreut – entweder am nördlichen Ende bei List, an der südlichen Spitze bei Hörnum oder irgendwo dazwischen. Doch ein beträchtlicher Teil pendelte täglich mit dem Autozug und lebte entlang der Küste auf dem Festland – ohne den Charme der Insel, dafür aber mit erschwinglicheren Mieten.

Sie setzte sich auf einen freien Stuhl im Besprechungsraum und ließ ihren Blick schweifen. Manche Kollegen hatten bereits ihre festen Plätze, andere saßen stets neben denselben Personen. Etwas abseits des Geschehens, auf einem Tisch an der Wand, stand eine Auswahl an Süßigkeiten – Schokolade, Muffins und Gummibären, eine freundliche Geste eines Kollegen aus der Nachtschicht. Marleen beschloss, sicherheitshalber einen Blick in den Geburtstagskalender zu werfen und zu gratulieren, wenn es ihre Zeit erlauben würde.

Sie streckte ihre Hand zum Tisch aus und griff nach einem der verlockenden Schokoriegel. Der erste Bissen des Tages ließ ihren Blutzuckerspiegel in die Höhe schnellen. Nach und nach gesellten sich ihre Kollegen zu ihr, die diese Schicht mit ihr teilten. Jeder von ihnen begrüßte sie mit einem freundlichen Lächeln. Claudia griff beherzt in die Schale mit den Süßigkeiten.

»Moin, Chef«, begrüßte Henning seinen Vorgesetzten, als Lorenzen in den Raum kam.

»Moin. Dann lasst uns mal sehen, was uns heute erwartet«, sagte Lorenzen und trat an den Tisch, an dem Marleen und Henning saßen.

Marleen war sich noch nicht sicher, wie sie ihren Vorgesetzten Polizeihauptkommissar Michael Lorenzen einschätzen sollte. Im Vergleich zu ihren früheren Chefs schien er entspannter zu sein. Seine freundliche Art führte dazu, dass manche ihn als gemütlichen Dorfpolizisten betrachteten. Sein leicht rundlicher Bauch, die ersten grauen Haare und die Lachfalten um seine Augen, die von vielen erzählten und gehörten Witzen zeugten, verstärkten diesen Eindruck. Dennoch war er kompetent und durch seine langjährige Erfahrung fachlich versiert.

In der Mordkommission von Kiel war Zeit ein flüchtiger Gast gewesen, der oft durch die Hände rutschte, ehe man realisierte, dass man sich fünf Minuten Pause verdient hatte. Die Tage waren gefüllt mit unaufhörlichem Tatendrang und zu kurz, um sich in den Pausen ausführlich auszutauschen. Die

Kommissare balancierten auf einem Drahtseil zwischen Pflicht und Erschöpfung. Hier jedoch, auf der Insel, schien der Stress, der so viele Kollegen in diesem Beruf plagte, wie von einer sanften Brise verweht.

»Claudi, du kümmerst dich bitte weiter um die Taschendiebstähle in den Bars. In den letzten beiden Wochen haben wir fünfzehn solcher Vorfälle verzeichnet – wir müssen dieses Problem noch vor Ende der Saison in den Griff bekommen«, erklärte Lorenzen mit einer Tonlage, die keinen Widerspruch duldete. »Henning, ich hätte gerne ein Gespräch mit dir in meinem Büro, wenn wir hier fertig sind. Jonas und Sven, ich würde euch bitten, in Hörnum und Umgebung Präsenz zu zeigen. Und dann sind da noch Marleen und Matthias – euch möchte ich auf Streife sehen.« Mit diesen Worten setzte Lorenzen den Schlussakkord unter die Besprechung.

Marleen nutzte die Streifenfahrten gern, um sich mit der Insel und ihren Gepflogenheiten vertraut zu machen. Sie nahmen ab und an Verkehrsunfälle auf – allesamt klein und ohne größere Schäden, und ihr blieb genug Zeit, sich durch einen Sprachführer für Sölring zu blättern. Rein interessehalber, eigentlich sprach auf der Insel kaum noch jemand diese Variante des Nordfriesischen. Nur noch selten kam es vor, dass der singende Ton des Friesischen aus einem Café oder vom Stehtisch einer Kneipe schallte. Sylt war nicht groß, ein kleiner Kosmos. Pellworm und Föhr hatte sie ebenfalls vorher noch nie besucht, sie hatte nur Amrum von einem Wochenaufenthalt gekannt. Dass gerade sie, ohne einen Bezug zu den Inseln oder zur Nordsee, hier gelandet war, wirkte auf sie wie eine Ironie des Schicksals. Die vier Inseln lagen allesamt im Landkreis Nordfriesland. Viele Kulturen und Sprachen, aber kein Pulverfass. Marleen hatte den Eindruck, den Bewohnern Nordfrieslands und der Deutschen Bucht war viel zu sehr daran gelegen, ihre Ruhe zu haben, als dass sie sich darüber stritten, ob das Gebiet Nordfriesland, Nordfrisland oder Nordfriislon genannt wurde.

»Gewöhnst du dich langsam ein?«, fragte Matthias mit einem kurzen Seitenblick auf den Sprachführer. Ansonsten hielt er die Augen auf die Straße gerichtet und hörte mit einem Ohr auf den Funk. Den Wagen hatte er auf einem Seitenstreifen bei Tinnum abgestellt. Von dem zentral gelegenen Platz nahe Westerland wären sie überall schnell vor Ort.

»Der Wind ist stärker, als ich es gewohnt bin, aber ich finde es nett.«

»Wenn du was über die Insel wissen willst, frag einfach mich. Dafür brauchst du keinen Sprach- oder Reiseführer. Ich bin hier geboren und aufgewachsen.«

»Ich komme sicher darauf zurück«, sagte sie und las weiter.

Es war eine ruhige, ereignislose Streife ohne Hektik. Sie waren entlang der Strandlinie gefahren, die Rantumer Straße hinunter bis zur Südspitze, wieder hoch durch Westerland, dann weiter Richtung Lister Straße. Als sie schließlich den Feierabend erreichten, war es fast so, als würde sie aus einem langen, monotonen Traum erwachen. Das viele Nichtstun hatte sie träge gemacht.

Zu Hause angekommen, ließ Marleen sich auf das Sofa fallen, das Spuren ihrer gemeinsamen Anstrengung mit ihrem Vater beim Hochschleppen trug. Es war zwei Mal angeeckt. Ihre Finger tippten über die Fernbedienung, während sie nach einer passenden Serie suchte. Sie wollte etwas Leichtes, um den Tag ausklingen zu lassen. Aber keinen Krimi. Ihr Ausscheiden aus der Mordkommission hatte eine Abneigung gegen Krimiserien mit sich gebracht.

Die Rückkehr zur Schutzpolizei, eine Reise zurück zu den Wurzeln ihrer Ausbildung, bot Marleen eine frische Perspektive. Der größte Aufreger in ihrer Zeit hier war ein Privatjet gewesen, der mit Graffiti besprüht worden war – ein Protest von Umweltaktivisten, die so ihren Unmut über den Flugverkehr kundtaten.

Etwas mehr als zwei Monate waren bisher vergangen, und dies war die beschauliche Summe ihrer Erfahrungen. Immer noch war sie unentschlossen, welche Serie sie sich ansehen sollte.

Sie öffnete den Chat auf ihrem Smartphone und tippte eine Nachricht an Jan: ein Emoji, das einen laufenden Typen darstellte, gefolgt von einem Fragezeichen.

Nur fünfunddreißig Minuten nach ihrer Nachricht stand er vor ihrer Tür, in Sportkleidung und bereits durchgeschwitzt. »Ich bin schon hergelaufen, um uns leistungsmäßig etwas anzunähern«, verkündete er mit einem breiten schnürte ihre Schuhe, während er sich zu ihr beugte und sie küsste.

Der nächste Strandabschnitt lag nur wenige Minuten entfernt. Sie liefen los, genossen die frische, belebende Brise und den salzigen Geruch der Gischt. Ihre Füße hinterließen tiefe Spuren im Sand, während sie nebeneinander herliefen, teils schweigend, teils in lockeres Gespräch vertieft. Sie hatten Westerland durchquert und liefen nun südwärts am Strand entlang. Und sie waren bei Weitem nicht die Einzigen. Viele Sportbegeisterte waren unterwegs, schwitzten, keuchten und kämpften darum, sich in Form zu bringen oder zu halten. Heute war es kein Wettlauf. Sie hielten ein moderates Tempo, stetig und gleichmäßig. Nach einer Stunde erreichten sie einen Aussichtspunkt und hielten inne, um kurz durchzuatmen und aufs Meer hinauszublicken. Jan, dessen dunkelblondes Haar wild zerzaust war, streckte sich ausgiebig.

Nach einer kurzen Verschnaufpause traten sie den Rückweg an. Erschöpft kehrten sie zu Marleens Wohnung zurück und stiegen gemeinsam unter die heiße Dusche.

Fünf

Die Wellen brachen sich rauschend am Strand der Insel. Johann Windhall hatte sich früh morgens auf den Spaziergang begeben, nicht ganz aus freien Stücken, auch wenn die Herbstjacke um die Hüften etwas spannte und es ihm guttat, sich zu bewegen. Seine Collie-Dame Leonie zwang ihn dazu, morgens bei jedem Wetter rauszugehen. Sie tollte durch das Dünengras. Im Sand fand er einen Stock, der gut zu werfen war. Das Holz war morsch, die Rinde dunkel und mit Sand bedeckt. Er hob den Stock auf, wog ihn kurz in der Hand. Sein Wurfarm war nicht mehr der Beste. Jahrzehntelanges Tennisspielen hatte das Gelenk belastet, weshalb ihn nun ein Schmerz durchzuckte, sobald er es überanstrengte. Das war aber kein Grund, Leonie nicht ein paar Meter zu hetzen – wieder und wieder, bis es ihr langweilig wurde oder – das passierte ungleich schneller – bis der Stock nur noch ein Stöckchen war und das Spiel nicht mehr mitmachte.

Schon beim Aufnehmen war ihm Leonies vollständige Aufmerksamkeit sicher. Sie kam angerannt und starrte wie gebannt auf das neue Spielzeug in seiner Rechten. Johann holte weit aus, hielt den Stock hinter dem Kopf und peitschte den Arm nach vorne. Die Flugroute war gut geglückt, sicher war da noch Luft nach oben, aber es reichte, um die Hündin ein wenig sprinten zu lassen. Der Wind griff mit helfender Hand ein, trug den Stock noch einige Schritte weiter, gab dem krummen Holz aber auch einen Drall zum Meer hin. Mit einem Platschen landete der Stock in der Brandung. Der Collie blieb am Flutsaum stehen und bellte. *Wieso greift sie sich den Stock nicht?*, dachte Johann. Angst nass zu werden hatte sie keine. Im Gegenteil, oft musste er sie mit Nachdruck daran hindern, ins Wasser zu hechten. Sie lief nun vor und zurück. Sammelte Mut, ging zwei Schritte vor, nur um wieder zurückzuweichen und aufs Neue lautstark zu bellen.

Johann folgte der Hündin und schaute auf die Wasseroberfläche. Da trieb doch etwas in den Wellen! Ein Baumstamm? Nein, es war etwas anderes.

»Was hast du denn da entdeckt?«, fragte er Leonie.

Dann wurde es ihm klar. Was da trieb, war ein menschlicher Körper! »O Gott«, hauchte er. Aufgeregt und eilig ging er ins Wasser, bis es ihm zur Hüfte reichte, griff den Körper an den Schultern, drehte ihn auf den Rücken. Dann schrie er entsetzt auf, stolperte einen Schritt zurück, verlor das Gleichgewicht und fiel rücklings ins Wasser. Leonie bellte die ganze Zeit, warnte ihn vor Tod und Verwesung.

Die Spuren des gestrigen sportlichen Ehrgeizes hatten sich tiefer in ihre Muskeln gegraben, als sie es erwartet hatte. Die Nacht war dazu noch unerwartet kurz geworden, sodass der Morgen viel zu früh kam. Jan war allerdings noch in der Nacht nach Hause gefahren. Ein Blick auf die Uhr gab ihr den Rest. In einem hektischen Ballett zog sie ihren Eyeliner mit präziser Hand, biss in ein Brot mit Frischkäse und nippte an ihrem heißen Kaffee. Mit einer hastig eingepackten Flasche Wasser hoffte sie, den Morgen zumindest bis zum Mittag zu überstehen.

Die Zeit im Nacken, verließ sie das Haus und begann ihren gewöhnlichen Marsch zum Revier, den sie heute in einer atemlosen Hetzjagd bewältigte. Trotzdem kam sie zehn Minuten zu spät.

»Du hättest dir die Eile sparen können«, begrüßte Matthias sie. Seine Stimme war durch das Kauen an einem Brötchen leicht gedämpft. »Die Besprechung war kurz und ist schon vorbei.« Vor ihm lag die Tageszeitung, aufgeschlagen und sorgfältig geteilt. Der für ihn weniger interessante Wirtschaftsteil war achtlos zur Seite gelegt worden, während er sich auf die Sportseiten konzentrierte. Seine Augen huschten über die Artikel, die die neuesten Entwicklungen im bezahlten Fußball skizzierten.

»Und? Was ist das Ergebnis?«, fragte sie, während sie sich an den Tisch gegenüber von Matthias lehnte.

»Im Sport? Oder von der Besprechung?«

»Von der Besprechung, natürlich.«

Er schaute von seiner Zeitung auf und faltete sie sorgfältig zusammen. »Wir sind eingeteilt für die Lister Straße. Geschwindigkeits- und Verkehrskontrolle.«

Die Lister Straße durchzog die Insel von ihrem nördlichsten Punkt, dem auch als nördlichster Ort Deutschlands bekannten List, bis hinunter nach Kampen, nördlich von Wenningstedt. Sie war ein beliebter Standort für Geschwindigkeitskontrollen, da viele Reisende angesichts des nahenden Endes ihrer langen Anreise die Temporegeln missachteten. Dies galt ebenso für diejenigen, die das Festland oder die Nachbarinsel Rømø noch pünktlich erreichen wollten.

Immer wieder wurden sowohl Insulaner als auch Touristen erwischt, die in letzter Minute die Fähre nach Dänemark oder den Autozug nach Niebüll erreichen wollten. Und so geschah es, dass sie Wochen später durch einen Brief mit einer Bußgeldforderung an ihren Bleifuß erinnert wurden.

»Des Weiteren sprach der Chef von der Notwendigkeit, bei einer Veranstaltung im Kongresszentrum heute Abend wegen einer Drohung anwesend zu sein. Uns wurde die Verantwortung für den Innenbereich übertragen.« Es zeichnete sich ein langer Tag ab.

»Und? Wollen wir los?«

»Gib mir noch einen Moment, schließlich habe ich bisher nur auf dich gewartet. Ich hole mir noch einen Kaffee für unterwegs.«

»Keine Eile«, antwortete Marleen und begleitete ihn zu den Büroräumen. »Außerdem haben wir Zeit.«

»Leider nicht so viel, wie du denkst. Um kurz nach neun wird der erste ausgebuchte Autozug mit vielen Passagieren den Bahnhof erreichen. Bis dahin möchte ich alles bereit haben. Zu dieser Zeit werden die Straßen spürbar voller sein«, entgegnete Matthias und bog gutgelaunt in sein Büro ab, um seinen Thermobecher zu holen.

Marleen teilte seinen Enthusiasmus nicht. Nicht jeder konnte sich so wie er für Verkehrssicherheitstrainings mit Kindern, Bewegungsfahrten und Geschwindigkeitskontrollen erwärmen. Sie fragte sich, ob dies eine der Eigenschaften war, die man sich aneignen musste, um ein glücklicher Polizist auf Sylt zu sein.

Marleen blieb im Türrahmen stehen und sah zu, wie sich Matthias zu seiner alten braunen Ledertasche begab, aus der er seinen Thermobecher hervorzog. Dann folgte sie ihm in die kleine Gemeinschaftsküche, die mit dem leisen Summen des Wasserkochers zum Leben erwachte. Matthias stellte fest, dass der Kaffeevorrat wieder einmal erschöpft war; sein leichtes Stirnrunzeln zeugte von der Alltäglichkeit dieser Situation. Der Kaffee war ständig leer, und irgendwer brach immer die ungeschriebene Regel, dass der, der den letzten Kaffee aus der Kanne nimmt, auch einen neuen Kaffee aufsetzt. Klaas stand allgemein im Verdacht, hatte sich aber bisher nicht erwischen lassen. Das war ein Verstoß gegen die Grundsätze von Anstand und Kollegialität, denn nichts – keine Polizeigesetze, keine Verwaltungsverordnungen, keine Dienstbesprechungen – hielt das Getriebe des Reviers so gut geölt wie ein stetiger Kaffeenachschub.

Während das Wasser allmählich zu brodeln begann, vibrierte es in Marleens Hosentasche. Ihr privates Smartphone klingelte und spielte den von ihr eingestellten Klingelton, einen Remix eines ihrer Lieblingssongs aus den Neunzigern. »Maike Hofmann« blinkte auf. Ihr Magen zog sich zusammen. Matthias warf einen unauffälligen Seitenblick herüber, um den Namen mitlesen zu können. Schließlich brach er das Schweigen mit einem leisen Lächeln und einem Augenzwinkern. »Es klingelt.« Die erste Strophe des Songs war beinahe vorüber.

»Ja«, antwortete Marleen geistesabwesend, während sie noch immer auf den Namen starrte.

»Und warum gehst du nicht dran?«, schlug er mit hochgezogenen Augenbrauen vor.

»Ist nicht wichtig«, winkte sie ab.

»Mich stört es nicht. Der Kaffee brüht doch auch noch.«

Marleen versuchte, selbstbewusst zu klingen, als sie den Anruf mit fester Stimme entgegennahm. »Jacobs.«

»Hallo, Marleen, ich bin's.« Maike war eine Kollegin aus Kiel, die gemeinsam mit ihr im Dezernat gearbeitet hatte. Eine von denen, die sich ihr gegenüber etwas zurückgehalten hatten. Trotzdem wollte sie eigentlich nichts mehr mit ihr zu tun haben.

»Ja, hallo.«

»Es ist eine Ewigkeit her, dass wir das letzte Mal gesprochen haben. Wie geht's dir?«

»Das Leben geht weiter«, antwortete Marleen knapp. Matthias zog die Stirn kraus und beobachtete das angespannte Telefongespräch.

»Und was genau bedeutet das?«, fragte Maike neugierig.

»Denk dir einfach deinen Teil. Gibt es was Wichtiges?«

»Wo arbeitest du denn jetzt eigentlich?«

»Du, gerade passt es nicht. Wir können gerne später telefonieren.« Das war gelogen. Marleen bemühte sich mit allen Tricks, dieses Gespräch schnell hinter sich zu bringen, und hatte keinerlei Interesse an einer Fortsetzung. Ihre Eltern waren das Einzige an Kiel, was sie vorerst in ihrem Leben haben wollte. Jedenfalls, bis sich der Staub gelegt hatte und sie sich sicher war, wo es mit ihr hingehen sollte.

Die Frage nach ihrer Dienststelle war ohnehin unsinnig. Alle Polizisten Schleswig-Holsteins waren durch das IT-System verbunden; Maike konnte jederzeit nachschauen, wo Marleen arbeitete.

»Hör mal, ich mache mir Gedanken wegen allem, was passiert ist, und …«

»Maike, ich bin gerade bei der Arbeit. Danke für deinen Anruf.«

»Wir sprechen erst seit weniger als einer Minute!«, protestierte die Kollegin.

»Ich kann gerade keine Pause machen.«

Maike versuchte es noch einmal, ließ nicht locker und spielte jetzt ihre Trumpfkarte aus. »Yannick hat nach dir gefragt.«

»Sag ihm, er kann meinetwegen zur Hölle fahren«, zischte Marleen leise. »Tschüss.«

Marleen beendete den Anruf und schaltete ihr Smartphone in den Flugmodus.

»Alles in Ordnung?«, fragte Matthias besorgt. Es war unverkennbar, dass Marleen um Fassung rang.

»Ja, ja. Ich halte nur nicht viel von persönlichen Gesprächen während der Arbeitszeit, besonders, wenn es nichts Wichtiges zu besprechen gibt. Der Kaffee braucht ja noch einige Minuten, wir treffen uns draußen beim Wagen.«

Marleen ging auf den Flur und atmete krampfhaft ein, während sie versuchte, rechtzeitig die Damentoilette zu erreichen. Schlichte weiße Kacheln bedeckten die Wände und den Boden, glänzend und steril reflektierten sie das künstliche Licht der Neonröhren an der Decke. Zwei Waschbecken reihten sich entlang einer Wand auf, alle mit Spiegeln darüber, die jedes Gesicht, das in sie hineinblickte, gnadenlos zurückwarfen. Sie öffnete die Tür zu einer der Toilettenkabinen und übergab sich. Ihr Körper zitterte unkontrolliert, ihre Beine gaben nach, und sie sank auf den Fliesenboden. Sie hatte länger keine Panikattacke mehr gehabt, aber diese hier war wirklich schlimm.

Okay, da musste sie jetzt durch. »Reiß dich zusammen«, wiederholte sie wie ein Mantra.

Sie blieb noch einige Minuten lang auf dem Boden knien, ihre Stirn schweißnass, ihr Atem keuchend. Zittrige Hände kontrollierten den Flugmodus noch zwei Mal, um sicher zu gehen, dass es keine weiteren Anrufe geben konnte. Sie stützte sie sich auf das nächste Waschbecken und drehte den Wasserhahn auf. Das kalte Wasser war wie ein Schock auf ihrer erhitzten Haut, doch es half ihr, sich ein wenig zu sammeln. Während sie dort stand und versuchte, ihre Atmung unter Kontrolle zu bringen, ging sie im Kopf ihre Schreibtischschublade durch. Dort mussten noch Minzbonbons liegen. Sie spülte den Mund aus und wischte ihr leicht verschmiertes Augen-Make-up mit der Ecke eines Papierhandtuchs zurecht.

»Fast wie neu«, redete sie sich gut zu, als die letzten Schmierspuren beseitigt waren.

Dann eilte sie zu ihrem Schreibtisch, nahm ein Bonbon in den Mund und steckte vorsichtshalber die ganze bunte Metalldose mit den grünen Blättern auf dem Deckel ein, ehe sie sich zum Einsatzfahrzeug begab, an dem Matthias bereits lehnte, der sich wohl fragte, wo sie abgeblieben war. Er tippte auf seine Uhr.

Die von Matthias gewählte Stelle war in jeder Hinsicht ideal. Die Lister Straße bot weite Sichtlinien. Doch ein flüchtiger Augenblick der Unachtsamkeit zur falschen Zeit, und die Autofahrer würden zu spät reagieren. Das Problem war, dass die Landschaft sowohl Urlauber als auch Einheimische zum träumerischen Schauen einlud. Darunter litt die Aufmerksamkeit. Nach vielen Jahren im Dienst der Sylter Polizei kannte Matthias die besten Plätze für »ertragreiche« Kontrollen, und Marleen vertraute seinem Urteil.

Entspannt ließen sie sich in die Sitze sinken. Marleen öffnete das Fenster und ließ ihren Arm lässig aus dem Wagen baumeln, den Ärmel bis zum Ellbogen hochgekrempelt. Matthias horchte in den Verkehr. Die Straße füllte sich langsam, während die Pendler ihren Weg zur Arbeit antraten und die Insel von Norden nach Süden oder von Süden nach Norden durchquerten. Matthias nippte an seinem To-go-Becher im verchromten Design, stellte ihn zurück in die Halterung und wandte sich Marleen zu.

»Und, was denkst du?«, fragte er. »Wie schnell wird unser Schnellster heute unterwegs sein? Wir könnten wetten.«

Marleen wog ihre Gedanken ab, bevor sie antwortete. Sie befanden sich im Übergang von der Hauptsaison zur Nebensaison. Da bevölkerten weniger Touristen die Insel, und diejenigen, die kamen, schienen im Schnitt verständiger zu sein, da sie die Insel in Ruhe genießen wollten. So ähnlich hatte Claudia die Lage beschrieben, auch wenn Marleen der genaue Wortlaut entfallen war.

»Ich denke nicht, dass es dreistellig wird. Vielleicht so um die Achtzig.«

»Jonas hatte mal einen Fahrer, der in einer Siebziger-Zone über hundertfünfzig gefahren ist«, erzählte Matthias und blickte nach vorn, wo die Fahrzeuge von einer 70er-Zone nach Kampen hineinrollten. »Vielleicht haben wir heute auch so viel Glück.«

»Ich ziehe es vor, keinen Idioten hinterherjagen zu müssen.«

»Aber es würde dem Tag etwas Würze verleihen.«

Marleen verzog das Gesicht. »Verkehrskontrollen sind allgemein nicht so aufregend, dass ich von Würze sprechen würde. Darf ich mal?«, fragte sie und griff nach dem Kaffeebecher. Sie führte ihn zur Nase und roch daran.

»Was machst du?«

»Ich wollte nur rausfinden, ob du Whisky in deinen Kaffee gemischt hast. Du redest gerade nämlich eine Menge Unsinn.«

»Hab schon gedacht, dass das zur Sprache kommt. Mein Duschgel hat eine Whiskynote.«

Er hielt ihr den Arm vors Gesicht, und sie nahm tatsächlich den Geruch von Sandelholz und Whisky wahr.

Ein Fahrradfahrer, der mit dem Gegenwind kämpfte und am Polizeiwagen vorbeistrampelte, warf ihnen einen verwirrten Blick zu.

Marleen drehte sich leicht im Sitz und stützte ihren Kopf mit der Hand, um Matthias anzuschauen.

»Weißt du, wer das gerade auf dem Fahrrad war?«, fragte Matthias.

»Nie zuvor gesehen.«

»Das war Lukas Horvath. Er ist ein Geschäftsmann und hat als Immobilienmogul angeblich Unmengen an Geld verdient. Irgendwann hat er die Geschäftsführung seiner Firma abgegeben und sich vor nicht allzu langer Zeit ein Anwesen hier auf der Insel errichten lassen. Das hat ziemlich Wellen geschlagen. Aber es ist seit gut einem halben Jahr fertig.«

»Weshalb?«

»Weil es schön hier ist! Über zwei Millionen Touristen lügen nicht«, sagte er mit einer Spur von gekränktem Lokalpatriotismus.

»Nein, weshalb hat es Wellen geschlagen?«, konkretisierte sie ihre Frage.

»Wenn ich mich recht erinnere, schneidet sein neues Anwesen wohl ein wenig in die Naturschutzgebiete ein.«

»Na ja, immerhin ist er mit dem Fahrrad unterwegs.«

»Klar – für die Strecke von Kampen nach List. Wir sollten dankbar sein, dass er dafür keinen seiner Privatjets verwendet.«

Plötzlich hörten sie das lauter werdende Geräusch eines sich schnell nähernden Autos. Matthias griff nach der Messpistole und hielt sie wie eine echte Waffe vor sich hin.

Rasch näherte sich ein Auto aus südlicher Richtung, ein silberner Audi A5 Sportback.

»Ich schätze, der fährt siebzig anstatt der erlaubten Fünfzig, hm?« Marleen beobachtete das näherkommende Fahrzeug und überlegte, ob sie ihre Schätzung korrigieren musste. Nein, sie blieb dabei. Der Wagen passierte sie, ohne auch nur einmal abzubremsen. Sie warf einen erwartungsvollen Blick auf ihren Beifahrer.

»Fünfundsiebzig Kilometer pro Stunde, nicht schlecht.« Matthias überprüfte das Ergebnis erneut und pfiff anerkennend durch seine Zähne. »Los geht's, den ziehen wir raus.«

Marleen startete den Motor, legte den Gang ein und folgte dem Audi zügig. Mit einem Handgriff aktivierte sie die Oberleuchten, um dem Fahrer die Aufforderung zum Anhalten am rechten Fahrbahnrand anzuzeigen. Sie positionierten sich direkt hinter dem Audi.

»Möchtest du, oder soll ich?« Marleen hatte ihre linke Hand bereits an der Türklinke.

»Du kannst das gerne übernehmen.« Matthias griff nach seinem Kaffeebecher, gefüllt mit dem schwarzen Gold aus der Wache und aufgepeppt mit übermäßig viel Zucker. Wie konnte jemand so schlank bleiben bei dem Zuckerkonsum? Marleen empfand das als ungerecht. Sie quälte sich durch verschiedenste Sportarten, um fit zu bleiben.

Hinten auf der Rückscheibe des Audis prangte der Sticker einer Familie mit zwei Kindern. Das Kennzeichen verriet, dass der Wagen aus München stammte. Die Familie musste die Nacht durchgefahren sein. Das Fahrerfenster wurde geöffnet, und Marleen warf einen kurzen Blick auf die Rückbank, wo ein Mädchen und ein Junge quietschvergnügt beieinandersaßen und den Polizeieinsatz sichtlich genossen, im Gegensatz zu ihren Eltern. Die beiden Kinder schienen etwa acht bis zehn Jahre alt zu sein. Marleen lächelte ihnen zu, bevor sie sich dem Fahrer zuwandte. An seiner Seite saß seine Frau, die Marleen genervt ansah.

»Guten Tag, wissen Sie, warum wir Sie angehalten haben?«, fragte Marleen, indem sie sich leicht nach vorn beugte.

»Um ehrlich zu sein, weiß ich es nicht«, erwiderte der Fahrer.

Marleen zeigte mit dem Finger in die Richtung, aus der sie gekommen waren. »Wir haben eine Geschwindigkeitsmessung durchgeführt, dort drüben. Sie sind mit fünfundsiebzig Kilometern pro Stunde in einer Fünfziger-Zone gefahren.«

Der Mann schaute verwundert nach hinten, als wollte er sich vergewissern, dass sie die Wahrheit sagte. »Ich dachte, hier wäre siebzig erlaubt.«

»Wir sind immer noch innerorts, die Siebziger-Zone beginnt erst dort hinten.« Marleen zeigte auf das Ortsausgangsschild, das noch etwa 200 Meter entfernt war. »Das gibt ein dreistelliges Bußgeld und einen Punkt in Flensburg, selbst wenn wir die drei Kilometer Karenz abziehen.«

»Könnte der Urlaub besser beginnen?«, murrte der Fahrer. Marleen ließ seine Bemerkung unkommentiert und verzog ihre Lippen zu einem schiefen Lächeln. »Ich bräuchte dann bitte Ihren Führerschein und die Fahrzeugpapiere.«

Im Rückspiegel sah Marleen in diesem Moment ein grelles Aufblitzen und drehte sich zum Streifenwagen um, in dem Matthias mit einer aufgeregten Lichthupe und gestikulierenden Händen auf sich aufmerksam machte.

»Einen Moment bitte.« Marleen kehrte um und trat an das Fahrerfenster des Streifenwagens. »Was gibt's denn?«

»Ein Spaziergänger hat einen Fund am Weststrand gemacht. Die Einsatzleitung meint, es sei dringend«, erklärte Matthias, der noch immer das Funkgerät in der Hand hielt.

»Einen Fund? Was denn für einen Fund?«

»Sagte der Anrufer nicht, aber die Einsatzleitung meint, er war ziemlich aufgeregt. Was machen wir mit dem Raser, eben noch abhandeln?« Matthias blickte aus dem Fenster zu der Familie und fand den Blick der Ehefrau, die sich reflexartig wieder abwandte. Der Junge drehte sich weiterhin voller Neugier zu ihnen um. »Der Einsatz am Weststrand wird uns ja nicht weglaufen«, fügte er rasch hinzu.

Marleen schüttelte nur den Kopf über seinen Kommentar. Ohne zu antworten, kehrte sie zu dem Audi zurück und winkte dankend ab, als der Fahrer ihr die Unterlagen überreichen wollte. »Sie können Ihre Fahrt fortsetzen. Es bleibt bei einer mündlichen Verwarnung. Ich wünsche Ihnen einen angenehmen Start in Ihren Urlaub«, sagte sie höflich.

Während sie sich wieder auf den Fahrersitz setzte und den Sicherheitsgurt anlegte, beobachtete sie bereits die Rücklichter des sich entfernenden Audis, der dieses Mal innerhalb der Geschwindigkeitsbegrenzung fuhr.

»Kein Wunder, dass unser Haushaltsdefizit immer weiterwächst, wenn du das Geld so zum Fenster rauswirfst«, bemerkte Matthias mit einem sarkastischen Unterton.

»Ich denke, wir werden auch ohne dieses Bußgeld irgendwie überleben«, erwiderte Marleen gelassen.

Sie richtete ihren Blick auf die Straße und dachte darüber nach, was den Spaziergänger so aus dem Konzept gebracht hatte. Dann aktivierte sie Sirene und Blaulicht.

Sie hatten den Wagen an der Straße geparkt und gingen einen schmalen sandigen Pfad entlang. Außerhalb des Diensts wäre es ein schöner Spaziergang gewesen. Am Flutsaum stand ein einzelner Mann mit einem Collie an der Leine. Er winkte aufgeregt, als er die beiden Polizisten erblickte, während er versuchte, seinen Hund unter Kontrolle zu halten, der, angesteckt von der Nervosität seines Herrchens, hin und her sprang.

»Das ist Johann Windhall«, flüsterte Matthias.

»Du kennst ihn persönlich?«

»Er ist Ingenieur, arbeitet zeitweise hier, hat aber auch immer wieder Aufträge auf dem Festland.«

»Bitte, schnell!«, rief Johann, dessen Gesicht fahl wie der Sand war. Marleen machte sich schnell ein Bild von ihm: Ein Mann in den Sechzigern mit vollem grauem Haar, tiefen Sorgenfalten und durchnässter Kleidung. »Dort!« Windhall zeigte auf das in den Wellen wogende Treibgut. Sie näherten sich dem Fund, während Johann Windhall steif an seinem Fleck stehen blieb. Matthias ging zielstrebig ins Wasser und sog scharf die Luft ein, als er erkannte, was dort an der Wasseroberfläche trieb.

Im seichten Wasser, nah genug am Strand, um nicht fortgezogen zu werden, wogte ein toter Körper. Oder besser gesagt das, was davon übrig war. Der geschundene Rumpf wies deutliche Blessuren auf, und nicht nur die Arme, sondern auch die Beine und der Kopf fehlten komplett. Es war der klägliche Überrest eines menschlichen Lebens.

Matthias schluckte schwer und verharrte, während Marleen einen Schritt vorwärts machte und sich gleichzeitig Gummihandschuhe überstreifte, um den leblosen Körper näher zu inspizieren. Seine Hände schwitzten; er rieb sie an der Jacke ab. Derartige Fälle hatte er nur im theoretischen Unterricht kennengelernt, in der Praxis war ihm ein solcher Anblick bisher erspart geblieben.

Die Haut der Frauenleiche war vom salzigen Wasser zersetzt und mit dunklen Flecken übersät. Einige grüne Kleidungsfetzen hingen daran, scheinbar fest in der Fäulnis verwachsen als Erinnerung an einstige Kleidung.

»Eindeutig schon länger im Wasser«, bemerkte Marleen. Sie spürte einen schalen Geschmack im Mund.

»Das war kein natürlicher Tod«, murmelte Matthias. »Das ist eindeutig Mord.« Seine Miene war versteinert, und er war nun ebenso blass wie der Mann, der sie angerufen hatte und immer noch starr neben ihnen stand.

»Mord?«, wiederholte Windhall.

»Dazu können wir zu diesem Zeitpunkt keinerlei Aussagen machen«, erklärte Marleen ruhig.

»Marleen ...« Matthias flüsterte. »Arme und Beine fehlen. Der Kopf wurde abgehackt. Wie soll das denn bitte kein Mord gewesen sein?«

Marleen hingegen blieb besonnen. »Solange wir die Todesursache nicht kennen, dürfen wir keine voreiligen Schlüsse ziehen. Die fehlenden Gliedmaßen lassen sich auf viele Arten erklären.«

Matthias blickte entgeistert in das Gesicht seiner Kollegin, die beherzt die Initiative ergriff. »Ab ans Funkgerät mit dir, sag der Einsatzleitung Bescheid. Wir brauchen Mordkommission, Kriminaltechnik und Staatsanwaltschaft.«

Matthias gehorchte wie auf Autopilot. Er sprach einige Minuten, bevor er das Gerät wieder einsteckte. »Sie sind unterwegs«, sagte er dann knapp. »Wir sollen den Strandzugang und den Fundort so gut es irgendwie geht sperren und bewachen. Unsere Kollegen kommen gleich, die Mordkommission braucht mindestens eine Stunde.« Er beugte sich vor, um den Körper genauer zu betrachten, und machte Marleen auf einen seltsamen Schnitt aufmerksam, der sich über die Brust erstreckte, einen tiefen Riss, der sich entlang des Oberkörpers zog.

»Und dieser Schnitt hier, was sagst du dazu?«

»Ich glaube nicht, dass der Schnitt unbedingt von jemandem bewusst durchgeführt wurde. Schau mal, mit wie viel Kraft das durch die Rippen ging. So viel Kraft und so lang, ich glaube nicht, dass dieser Schnitt durch einen Menschen verursacht wurde. Könnte eine Schiffsschraube gewesen sein. Ich hatte schon mal einen Fall mit einer ähnlichen Verletzung. Und Gliedmaßen inklusive des Kopfes sind nun mal die schwächsten Teile eines Körpers. Sie reißen bei starken Strömungen oder beim Aufprall auf Hindernisse nun mal ab, wenn die Leiche lange genug im Wasser treibt. Das passiert auch in Flüssen. Darüber redet man in der Regel nicht, aber so sind nun mal die Fakten.«

Matthias starrte sie entgeistert an. »Woher weißt du …«

»Ich war vorher bei der Mordkommission.«

»Und wieso weiß ich das nicht? Wann denn?«, fragte Matthias.

»Bevor ich zu euch versetzt wurde, aber das ist jetzt gerade nicht wichtig.«

»Das ist doch eine Rückstufung für dich …«

Johann Windhall hatte sich von den Beamten abgewandt und stemmte die Arme in die Hüften. Er atmete schwer.

»Es war auf meinen eigenen Wunsch hin, aber ich erklär dir das später, versprochen. Können wir uns jetzt auf die Arbeit konzentrieren? Bitte nimm die Personalien von Herrn Windhall auf.«

»Das brauch ich nicht, ich kenne ja den Namen und weiß, wo er wohnt.«

»Natürlich tust du das.« Marleen schüttelte den Kopf. »Aber dann frag ihn bitte, ob alles okay ist oder ob er einen Arzt benötigt. Er sieht nicht gut aus. Ich werde schon mal eine Absperrung ziehen und den Fundort markieren. Behalte ein Auge auf das Wasser.«

Marleen warf keinen Blick zurück und ging zum Einsatzwagen, wo sich alles Notwendige im Kofferraum befand. Sie ärgerte sich, dass sie ihren alten Job überhaupt erwähnt hatte. Aber anlügen wollte sie Matthias auch nicht. Sie suchte im Kofferraum das Absperrband, eine Plane und die Markierungsstangen heraus. Eiligen Schrittes ging sie mit dem gesamten Equipment den Weg zurück, breitete die weiße Plane auf dem Sand aus und steckte die erste Stange direkt neben der treibenden Leiche in den Boden. Eine weitere kam an die Stelle, wo Johann Windhall die Leiche erstmals gesehen hatte. Dann zog sie den Körper an Land und hievte ihn auf die Plane, um eine Kontamination des Bodens zu vermeiden.

Nebenbei hörte sie die beiden Männer reden. »Matthias … Ich schwöre, ich war das nicht. Auch wenn meine Fingerabdrücke jetzt auf dem Körper drauf sind. Matthias, du weißt das, du kennst mich!«

In 66 Lebensjahren hatte Windhall gemeinsam mit seiner Frau Ulrike zwei Kinder großgezogen. Er konnte hochkomplexe statische Berechnungen durchführen und Maschinen entwickeln, die den Menschen Arbeit abnahmen und erleichterten. Doch der Erfahrungsschatz eines Ingenieurs deckte sich nur wenig mit dem einer Polizistin. Eine Leiche hatte er jedenfalls noch nie gesehen. Kein Wunder, dass er überfordert war und sich am Rand eines Nervenzusammenbruchs befand.

Marleen schenkte ihm im Vorbeigehen ein mitfühlendes Lächeln.

»Natürlich weiß ich das«, bestätigte Matthias dem Mann nickend. Marleen warf Matthias einen mahnenden Blick zu.

Zwar war so ein Fund eine der Erfahrungen, die man niemandem wünschte und an die man sich nie wirklich gewöhnte. Doch jemanden einfach so vom Tatverdacht freizusprechen, war unprofessionell.

Wenig später hatte Marleen den Bereich abgesteckt und vor den neugierigen Blicken der Passanten geschützt. Spätestens wenn sich der Fund herumsprach, würden manche Leute versuchen, einen Blick zu erhaschen oder sogar Fotos zu machen.

Johann Windhall saß mit seinem Hund ein paar Meter von ihnen und der Leiche entfernt.

»Ist alles in Ordnung?«, fragte Marleen nun Matthias, der sehr still geworden war, während sie auf die Verstärkung warteten. Sie war nicht wirklich besorgt, aber verwundert. Er machte nicht den Eindruck, als ließe er sich leicht oder schnell aus der Bahn werfen. Aber man musste natürlich zugeben, dass ihr die Zeit bei der Mordkommission schon öfter derlei Anblicke beschert hatte. Jedenfalls das hatte sie ihm voraus.

»Sicher, sicher«, antwortete Matthias. »Ich hatte nur nicht mit so was gerechnet.« Er warf einen verstohlenen Blick auf den Torso. Auf seiner Nase erschien ein heller Streifen, der sich stark vom wind- und sonnengebräunten Rest des Gesichts abhob.

Kriminalhauptkommissar Clemens war gerade ins Büro gekommen, hatte die Kollegen des K1 begrüßt und den Computer eingeschaltet. Er streckte sich und griff nach seinem Frühstück, das er auf dem Weg ins Büro beim Bäcker gekauft hatte. Er war etwas spät dran. Sein Sohn schaffte es nur selten, pünktlich aufzustehen, was immer wieder dazu führte, dass sie spät loskamen und er ihn nur schnell an der Schule absetzte, um dann eilig zur Arbeit zu fahren. Die Zeit reichte irgendwie nie für ein vernünftiges Frühstück zu Hause, was er sehr bedauerte.

Als der Leiter des Dezernats an die Tür klopfte, hatte Clemens bereits eine ungute Vorahnung. »Es gibt einen Leichenfund auf Sylt, am Weststrand zwischen List und Kampen. Ich brauche jemanden, der sich darum kümmert.«

Clemens schluckte den Bissen herunter. »Auf Sylt? Gibt es Hinweise auf ein Tötungsdelikt?«

Sylt war ein relativ weißer Fleck auf der Mordlandkarte. Bewohner wie Polizisten führten ein beschauliches Leben auf der Insel, die nur durch den Hindenburgdamm und eine Fähre nach Dänemark mit dem Festland verbunden war. Diebstähle, Drogendelikte und Ähnliches gab es auch dort, doch Mord war wirklich äußerst selten. Deshalb verschlug es die Mordkommission nur in absoluten Ausnahmefällen auf die Insel. Vielleicht war es die Seeluft, die die Gemüter abkühlte, oder es war die Nähe zu den gemütlichen Dänen, deren entspannte Art auf die deutschen Nachbarn abfärbte. Vielleicht war Sylt zu »hyggelig« für Morde? Zu gemütlich, zu idyllisch? Es wäre nicht die schlechteste Eigenschaft.

»Schwer zu sagen. So wie es sich anhört, wahrscheinlich nicht. Die Leiche wurde am Strand angespült.«

Das passt schon eher zu Sylt, dachte Clemens. An der Ostküste von Sylt, auf Höhe List, wurde die Tide vom Hindenburgdamm und dem Rømødamm beeinflusst und beruhigt. An der Westküste jedoch wurde die See schnell rau. Manch ein Schwimmer unterschätzte die Strömungen und wurde hinausgezogen. Wenn man Glück hatte, wurde man rechtzeitig gerettet. Die weniger Glücklichen wurden einige Tage, Wochen oder Monate später angespült; die am wenigsten Glücklichen wurden erst in Norwegen wieder gesehen. Oder eben niemals. Zu welcher Gruppe man gehörte, bestimmten einzig und allein der Wind, die Strömungen und die Gezeiten.

»Ich würde dich gerne nach Sylt schicken, jemand von der Rechtsmedizin ist schon unterwegs. Die Kollegen vor Ort sichern den Fundort und warten auf dich. Die Staatsanwaltschaft ist auch informiert.«

Clemens warf die Brötchentüte in den Papierkorb. »Ich mach mich direkt auf den Weg.«

Auf Sylt angekommen, brauchte Clemens nicht lange, um den Ort des Geschehens zu finden. Ins Sonnenlicht blickend, sah er die sanften Dünenhänge hinauf. Oben wartete bereits eine uniformierte Polizistin. Sie hatte offenbar auch schon die Kollegen von der Spurensicherung in Empfang genommen.

»Kriminalhauptkommissar Viktor Clemens von der Mordkommission Flensburg«, begrüßte er die Kollegin.

»Marleen Jacobs, hallo, bitte folgen Sie mir.«

Die Spurensicherung hatte ein Zelt errichtet, das die Arbeit erleichterte und den Leichnam vor etwaigen Blicken abschirmte. Mehrere Polizisten hatten sich dort eingefunden; einer von ihnen stellte sich Clemens als Revierleiter Michael Lorenzen vor und nahm ihn der jungen Polizistin ab.

Der Leichnam hatte nur noch wenig Menschliches an sich. Das Unwohlsein war jedem einzelnen Kollegen anzusehen.

»Na, so was sieht man auch nicht alle Tage«, sagte Viktor Clemens.

Lorenzen griff wortlos einen Pappbecher, schüttete Kaffee hinein und reichte ihn an den Kollegen von der Mordkommission weiter.

Kein Leichenfund war wie der andere, und jeder einzelne war das Abbild einer Tragödie. Clemens bückte sich und betrachtete den Leichnam eingehender, sah die Risswunden, den grünen Fetzen Stoff.

»Ist die Identität festzustellen? Haben wir Dokumente oder Ähnliches gefunden?«

Lorenzen schüttelte den Kopf. »Wir haben keinen Schimmer und auch keine Möglichkeit für einen schnellen Datenabgleich irgendeiner Art. Keine Zähne, keine Hände für Fingerabdrücke.«

»Noch nicht jedenfalls. Dann gleichen wir die DNA-Spuren ab, um einen ersten Anhaltspunkt zu bekommen. Wer hat sie gefunden?«

Lorenzen pustete über seinen eigenen Kaffee, nahm einen Schluck und zeigte dann nach draußen. »Ein Anwohner,

Johann Windhall, hat die Leiche beim Spazierengehen entdeckt. Die Kommissare Seger und Jacobs haben als Erste auf den Notruf reagiert. Frau Jacobs war früher bei der Mordkommission. Sie hat die Absteckungen und Markierungen vorgenommen und den Leichnam aus der Brandung geholt.«

»Gute Arbeit, ich wäre ebenso vorgegangen.«

Marleen war am Eingang des Zeltes stehen geblieben und trat heran, als Lorenzen mit der Hand in ihre Richtung wies.

»Können Sie mich zu Herrn Windhall führen?«, fragte Clemens.

Sie sah kurz zu Lorenzen, wartete, bis dieser unauffällig nickte, und hielt dann die Zeltplane zurück. »Folgen Sie mir bitte. Mein Kollege kümmert sich um Herrn Windhall. Ihm geht es nicht so gut. Eventuell sollten wir erwägen, einen Notdienst zur Betreuung hinzuziehen. Aktuell lehnt er dies aber ab.«

Abseits der Szenerie, hinter einer sanften Kurve, die den Blick auf Zelt und Polizisten verhinderte, saß Johann Windhall auf dem Boden, den Kopf in die Hände gestützt, die vormals sauber gekämmten Haare nun zerzaust. Neben ihm stand Matthias, die Hände locker in den Hosentaschen. Die Hündin Leonie knabberte geistesabwesend an einem sandigen Stöckchen.

»Guten Tag, Herr Windhall, Viktor Clemens ist mein Name. Darf ich kurz mit Ihnen sprechen?«

Windhall nickte und sah den Kommissar an.

»Sie haben die Tote gefunden, richtig?«

»Ich war mit dem Hund raus, Leonie hat sie gefunden. Ich dachte, jemand sei in Not, und wollte ihn rausziehen und … ja, dann habe ich festgestellt, dass kein Kopf mehr dran war und die Rippen herausragten.«

»Das haben Sie gut gemacht, und das war auch genau das Richtige«, sprach Clemens ihm Mut zu. Dass der Fund den Mann belastete, war nicht zu übersehen. »Haben Sie denn sonst noch etwas bemerkt? Ist Ihnen irgendetwas aufgefallen?«

Windhall schüttelte den Kopf. Er war allein gewesen beim Gassigehen. Deswegen mochte er die Strecke: Sie lag nicht weit von seinem Haus und war ruhig; meistens blieb er ungestört.

»Ein anderer Spaziergänger vielleicht?«

Wieder schüttelte Windhall den Kopf.

»Ein Boot, ein Schiff, etwas anderes in oder auf dem Wasser?«

»Darauf hab ich nicht geachtet.«

»Na schön. Schauen sie mich bitte mal an.«

Das Gesicht von Johann Windhall war blass und eingefallen. Der Leichenfund hatte ihm derart auf den Magen geschlagen, dass er beim Notruf nur unzusammenhängende Worte herausbekommen hatte. Clemens bedeutete Marleen mit einem Kopfnicken, ihm zu folgen, und sie gingen ein paar Meter, bis sie außerhalb der Hörweite waren.

»Rufen Sie den Notdienst. So kann er uns gerade nicht helfen und sich selbst wahrscheinlich auch nicht. Der Arzt soll ihm was Leichtes zur Beruhigung geben. Fahren Sie ihn danach mit dem Hund nach Hause. Und sagen Sie ihm bitte, er soll sich melden, wenn ihm noch etwas einfällt. Nach dem Zustand der Leiche zu urteilen, ist sie schon länger im Wasser. Durchaus wahrscheinlich, dass sie überhaupt nicht von hier stammt.«

»In Ordnung, ich geb Lorenzen Bescheid.«

»Ich mach das schon«, sagte Clemens und winkte ab. Marleen zögerte kurz, ging dann aber fort und unterrichtete Matthias.

Wieder zurück am Fundort, bemerkte Clemens den hinzugezogenen Arzt zur ersten Einschätzung des Körpers. Der Mediziner kam in Begleitung von Lorenzen aus dem Zelt.

»Mordkommission Flensburg. Haben Sie irgendwelche Erkenntnisse?«

»Nur eine: Hier kann ich nichts weiter tun. Wir werden eine Obduktion vornehmen müssen. Der Leichnam wird dafür nach Kiel überführt.«

»Geben Sie mir den Termin der Obduktion durch?« Clemens griff in seine Jacke und holte eine Visitenkarte hervor.

Neben sich hörte er das laute Piepen eines Telefons, das Lorenzen genervt wegdrückte. »Der Bürgermeister drängt darauf, dass die Strandsperrung möglichst bald aufgehoben wird«, erklärte der Revierleiter. »Und mein Chef gibt den Ball subtil an mich weiter. Jeder Tag, an dem die Gäste vom Strand ferngehalten werden, ist ein Tag, an dem weniger Geld fließt. Außerdem ist es nicht gut fürs Image.« Lorenzen wirkte so, als hätte er schon mehr gesagt, als ihm lieb war, weshalb Clemens darauf verzichtete, ihn darauf hinzuweisen, dass dieser Abschnitt ohnehin nicht der Belebteste zu sein schien.

Sechs

Die filigranen goldenen Ohrringe waren ihr stets eine Zierde gewesen. Jeder Anlass, jede Situation hatte sein passendes Paar, doch diese ragten aufgrund der Größe der Anhänger heraus. Ein Geschenk ihres Ehemannes, eines von vielen. In akribisch geordneten Schmuckboxen hütete sie ihre Kostbarkeiten, jedes Stück an seinem Platz, ein sorgfältig gepflegtes Inventar. Blind konnte sie danach greifen, ganz gleich, was sie suchte. Dieses Paar hatte sie zum fünfzehnten Hochzeitstag bekommen, und obwohl bereits zwölf Jahre vergangen waren, hatten sie dank liebevoller Pflege nichts von ihrem anmutigen Glanz verloren.

Ganz anders als ihre Ehe, deren Leuchten erloschen war. Eine lange gemeinsame Ehe, nicht »bis dass der Tod euch scheidet«, wie sie es sich einst in einer Kirche im Oberallgäu an einem regnerischen Mittwoch versprochen hatten, aber lang genug, um zu wissen, dass es kein weiteres Hochzeitsjubiläum geben würde.

Mit einem zufriedenen Lächeln betrachtete sich Linda im Spiegel und strich über ihr Kleid. Ein dezentes Collier setzte den Schlusspunkt eines sorgsam abgestimmten Rituals, das sie perfekt in ihren Zeitplan eingefügt hatte. So blieb noch genug Zeit, um ein Glas Sekt zu genießen, ohne in Hektik zu verfallen. Ihr Mann pflegte über ihren Zeitaufwand zu scherzen, und in diesen Tagen, da die Scheidung bevorstand, griff er das Thema häufiger auf. Er witzelte, eine natürlich schöne Frau sollte ja wohl nicht so lange brauchen.

Dabei war Lindas Erscheinungsbild wirklich nicht zu verachten. Schlank, großgewachsen, mit einer durch zahlreiche Pflegeprodukte und viel Zeitaufwand makellos gehaltenen Haut, war sie jahrelang »die schöne Frau an seiner Seite« gewesen.

Bei seinen Vorträgen hielt sie sich im Hintergrund; in Magazinartikeln und dem einzigen Buch über Lukas wurde sie nicht einmal namentlich erwähnt. Doch sie war immer präsent. Die Frau im Hintergrund. Sie war ihm von der Insel, auf der sie geboren und aufgewachsen war, Richtung Süden gefolgt, hatte ihn dann von den grünen Wiesen und hohen Bergen Oberstdorfs bis nach Hamburg begleitet, auf jedem Schritt seiner Karriere seit seinem Diplom. Sie hatte Familie und Freunde hinter sich gelassen und sich ganz ihrem Mann verschrieben. Nun hatte sie auch den vermeintlich letzten Umzug mit ihm bewältigt.

Seine Worte verstummten, als er selbst in Zeitnot geriet und hektisch durch das Haus hetzte, teils fluchend, teils fragend. Obwohl sie ihm sämtliche Teile für sein Outfit bereitgelegt hatte – einen klassischen, maßgeschneiderten schwarzen Anzug, italienische Lederschuhe, ein graues Hemd und eine dezente Anstecknadel. Sie hörte, wie seine gestressten Schritte durch das weitläufige Haus hallten.

Linda nahm sich vor, nach ihrem Gläschen Sekt zu ihm zu gehen. Schließlich war er es, der heute Abend im Rampenlicht stehen würde. Nur eine halbe Stunde, ein sehr begrenztes Zeitfenster, das ihm für seinen Vortrag zugestanden wurde. Solange sie seine Frau war, würde sie an seiner Seite bleiben. Heute wie damals. Doch der Abend würde sich in die Länge ziehen wie endlos gesponnenes Garn. Nachdem alle Reden gehalten und die letzten Beifallsbekundungen verklungen waren, würde die Nacht in einen Strudel aus Diskussionen und Gesprächen übergehen, alles untermalt von gelegentlichen Getränken und kunstvoll arrangierten Hors d'œuvres. Zu Beginn würde sie an seiner Seite stehen, mit einem gut einstudierten Lächeln, interessiert der Konversation lauschen und zustimmend nicken, wenn er zu Wort kam. Doch wenn der Abend seinen gewohnten Lauf nahm – und nur selten tat er das nicht –, hätte er innerhalb einer halben Stunde zwanzig Visitenkarten gesammelt, neue Kontakte geknüpft und wäre so tief in ein Fachgespräch verwickelt, dass ihr Fehlen unbemerkt bliebe.

Zufrieden mit sich selbst ging sie in die Küche und wartete dort, während sie den Korken aus der Sektflasche ploppte und sich das erste Glas des Tages gönnte. Die Küche war ein weiträumiger, offener Raum, in dessen Mitte sich eine Insel aus edelstem Marmor erhob, so konstruiert, dass das Sonnenlicht in einem günstigen Winkel einfiel. Vor dem Fenster sah sie eine Reihe von jungen Bäumen, die am Rande des Hofes gepflanzt worden waren. Sie waren schlank, und der raue Wind zerrte mit großer Kraft an ihnen. Vor den dunklen Wolken, die sich im Hintergrund zusammenzogen, boten sie einen dramatischen Anblick. Kein anderes Haus weit und breit, bis zum Horizont.

Lukas kam die Treppe herunter und blieb auf halber Höhe stehen. Er betrachtete ihr dunkles Kleid und die High Heels. Dann überwand er die letzten Stufen und stand vor ihr.

»Du siehst gut aus, aber die High Heels wirken etwas billig, findest du nicht?«

»Lukas, wir sollten es nicht auf diese Weise beenden. Oder siehst du das anders?« Ihre Stimme war sanft, ihr Lächeln bescheiden, doch ihre kristallblauen Augen, die sich wie scharfe Klingen in seine bohrten, sprachen die ganze Wahrheit.

Es wäre das letzte Mal, dass sie offiziell an seiner Seite vor großem Publikum stehen würde.

Ihr Mann sah gut aus. Er wusste, dass er sich gut gehalten hatte. Dass er hin und wieder nachgeholfen hatte, war ein streng gehütetes Geheimnis. Linda war deutlich jünger als er, bei ihrer Hochzeit war sie gerade neunzehn Jahre alt gewesen. Sie machte sich an seiner silber-schwarzen Krawatte zu schaffen und richtete sie. Unzufrieden mit dem von ihm gebundenen Knoten löste sie ihn, setzte neu an und band mit geübten Griffen einen schnellen Hannoveranerknoten. Es war die gleiche Situation wie schon Dutzende Male zuvor, obwohl sich die Chemie zwischen ihnen verändert hatte. Wie oft hatte sie sich den Vorwurf anhören müssen, sie habe ihn nur wegen seines Geldes geheiratet! Doch sie kannte ihre Geschichte, und das war das Einzige, was am Ende zählte, nicht das, was die Leute hinter ihrem Rücken redeten. Damals war er aufmerksam und leidenschaftlich gewesen. Sie hatte ihm im Laufe der Jahre vieles verziehen, aber die letzte Affäre war eine zu viel gewesen.

»Wie lange haben wir noch?« Spielerisch griff sie nach seinem Arm und schaute auf die Uhr.

»Zwanzig Minuten. Wir sollten etwas früher da sein.« Die Veranstaltung begann in anderthalb Stunden, die Wege auf der Insel waren nirgendwo besonders lang, und so hätten sie genug Zeit, sich einzufinden und den ersten Smalltalk hinter sich zu bringen. *Ein letztes Mal*, hallte es in Lindas Gedanken nach. *Ein allerletztes Mal.*

Mit gesenktem Kopf und einem ausdruckslosen Blick auf das Smartphone in seiner Hand begann Lukas hastig zu tippen. Seine Stirn legte sich in tiefe Falten, seine Augenbrauen zogen sich zusammen, und seine Lippen pressten sich fest aufeinander. Eine unverkennbare Mischung aus Anspannung und Unsicherheit machte sich auf seinem Gesicht breit. Linda erkannte die Zeichen sofort. Sie hatte im Laufe der Jahre gelernt, die kleinsten Veränderungen in seiner Mimik und Körpersprache zu deuten.

»Was liegt dir auf dem Herzen?«, fragte sie mit weicher Stimme.

»Stefan hat gerade geschrieben … Es gibt neue Ankündigungen«, erwiderte er mit gedämpfter Stimme, ohne den Blick von seinem Telefon zu heben.

Linda runzelte die Stirn. Die ominösen »Ankündigungen« waren fast so populär geworden wie das Gerücht um den Fund einer Leiche am Weststrand der Insel. Während die Urlaubsgäste sich auf den Campingplätzen und in den Ferienwohnungen über die mysteriöse Entdeckung unterhielten, saßen die Insulaner abends in den Kneipen oder diskutierten in ihren Vorgärten darüber, was wohl passiert sein könnte. Die Strandsperrung hatte einige verärgert – obwohl es Nebensaison war, hing das Wohl der Insulaner und der ansässigen Geschäftsleute zu einem erheblichen Anteil von den Einnahmen durch die Gäste ab.

Die »Ankündigungen« hingegen waren nur für einen ausgewählten Kreis von Personen relevant: die Teilnehmer der Vortragsreihe zum Ausbau des Energienetzes. Lukas stammte, wie auch andere Redner, aus der Gruppe der Immobilieneigner. Dies hatte eine Gruppe von Aktivisten veranlasst, gegen die Veranstaltung und einzelne Teilnehmer zu protestieren. Linda konnte den Gedankengang der Umweltaktivisten durchaus nachvollziehen: Als Nordseeinsel war Sylt besonders existenziell vom Klimawandel betroffen. Daher sollten alternative Formen der Energiegewinnung und Möglichkeiten zur Sicherstellung der Energieversorgung unter Extrembedingungen diskutiert werden.

»Mach dir keine Sorgen«, sagte Linda beruhigend. Früher hätte sie seine Hand genommen und liebevoll über seinen Handrücken gestrichen. Jetzt schenkte sie ihm nur ein aufmunterndes Lächeln.

»Ich mache mir keine Sorgen. Sollen sie ruhig Farbe verspritzen – rot oder orange, ab geht sie immer«, winkte Lukas ab.

Linda verzog ihren Mund. Drohungen sollte man ernst nehmen, fand sie, egal welcher Art.

»Du brauchst keine Angst zu haben. Die Polizei wird da sein und jeden festnehmen, der aus der Reihe tanzt. Hoffentlich, bevor er sich an oder vor unser Auto klebt.« Lukas versuchte, einen Hauch von Humor in die düstere Situation zu bringen, doch das Lächeln, das seine Lippen umspielte, erreichte seine Augen nicht.

Pünktlich fuhr ihr Taxi vor und kam beim Forum zum Stehen, ohne dass unerwartete Ereignisse den Zeitplan durcheinanderbrachten. Auch die Veranstaltung verlief störungsfrei.

Einige Aktivisten hatten sich entschlossen, vor dem Kongresszentrum zu demonstrieren. Mit Plakaten und lautstarken Parolen protestierten sie gegen die Zusammenkunft der

Lobbyisten. Im Inneren des Gebäudes wurden die Proteste jedoch weitgehend ignoriert. Der Abend lief nach Plan, getaktet wie ein gut gepflegtes Uhrwerk. Die Anwesenheit der Polizei – ein Streifenwagen draußen, zwei Polizisten im Saal – zeigte Wirkung.

Linda hatte ihren Mann aus den Augen verloren. Er war weitergezogen, ohne auf sie zu warten, eine Gewohnheit von ihm. Er würde von den Gesprächen und dem »Networking« aufgesogen werden. Erst wenn er bereit war, nach Hause zu gehen, würden sie sich durch die Menge kämpfen und schließlich zueinander finden, so wie sie es schon unzählige Male getan hatten. Manche Dinge änderten sich einfach nicht.

Sie stand an der Bar und wartete darauf, einen Martini bestellen zu können. Das Getränk war eiskalt, und es tat ihr gut, etwas Kühles in der Hand zu halten. Man sah es ihr nicht an, aber sie fühlte sich oft verloren in dieser Armada von dunklen Anzügen.

Auf der Suche nach einem Moment der Ruhe zog sie sich an den Rand des Raumes zurück, zu einer Fensterfront mit einer Terrassentür, die vom Veranstaltungssaal aus auf eine Grünfläche führte. Einige Gäste genossen die Kühle. Es war Flut, Wellen rauschten an den Strand, trugen salzige Luft zu ihnen herüber. An die Wand gelehnt, ließ sie ihren Blick durch den Raum schweifen. Ihr Weggang hatte nur kurz eine Lücke hinterlassen, die bereits von einem Geschäftsmann vom Festland gefüllt wurde.

Ein Bereich des Raumes wurde von den anderen Gästen gemieden. Dort standen zwei uniformierte Polizisten, die im Inneren des Saals für ein Gefühl von Sicherheit sorgen sollten.

Genau dorthin steuerte sie jetzt.

»Langweilt Sie der Wachdienst nicht?«, fragte sie den Polizisten zu ihrer Rechten.

»Eigentlich nicht«, erwiderte er mit einem zurückhaltenden, aber durchaus freundlichen Lächeln. »Abende wie dieser gehören zum Job dazu. Es kann nicht immer ein gefährlicher Einsatz sein.« Mit einem kurzen Blick auf das Getränk in ihrer Hand fügte er hinzu: »Schmeckt es Ihnen?«

Linda trank langsam einen Schluck. Der Gin war gut, herb im Geschmack, fein abgestimmt mit dem Wermut. Sie nickte. »Ich kenne den Barkeeper. Ich werde ihm Ihr Lob ausrichten.«

»Darf ich Ihnen etwas zu trinken holen? Wo Sie schon für Sicherheit und Ordnung sorgen?« Linda hörte ein warnendes Räuspern von der Kollegin neben dem Mann. Sie warf einen Blick zur Seite. Wie auf Kommando schenkte ihr Mann ihr gerade jetzt einen Moment seiner Aufmerksamkeit und winkte. »Entschuldigen Sie mich bitte, ich werde woanders gebraucht.«

Der Polizist lächelte verständnisvoll. »Ich hätte im Dienst sowieso nichts trinken dürfen. Vielleicht ein anderes Mal.«

Linda zwinkerte ihm zu, bevor sie sich ihrem Gatten zuwandte.

»Was war das denn?«, erkundigte sich Marleen, ihre Augenbrauen in skeptischem Amüsement hochgezogen.

»Ich war nur höflich.«

»Es kann nicht immer ein gefährlicher Einsatz sein«, wiederholte sie seine Worte mit einem spöttischen Unterton. »Ich bin nun seit zwei Monaten hier, und das Gefährlichste, was du getan hast, war der Umgang mit dem Wasserkocher in der Teeküche, dessen Sicherheitsprüfung abgelaufen ist.«

Matthias schnaufte nur leise. Sie beobachtete aus den Augenwinkeln zwei ältere Herren, die in schallendes Gelächter ausbrachen. Zwar hatte Marleen den Witz, der sie zum Lachen brachte, nicht gehört, doch sie konnte ein ehrliches, herzhaftes Lachen von einem bloß höflichen unterscheiden. Sie wusste, dass diese Männer lediglich lachten, um dem Erzähler zu schmeicheln. *Alles Schleimer hier*, dachte sie abschätzig.

Die folgende Stille zwischen ihr und Matthias wurde mit jedem Moment unangenehmer. Schließlich brach Marleen das Schweigen. »Ein Streifenwagen hätte gereicht. Wir verschwenden hier nur unsere Zeit.«

»Und was würdest du lieber tun? Verkehrskontrollen sind dir ja auch zu öde.«

»Den Tod der Frau aufklären, das wäre etwas Sinnvolles«, argumentierte sie.

»Du hast Lorenzen doch gehört. Wir wissen nicht, wer die Tote war. Keine Papiere, keine Zahnbilder – nichts! Kein Hinweis auf ein Gewaltverbrechen, keine Ermittlung.«

»Ich weiß ja, dass du recht hast. Aber du warst doch der Erste, der ›Mord!‹ geschrien hat.«

Matthias zuckte nur mit den Schultern.

»Sei jetzt nicht beleidigt. Ich wollte dich nicht kränken wegen der blonden Frau.«

»Bin ich nicht.«

Im Augenwinkel sah ihr Matthias ein letztes Mal hinterher. Sie war die erste und einzige Person, die die Anwesenheit der Polizisten durch ein Gespräch anerkannt hatte, und sie war auffallend jünger als ihr Mann. Nun war sie im Begriff, die Veranstaltung zu verlassen. An ihrer Seite, jedoch in respektvollem Abstand, ging ihr Ehemann.

»Das gibt's doch nicht!«, murmelte Matthias leise.

»Was denn?« Marleen sah sich im Raum um, auf der Suche nach etwas Auffälligem.

»Die Frau, die eben mit mir gesprochen hat, ist mit Lukas Horvath verheiratet.« Marleen erinnerte sich an den Fahrradfahrer, zeigte aber nicht die von ihm erhoffte Begeisterung. »Ich hatte eigentlich Gerüchte gehört, dass er und seine Frau sich trennen. Es soll eine erhebliche Summe Geld im Spiel sein.«

Das Funkgerät an Matthias' Brust knisterte. »Die Veranstaltung endet in einer halben Stunde, bisher keine Vorkommnisse«, hörten sie.

»Na, dann können wir ja bald nach Hause«, seufzte Marleen und streckte ihre Beine, die nach dem stundenlangen Stehen, trotz ihres regelmäßigen Trainings, anfingen zu schmerzen. Einfach nur auf der Stelle stehen lag ihr nicht.

Mit vorsichtigen Schritten stieg Marleen die knarrende Treppe zu ihrer Wohnung hinauf, bedacht darauf, keinen Laut zu verursachen, der ihre Vermieter wecken könnte. Sie hatte die Eigenarten der Stufen studiert, kannte jede, die bei Belastung ein verräterisches Geräusch von sich gab, und übersprang diese mit leichtfüßiger Anmut. Oben angekommen, stellte sie einen vorbereiteten Eintopf zum Aufwärmen in die Mikrowelle, wartete geduldig auf das vertraute »Ping« und nahm dann erschöpft an ihrem Küchentisch Platz. Sie aß behutsam, pustete auf jeden Löffel, um sich nicht die Zunge zu verbrennen, und lauschte den leisen, kaum verständlichen Dialogen einer Serie, die sie zur Ablenkung im Hintergrund laufen ließ. Die Lautstärke hatte sie auf ein Minimum reduziert, um niemanden aus seinem wohlverdienten Schlaf zu reißen. Sie konnte es sich nicht leisten, ihre Vermieter zu verärgern, zu sehr hing ihr Wohl von dieser Wohnung ab.

Während sie so am Tisch saß, griff Marleen nach ihrem Smartphone und öffnete den Chat mit Jan. Er hatte sich schon vor Stunden in den Schlaf verabschiedet. Ihre Gedanken drifteten zurück zu der Toten und der glamourösen Veranstaltung, die sie gerade verlassen hatte.

Morgen, spätestens übermorgen, würden die Tageszeitungen über den Empfang berichten. Sie würden die anwesenden Prominenten auflisten, die diskutierten Themen erörtern und vielleicht auch die angekündigten Klimademonstranten erwähnen, die jedoch untätig geblieben waren. Und die unbekannte Tote? Ihr wurden kaum mehr als ein paar Zeilen gewidmet; übermorgen würde sich niemand mehr an sie erinnern. Es war eine bittere Ungerechtigkeit, dass das oberflächliche Geplauder betuchter Gäste mehr Beachtung fand als der Tod eines Menschen – ob bekannt oder nicht.

Sieben

Die naturbelassene Holztür des Therapiezimmers schwang mit einem kaum hörbaren Quietschen auf. Sein Blick schweifte über das Interieur, verweilte kurz auf dem Bücherregal, das mit kunstvollen Holzschnitzereien, Kugeln und ovalen Objekten geschmückt war. Dann glitt er zu den behaglichen Sesseln, die gegenüber einem niedrigen Dreibeintisch arrangiert waren. Der Raum hatte mehr Ähnlichkeit mit einem feminin eingerichteten Wohnzimmer als mit einer Therapieräumlichkeit, wie er sie zu Beginn seiner Behandlung erwartet hätte. Die Psychotherapeutin, Dr. Sylvia Moreau, stand auf und begrüßte ihn mit einem warmen Lächeln.

»Willkommen, nehmen Sie bitte Platz«, sagte sie und deutete auf den Sessel gegenüber. Er nickte und ließ sich in die weichen Polster sinken. »Es ist eine Weile her seit unserem letzten Treffen«, begann sie, ihre Stimme sanft, aber bestimmt. »Wie ist es Ihnen in dieser Zeit ergangen?« Sie lehnte sich zurück und musterte aufmerksam den Mann, der vor ihr saß. Er balancierte auf der Kante des Sessels und lehnte sich nach vorn.

»Ich fühle mich immer noch … getrieben.«

Sie nickte bedächtig. Ihr Kugelschreiber flitzte über den Notizblock, den sie auf ihren Beinen abgelegt hatte.

»Haben Sie die Übungen durchgeführt, wie wir es besprochen haben?«

Er schüttelte den Kopf und vermied ihren Blick. »Nein. Sie helfen mir nicht.«

Frustration zuckte über ihr Gesicht, bevor sie nahtlos und blitzschnell wieder eine professionelle Miene auflegte. »Ihre aktive Teilnahme und Ihr Engagement für die Mitarbeit sind entscheidend für den Erfolg dieser Therapie. Es ist wichtig, dass Sie die Übungen durchführen und regelmäßig zu den Sitzungen kommen. Ein Erfolg stellt sich nun mal nicht von heute auf morgen ein.«

»Ich bin doch hier, oder etwa nicht?«, verteidigte er sich.

Dr. Moreau seufzte leicht und legte ihren Stift beiseite. »Ihre Behandlung ist nicht kostenlos. Ich muss Ihnen jede ausgefallene Sitzung in Rechnung stellen, da Sie sich gegen einen Antrag bei Ihrer Krankenkasse entschieden haben. Sind Sie sicher, dass Sie diese Art von Therapie wirklich fortsetzen möchten? Hilft es Ihnen überhaupt, hierher zu kommen? Gesprächstherapie ist nicht für jeden geeignet, und eine verhaltenstherapeutische Behandlung benötigt nun mal Zeit und Mitarbeit.«

»Es hilft mir, zu wissen, dass ich auf Sie zurückgreifen kann, wenn ich das Bedürfnis habe. Und was die Kosten betrifft … das ist kein Problem. Ich übernehme alle Kosten selbst, einschließlich der ausgefallenen Stunden. Sie haben immer Ihr Geld bekommen, oder etwa nicht? Es sollte also nicht Ihr Schaden sein, wenn sich meine Pläne kurzzeitig ändern.«

Ihr Blick wurde ernst. »Ich verstehe Ihre Argumentation, aber ich möchte, dass Sie aktiv an Ihrer Heilung arbeiten. Ansonsten muss ich darüber nachdenken, Ihren Platz an jemand anderen zu vergeben.«

»Verstehe.«

Sie griff wieder nach ihrem Stift. »Dann lassen Sie uns an unserer letzten Sitzung anschließen. Sie scheinen ziemlich abwehrend zu reagieren, wenn wir Ihre Kindheit ansprechen.« Wie zur Bestätigung verhärtete sich sein Gesicht. »Also lassen Sie uns darüber sprechen.«

»Was hat das mit meinen aktuellen Problemen zu tun?«, fragte er. Seine Stirn legte sich in tiefe Falten.

Dr. Sylvia Moreau lächelte verständnisvoll. »Unsere Kindheit und die Erfahrungen, die wir in jener Zeit gemacht haben, prägen uns und beeinflussen auch unser Erwachsenenleben«, erklärte sie ruhig. »Um Ihre aktuellen Probleme zu verstehen und zu behandeln, müssen wir auch Ihre Vergangenheit betrachten.«

Er schüttelte störrisch den Kopf. »Ich sehe das anders.«

Seine Ablehnung war zu erwarten gewesen, beeindruckte sie aber nicht. Es kam häufig vor, dass Patienten sich dagegen sperrten – gerade, wenn dort die Wurzel der Probleme zu vermuten war.

»Das ist Ihr gutes Recht. Vielleicht könnten wir uns langsam vortasten? Berichten Sie mir doch von einem Ereignis aus Ihrer Kindheit, das Sie bis heute beschäftigt. Irgendetwas. Sie können frei wählen.«

»Bleibt das vertraulich?«

Dr. Moreau seufzte. »Alles, was Sie mir erzählen, unterliegt der Schweigepflicht und bleibt vertraulich, es sei denn, es besteht eine unmittelbare Gefahr für Sie oder andere.«

Er zögerte einen Moment, dann knackten seine Fingerknöchel in der Stille des Raumes. »Als Kind habe ich etwas getan ... Ich erwarte, dass Sie mich dafür verurteilen werden.«

Sie lächelte ihm ermutigend zu und nickte. »Bitte erzählen Sie mir davon.« Sie griff nach ihrem Notizblock und bereitete sich darauf vor, ihm zuzuhören. »Ich bin hier, um Ihnen zu helfen, nicht um Sie zu verurteilen.«

»Ich war wütend auf meine Mutter. Sehr wütend sogar.«

»Was hat diese Wut ausgelöst?«

Er schüttelte den Kopf. »Ich weiß es nicht mehr ... Ich ... Keine Ahnung.«

»Versuchen Sie es bitte.«

Dr. Moreaus sanfter Ton ließ ihn kurz innehalten. »Es ist ... kompliziert.«

»Dann fangen Sie mit etwas Leichtem an, irgendetwas, was Ihnen dazu in den Sinn kommt.«

»Hören Sie, ich will hier mitarbeiten, wirklich, aber ...«

»Aber?« Ihr Ton war immer noch ruhig, aber ihr Blick war fest auf sein Gesicht gerichtet.

»Könnten wir das aufs nächste Mal verschieben?«

Dr. Moreau hob auffordernd ihre Augenbrauen. Auseinandersetzungen und Konfrontationen ließen sich nie ganz vermeiden. Sie waren Grundpfeiler der Therapie. Ein Patient konnte jahrelang bei ihr sein und eine Auseinandersetzung mit seinen wahren Problemen sorgfältig vermeiden, wie Seefahrer, die ein gefährliches Riff umfahren, um sicherzugehen, dass sie immer eine Handbreit Wasser unter dem Kiel haben. Dennoch war es unvermeidbar. Sollte die Therapie jemals von Erfolg gekrönt sein, musste eine Auseinandersetzung, eine Konfrontation erfolgen.

»Bitte …«, sagte er mit Nachdruck.

»Unter einer Bedingung«, antwortete sie. »Sie nehmen den kommenden Termin wahr. Unabhängig von Ihrem Befinden … Egal, wie eingespannt Sie beruflich sind. Können wir uns darauf verständigen?«

»Das können wir.«

»Und Sie erzählen mir heute etwas über ihre Kindheit. Irgendetwas. Das lassen wir dann erst mal sacken und gehen in der nächsten Stunde tiefer darauf ein. Sie können jederzeit abbrechen, aber wir brauchen etwas, womit wir arbeiten können«, erklärte sie.

Er zögerte, ein Schatten huschte über sein Gesicht. »Sie werden dann doch alles direkt analysieren.«

»Ich weiß, dass es schwierig für sie ist. Aber ich werde nur einige Nachfragen stellen, sie erzählen mir nur etwas, was Sie bereits wissen.«

Der Mann seufzte resigniert. »Es ist nicht mein Lieblingsthema.«

»Ich weiß.« Niemand kam zur Therapie, um über ein Lieblingsthema zu sprechen. Es wäre sogar eine angenehme Abwechslung, wenn mal ein Patient zu ihr käme, um sich über Filme, Serien oder die Weltgeschichte zu unterhalten, dachte sie.

»Und Sie lassen mich dann damit vorerst in Ruhe?«

»Wir müssen darüber sprechen, aber wenn es Ihnen heute zu viel wird, behandeln wird das Thema wie besprochen bei unserem nächsten Treffen.«

»Einverstanden!«

»Dann werden wir heute nicht überziehen und pünktlich Schluss machen. Sie fahren im Anschluss wieder zurück, richtig?«

Er nickte.

Sie richtete ihren Kugelschreiber in seine Richtung, eine stumme, eindringliche Aufforderung, die ihn dazu drängte, den Anfang zu machen. Er ließ seinen Kopf zurückfallen, schloss die Augen.

»Was mir gerade in den Sinn kommt, ist, dass meine Mutter eine Katze besaß – orangefarbenes Fell mit Streifen.«

»Ein Stubentiger.«

»Genau ... Und dann gab es diesen einen Tag, an dem ich allein im Garten spielte, in der Nähe des Baumhauses, das mein Vater und ich angefangen hatten zu bauen ...« Er räusperte sich, ein Moment der Stille folgte. »Bevor er verstarb. Es blieb unvollendet, eine halbfertige Ruine in einem Baum, die mich immer an ihn erinnerte, wenn ich zum Spielen nach draußen geschickt wurde.«

»Wie fühlten Sie sich an dem Tag, den Sie beschreiben?«, fragte sie. Forschend suchten ihre Augen die seinen.

»Ich weiß nicht ... frustriert, traurig oder so. Ich bin nicht besonders gut darin, über Gefühle zu sprechen«, gab er zurück. »Jedenfalls tauchte die Katze auf. Ihre Katze. Also die Katze meiner Mutter. Sie streifte durch das hohe, ungezähmte Gras. Und ich ... Ich war so voller Wut auf meine Mutter, dass ich eine der zerborstenen Holzplanken aufhob und auf die Katze einschlug. Sie starb nicht sofort.« Er rieb sich den kalten Schweiß von den Händen an die Hosenbeine und an die Seiten seines Hemdes. Spuren davon waren deutlich zu sehen. »Sie wand sich auf dem Boden und ich ... Ich beobachtete sie nur. Ich hätte ihr Leiden beenden können, aber ich tat es nicht. Ich schaute zu, und irgendwie ... Es war für mich ... Es ist schwierig, das zu erklären, ohne dass es für Sie völlig falsch klingt ... Aber ich wartete einfach ... verstehen Sie?«

Seine Stimme erstarb, er sah die Therapeutin fragend an.

Ihr Gesichtsausdruck blieb unverändert, wie eine steinerne Maske. Egal, was sie darüber persönlich dachte, der Patient durfte es niemals sehen.

»Ich weiß, dass das falsch war«, ergänzte er.

»Es ist lobenswert, dass Sie bereit sind, diese Erinnerungen zu teilen«, sagte sie und kritzelte eifrig auf ihrem Notizblock. »Sie waren damals noch ein Kind, das aus Schmerz und Impulsivität gehandelt hat.«

»Wenn Sie das sagen ...«

»Haben Sie Ihrer Mutter von dem Vorfall erzählt?«

Er lachte bitter auf. »Nein, stattdessen habe ich ihr eine neue Katze vorgesetzt, ähnlich, aber doch nicht gleich. Das Fell war anders. Ich fragte mich ständig, wann sie den Unterschied bemerken würde, aber sie tat es nie.«

»Was meinen Sie mit ›nie‹? War es nicht nur ein einmaliges Ereignis?«

Er schüttelte den Kopf. »Das meinte ich nicht. Interpretieren sie nichts hinein, wo nichts ist. Was ich meinte, war, sie nahm es gleichgültig hin. Das Geld, das ich für das Viech ausgegeben hatte, war es nicht wert. Es war mein gesamtes Taschengeld, und ich bin mir sicher, sie hätte das Tier nicht vermisst, wenn es einfach nicht mehr aufgetaucht wäre.«

»Was ist mit der verstorbenen Katze geschehen?«

»Was soll ich mit ihr gemacht haben?« Sein Ton war defensiv.

»Das frage ich Sie«, erwiderte sie ruhig.

Er zögerte, die Frage hing zwischen ihnen. »Ich habe sie nicht begraben, wenn Sie das meinen«, gestand er schließlich.

»Was also dann? Haben Sie sie verbrannt? Im Müll entsorgt?« Ihre Frage war direkt, doch ihre Stimme behielt ihre therapeutische Neutralität bei.

»Ich habe sie dem Meer übergeben.«

»Dem Meer übergeben? Warum gerade dem Meer?«

Er hob die Schultern. »Hören Sie, ich war ein Kind, ich weiß es nicht mehr genau. Ich dachte vermutlich, es wäre besser, wenn sie dort verschwinden würde. Die Gezeiten und die Aas-fresser … Sie würden sich um sie kümmern. Das Meer hat seine eigene Art, alles zu verschlingen, was wir ihm geben.«

Der Stift kratzte über das Notizblatt. »Sie sagten, Sie hätten sich um Ersatz gekümmert. Warum haben Sie die Katze Ihrer Mutter ersetzt? Tat es Ihnen leid? Wollten Sie ein Art Wieder-gutmachung leisten?«

»Nein, ich hatte einfach Angst. Angst vor der Reaktion mei-ner Mutter. Das wäre ihnen nicht anders gegangen, wenn Sie was falsch gemacht hätten.«

Seine Hand fuhr zitternd durchs Haar, schob die Strähnen beiseite und ließ sie wieder fallen. »Ich glaube, das reicht für heute.«

»Das denke ich auch«, stimmte sie zu und blickte auf die Uhr. »Wir haben aber noch ein wenig Zeit. Gibt es etwas, wo-rüber Sie noch sprechen möchten?«

»Ja, da gibt es etwas. Meine aktuelle Beziehung«, antwortete er. Seine Stimme, die bisher von Anspannung durchdrungen gewesen war, weichte auf.

»Die Frau, über die Sie mir in unserer letzten Sitzung berich-tet haben? Ihr Name war Jessica, richtig?«

»Nein, Jessy ist Vergangenheit. Ich habe jemand Neues ken-nengelernt. Aber ich mache mir Sorgen. Ich fürchte, ich neige dazu, zu dominierend zu wirken. Wie Sie schon sagten: Ich bin zuweilen impulsiv. Dieses Verhalten hat in meiner letzten Bezie-hung zu einer unerwarteten, schlagartigen Trennung geführt.«

»Haben Sie es nicht kommen sehen?«

»Nein, es hat mich selbst überrascht.«

»Helfen Sie mir mal kurz auf die Sprünge. Die wievielte Partnerin war das bereits in diesem Jahr?«

Er zuckte mit den Schultern und sog Luft ein, sodass sich sein Oberkörper anspannte. »Einige. Aber das will ich ändern, verstehen Sie? Ich will so nicht mehr leben. Wie Sie wissen, ist das auch der Grund, weshalb ich hier bin. Das, worum es mir geht. Ich bemühe mich wirklich …«

»Dann werden wir gemeinsam an diesem Problem arbeiten«, versprach die Therapeutin und lächelte ihm ermutigend zu. Sie wusste, dass sie erst an der Oberfläche gekratzt hatte, aber sie ahnte nicht, dass er unter der Schale einen Kern verbarg, den nur wenige arme Seelen zu sehen bekamen. »Bevor Sie gleich wieder fahren, wollte ich noch etwas ansprechen. Vielleicht sollten Sie darüber nachdenken, einen Therapeuten vor Ort aufzusuchen. Dann wäre der Anreiseweg nicht so weit.«

»Es hat schon seine Gründe, dass ich hier bei Ihnen bin.«

Wenig später war er ohne größeren Abschied so schnell verschwunden, wie er gekommen war.

Acht

Der Regen fiel in einem unangenehmen Winkel schräg von vorn, sodass die Kappe ihr nicht half, und dazu in ungeheuren Mengen, angetrieben von einem kräftigen Wind. Marleen kämpfte sich rüber zur Bäckerei. Es war früh am Morgen, die Brötchen frisch, die Verkäuferin gut gelaunt. Sie trat in den warmen Raum ein, sog die nach Gebäck duftende Luft ein und rieb sich die Hände, die vom Regen eiskalt geworden waren.

»Da kommt ja ordentlich was runter.« Die Verkäuferin sah an Marleen vorbei auf die Regenmassen. »Was darf's denn sein?«, fragte sie freundlich. Sie war noch sehr jung, vermutlich in der Ausbildung.

Marleen ging auf die Bemerkung nicht ein. Die durchnässte Uniform und die Tropfen hinter ihr auf dem Linoleumboden waren Zustimmung genug. »Morgen. Ich nehme fünf Brötchen, drei Kaffee und ein Plunderteilchen.« Das Plunderteilchen war eine Sonderbestellung von Matthias, der zum zuckrigen Kaffee noch zuckriges Gebäck haben wollte.

Die Verkäuferin stellte die drei Becher in einen Vierer-Pappformhalter. Marleen legte das Geld auf den Tresen. Es war mehr als nötig, der Rest Trinkgeld. Eilig ergriff sie die knisternde Tüte und den Pappbecherhalter, bevor sie sich wieder in die nasse Welt da draußen hinausstürzte, schnellstmöglich zurück zur Polizeistation. Ihre anfänglich rasanten Schritte verloren jedoch rasch an Tempo und wandelten sich zu einem bedachten, schnelleren Gehen, als sie die Hitze des Kaffees durch den dünnen Karton spürte. Sie hatte nicht vor, sich wegen einer hastigen Begegnung an dem heißen Zeug zu verbrühen.

Matthias wartete auf der Wache und klammerte sich, wie zum Hohn, trocken und zufrieden an eine warme Tasse Kaffee, die er genüsslich trank. »Wieso hast du denn keinen Schirm mitgenommen? Es regnet doch, und nicht zu knapp.«

Marleen warf ihm einen stechenden Blick zu und stellte die feuchte Brötchentüte und den Kaffee auf den Tisch. Die tropfende Uniformjacke hängte sie über die Stuhllehne.

»War nur ein Scherz«, sagte Matthias und grinste breit. »Der Wind ist zu stark, der Schirm wäre dir weggeklappt wie morsche Zweige.«

»Deine Stimmung ist fast schon zu gut für das, was wir heute vorhaben. Es gibt Leute, die überspielen ihre Angst mit guter Laune.«

Das Grinsen verschwand für einen Moment. »Ich hab doch keine Angst vor einer Obduktion, also bitte!«

Marleen – seit jeher gut darin, Menschen zu lesen – ahnte, dass er log. »Gut für dich«, sagte sie. »Sind die beiden immer noch im Gespräch?«

»Sieh selbst.« Matthias drehte sich samt Stuhl und beobachtete Lorenzen und Viktor Clemens, die sich angeregt unterhielten. Lorenzen bemerkte, dass er beobachtet wurde, stand auf und kam auf sie zu. »So, ihr zwei, ich hatte es ja schon vorsichtig angekündigt: Ihr dürft mit Clemens nach Kiel zur Obduktion der Leiche. Dennoch mag ich es nicht gerne haben, wenn zwei meiner Leute die A7 runterfahren, während wir zwei größere Wohnungsdurchsuchungen durchführen wollen. Aber Clemens hat recht. Ihr habt sie geborgen, und mit dir, Marleen, haben wir ja auch schon eine erfahrene Kollegin dabei.« Erfahren war natürlich geschmeichelt, aber immerhin, sie hatte fünf Jahre lang bei der Mordkommission gearbeitet, war als Zweitbeste des Jahrgangs direkt dort eingestiegen. Nur Königs war besser gewesen, und der war inzwischen beim LKA.

»Der Wagen ist vollgetankt, und wir haben für Verpflegung gesorgt«, sagte Matthias.

»In Ordnung, geben Sie mir eine Minute, dann können wir los.« Clemens ging und kam mit einer dünnen Mappe zurück. Dort hatte er alle Informationen gesammelt, die sie zusammengetragen hatten: Einsatzbericht, Fotos und das Untersuchungs-protokoll des Arztes.

»Ich habe Ihnen einen Kaffee mitgebracht.« Marleen griff einen der zwei Becher ohne Zucker und reichte ihn weiter.

»Sehr aufmerksam, vielen Dank!«

»Freust du dich eigentlich?«, fragte Matthias, während er den Wagen auf den Autozug lenkte.

»Wieso sollte ich?«, fragte Marleen verwundert von der Rückbank. Ein Besuch in der Rechtsmedizin war normaler-weise alles andere als ein Grund zur Freude.

»Für dich ist es doch wie eine Heimkehr, oder nicht?«

»Nach Kiel sind es nur zweieinhalb Stunden, es ist nicht un-bedingt aus der Welt.«

»Wie kommt es eigentlich, dass du bei der Schutzpolizei gelan-det bist? Lorenzen meinte, du warst auch bei der Mordkommis-sion«, fragte Clemens vom Beifahrersitz über die Schulter hinweg.

»Die Stelle bei der Kriminalpolizei Sylt wird erst in acht Mo-naten frei, aber ein Ortwechsel war für mich überfällig«, be-gann Marleen, ihre Worte sorgsam wählend, um so viel Über-zeugung wie möglich in ihre Stimme zu legen. »Die Chance, auf dieses Nordseeidyll zu ziehen, war einfach zu verlockend. Bis dahin möchte ich die Gelegenheit nutzen, enger mit der Gemeinschaft hier auf Sylt verbunden zu sein. Als Streifenpoli-zistin habe ich mehr direkten Kontakt mit den Bürgern. Ich glaube fest daran, dass mir diese Erfahrung in meiner zukünf-tigen Arbeit bei der Kripo zugutekommen wird.«

Clemens schaute sie nachdenklich an. Seine Skepsis war mit Händen zu greifen. »Wenn du das sagst …«, gab er schließlich zurück. Er kaufte Marleens Erklärung nicht ganz, aber er schwieg dazu.

Ihre wahren Gründe gingen niemanden etwas an.

Clemens dachte darüber nach. Er war schon seit Langem bei der Mordkommission, und der Gedanke, wieder zurück zur Schutzpolizei zu gehen, war für ihn nicht besonders reizvoll.

»Melde dich jedenfalls, wenn du wieder Lust hast, bei der Mordkommission einzusteigen. Lorenzen würde schimpfen wie ein Rohrspatz, aber gerade jetzt, wo wir Personalnot haben, würden unsere Personaler eine erfahrene Kollegin wahrscheinlich im Eilverfahren hinzuholen.«

»Ich werde dran denken, wenn es soweit ist«, antwortete sie. So schnell würde es allerdings nicht dazu kommen, dachte sie. Das Gespräch hätte er dann sicher bereits vergessen. Vermutlich war es eh mehr eine höfliche Floskel als ein tatsächliches Angebot.

Sie zog die Mütze vom Kopf und ordnete die nassen Haare.

»Ich werde versuchen, ein Hörbuch zu hören. Gebt mir Bescheid, wenn wir auf der Hälfte sind, ja?« Sie kramte in der Jackentasche und zog ein Smartphone und die passenden Kopfhörer hervor in der Hoffnung, keine weiteren Fragen beantworten zu müssen.

»In Ordnung«, bestätigte Matthias, doch das hörte sie schon nicht mehr.

Als sie ihre Füße auf den nüchternen Beton vor dem Institut für Rechtsmedizin setzten, durchfuhr Marleen ein unbehaglicher Gedanke. Die Ermittler der Kriminalpolizei huschten hier oft durch die Flure, hinter deren anonymen Türen sich die dunklen Seiten der Menschheit offenbarten. Körperverletzungen, Vergewaltigungen, Morde – jedes Detail, das hier dokumentiert wurde, trug die Handschrift eines grausamen Verbrechens.

Die Luft war gesättigt mit dem scharfen Geruch von Desinfektionsmitteln, der sich mit dem Duft von Formalin vermischte. Sie erinnerte sich an die unzähligen Stunden, die sie während ihrer Zeit bei der Mordkommission hier verbracht hatte. Wie oft hatte sie mit Ärzten und Pathologen gesprochen, während ihr Blick auf frischen Bildern des Grauens ruhte!

Trotzdem, das Gefühl der Beklemmung ließ sich nie abschütteln. Es war, als erinnerte das Institut sie daran, dass jeder

Mensch nur einen Atemzug, einen falschen Schritt, einen unachtsamen Moment davon entfernt ist, auf einem kalten Obduktionstisch zu landen.

Mit entschlossenem Schritt bewegten sie sich auf den Saal zu, dessen Nummer ihnen zuvor übermittelt worden war. Dominierend in der Mitte des Raumes befand sich ein großer Metalltisch, flankiert von einem Rolltisch, der mit vielfältigen Instrumenten beladen war – Sägen, Zangen, Skalpelle.

Zwei Rechtsmediziner befanden sich im Raum und führten eine lebhafte Unterhaltung. Beim Eintreten der Neuankömmlinge unterbrachen sie ihr Gespräch und wandten sich ihnen zu. Clemens erkannte den Mediziner, mit dem er schon am Strand zusammengearbeitet hatte. Dieser stellte sich selbst als Dr. Richard Höger vor und seinen Kollegen als Dr. Ralf Trochow.

»Kriminalkommissar Clemens von der Mordkommission Flensburg, und das ist …«

»Marleen Jacobs«, beendete Dr. Höger den Satz und schenkte ihr ein warmes Lächeln. »Es ist schön, Sie wiederzusehen.«

»Hallo, Dr. Höger, die Freude ist ganz meinerseits.« Es waren einige Monate vergangen seit ihrer letzten Begegnung. Am Weststrand hatten sie sich knapp verpasst.

Clemens brauchte einen Moment, um das Gespräch wieder unter seine Kontrolle zu bringen. »Und das ist Kommissar Matthias Seger«, stellte er den Letzten der Gruppe vor.

»Ist dies Ihr erster Besuch bei uns, Herr Seger?«, fragte Höger und lächelte. »Sie sehen etwas blass aus. Wenn Sie sich unwohl fühlen, bitte ich Sie, rechtzeitig hinauszugehen. Ein möglichst steriler Arbeitsplatz ist uns sehr wichtig, und wir möchten nicht, dass Sie uns plötzlich umkippen.«

»Ich werde schon klarkommen«, antwortete Matthias.

Marleen war klar, dass er sich nach seiner großspurigen Ansage heute Morgen keine Blöße geben wollte.

Höger hielt diesen Vortrag – jeweils angepasst an die individuelle Situation – für jeden Erstbesucher, der auch nur den geringsten Hauch von Unsicherheit zeigte. Auch Marleen hatte ihn sich vor Jahren anhören dürfen.

Die Rechtsmediziner schlüpften in Masken und sterile Handschuhe, bevor sie sich einem Tisch zuwandten. Auf diesem lag eine Gestalt, verborgen unter einem weißen Tuch.

»Da Sie etwas spät dran sind, haben wir den Leichnam bereits aufgebahrt.« In Marleen breitete sich Unbehagen aus. Süßlicher Geruch stieg ihr in die Nase, Bilder der Toten drängten sich auf, ließen ihren Magen rebellieren.

Höger schlug das Tuch zurück, das bis dahin den Körper verhüllt hatte. Dr. Trochow fertigte aus verschiedenen Winkeln Fotos zur Dokumentation an.

»Nun, lassen Sie uns keine Zeit verschwenden. Zehn Uhr, Beginn der Obduktion. Es handelt sich um einen weiblichen Leichnam, unidentifiziert, augenscheinlich zwischen zwanzig und dreißig Jahre alt. Bei Fragen können Sie diese jederzeit stellen.« Er schaute direkt Matthias an, der stumm nickte.

In aller Ruhe begann er dann mit der äußeren Leichenuntersuchung und entfernte dabei die Reste des grünen Stoffes, die noch am Körper hafteten, um diese später genauer zu untersuchen.

»Dem Leichnam fehlen sämtliche Gliedmaßen sowie der Schädel.«

»Weist das nicht schon auf einen Mord hin? Meine Kollegin und ich sind uns da uneins«, warf Matthias ein.

So früh hatte Höger nicht mit der ersten Frage gerechnet. »Sie kommen von einer Insel, Sie sollten das eigentlich wissen. Wasser weicht Haut, Nägel und Gewebe auf, sodass dann ein einfacher Stein ausreichen kann, um den Körper zu beschädigen«, erklärte er.

»Kann man sicher von Steinen ausgehen?«

»Steine, starke Strömungen, Tiere, Turbinen, in manchen Fällen reicht auch Seetang.«

Höger fuhr fort. Er nahm eine Lupe zur Hand, beugte sich über die Bruchstellen der Gliedmaßen und untersuchte den gesamten Körper auf Anzeichen von Gewalt.

»Äußere Merkmale am Torso, die auf die Todesursache hindeuten könnten, sind nicht ersichtlich. Wir werden nun den Brustkorb öffnen, um zu prüfen, ob ein Tod durch Ertrinken feststellbar ist.« Er nahm die Säge zur Hand und öffnete den Brustkorb. Matthias schloss die Augen. Die Geräusche waren ihm zu viel, doch sein Geist spielte ihm einen eigenen Film vor den Augen ab, keinen Deut harmloser als das, was real vor ihm passierte.

»Die Lunge zeigt keine Anzeichen von äußeren Verletzungen, sie ist auch nicht gebläht. Sie ist zurückgefallen.«

»Das bedeutet, sie war bereits tot, als sie ins Wasser fiel. Die Atmung hatte bereits ausgesetzt«, folgerte Clemens.

»Es mag so scheinen, dass keine Vitalzeichen mehr vorhanden waren. Aber auch wenn wir keine trockene Blähung erkennen können und unter Berücksichtigung der Tatsache, dass der Körper bereits lange im Wasser getrieben ist, kann es durchaus sein, das etwaige Merkmale nicht mehr nachweisbar sind.«

»Können wir das sicher annehmen?«, fragte Clemens. Es machte ermittlungstechnisch einen großen Unterschied, ob die Frau im Wasser gestorben war oder außerhalb. Es war einer der Ermittlungsvektoren, an die sich die Staatsanwaltschaft zweifellos hängen würde, käme es jemals zu einer Anklage.

»Ich werde Lungengewebe aus dem Teil der oberen Lungenspitze entfernen. So können wir feststellen, wie hoch die Konzentration von Kieselalgen ist, und vergleichen die Konzentration im entnommenen Gewebe mit der Konzentration in dem Wasser, in dem die Tote gefunden wurde. Sollte die Konzentration im Gewebe der Lunge höher sein als im Wasser, wissen wir, dass die Person unter Wasser noch geatmet hat, meistens heftig im Überlebenskampf. Eine solche Messung dauert jedoch ihre Zeit. Vor morgen wird sich das Labor bezüglich der Diatomeen-Testung nicht bei Ihnen melden, Herr Clemens.«

»Dann weiß ich Bescheid.«

»Ich werde außerdem Proben für eine toxikologische Testung entnehmen und Sie über das Ergebnis informieren.« Dr. Richard

Höger betrachtete wieder den Korpus, untersuchte ihn gründlich. »An der fünften Rippe ist ein Haarriss zu sehen, Ursache unklar. Die Fissur ist kurz vor dem Tod eingetreten und nicht verheilt.« Haarrisse, die kleinste und feinste Form eines Bruchs, konnten vielerlei Gründe haben. Überanstrengung des Knochens, Überlastung, aber auch externe Gründe wie Stürze, kräftige Schläge, Druck, der unnatürlich auf den Knochen ausgeübt wurde. Clemens wusste, dass eine gewaltsame Auseinandersetzung eine mögliche Ursache, aber nicht zweifelsfrei feststellbar war.

Die Obduktion führte weiter zu der großen Risswunde, die Matthias beim Auffinden der Leiche bemerkt hatte. »In der rechten Leistengegend befindet sich eine Wunde von etwa fünfundzwanzig Zentimetern Länge. Die Haut ist zwar verletzt, aber es gibt keine Anzeichen dafür, dass zum Zeitpunkt der Verletzung eine aktive Durchblutung stattgefunden hat. Die Schnitte gehen bis auf die Knochen. Sieht nach einer Verletzung durch eine Schiffsschraube aus.«

Die Obduktion dauerte noch zwei Stunden an. Matthias, der etwas Abstand brauchte, zog sich in den Hintergrund zurück. Marleen bot ihm an, auf dem Flur zu warten; sie selbst würde bis zum Ende dabeibleiben. Matthias ließ sich das kein zweites Mal sagen und verschwand.

»Besteht eine Möglichkeit, die Identität der Toten zu ermitteln?«, fragte Marleen am Ende der Obduktion.

»Ich extrahiere die DNA, der Rest obliegt Ihnen«, sagte Höger.

Clemens drehte sich zu Marleen. Er hatte die Arme nachdenklich verschränkt. »Wir gleichen die Daten ab. Sollte sie nicht bereits als vermisst gemeldet worden oder in der Vergangenheit strafrechtlich in Erscheinung getreten sein, sodass sie in unserer Datei verzeichnet wäre, werden wir ohne Fingerabdrücke und zahnärztliche Unterlagen kaum Möglichkeiten haben, sie zu identifizieren.« Clemens Stimme war ernst, seine Worte ließen wenig Raum für Optimismus.

Zurück im Wagen herrschte zunächst betretenes Schweigen. Erst als Matthias die A210 verließ und auf die A7 wechselte, die sie weiter nach Norden in Richtung Flensburg führte, brach er sein Schweigen.

»Was wurde noch besprochen? Wie geht es jetzt weiter?« Er blinkte nach links und setzte zum Überholen eines Volvo an, der sich penibel an die vorgeschriebene Geschwindigkeit hielt.

Clemens, der während des Überholmanövers in den Rückspiegel blickte, antwortete: »Schwer zu sagen. Die inneren Organe wurden untersucht, und wir warten auf den toxikologischen Bericht. Es gestaltet sich jedoch schwierig, da der Mageninhalt bereits stark verwest und zum Teil ausgespült ist.« Sein Blick schweifte aus dem Fenster, wo die Landschaft an ihnen vorbeizog.

»Wie lange hat sie im Wasser gelegen?«, hakte Matthias nach.

Clemens seufzte. »Jetzt kommen die schwierigen Fragen«, murmelte er und rieb sich die Stirn. »Dr. Höger schätzt, mehrere Monate. Es ist schwierig, das jetzt noch genau zu bestimmen.«

In seiner Stimme lag eine Spur von Frustration, wie man sie empfindet, wenn sich der erhoffte Durchbruch nicht einstellt und man nach der Untersuchung genauso schlau ist wie vorher. Es gab keine Hinweise auf die Todesursache, nur eine Reihe von Tests und Untersuchungen, aber keine klaren Beweise für oder gegen ein Verbrechen. »Vielleicht haben wir Glück, und die DNA-Proben liefern uns ein Ergebnis«, sagte Clemens. Eine Obduktion war nie eine Garantie für eine Lösung. Doch dieses Mal hatten sie keine Hinweise, die dazu beitragen konnten, den Tod aufzuklären.

»Wenn wir irgendwie helfen können, tun wir das gern«, versicherte Marleen. Matthias sah sie kurz an, widersprach ihr aber nicht.

»Das weiß ich zu schätzen.«

Hatte die Frau durch einen unglücklichen Umstand ihr Leben verloren? War sie gestürzt und ins Meer gefallen? Oder war es ein Verbrechen auf einem Schiff, bei dem der Leichnam im Meer entsorgt wurde? Wenn sie nur wüssten, wer die Frau war!

»Ich werde mit Lorenzen und meinen Vorgesetzten besprechen, wie wir weiter vorgehen.« In Gedanken entwarf Clemens einen groben Plan. Die Vermisstenfälle abgleichen, die Identität der Frau feststellen oder eingrenzen, dann ein Bild der Frau zeichnen. Wer war sie? Wer waren ihre Freunde? Wo und wie lebte sie? Unscheinbare Fragen, die bei der Aufklärung eines möglichen Verbrechens aber von großer Bedeutung sein konnten. So wie jeder Schlachtplan bei Feindkontakt an Gültigkeit verlor, würde dieser Plan beim ersten Kontakt mit der Realität seine Validität einbüßen. Er würde Anpassungen vornehmen müssen, um darauf zu reagieren. Wenn alles scheiterte, wäre es lediglich ein weiterer Cold Case für die Kollegen vom Landeskriminalamt.

Neun

Spätabends war ein feuerroter Ford in eine Geschwindigkeitskontrolle gefahren, zehn Kilometer pro Stunde zu schnell. Matthias sprach mit der Dame und versuchte sie beruhigen, ihr zu sagen, dass es nicht schlimm wäre und nur ein kleiner Betrag. Immer wieder fiel die Frau in ihre Muttersprache zurück, eine für Matthias unverständliche Melodie aus Worten und Sätzen. Laut ihrem Personalausweis stammte sie aus Polen. Matthias' Sprachvermögen umfasste zwar den Sylter Dialekt der friesischen Sprache, das Sölring, etwas Dänisch und das stark davon beeinflusste Wiedingharder Friesisch, doch Polnisch gehörte nicht zu seinem linguistischen Arsenal.

Er blickte Marleen hilfesuchend an. Als sie aus dem Fahrzeug stieg und die kalte Luft in ihre Lungen strömte, überlegte sie, ob sie der Frau das Bußgeld erlassen sollte. Zwar würde sie damit erneut den Spott von Matthias auf sich ziehen, doch es war nur ein Kleckerbetrag, und die Frau hatte sich auch so schon genug aufgeregt. Matthias war für sie sicher kein leichter Gesprächspartner. Und überhaupt hielt Marleen wenig von solchen Kleckerbeträgen, die oft mehr Schmerz als Nutzen brachten.

Marleen trat hinzu und schenkte der Frau ein warmes Lächeln. »Sie können weiterfahren. Ist schon in Ordnung.«

»Haben wir nicht etwas vergessen?«, merkte Matthias mit einem Seitenblick an.

»Nein, haben wir nicht.« Marleen sah erst zu der niedergeschlagenen Frau, dann zu Matthias und zwinkerte ihm verschwörerisch zu.

»Du bist zu lasch«, machte Matthias den unvermeidbaren Kommentar und schnallte sich wieder an, als sie im Wagen saßen.

»Oh, tatsächlich? Ja, du hast recht«, gab sie gespielt schockiert zurück. »Ich bin schuld daran, dass die Gehälter nicht steigen. Wie töricht von mir!« Sie setzte eine traurige Miene auf und formte Schmolllippen. »Tut mir sooo leid, Matthias.«

»Ist das dein Hundeblick?«, fragte er trocken.

»Nein, das ist mein ›Hast du mal einen Blick in den Wagen geworfen?‹-Blick. Die Dame hatte Putzmittel und Wäschekörbe im Auto. Sie ist nicht hier, um Urlaub zu machen, sondern arbeitet vermutlich als private Putzkraft in einem betuchten Haushalt oder in einer Ferienwohnanlage. Das Verwarngeld ist mit Sicherheit wesentlich höher als ihr Stundensatz. Willst du wirklich, dass sie zwei Stunden umsonst arbeitet, obwohl sie eh kaum genug zum Leben hat?«

Matthias griff nach dem Funkgerät. »Leitstelle, wir sind wieder frei«, murmelte er und ließ den Schalter los. »An deinem Blick musst du aber noch arbeiten. Ist ja lächerlich.«

Ehe sie sich empört zu ihm umdrehen konnte, rauschte das Funkgerät.

»Wir hören«, sagte Matthias knapp.

»Wir haben eine Meldung zu einer Hausparty am Übergang zum Strand von Westerland – mehrere Anwohner beschweren sich wegen des Lärms, und es gibt einen Verdacht auf illegale Substanzen.«

Immer häufiger wurden Partydrogen im Blut von Patienten in den Krankenhäusern nachgewiesen. Teilweise wurden auch Jugendliche in bereits kritischem Zustand behandelt, und immer wieder wurden viel zu hohen Dosen festgestellt, obwohl die Patienten allesamt behaupteten, nur eine Pille eingeworfen zu haben. Was ohnehin schon mehr war, als ihnen guttat.

Die Kollegen von der Kriminalpolizei hatten aufgrund dieser alarmierenden Tatsache wiederholt Kontrollen am Hafen und am Zugterminal durchgeführt – ein verzweifelter Versuch, die Quelle dieser toxischen Welle zu finden. Doch ihre Bemühungen blieben bisher fruchtlos.

»Verstanden, die Adresse bitte. Wir machen uns sofort auf den Weg.«

Noch bevor sie das Geschehen vor Ort erfassen konnten, wurden sie von einer Woge aus dröhnender Musik empfangen. Es war die Art von Elektro, die Marleen selbst während ihrer privaten Partyzeit in den Clubs gemieden hatte. Sie parkten ihren Dienstwagen wenige Meter entfernt vom Ausgangspunkt des Lärms. Neugierige Nachbarn hatten sich bereits versammelt, um das Aufgebot der Polizei zu beobachten und den Fortgang der Ereignisse zu verfolgen.

Die Luft war geschwängert vom Geruch von Haschisch, der schwer durch die Straße waberte. Neben dem Alkohol schien dies noch eine der harmloseren Vergnügungen des Abends zu sein.

Erst nach dem dritten Klingeln öffnete sich die Tür. Ein junger Mann im T-Shirt, mit überdimensionierter Hose, auffällig erweiterten Pupillen und roten Augen stand vor ihnen. »Kann ich Ihnen helfen?«, fragte er, seine Stimme bemüht gleichgültig.

»Ein paar Nachbarn haben sich beschwert, dass eure Musik zu laut ist.«

»In Ordnung, wir drehen sie leiser«, antwortete der Mann und machte Anstalten, die Tür zu schließen, doch Matthias stemmte seine Schulter dagegen und hielt sie offen.

»Dürfen wir reinkommen? Wir wollen nur kurz sicherstellen, dass alles in Ordnung ist.«

»Wieso?«, entgegnete der Mann.

»Weil dein rechtes Auge so aussieht, als würde es auf einem Turm Ausschau nach Halblingen halten. Marleen, kannst du auf unseren Freund hier aufpassen? Ich werde jetzt mal die Party sprengen.«

»Kommen Sie bitte zu mir«, sagte Marleen höflich. Der frische Luftzug schien den Zustand des Mannes zu verändern. Er fasste sich an den Kopf und ließ ihn hängen.

Die Musik verstummte, halblaute Protestrufe hallten durch den Flur.

»In Ordnung, meine Damen und Herren. Die Party ist beendet. Ich weise darauf hin, dass wir einige von Ihnen einem

Drogenschnelltest unterziehen werden, da hier offensichtlich mehrere Personen unter Drogeneinfluss stehen.«

Marleen war lange genug bei der Polizei, um zu wissen, dass wahrscheinlich jeder einzelne Gast durch den Drogentest fallen würde – ausgenommen vielleicht der Fahrer, der in zwei oder drei Stunden die hungrige Meute zum nächsten Imbiss gefahren hätte, wäre die Polizei nicht dazwischengekommen.

»Sie haben das Recht, den Drogenschnelltest zu verweigern. In diesem Fall müssten wir Sie jedoch zur Polizeistation bringen und eine Blutprobe entnehmen. Das dauert länger, ist unangenehm und kann ein wenig schmerzhaft sein. Sie müssen nichts sagen, was Sie belasten könnte.« Matthias spulte seine Sprüche routiniert ab.

Der junge Mann an der Haustür würgte plötzlich, stolperte an Marleen vorbei aus dem Haus und erbrach sich in einen Hortensienbusch.

»Ich rufe einen Arzt«, sagte Marleen.

»Nein, bitte keinen Krankenwagen … Ich muss nur …« Seine Worte gingen in einem erneuten Würgen unter.

Ein Poltern und aufgeregte Rufe drangen nach draußen, ein klares Zeichen dafür, dass jemand dem bevorstehenden Test aus dem Weg gehen wollte. Ein Schatten löste sich aus der Terrassentür und stürmte in die Dämmerung hinaus, dicht gefolgt von Matthias, der seine langen Beine für einen kraftvollen Sprint einsetzte.

Marleen, die ihren Schützling vorläufig seinem Elend überlassen hatte, reagierte sofort. Sie sprintete entlang der Hauswand und folgte den beiden Männern in Richtung Strand, während sie im Laufen einen Krankenwagen und Verstärkung anforderte.

Der Sand wirbelte unter Matthias' kräftigen Schritten auf, während Marleen etwas abseits lief. Doch die beiden Männer waren schnell und hatten bereits einen beachtlichen Vorsprung. Gerade noch konnte sie beobachten, wie Matthias den Flüchtenden mit einer lehrbuchmäßigen Grätsche zu Fall brachte. Ein dumpfer Aufprall und das nachfolgende Ächzen zeigten den Erfolg des Manövers an.

Matthias hielt den Mann in einem festen Griff. Er war ein paar Jahre älter als derjenige, der die Tür geöffnet hatte, und trug deutlich besser sitzende Kleidung.

Ein kraftvoller Ruck sorgte dafür, dass der Flüchtige seinen Widerstand aufgab. »Ruhig jetzt«, befahl Matthias mit fester Stimme, während er seine Handschellen hervorholte. Mit routinierten Bewegungen legte er sie dem mutmaßlichen Drogendealer an, achtete dabei jedoch darauf, dass sie fest genug waren, um den Mann zu sichern, ohne ihm Schmerzen zuzufügen.

Behutsam, aber gründlich tastete er die Taschen ab und fand schließlich in der Innentasche des Jacketts ein kleines rechteckiges Päckchen. Es war in eine einfache durchsichtige Plastikhülle gewickelt und enthielt mehrere weiße Pillen mit einem unverkennbaren Aufdruck.

»Wir haben etwas!«, rief er Marleen zu. Vorsichtig steckte er das Päckchen in einen Beweisbeutel und diesen wiederum in seine Jackentasche. Später würde er den Beutel beschriften und in eine gesicherte Box im Streifenwagen bringen.

Währenddessen drehte sich Marleen um, weil sie glaubte, ein Geräusch gehört zu haben. Doch es war nichts zu sehen. Wieder vernahm sie das schwache Wimmern, das nicht dem Tumult der Party zuzuordnen war. Während Matthias den mutmaßlichen Drogendealer hochhievte und zum Streifenwagen brachte, folgte sie mit zusammengezogenen Augenbrauen dem Geräusch, das sie weg von der Szene führte.

Marleen ging durch den rutschenden Sand, ihre Schuhe hinterließen Abdrücke. Mit ihrer Taschenlampe beleuchtete sie den Strand, der sich weit und verlassen vor ihr ausdehnte. Ihre Augen suchten nach Anomalien im Dunkeln.

Zwischen den Dünen entdeckte sie eine Mulde, gefüllt mit

einem wirren Durcheinander aus Schrottteilen, Holzplanken und Paletten. Im Lichtstrahl ihrer Lampe zeichnete sich die Silhouette eines Australian Shepherd ab. Der Hund lag am Boden, sein Atem ging hektisch und gequält. Das Fell war rot und weiß gesprenkelt, mit helleren Tupfen durchsetzt. Die Schnauze endete in einem sanften Rosa.

Der Kopf war durch ein pinkfarbenes Halsband in eine unnatürliche seitliche Position gezwungen, die Hündin war am Hals verletzt. »Oh, Scheiße«, murmelte Marleen. Blut klebte am Fell und den Pfoten des Tieres, der Hals wies blutige Schürfwunden auf. Es war offensichtlich, dass es erfolglos versucht hatte, sich zu befreien. Marleen kniete sich neben der Hündin nieder, die die Augen weit aufgerissen hatte; sie glänzten vor Schmerz und Verwirrung. Eine einfache Hundemarke in Form einer Pfote hing am Halsband.

Mit behutsamen Bewegungen löste Marleen das Band. Die Hündin keuchte schwer, sie war deutlich dehydriert. »Es ist okay«, flüsterte sie beruhigend, während sie das Tier vorsichtig streichelte.

Die Rufe von Matthias hallten über den Strand, doch Marleen antwortete nur kurz: »Geh schon zum Auto, ich komme gleich nach.« Sie hob die Hündin mit großer Vorsicht hoch und trug sie zum Auto.

»Wir müssen sofort zum Tierarzt«, sagte sie besorgt, als sie die Tür geöffnet hatte.

»Sven und Jonas sind bereits eingetroffen, der Krankenwagen wird bald hier sein. Ich bringe dich zuerst zum Tierarzt und fahre dann unseren Gast zur Dienststelle. Ich kann dich allerdings nicht abholen.«

»Das ist kein Problem«, antwortete Marleen. Ihre gesamte Aufmerksamkeit galt dem Tier in ihren Armen.

»Ist ein Name auf dem Halsband zu finden?«, fragte Matthias, als er den Motor startete.

Marleen schüttelte den Kopf. »Nein«, antwortete sie knapp.

Die Hündin drehte ihren Kopf in Richtung der Rückbank, wo der unfreiwillige Mitfahrer saß. Mit großen, hoffnungsvollen Augen betrachtete sie ihn, fest davon überzeugt, dass auch er zu denjenigen gehörte, die gekommen waren, um zu helfen.

Die tierärztliche Versorgung auf der Insel hatte sich in den letzten Jahren zunehmend verschlechtert. Sylt war ein Touristenmagnet, und mit den vielen Gästen kamen auch immer mehr Vierbeiner, doch weitere Tierärzte, die ihren Sitz auf die Insel verlegten, blieben aus. Diesmal war Marleen dankbar, dass Matthias so gut wie jeden auf der Insel kannte – auch einen Tierarzt, der bereit war, ihnen außerhalb seiner Öffnungszeiten zu helfen. Mit quietschenden Reifen kam der Wagen vor der Tierarztpraxis in Tinnum zum Stehen. Büsche mit dunkelgrünen Blättern säumten den Weg zur Eingangstür, umrahmt von einem niedrigen schmiedeeisernen Zaun. Ein Schild aus Bronze mit der Aufschrift »Tierarztpraxis Dr. Enno Behrends« hing neben der Eingangstür und glänzte matt im Licht der Scheinwerfer.

Drinnen, hinter den Fenstern der Praxis, bemerkte Dr. Enno Behrends das Aufheulen der Sirene, das direkt vor dem Haus erstarb. Er war gerade dabei, sich um eine verletzte Wildgans zu kümmern, die, eingewickelt in ein Handtuch, in einem Käfig vor ihm stand, während er auf dem Boden kniete. Mit behutsamen Handgriffen schloss er das Gitter des Käfigs und erhob sich, um zur Tür zu gehen.

Als er im Türrahmen stand, fielen Marleen zuerst seine breiten Schultern auf. Er hatte dunkle Haare und intelligente Augen. Er war ein Mann in den späten Dreißigern, dessen Professionalität und Gelassenheit sofort beruhigend wirkten.

Sie trug die verletzte Hündin in ihren Armen über den knirschenden Kies der Auffahrt in Richtung des wartenden Tierarztes. Mit einer einladenden Handbewegung wies er sie in das Innere der Praxis. Er nickte Matthias zu und schloss die Tür hinter ihr. »Folgen Sie mir bitte«, bat er sie und führte sie an einem verwaisten Empfangstresen vorbei.

Sie betraten eines der beiden Behandlungszimmer. Flüchtig sah Marleen aus dem Fenster nach draußen. Matthias war bereits fort, um den Verdächtigen zur Wache zu bringen.

Der Behandlungsraum von Dr. Behrends war hell und geräumig; in einem Schrank mit Glastüren lagen medizinische Instrumente, an den Wänden hingen anatomische Poster von Hunden und Katzen. Er nahm die Hündin aus ihren Armen und legte sie behutsam auf den Behandlungstisch, um ihre Verletzungen zu untersuchen. Die Miene des Arztes war ernst.

»Ich habe sie in den Dünen gefunden«, erklärte Marleen.

Ein leises Wimmern entwich dem Tier, und Marleen konnte nicht anders, als mit der Hand beruhigend über das weiche Fell zu streichen. »Sie mag wohl keine Tierärzte«, bemerkte sie und schaute besorgt.

Der Tierarzt zog sich weiße Gummihandschuhe über und nickte. »Das geht vielen meiner Patienten so, aber ich versuche, es nicht persönlich zu nehmen«, antwortete er und nahm das abgescheuerte rosa Halsband der Hündin ab. Beim Abziehen lichtete sich das Fell und legte offenes Fleisch frei. »Die Wunde sieht schlimmer aus, als sie ist. Nur oberflächliche Verletzungen, aber wir müssen sie reinigen und desinfizieren.«

»Nur oberflächlich? Aber da ist so viel Blut im Fell!«

»Ja, aber ich kann an diesen Stellen keine tiefe Wunde erkennen, und vom Hals allein kann es nicht stammen.« Er durchsuchte das gesamte Seitenfell gründlich. »Ich vermute, es ist nicht von ihr. Eventuell hat sie ein Tier gerissen und sich darin gewälzt. Halten Sie sie bitte mal fest.« Marleen hielt die wimmernde Hündin mit festem Griff in der Position.

Er setzte das Abtasten am Bauch fort, dann hielt er plötzlich inne.

»Stimmt was nicht?« fragt Marleen besorgt.

Der Tierarzt blickte auf und nickte bedächtig. »Sie scheint Flüssigkeit im Bauch zu haben. Ich habe einen bösen Verdacht. Hat die Hündin auf dem Bauch gelegen, als Sie sie gefunden haben?«

Marleen schüttelte den Kopf und berichtete, dass das Tier scheinbar entkräftet auf der Seite gelegen hatte. »Das Halsband hatte sich verhakt, der Kopf war erhöht. Sie hatte versucht, sich zu befreien, deshalb war das Halsband teilweise fast durchgescheuert.«

»Sie hat starke Schmerzen«, erklärt der Tierarzt. »Deshalb will sie nicht auf dem Bauch liegen. Wir legen sie seitlich, und ich mache einen Ultraschall am Bauch.«

Er holte ein Ultraschallgerät mit einem langen Griff und einer kleinen, flachen Sonde hervor, gab Gel auf die Sonde und trat an die Arbeitsfläche heran. Vorsichtig fuhr er über die Haut am Bauch. Die Hündin zuckte zusammen.

»Sehr schön machst du das, braves Mädchen«, redete er ihr gut zu, als ob sie ihn verstehen könnte.

»Was glauben Sie, was sie hat?«

Beim Versuch, den Bildschirm zu erreichen, hob der Tierarzt den Blick und bewegte sich über ihren Platz hinweg. Sein Arm berührte dabei leicht ihren Nacken.

»Es scheint mir, als hätte sie einen Fremdkörper verschluckt. Erkennen Sie das da?« Mit einem Finger wies er auf eine leuchtende Spitze im Ultraschallbild auf dem Monitor, die im Inneren des Bauchraums des Tieres sichtbar wurde.

»Ja, ich sehe es. Aber was könnte das sein? Es sieht aus wie eine Stricknadel!« Die Worte klangen eher wie eine Feststellung als eine Frage.

»Ich kann nur mutmaßen«, antwortete er mit ruhiger, kühler Stimme. Typisch friesisch, dachte Marleen. Bloß nicht zu viele Emotionen in die Worte legen. »Vielleicht ein Zahnstocher oder ein Spieß. Wenn etwas den Magen durchstochen hat, läuft Flüssigkeit in den Bauchraum. Ich fürchte, wir müssen sie sofort operieren. Aber erst mal bekommt sie jetzt ein

Schmerzmittel.« Er machte sich sofort daran, eine Spritze aufzuziehen.

»Ist das eine aufwendige OP?«, fragte Marleen.

»Lebensgefährlich, um es auf den Punkt zu bringen. Ich muss jetzt meine Assistentin kontaktieren, selbst wenn sie heute freigenommen hat.« Er forderte ihre Anwesenheit sofort telefonisch an. »Und Sie sind auf Sylt, weil …«, fragte Dr. Behrends, als er aufgelegt hatte. Mit einem stoischen Ausdruck begegnete Marleen seiner Frage. Wie war er darauf gekommen, dass sie neu hier war? War es ein Inselding, dass sich solche Nachrichten schnell verbreiteten?

»Sie sind doch neu hier, nicht wahr?«, erklärte er ruhig seine Frage, während er das Schmerzmittel injizierte.

»Ja, meine Arbeit hat mich hierhergeführt. Ich zähle nun wohl auch zu den Insulanern.«

»Aha … Einige der Einheimischen könnten Ihre Worte allerdings kritisch aufnehmen. Nur ein freundlicher Hinweis meinerseits.« Ein leichtes Lächeln umspielte seine Lippen. Dann stutzte er. »Geht es Ihnen gut?«, erkundigte sich der Arzt mit einem durchdringenden Blick.

»Wieso?« Marleen war verwirrt.

»Sie bluten auf meinen Boden.«

Nun bemerkte auch Marleen den Schnitt an ihrem Handgelenk, den sie sich offenbar beim Befreien der Hündin zugezogen hatte. Sie hatte ihn bisher übersehen. Die Aufregung hatte den Schmerz übertönt.

»Wir kümmern uns besser sofort darum.« Routiniert behandelte der Tierarzt die Wunde, desinfizierte sie und legte Marleen einen Verband an.

»Danke«, sagte Marleen leise.

Während der Wartezeit überprüfte er den Chip der Hündin, die jetzt ruhiger geworden war, und schrieb Namen und Adresse des Besitzers auf einen kleinen gelben Notizzettel. »Können Sie den Besitzer informieren?«, fragte er Marleen und reichte ihr den Zettel. »Sobald meine Assistentin vor Ort ist, stelle ich die Hündin ruhig, und wir legen sie in Vollnarkose«, erklärte er weiter. »Machen Sie ihm aber nicht zu große Hoffnungen.«

»Wie meinen Sie das?«

»Wir müssen die Bauchhöhle öffnen, die angesammelte Flüssigkeit absaugen und den Fremdkörper entfernen.

»Sie meinen das Wasser, das sich angesammelt hat?«

»Genau. Wir saugen Blut, Eiter und Wundflüssigkeit ab. Danach haben wir freie Sicht und versuchen, den Fremdkörper zu entfernen, aber versprechen kann ich nichts. Es ist ein schwieriger Eingriff, und unsere Patientin ist bereits sehr geschwächt.«

»Also kann es sein, dass sie nicht mehr aufwacht«, sagte Marleen resigniert und streichelte das Tier hinter den Ohren.

Er nickte stumm. »Man sieht es Tieren nicht immer an, aber sie muss unglaubliche Schmerzen haben. Oder besser gesagt, gehabt haben, das Mittel wirkt schnell.«

Marleen spürte, wie ihr Herz sich mit Schwere füllte.

»Diese Hunderasse ist widerstandsfähig und energiegeladen. Echte Kraftbündel«, versicherte der Arzt, als er ihr besorgtes Gesicht bemerkte. »Ich würde der jungen Dame Einiges zutrauen, aber ich kann nun mal nichts versprechen.«

Marleen nahm sich einen der Kugelschreiber, die in einem Becher standen. Sie notierte ihre Telefonnummer auf einem Zettel und reichte ihn dem Arzt. »Könnten Sie mich bitte kontaktieren und mir Auskunft über den Verlauf der Operation geben?«

»Natürlich. Fühlen Sie sich frei, mich Enno zu nennen. Wir sehen uns hier ja regelmäßig, man läuft sich nun mal öfter über den Weg, als Sie es vom Festland gewohnt sein dürften. Deshalb lege ich nicht viel Wert auf Formalitäten.«

»Dann gehen wir gerne zum Du über«, antwortete Marleen. »Ich werde jetzt losfahren und den Besitzer aufsuchen.«

»Du läufst«, sagte er.

»Bitte?«

»Das Auto ist weg – du wirst laufen müssen.«

»Richtig, stimmt. Oder ich nehme ein Taxi«, gab sie zu.

Marleen verließ die Praxis mit einem mulmigen Gefühl in der Magengegend. Sie hielt kurz inne, riskierte einen Blick zurück durch das Fenster in der leisen Hoffnung, einen Abschiedsgruß von Dr. Enno Behrends zu erhaschen. Aber er schien nur Augen für seine vierbeinige Patientin zu haben. Obwohl sie versuchte, es zu unterdrücken, konnte Marleen sich des Gedankens nicht erwehren, wie unverschämt attraktiv dieser Mann war. Doch gleichzeitig überkam sie ein Anflug schlechten Gewissens gegenüber Jan. Sie fühlte sich schuldig, als wäre diese kleine Schwärmerei eine Art Verrat. Jan war ihr Fels in der Brandung. Dennoch: Die Gedanken sind frei. Es spielte ja auch keine Rolle.

Sie blieb draußen kurz stehen und überlegte, was sie als Nächstes tun sollte. Sie entschied sich gegen ein Taxi und dafür, zu Fuß zur nahegelegenen Polizeistation zu gehen. Vielleicht konnte sie so ihren Kopf frei bekommen.

Mit einem Schlüssel zu einem freien Dienstwagen, den sie bei Klaas abgeholt hatte, setzte Marleen ihre Fahrt allein fort. Zwar war es im Polizeidienst üblich, stets zu zweit zu agieren – aus Gründen der Sicherheit und Effizienz –, doch die Situation erforderte keine solche Maßnahme. Es ging ja nur darum, den Besitzer der Hündin zu informieren, eine solche Banalität wollte sie ihren Kollegen nicht zumuten.

Sie lenkte den Wagen aus Westerland hinaus und steuerte in Richtung Osten, einer dichten, regenschweren Wolkendecke entgegen, die sich drohend aufbaute und den ohnehin bereits dunklen Himmel noch weiter verfinsterte. Die Adresse, die ihr der Tierarzt gegeben hatte, lag in Archsum, einem der malerischen Orte auf dem Zipfel, der durch den Hindenburgdamm mit dem Festland verbunden war. Für Urlauber war diese Gegend ein Wanderparadies, das Erholung und eine entspannte Kulisse versprach. Doch heute, mit aufziehendem Wind und drohendem Regen, schien sie weniger einladend und war menschenleer. An der Küste und auf den Inseln wusste man allerdings: Es gibt kein schlechtes Wetter, nur schlechte Kleidung. Daher war es nicht unmöglich, einen Wanderer zu treffen, der der Witterung zum Trotz losgegangen war.

Marleen fuhr an grünen Weiden vorbei, die sich sanft um die Orte schmiegten, und lenkte den Wagen in die genannte Straße hinein, die friedlich und ruhig dalag. Das Ziel ihrer Fahrt war ein typisch friesisches Haus. Ein kleiner Pfad aus grauen Steinen führte durch einen sorgfältig gepflegten Garten bis zur Haustür.

Die automatische Beleuchtung flackerte auf, ausgelöst durch einen Bewegungssensor. Auch das Licht im Inneren des Hauses schien einladend durch die Fenster. Es war also wohl jemand zu Hause.

Sie stockte. Blutspuren zogen sich über den gepflasterten Boden, rote Pfotenabdrücke und eine blutige Schliere am unteren Teil der Tür waren zu sehen. Die Haustür war angelehnt, der Schließmechanismus offen. Auch entlang der Tür und auf der inneren Klinke waren rote Blutspuren zu sehen. In kleineren Orten vertrauten die Menschen einander, sie passten aufeinander auf und gingen nicht davon aus, dass jemand ihr Haus plündern würde. Dies verleitete manche dazu, etwas leger mit dem Schließen von Türen umzugehen. Noch während sie den Namen auf dem Klingelschild überprüfte, nahm sie einen leider nur allzu bekannten Geruch wahr. Er strömte aus dem Türspalt und wurde rasch vom Wind davongetragen.

Sie betrat den Hausflur, gegen den stärker werdenden Geruch ankämpfend. Instinktiv zog sie ihre Waffe und bewegte sich in Richtung Küche, von wo der Geruch offenbar kam.

Als sie die Tür aufschob, sah sie einen älteren Mann auf dem Boden liegen. Sie schätzte ihn auf Mitte siebzig. Unter seinem Hinterkopf hatte sich eine Lache getrockneten Blutes gebildet. Vor dem Mann auf dem Tisch stand ein Sonntagsbraten, das nahm sie zumindest an, denn inzwischen machten sich unzählige Fliegen darüber her. Der Tisch war für eine Person gedeckt. Die Küche war warm, die Heizung hatte die Temperatur stets hochgehalten. Am Boden zu Füßen des Mannes lag eine zerbrochene Soßenschüssel. Braune Bratensoße fand sich auch am Schuh, Blutspritzer an der Kante der Küchenzeile. Das ganze Szenario war umgeben von einer großen Zahl weiterer blutiger Spuren der Hündin, die ihrem Herrchen nicht hatte helfen können und verzweifelt auf und ab gelaufen war. Blut war auf dem Boden verschmiert, wo sich die Hündin anscheinend zu ihrem Herrchen gelegt hatte. Das erklärte auch das verklebte Fell. Ein klassischer Haushaltsunfall, vermutete Marleen.

Zehn Minuten später traf ein Streifenwagen ein, begleitet von einem Pkw, in dem ein Arzt der Nordseeklinik saß. Jonas und Sven stiegen aus dem Streifenwagen aus.

»Wie kommt es, dass du hier bist? Kennst du den Bewohner?«, fragte Jonas. Er kaute einen Kaugummi.

»Matthias und ich haben einen Hund am Strand gefunden«, gab Marleen zurück. »Der Chip des Tieres hat auf diese Adresse verwiesen, und ich wollte den Mann informieren, dass wir seinen Hund gefunden haben.«

»Matthias hat davon erzählt. Hat er den Typen von der Party wirklich umgegrätscht?«, fragte Jonas.

»Ja, und zwar sehr gekonnt.«

»Typisch – beim letzten Fußballspiel hätten wir eine gekonnte Grätsche gebraucht. Hat er dir erzählt, dass er im Sturm spielt?«

Marleen schüttelte den Kopf und ließ die Sanitäter an sich vorbei.

»Kein Wunder. Tore schießen tut er nämlich nur an Sonnenwenden.«

Marleen hatte natürlich mitbekommen, dass sich einige der Kollegen des Reviers einmal die Woche zum Fußball trafen. Sie verstand nicht viel von Fußball, glaubte aber, dass Jonas Matthias – in typischer kollegialer Frotzelei – schlechter machte, als er tatsächlich war. Manchen mochte es merkwürdig erscheinen, dass sich die Polizisten in der Nähe einer Leiche über solche Banalitäten unterhielten. Aber das hier war nun mal leider Arbeitsalltag.

Zwei Stunden später fand sich Marleen in dem behaglichen, wenn auch leicht chaotischen Büro von Lorenzen wieder. Die Wände waren mit Familienfotos geschmückt, der Schreibtisch verschwand unter Papierkram und mehreren Kaffeetassen. Kurz zuvor hatte sie einen Anruf vom Tierarzt erhalten: Die Operation war erfolgreich verlaufen, der spitze Fremdkörper war entfernt worden, das Tier musste aber noch überwacht werden.

Marleen war erleichtert.

»Die Mordkommission stuft die Sache als Unfall ein. Es gibt keinerlei Anzeichen für ein Gewaltverbrechen, einen Raub oder gewaltsames Eindringen, allerdings warten sie noch auf die Ergebnisse der Obduktion«, sagte Lorenzen und rieb sich das Kinn. Sein Blick verlor sich in den Dokumenten auf seinem Schreibtisch. »Was ist mit der Familie? Haben wir die bereits benachrichtigt?«

Marleen schüttelte bedrückt den Kopf. »Wir konnten keine Adressen von noch lebenden Familienmitgliedern ausfindig machen. Sven und Jonas haben in der Nachbarschaft herumgefragt, aber es scheint, als ob er eher ein Einzelgänger war. Er blieb wohl immer für sich.« Es war immer traurig, wenn jemand ganz alleine starb, ohne dass jemand davon Kenntnis nahm oder sich sorgte. »Was wird aus der Hündin?«, fragte Marleen schließlich.

Lorenzen zuckte mit den Schultern. »Das liegt nicht in unserer Hand. Im Wege der Universalrechtsfolge gehört sie den Erben. Wenn sich niemand meldet, muss sie ins Tierheim.«

Der Gedanke daran, dass diese treue Seele eingesperrt werden könnte, schnürte Marleen das Herz zu. Sie konnte sich schon kaum vorstellen, wie es für die Hündin sein musste, ihren geliebten Besitzer so plötzlich zu verlieren. Dann all die Schmerzen, der verzweifelte Versuch, allein zurechtzukommen, eine lebensgefährliche Operation – und am Ende an einem fremden Ort zurückgelassen zu werden.

»Ich würde mich gerne um sie kümmern«, sagte sie impulsiv. »Mein Vermieter hat nichts dagegen, das steht ausdrücklich im Mietvertrag.«

Lorenzen sah sie mit zusammengekniffenen Augen an.

»Ich wollte nur nachfragen, weil das Tier Teil des Falles ist. Wäre das in Ordnung?«, fuhr sie fort.

»Marleen, wenn du dir ein Haustier anschaffen willst, ist das deine Angelegenheit, nicht die der Polizei. War das alles?«, fragte Lorenzen.

Sie gingen zu dem Fall der toten Frau über, doch es gab leider nichts Neues, die Ermittlungen hatten bislang keinen Erfolg gehabt. Es gehörte zum Standardprozedere im Fall einer Vermisstenmeldung, DNA-Proben zu nehmen, um eine Zuordnung möglich zu machen. Erst nach der Zuordnung einer unbekannten Toten oder nach dem Wiederauftauchen der Person, würde man sie aus der Vermi/Utot-Datei löschen. Bislang war jedoch keine Zuordnung möglich gewesen, die Tote blieb ein Rätsel. Lorenzen ärgerte sich zu Recht, dass sie nicht vorankamen, auch wenn der öffentliche Druck – anders als es bei einer bekannten Toten gewesen wäre – eher gering war.

Der Besprechungsraum wirkte verwaist, doch Marleen hatte eine Kanne frischen Kaffee auf den großen Holztisch gestellt, dazu einen Teller mit Keksen und eine Karaffe mit Wasser. Clemens hatte sich im Laufe des Tages spontan angekündigt.

Kleine Details machten den Unterschied: Eine Tasse Kaffee, ein freundliches Wort, eine ruhige, einladende Atmosphäre – und schon ließ es sich besser arbeiten.

Matthias half ihr bei den Vorbereitungen. Geschickt stapelte er vier Tassen und Untertassen aufeinander und balancierte den kippeligen Turm vorsichtig zum Tisch. Es war ein wackeliges Unterfangen, besonders, als ein plötzlicher Windstoß durch das Fenster wehte, das Marleen zum Stoßlüften geöffnet hatte. Einen Herzschlag lang drohte das Porzellanprojekt zu scheitern, aber dann stand der Turm sicher.

Lorenzen legte großen Wert auf Professionalität. Es war kein Geheimnis, dass einige Kollegen vom Festland auf die »Dorfpolizei« herabschauten und sie belächelten. Lorenzen war entschlossen, diesen Eindruck zu korrigieren, wann immer er die Gelegenheit dazu bekam.

»Wer möchte den Anfang machen?«, fragte er, als sie zu dritt am Tisch saßen. Clemens war noch nicht da.

»Wir haben bei den dänischen Kollegen in Esbjerg nachgefragt«, begann Matthias. »Sie werden die Information an ihre Nebenwachen weitergeben. Aber ohne konkrete Hinweise auf die Identität des Opfers sind die Aussichten eher düster. Es sei denn, es wird mehr von der Leiche angespült. Dann könnten wir das Puzzle zusammensetzen.« Esbjerg, 50 Kilometer nördlich von Sylt an der Nordseeküste gelegen, war Sitz der Polizeidirektion für den südlichen Teil Jütlands; sie war auch für das Grenzgebiet zuständig.

Lorenzen nickte nachdenklich. »Vielleicht sollten wir unsere Anfragen ausweiten«, schlug er vor, »Wir wissen ja nicht, woher die Frau kam. Manch ein Körper wurde schon nach Norwegen getrieben, vielleicht geht es auch andersherum.«

»Wissen Hamburg und Niedersachsen schon Bescheid?«, fragte Marleen, während sie sich Kaffee in eine der Tassen einschenkte.

»Das hat die Mordkommission veranlasst«, antwortete Lorenzen. Er hatte die entsprechende Mitteilung erhalten.

In diesem Moment klopfte Clemens an den Türrahmen und betrat den Raum.

»Sie sind zu früh«, sagte Lorenzen, sein Ton scherzhaft tadelnd.

»Es ist immer besser, etwas *zu* pünktlich zu sein«, entgegnete Clemens. Niemand widersprach ihm. Lorenzen übergab ihm das Wort, sobald er saß und sich eine Tasse Kaffee eingeschenkt hatte.

Doch letztlich konnte auch Clemens keine Ergebnisse liefern. Die Kollegen hätten das Kleidungsstück analysiert, berichtete er, aber es handele sich um ein handelsübliches Kleid, und eine Spur war unwahrscheinlich. Bei der Obduktion war keine äußere Todesart festgestellt worden. Die mehrheitliche Meinung war, dass es sich um einen tragischen Unfall handelte. Man warte nur noch die Berichte des Labors ab, um den Fall dann zu den Akten zu legen.

Marleen betrachtete die Karte von Sylt, die an der Wand hing. Ihr kam ein Gedanke. Sie entschuldigte sich kurz, ging aus dem Büro, um einen der Dienstlaptops zu holen, und schloss ihn an den Beamer im Besprechungsraum an. Mit einem Ohr hörte sie weiter zu, um nichts von der Diskussion zu verpassen. Als die Technik bereit war, meldete sie sich zu Wort.

»Ich würde gern einen Vorschlag machen«, begann sie, die Augen auf die Karte gerichtet, die vor ihnen an der Wand prangte. Mit einem roten Laserpointer setzte sie einen Punkt auf den Fundort des Leichnams, das Strandstück westlich von List, das in den Ellenbogen mündete, und ließ den Lichtstrahl zu dem Gebiet südöstlich von Sylt wandern. »Angenommen, sie stammt von der deutschen Küste. Ihre Gliedmaßen sind durch äußere Einflüsse abgetrennt. Wenn der Leichnam an unserer Westküste anlandet, kann er durch die Deutsche Bucht getrieben sein. Es ist zwar nur eine Vermutung, aber ich denke, wir sollten die Küsten der nordfriesischen Inseln und der Halligen absuchen lassen, soweit dies vor Ort möglich ist.«

Clemens' Augenbrauen hoben sich skeptisch. »Ich habe eine Vermutung, was du damit bezweckst, aber ich sehe den tatsächlichen Nutzen noch nicht.«

»Wenn das Gewebe derart aufgeweicht war, dass Kopf und Gliedmaßen durch äußere Einflüsse abgetrennt wurden, ist es möglich, dass sie abgetrieben wurden. Der Torso zeigt eine Verletzung, vermutlich durch eine Schiffsschraube. Und die Deutsche Bucht ist nun mal stark befahren.«

Clemens schien nachzudenken. Dann schüttelte er den Kopf. »Du glaubst, dass wir die Leichenteile finden könnten. Aber die können sich genauso gut noch in der Nordsee befinden. Oder Gott weiß wo. Schon wenn wir nur die zwei nächstgelegenen Inseln – Amrum und Föhr – berücksichtigen, sprechen wir inklusive Sylt über eine Küstenlinie von fast hundertachtzig Kilometern. Das wäre ein riesiges Suchgebiet, das wir gar nicht bewältigen könnten, und dieser Aufwand wäre angesichts der spärlichen Beweislage auch nicht gerechtfertigt.«

Lorenzen hatte sich zurückgelehnt und die Arme verschränkt. Er verfolgte die Diskussion interessiert und sah jetzt zu Matthias hinüber. »Was hältst du davon, Matthias? Du bist sehr still.«

Matthias überlegte kurz, bevor er antwortete. »Ich finde den Plan im Prinzip gut. Aber Clemens hat recht. Wenn wir alle nordfriesischen Inseln absuchen wollen, ist das eine zu große Aufgabe für uns, selbst wenn wir die Bundespolizei und andere Direktionen mit einbeziehen. Aber – wir können natürlich alle sensibilisieren und uns auf einzelne Strandabschnitte konzentrieren. Stichprobenartig.«

»Einen Elefanten isst man am besten Stück für Stück«, stimmte Lorenzen zu. Das Sprichwort passte auf fast jede Morduntersuchung. Wenn sie die Untersuchung in Bereiche aufteilten und möglichst viele einbezogen, entstanden überschaubare Teilaufgaben. »Das hieße, wir nehmen nur die unbewohnten Inseln in Angriff. Die Bewohner der anderen Inseln und die Feriengäste sind oft genug am Strand, sodass wir bereits eine Meldung erhalten hätten, wenn dort etwas angespült worden wäre.«

»Also Norderoog, Südfall und Habel«, erklärte Matthias in die Runde. Das Wissen über die nordfriesischen Inseln und die Halligen, kleine Inseln, die dem Meer trotzten, lag ihm im Blut, aber er konnte es bei den anderen auf keinen Fall einfach so voraussetzen.

»Könnt ihr das schaffen?«, fragte Clemens. »Also, ich meine, zeitnah und effizient? Ich bezweifle, dass die Inseln in unserem direkten Zuständigkeitsbereich liegen. Habel tut es jedenfalls nicht. Ohnehin dürfen die Inseln, einen starken Verdacht ausgenommen, nicht ohne Erlaubnis des Naturschutzvereins betreten werden.«

Lorenzen versuchte, im Kopf die Einzelheiten zusammenzutragen, die bei einem solchen Unterfangen zu berücksichtigen wären. Logistik, Einteilung, Unterstützung durch die Kollegen von Niebüll und Husum. »Es wäre am einfachsten, die Vogelwarte zu bitten, Ausschau zu halten. Die sind jetzt vor Ort und können womöglich schnell eine Antwort geben.«

»Das könnte funktionieren«, erklärte Clemens. »Was sagen wir der Presse? Und dem Naturschutzverein?«

Lorenzen lachte heiser.

»Habe ich etwas Lustiges verpasst?«, fragte Clemens.

»Die Presse wird es nicht interessieren. Der Fokus der Lokalpresse liegt längst wieder beim nächsten C-Promi, und überregional hat unser Fall keine Bedeutung, da wir weder ein Gesicht, noch einen Namen haben.«

»Dann bleiben wir so allgemein wie möglich und sagen dem Verein, dass wir derzeit in alle Richtungen ermitteln und einer Spur nachgehen wollen«, schlug Clemens vor. Der Vorschlag wurde einstimmig angenommen.

Lorenzen gesellte sich zu Matthias und Marleen, als die Besprechung vorüber war. »Clemens hat mir gesteckt, dass sie aktuell einen hohen Krankenstand haben. Er hat daher angefragt, ob ihr als verlängerter Arm der Mordkommission agieren wollt, da du, Marleen, ja Einiges an Erfahrung mitbringst.«

»Wenn du keinen vorrangigen Anspruch darauf erhebst, gern«, sagte Marleen. Sie nahm gerne Herausforderungen an, die außerhalb des Gewohnten lagen.

Müde fuhr Lorenzen sich mit der Hand durchs Gesicht. »Ich schicke euch gleich die Einzelheiten per Mail.«

Zu Hause angekommen, legte Marleen die Uniform ab, als könnte sie damit auch die Ereignisse des Tages loswerden. Sie schlüpfte in ihre Sportkleidung, spürte die vertraute Weichheit des Stoffes auf ihrer Haut. Ihr Smartphone lag auf dem Küchentisch, und sie nahm es auf, um eine einzeilige Nachricht an Jan zu tippen.

Kommst du mit, laufen? :)

Sie schickte die Nachricht ab und legte das Smartphone wieder auf den Tisch. Es war Zeit, den Kopf frei zu bekommen, und sie wollte heute nicht alleine schlafen.

Zehn

Ein schwerer Mantel aus Wolken hatte sich von Westen her über das stürmische Meer gelegt, die Sonne war irgendwo im Südwesten verborgen. Linda blickte hinaus, sah aber in alle Richtungen nur ein einheitliches Grau. Kein Tag für die Terrasse, doch perfekt für einen Ausflug in die Stadt.

Sie würde durch die Boutiquen schlendern, ein paar Annehmlichkeiten erwerben, die sie eigentlich nicht brauchte, und den Bummel in einem gemütlichen Café abschließen. An einem Ort, der Wärme ausstrahlte, mit einem kräftigen Espresso, dazu ein Stück Kuchen. Apfelkuchen war ihre Vorliebe, aber eine cremige Torte würde sie auch nicht verschmähen. Sie investierte viel Zeit ins Training und achtete auf ihre Ernährung, auch um sich solche Sünden erlauben zu können.

Ihre rote Corvette mit ihren fast 500 PS unter der Haube brachte sie in Rekordzeit an jedes Ziel. Zumindest theoretisch. Obwohl sie das Tempo liebte, seit sie sich schnelle Autos leisten konnte, hielt sie sich meist an die Geschwindigkeitsbegrenzungen. Also reihte sie sich in die Kolonne von Autos ein, die an malerischen Landschaften vorbei von Norden nach Westerland fuhren.

Die Corvette beschleunigte in zwei Sekunden auf 70 Kilometer pro Stunde und rollte dann sanft weiter. Der laute Motor und das Fahrgefühl verführten sie immer wieder dazu, das Gaspedal durchzudrücken. Aber jetzt war nicht die Zeit dafür. Es würde genügend Gelegenheiten geben, den Motor auszureizen, wenn die Verkehrsbedingungen günstiger waren.

Mit einem Gefühl der Zufriedenheit stellte Linda einige Stunden später ihre vollen Einkaufstüten ab. Sie hatte sich eine ruhige Ecke ausgesucht, wo sie den herbstlichen Hauch der Insel genießen konnte. Der Sommer war vorüber, die meisten Touristen waren abgereist, und auch viele Ferienhausbesitzer hatten Sylt den Rücken gekehrt. Nun gehörte die Insel wieder jenen, die sich ihr ganzjährig verbunden fühlten – und Linda war eine von ihnen.

Ein Kellner unterbrach ihre Gedanken und stellte einen Espresso vor sie hin. Zwei kleine Kekse lagen auf der Untertasse. »Vielen Dank«, sagte sie und lächelte. Doch ihr Lächeln erstarb sogleich, als sie im selben Moment Lukas und seine neue Begleitung erblickte, die durch die Tür des Cafés traten. Er hätte nicht hier sein dürfen. Und vor allem: *Sie* hätte nicht hier sein dürfen.

Sie hatten eine Abmachung getroffen: Bis zur offiziellen Scheidung sollte er seine Freundin von der Insel fernhalten. Es war ein kleines Zugeständnis von seiner Seite, aber es bedeutete ihr viel. Es ging allein um Respekt – doch nun saß er dort, fast neben ihr.

Unfähig zu glauben, was sie sah, stand Linda auf und ging zu den beiden hinüber. »Was tust du hier, Lukas?«

»Ach, Linda …«, antwortete er mit einem Lächeln und deutete auf seine Freundin. »Darf ich vorstellen, das ist …«

»Ihr Name interessiert mich nicht«, unterbrach sie ihn scharf. »Wir haben eine Abmachung, und du brichst sie. Das Einzige, worum ich gebeten habe. Das Einzige!«

»Wir können doch über alles reden, oder nicht?«, versuchte er sie zu beschwichtigen.

Linda warf einen Blick um sich. Ihr Streit hatte die Aufmerksamkeit der anderen Gäste im Café erregt, aber das kümmerte sie nicht. Sie war entschlossen, sich nicht länger herumschubsen zu lassen. Sie hatte lange genug eingesteckt.

»Wir werden das nicht hier diskutieren, Lukas.« Linda zischte es mehr, als sie es sprach; sie flüsterte fast. Sie fühlte sich wie auf einer Bühne, beleuchtet von Dutzenden Scheinwerfern. Die Hitze, die sie erfasste, kam von der Wut und der Scham, die in ihr kochten.

Lukas stand auf, sein Stuhl quietschte laut auf dem Steinboden. »Es sind doch nur noch ein paar Wochen«, murmelte er mit einem Blick, der halb entschuldigend, halb herausfordernd war.

Linda wusste, dass er recht hatte. Seit Monaten sprach er davon, sein Leben auf Sylt hinter sich zu lassen und mit seiner neuen Freundin nach Luzern zu ziehen. Er hatte immer von der Nähe zu seiner Allgäuer Heimat geschwärmt – und von den Steuervorteilen, die ein Umzug in die Schweiz mit sich bringen würde.

Ihr Gesicht fühlte sich an, als würde es glühen. Sie hätte sich einfach hinsetzen und die Sache auf sich beruhen lassen können. Stattdessen stand sie da, unfähig, sich zu bewegen oder sich zu beruhigen. Sie hatte jahrelang die Vernünftige gespielt, hatte seine Affären ignoriert und seine Entschuldigungen akzeptiert.

Aber jetzt, in diesem Moment, war sie es leid.

»Es geht nicht um die Zeit, Lukas«, sagte sie schließlich. »Es geht um dein Versprechen. Es geht hier um deinen Respekt. Mir gegenüber! Und du, du sitzt hier mit einer Frau, die deine Tochter sein könnte. Das ist widerlich.«

Die junge Frau neben Lukas stand auf und mischte sich ein. »He, jetzt halt mal die Luft an!«

Linda richtete ihren Blick nur kurz auf sie. »Oh, Kindchen, du bist jetzt mal ganz still. Glaub mir, du hast hier gar nichts zu melden.« Dann wandte sie sich wieder ihrem Noch-Ehemann zu. »Lukas, wir sehen uns vor Gericht. Unsere Vereinbarungen sind hinfällig. Ich werde dich bluten lassen.«

Lukas zog sein Jackett an und hielt der Blondine gentleman-like die Jacke hin. »Vielleicht solltest du dir Hilfe suchen, Linda«, sagte er. »Ich wünsche dir ein langes Leben, auch wenn ich für deinen Unterhalt aufkommen muss. Aber wenn du alt werden willst, solltest du dir professionelle Hilfe suchen. Es würde dir guttun.«

Der kühle Fahrtwind brachte ihr Haar durcheinander. Sie brauchte die Kälte, die sie beruhigte und die angestaute Wut allmählich verfliegen ließ. Auch dafür war der Sportwagen gut. Er war eines der Dinge, die Lukas ihr zusammen mit dem Haus hinterließ. Seine Begründung – er hatte immer eine Begründung – war allerdings ein Schlag ins Gesicht: Er plane eine Familie mit seiner neuen Verlobten. Etwas, was Linda und er nie geschafft hatten. Er bräuchte keinen Sportwagen mehr, meinte er. Ein Zweisitzer eigne sich nicht für eine Familie.

Linda hatte sich immer Kinder gewünscht, das wusste er. Dieser Hurensohn! Die Tatsache, dass seine neue Partnerin so viel jünger war als sie, traf sie zusätzlich wie ein Faustschlag. Sie hatten nie Zeit für Zweisamkeit gehabt, die Arbeit stand immer an erster Stelle. Selbst wenn sie zusammen auf dem Sofa saßen und eine Flasche guten Wein genossen, konnte jederzeit ein wichtiger Anruf kommen.

Es war ungerecht, dass sie nun, da die harte Arbeit vorbei und er am Zenit seiner Karriere angelangt war, ersetzt wurde. Aber sie würde in Zukunft gut versorgt sein, manch andere Frau hatte nur den Herzschmerz.

Ihre Corvette raste über die Landstraße von Kampen nach List, sie flog fast über den Asphalt, und der Motor wurde nicht einmal annähernd ausgereizt.

Die Worte von Lukas hatten sie mehr erschüttert, als sie erwartet hatte. Als die nächste emotionale Welle über ihr zusammenschlug, war sie darauf nicht vorbereitet. Ein dichter Tränenschleier hatte sich vor ihren Augen ausgebreitet, so dicht, dass sie das Autofahren aufgeben und das Fahrzeug am Straßenrand abstellen musste, um erst mal tief durchzuatmen und sich zu sammeln. Sie ärgerte sich über sich selbst. Sie war eine erwachsene Frau mitten im Leben – warum ließ sie sich von dieser Situation so sehr runterziehen?

Dass Lukas ein Verhältnis mit einer anderen Frau hatte, war weder neu noch überraschend. Das Scheidungsverfahren lief bereits seit Monaten, und sie hatte genug Zeit gehabt, sich darauf einzustellen – ganz anders als in früheren Situationen. Sie hatte sich auf diesen Moment vorbereitet, hatte ihre Energie darauf verwendet, ihre Widerstandsfähigkeit zu stärken, und war monatelang die Frau gewesen, die an seiner Seite stand und wissend lächelte.

Inzwischen hatte sie beschlossen, sich nie wieder öffentlich mit ihm zu zeigen. Das war Teil der Vereinbarung, und es fiel ihr leicht, sich daran zu halten.

Linda fischte ein Taschentuch aus ihrer Tasche und tupfte sich die Augen ab, schob den Tränenschleier aus ihrem Sichtfeld und beschloss, ihre Fahrt fortzusetzen. Es gab einen Ort und eine Zeit für ihre Tränen – zu Hause, allein bei einem Glas Wein und einem Film, der das Herz aufhellte – aber diese Landstraße war nicht dieser Ort, und die Heimfahrt war nicht diese Zeit.

Elf

Der Herbstwind hatte an Kraft gewonnen; seine unsichtbaren Fäuste peitschten die Wellen gnadenlos gegen den Strand von Norderoog, einem kleinen Eiland vor Hooge. In der Sprache der Halligfriesen, jenem seltenen Dialekt, der sich auf den verstreuten Halligen behauptet hatte, trug die Insel den Namen »Norderuug«. Ein Name, so rau wie das Land selbst, der inzwischen nur noch selten über die Lippen der Menschen kam.

Joris Tammen jedoch hatte diesen Namen schätzen gelernt. Er hatte versucht, den Dialekt zu lernen, während er die sieben Monate hier verbrachte. Eine Welt, die bald nicht mehr die seine sein würde. Nur noch zwei Wochen, dann würde er zum letzten Mal die Zugvögel beobachten, ihr Kreischen hören, die Zahlen notieren.

Dann würde er sich durch das Watt seinen Weg zurück nach Hooge bahnen. Er würde noch einmal das Salz in der Luft schmecken, den Wind in seinem Haar spüren, bevor er an Bord der Fähre nach Schlüttsiel gehen würde. Dort würde er sich ein letztes Mal umdrehen, einen Blick zurück auf das Wattenmeer werfen, bevor er den Weg in die Heimat antreten würde. Den Winter würde er in Hamburg verbringen – in einer vollkommen anderen Welt.

Doch der Moment des Abschieds war noch nicht gekommen. Mit dem Fernglas in der einen und der Zähluhr in der anderen Hand stieg Joris die knarzende Treppe der Jens-Wand-Hütte hinunter. Der Pfahlbau, benannt zu Ehren des ersten Vogelwartes auf der Insel, war sein Stützpunkt, sein Beobachtungsposten.

Sein Blick streifte den Westen, dort, wo das Watt sich wie ein schützender Teppich zwischen der Hallig und Norderoogsand ausbreitete. Das Westufer war durch eine robuste Steinbuhne gesichert, während Lahnungen, jährlich ausgebaut und instandgehalten, die Hallig umgaben. Sie waren wie ein Schutzschild, aufgestellt gegen den erbarmungslosen Angriff des Meeres, das in vergangenen Jahrzehnten schon einen erheblichen Teil der Hallig verschlungen hatte.

Das vergangene Jahr, sinnierte Joris, während er seine Ausrüstung aufbaute, war ein gutes Jahr für die Hallig gewesen. Keine Vogelgrippe, die als unsichtbarer Tod durch die Vogelkolonien fegte. Keine Ratten, die sich gierig an den Eiern der brütenden Vögel gütlich taten. Keine Flut, die wie eine rücksichtslose Diebin die Eier ins Meer zog. Das Jahr war ruhig verlaufen, doch keineswegs ereignislos.

Mit großer Hingabe hatte Joris die unterschiedlichen Vogelarten gezählt, sowohl hier auf der Hallig als auch auf den umliegenden Sandbänken. Und er hatte das Privileg gehabt, als stiller Beobachter Teil dieses Ökosystems sein zu dürfen.

Das Fernglas ermöglichte ihm einen klaren Blick auf den weit entfernten Strand. Sobald er hier fertig war, würde er sich einen dampfenden Kakao zubereiten und sich in der wohligen Wärme seiner Unterkunft aufwärmen. Der Wind, der an seinen Kleidern zerrte, war eisig kalt.

»Fünfzehn, sechzehn …« Seine Aufmerksamkeit wurde durch eine Gruppe von Vögeln unterbrochen, die unweit der Lahnungen hockten und auf etwas einzuhacken schienen.

»Zweiundzwanzig, dreiundzwanzig …« Die Vögel waren immer noch emsig bei der Arbeit; ihre Federn flatterten in der kalten Brise. Immer mehr scharten sich an der Stelle.

Mit einem leisen Seufzen unterbrach er seine Zählung, legte behutsam die Ausrüstung beiseite und wandte seine Aufmerksamkeit den Geschehnissen bei den Lahnungen zu. Den Kragen seiner Windjacke schlug er höher gegen den eisigen Atem des Windes.

Als er sich näherte, flogen die Vögel in einer plötzlichen Bewegung auseinander, als seien sie nie da gewesen.

Er hatte nun die Stelle erreicht, an der sie gesessen hatten. »Oh«, entfuhr es ihm, bevor er instinktiv zwei Schritte zurückwich.

Das war … ein Arm! Drei Finger fehlten, das Fleisch war grau und zerrissen, als hätten die Vögel und wahrscheinlich auch Fische sich daran gütlich getan. Doch trotz des makabren Zustandes war das, was da vor ihm lag, unverkennbar der zarte Arm einer Frau.

»Gibt's was Spannendes?«, erkundigte sich Marleen, während sie ihren grauen Rucksack unter den Schreibtisch stellte und ihren Thermobecher auf dem Tisch platzierte.

»Ein Hinweis zum Korruptionsschutz, eine Mail zu Einwohnermeldeamtsauskünften und eine Nachricht aus Flensburg von Clemens«, zählte Matthias auf.

»Was hat er?«, fragte Marleen neugierig.

»Er meint, wir sollen heute um acht Uhr zu ihm kommen. Er erwartet einen Anruf aus Kiel.«

Marleen nickte. Mit Sicherheit ging es um den Arm, den man auf Norderoog gefunden hatte. Die Nachricht an den Naturschutzverein war ein »Schuss ins Blaue« gewesen. Umso mehr hatte sie sich gefreut, dass ihre Idee entgegen aller Wahrscheinlichkeit von Erfolg gekrönt gewesen war. Es war in jeder Hinsicht das bestmögliche Ergebnis. Niemand zweifelte daran, dass der betreuende Verein kooperiert und die Polizisten auf die Halligen gelassen hätte, aber eine ausgewachsene Suche wäre mit ganz eigenen Herausforderungen verbunden gewesen. Die Polizisten hätten entweder bei Flut mit dem Schiff an den Inseln anlanden oder das Wattenmeer bei Ebbe zu Fuß durchqueren müssen. Vermutlich wäre es auf eine Kombination hinausgelaufen, da die unbewohnten Halligen meist nur über den Wattweg erreicht werden konnten. Das war außerdem gefährlich und nur mit Hilfe eines Wattführers möglich, zumal im Fall der Hallig Habel.

Es klopfte an der Bürotür, und Claudia erschien im Türrahmen. »Wir haben gerade einen Bericht über einen Verkehrsunfall in Kampen erhalten, glücklicherweise ohne Personenschaden. Könnt ihr euch das mal anschauen?«

Marleen warf einen Blick auf ihr Smartphone. Ihr Dienst hatte um sechs begonnen, bis acht Uhr hatten sie noch reichlich Zeit. Sie nickte Claudia zu und sagte: »Wir kümmern uns darum.«

Clemens erwartete sie bereits, als sie um acht Uhr ins Büro zurückkehrten. Eine ausgetrunkene Kaffeetasse zeugte von seiner frühen Ankunft. Lorenzen war ebenfalls zugegen.

Pünktlich auf die Minute klingelte das Telefon, und der Kollege von der Rechtsmedizin begann, die Befunde zu erläutern. Anhand der Lungenprobe hatte das Labor herausgefunden, dass die Tote vom Weststrand nicht mehr gelebt hatte, als sie ins Wasser fiel. Und was der Vogelwart auf Norderoog entdeckt hatte, war tatsächlich ihr Arm gewesen. Sie hatten die sprichwörtliche Nadel im Heuhaufen gefunden. Der DNA-Abgleich brachte sogar mehr zutage als erwartet. Nicht nur, dass der Arm und der Torso zusammengehörten – es wurden zwei unterschiedliche DNA-Spuren entdeckt. Die Experten waren auf eine fremde DNA gestoßen. Die Spuren konnten zwar noch keinem bestimmten Individuum zugeordnet werden, aber jetzt stand ganz klar der Verdacht im Raum, dass ein Verbrechen vorlag.

Und das war immer noch nicht alles: Durch die fremde DNA konnte eine Verbindung zu einem Mordfall an einer weiteren Frau hergestellt werden. Bei dieser Toten waren verschiedenste Spuren mit der gleichen DNA gefunden worden – Sperma, Speichel, Stofffasern und Hautschuppen.

»Der Sylter Leichenfund bleibt vorerst anonym, leider, aber der Name der zweiten Toten war Jessica Tomsen«, verkündete Clemens mit ernster Miene. »Dreiundzwanzig Jahre alt, wohnhaft in Flensburg und Anfang Juli tot aufgefunden – offenbar ertrunken. Die Ermittlungen kommen nicht voran«, fuhr er fort. »Frau Tomsen war offiziell arbeitslos, wurde jedoch bereits bei Schwarzarbeit erwischt, auch im Milieu. Sie war Mutter, soweit wir wissen. Die wenigen vorhandenen Spuren führen ins Leere. Das bedeutet, wir haben nun zwei Fälle, bei denen uns konkrete Anhaltspunkte fehlen.« Clemens kratzte sich nachdenklich am Hinterkopf. »Ich werde den Staatsanwalt informieren; wir müssen die Ermittlungen intensivieren.«

Obwohl die fremden DNA-Spuren am Arm der Toten für sich genommen keinen eindeutigen Beweis für einen Mord darstellten, reichten sie aus, um eine Verbindung zwischen den Fällen herzustellen. Clemens nahm den direkten Weg und wählte die Durchwahl des zuständigen Kollegen.

»Gab es Zeugen?«, fragte Marleen.

»Keine Zeugen, aber eine Sozialarbeiterin, die in Kontakt mit Frau Tomsen stand und die Kollegen immer wieder drängte, den Fall nicht auf sich beruhen zu lassen.«

»Und es stört die Kollegen nicht, wenn wir in ihrem Fall ermitteln?« Lorenzen wirkte skeptisch. Kollegiale Hilfe war eine Sache, doch niemand ließ sich gern in laufende Ermittlungen hineinreden.

»Soweit ich das beurteilen kann, nein. Meines Wissens wird dort seitens der Kollegen nicht mehr aktiv ermittelt«, antwortete Clemens. Er konnte natürlich nicht vollständig sicher sein, doch falls er sich irrte, würde er es in einem persönlichen Gespräch erfahren.

»Was hältst du davon, Marleen und Matthias hinzuzuziehen?«, wandte Clemens sich an Lorenzen. Dieser seufzte. Zwar war Marleen als erfahrene Kommissarin durchaus in der Lage, die Arbeit ebenso gut zu erledigen wie die Kollegen aus Flensburg, doch es wären zwei Beamte weniger, die er für andere Aufgaben einplanen konnte. Trotzdem wollte er sich nicht dagegen sperren. »Einverstanden. Machen wir das«, sagte er.

DNA-Spuren konnten auf verschiedenste Weise übertragen werden – durch das Streifen einer Jacke im Fahrstuhl oder einen Händedruck mit rissigen Nagelbetten, aber selbstverständlich auch durch einen Kampf oder andere Formen intensiven körperlichen Kontakts. Sie konnten sogar absichtlich platziert werden, um Ermittler in die Irre zu führen und einen anderen Täter ins Visier zu rücken. DNA-Spuren waren zweifellos ein starkes Indiz für eine Beteiligung an der Tat, besonders, wenn sie an den entscheidenden Stellen und in der richtigen Form gefunden wurden. Dennoch blieben sie genau das: ein Indiz, kein Beweis. Wertvolle Anhaltspunkte, die bei der Bewertung aller Hinweise auf eine Täterschaft berücksichtigt werden mussten. So hatte es der Bundesgerichtshof im fernen Karlsruhe definiert, und was der Bundesgerichtshof feststellte, galt praktisch als Gesetz. Jetzt ging es also darum, unumstößliche Fakten zu finden.

Im schwachen Licht des Büros saß Marleen allein an ihrem Schreibtisch. Berichte, Fotos und Notizen breiteten sich wie ein chaotischer Teppich vor ihr aus. Sie war tief in die Analysen der Rechtsmedizin über Jessica Tomsen versunken, und ihre Finger folgten den Zeilen des Textes, während ihre Augen geübt jedes Detail erfassten.

Die Mordakten, die sie von der Kripo Flensburg angefordert hatte, waren umfangreich und voll mit Fotos vom Tatort sowie detaillierten Polizeiberichten, aber beklagenswert arm an Zeugenaussagen. Mit jeder umgeblätterten Seite suchten ihre Augen in den Bildern nach einem Hinweis, einem Widerspruch: irgendetwas, was die anderen übersehen hatten.

Als Matthias den Raum betrat, unterbrach das leise Knarren der Tür Marleens Konzentration. »Es ist schon spät. Willst du nicht langsam nach Hause?«, fragte er.

»Ich bleibe noch etwas.«

»Was hast du herausgefunden?«, fragte er und ließ sich in den Stuhl gegenüber fallen.

»Ich bin noch dabei, alles durchzusehen«, antwortete sie ruhig und zeigte auf eine Reihe von Fotos. »Ich wollte mir den

Fall ansehen und nachvollziehen, was schon untersucht wurde und was eben nicht.« Die Aktenarbeit war wichtig. Jeder Bericht konnte eine Bedeutung haben, und sie musste die von den Kollegen aufgestellte Indizienkette analysieren, wenn sie andere Betrachtungsweisen erarbeiten wollte.

Matthias beugte sich vor, die Stirn in Falten gelegt. Er griff nach einem Foto und betrachtete es intensiv. Es zeigte die rotbläulichen Druckspuren am Hals und die Verletzungen an den Armen. »Sie wurde stranguliert. Und siehst du das hier?« Dort, wo die Fingernägel ins Fleisch geschnitten haben mussten, konnte man kleinere Wunden erkennen, die wie Kratzer aussahen. Die Fingerspitzen und der Daumen hatten jeweils Abdrücke auf der Haut hinterlassen. Die Wundmuster waren deutlich und ausgeprägt und zeigten auf einen Blick, dass Jessica das Opfer einer manuellen Strangulation geworden war, ohne Zuhilfenahme eines Gegenstandes.

»Die Verletzungen am Arm sind nicht von der Tatnacht, weitere neue Verletzungen gibt es nicht – auch nicht am Rest des Körpers. Vermutlich hat sie sich die Schnitte selbst zugefügt, aber es scheint, als hätte sie das autoaggressive Verhalten vor einiger Zeit eingestellt. Dies sind jedenfalls nur Narben. Abwehrverletzungen gibt es keine.« Marleen seufzte. »Also, ich weiß, ich würde mich wehren, wenn mich jemand würgt. Kratzen, beißen, kämpfen wie eine Irre, mein Leben nur zu einem hohen Preis verkaufen. Wenn sie das nicht getan hat«, überlegte Marleen und betrachtete die vor ihr ausgebreiteten Bilder, »war sie vermutlich unfähig, sich zu verteidigen.«

»War sie gefesselt?«

»Nein.«

»Gibt es Hinweise auf Drogen, Medikamente oder Vergiftungen? Irgendwas in der Art, was ihre Passivität erklärt?«

»Das war auch mein erster Gedanke. Laut toxikologischem Bericht nicht«, antwortete Marleen und lehnte sich zurück. »Da sie eine Platzwunde am Hinterkopf hat, nehme ich an, sie war ohnmächtig. Vielleicht ein gezielter harter Schlag, oder sie ist unglücklich gefallen.« Sie atmete tief ein. »Das würde jedenfalls das Fehlen von Abwehrverletzungen erklären.«

Matthias griff nach seinem Kaffee. »Wie lange war sie im Wasser?«

»Nicht lange«, antwortete Marleen und blickte auf die Fotos des Opfers. »Ein Rentner fand sie, angespült am Strand. Die Flut hat sie wohl direkt wieder an Land getrieben. Laut der Rechtsmedizin lag der Todeszeitpunkt zwischen zweiundzwanzig Uhr und drei Uhr morgens. Sie fanden später ihre Blutspuren auf dem befestigten Weg vor dem Strandabschnitt.« Jessicas weit offene Augen starrten ins Leere, der leicht geöffnete Mund wirkte überrascht über die Entwicklungen, die sie auf den Tisch der Rechtsmedizin gebracht hatten. »Sie hatte vor, auszugehen«, bemerkte Marleen und zeigte auf das Outfit der Frau, »war aber nicht für den Strich gekleidet. Sie hat sich schick gemacht, ihre Fingernägel lackiert, neutral nude. Das Kleid ist auch dezent, ein süßes langes Freizeitkleid. Sie freute sich wahrscheinlich auf das Treffen.«

Mit einem Hauch von Melancholie in den Augen nahm Marleen das Bild der Szene auf, die sich vor ihr abspielte. Ein ungestümes Drama, und nun lagen die Fotos des Opfers vor ihr. »Ich wage zu vermuten«, begann sie, ihre Worte sorgsam wählend, »dass dies eine Tat im Affekt war. Aus irgendeinem Grund lief das Treffen aus dem Ruder.«

Matthias nickte. »Es braucht eine große Menge Kraft, jemanden zu erwürgen. Und es dauert lange. Die Filme lügen, was das angeht. Also, was bringt jemanden so zur Weißglut, dass er jemanden würgt, den er offenbar kennt? Dass er ihr dabei direkt in die Augen schaut? Worüber haben sie gesprochen? Was war der Auslöser? War sie vielleicht schwanger?« Die Sorge, dass der Täter gleich zwei Leben ausgelöscht hatte, schwang in Matthias' Stimme mit.

»Nein, sie war nicht schwanger«, versicherte Marleen. »Außerdem hat er sie nicht *er*würgt, sondern nur *ge*würgt. Die Todesursache war das Ertrinken.«

Eine Strangulation konnte auf mehrere Arten zu schweren Verletzungen und sogar zum Tod führen. Ein relativ leichter Druck, nur zwei Kilogramm auf den Venen oder vier Kilogramm auf den Arterien, konnte an den falschen Stellen bereits nach kurzer Zeit zur Bewusstlosigkeit führen und bei fortgesetzter Strangulation das Opfer töten. In diesem Fall jedoch war die Strangulation abgebrochen worden.

Matthias zog die Akte zu sich und begann darin zu lesen, während Marleen angestrengt nachdachte. »Er zog ihren Körper ins Wasser, ohne Rücksicht auf die Konsequenzen. Er hat die Launen der Gezeiten nicht bedacht, hat keine Vorkehrungen getroffen, um seine Spuren zu verwischen. Keine Werkzeuge, keine Handschuhe.«

»Demnach kein Profi – dafür spricht auch, dass er das Erwürgen nicht durchgezogen hat, wenn denn eine Tötungsabsicht vorlag. Aber sein erstes Mal scheint es nicht gewesen zu sein, schließlich liegt unsere Unbekannte ja schon länger im Wasser mit seiner DNA.«

»Ja. Den Rettungswagen hat er auch nicht gerufen. Mag sein, dass er es bereute und gedacht hat, sie wäre tot. Oder eben so schwer verletzt, dass es für ihn Konsequenzen gehabt hätte. Dafür geradestehen wollte er offenbar nicht. Vielleicht wurde er überrascht, dachte, er hätte jemanden gehört oder gesehen, und musste die Sache hektisch zu Ende bringen.«

Die Frau strahlte selbst im Tod noch eine Art makabre Schönheit aus. Ihr Hals, übersät mit dunkelvioletten Flecken, zeugte von ihrem gewaltsamen Ende. Ihre langen brünetten Haare lagen wie ein seidiger Schleier über ihren Schultern. Matthias verglich das Foto mit den Akten und entdeckte eine Diskrepanz. »Jessica Tomsen hatte übrigens ursprünglich blonde Haare. Sie hat sie dunkler gefärbt, aber das bringt uns auch nicht weiter.«

Im Kopf ging Marleen die Fakten durch. Jessica war eine Frau gewesen, die auch schon mit dem Rotlichtmilieu in Berührung gekommen war. Die Mordkommission in Flensburg hatte angenommen, dass ihr Tod die Folge eines Streits mit einem Freier gewesen sei. Eine Vermutung, die nahelag angesichts der unsicheren Situation, in die sich die Frauen begaben, wenn sie nicht in einem organisierten Etablissement tätig waren. Aber stimmte das alles?

»Betrachtet man alle Einzelheiten – ihre Kleidung, die Todesart –, dann ist es wahrscheinlicher, dass sie mit einem Bekannten gesprochen hat, jemanden, dem sie vertraute. Dem Falschen. Ihre Wertsachen wurden ebenfalls noch nicht gefunden – weder Handtasche, noch Portemonnaie. Uns fehlt auch das Smartphone«, stellte sie ernüchtert fest.

»Vielleicht hat sie es einfach zu Hause gelassen?«, schlug er vor, doch Marleen schüttelte den Kopf. »Wann warst du das letzte Mal ohne Smartphone aus dem Haus? Die Kollegen haben jeden Zentimeter abgesucht und es nicht gefunden – in der Wohnung ist es nicht. Hinzu kommt, dass sie ihr Kind bei einer Nachbarin abgegeben hatte, die sie nicht einmal besonders gut kannte. Der Dame hat sie nur gesagt, sie hätte eine Verabredung. Also: Sie hat auf jeden Fall das Smartphone mitgenommen.«

»Dann hat es der Täter«, sagte Matthias. »Die Leiche wurde gegen sechs Uhr morgens gefunden. Das heißt, im besten Fall hatte er drei Stunden, bis sie gefunden wurde, im schlimmsten Fall acht Stunden, in denen er sich überlegen konnte, was mit dem Smartphone passiert. In neun Stunden, nachts, könnte er bis Brüssel oder Danzig kommen und das Smartphone dort entsorgen.«

»Könnte er, aber das glaube ich nicht. Wir reden hier über jemanden, der gerade im Affekt eine Frau umgebracht hat und sogar zu nervös war, es zu Ende zu bringen. Er wird das Handy entweder mitgenommen oder irgendwo im Umkreis des Tatorts entsorgt haben.«

Eine Funkzellenabfrage der Kollegen hatte bestätigt, dass die Tote ihr Smartphone dabeigehabt hatte. Grundsätzlich wäre es ein Leichtes, selbst ein ausgeschaltetes Smartphone zu orten.

Die rechtlichen Hürden waren zwar hoch, Mord und Totschlag waren jedoch »schwere Straftaten«, und das Aufklären des Sachverhalts rechtfertigte die Mittel. Dass es nicht gelungen war, das Telefon zu orten, bedeutete, dass der Täter entweder die SIM-Karte entfernt und separat entsorgt hatte, oder dass der Akku des Telefons komplett leer war. Damit war auch die Möglichkeit weggefallen, »stille SMS« zu senden, mit denen man ein Smartphone ebenfalls orten konnte.

»Der Tatort war offen einsehbar«, merkte Matthias an. »Ich kenne die Ecke in Flensburg. Jedem Spaziergänger, jedem Obdachlosen, verliebten Pärchen oder Feierwütigen wäre die Szene sofort ins Auge gesprungen.«

»Wir müssen mit Lorenzen sprechen. Ich möchte aufs Festland und ein paar Vernehmungen vornehmen.«

Lorenzen würde einige Telefonate führen müssen, um den organisatorischen Teil der Arbeit zu erledigen und ihnen die Mitarbeit in Flensburg zu ermöglichen. »Ich werde jetzt gehen«, sagte Matthias. »Und du musst auch Feierabend machen, sonst bereust du es morgen.«

Zwölf

Das Navigationsgerät forderte sie beharrlich auf, den direkten Weg nach Flensburg zu nehmen, doch Matthias wählte eine andere Route. Entschieden bog er auf die B5 ab, weg von der vorgeschlagenen Route, in Richtung Süderlügum und Tondern. Sie glitten über die Bundesstraße, umgeben von weitläufigen Feldern, die sich bis zum Horizont erstreckten. Windräder säumten den Weg, sie ragten hoch über das flache Land.

Kurz vor der dänischen Grenze lenkte Matthias den Wagen in die Grenzstraße, die nach Flensburg führte. Marleen ließ das Fenster herunter, atmete die frische Luft ein und fühlte die kühlen Böen des herbstlichen Windes auf ihrer Haut. Eine Schlechtwetterfront zog aus Dänemark heran, doch noch war es angenehm. Matthias' Hand wanderte zwischen dem Steuer und dem Radio, immer auf der Suche nach besserer Musik. Marleen beobachtete seine vergebliche Suche und lächelte leise, als er seiner Frustration freien Lauf ließ.

Sie parkten ihren Streifenwagen neben den anderen Fahrzeugen vor dem imposanten, geschichtsträchtigen Gebäude der Polizeidirektion. Clemens, der sie am Eingang in Empfang nahm, führte sie durch die wichtigsten Räume und gab ihnen einen kurzen Überblick. Die Führung endete in den Räumlichkeiten der Mordkommission, wo sie in einen Besprechungsraum geführt wurden.

Es waren nur wenige Polizisten im Haus, aber zwei Beamte der Mordkommission gesellten sich zu ihnen, um sie in den aktuellen Fall einzuführen. Es fühlte sich seltsam an, in Uniform zwischen den Zivilbeamten zu sitzen, die je nach Tagesordnung in Hemd und Sakko oder einer legeren Kombination aus Pullover und Jeans gekleidet waren. Aufmerksam lauschten sie dem

Vortrag eines der Beamten, der die wichtigsten Fakten und Details des Falles zusammenfasste.

»Das Opfer war also nirgendwo als Prostituierte registriert, richtig?« Marleen stellte die Frage in den Raum.

Der Mann ihr gegenüber, dessen Ärmel bis zu den Ellbogen aufgekrempelt waren, nickte. »Das ist zumindest das, was wir bisher rausfinden konnten.« Die Wärme in dem Büro stand im starken Kontrast zu der zunehmenden Kälte draußen.

»Vor zehn Monaten erhielt sie eine Verwarnung beim Anschaffen, weil sie ihre Tätigkeit nicht angemeldet hatte. Auch danach ist kein Antrag auf Registrierung eingegangen. Allerdings fanden wir einen ausgefüllten, aber nie abgeschickten Antrag in ihrer Wohnung, nachdem wir sie identifiziert hatten. Der Antrag ist vom Mai dieses Jahres.«

Über fünf Monate alt und vier Monate vor dem Tod der Frau.

»Weshalb, glauben Sie, hat sie auf die Registrierung verzichtet?« Marleen sah die anderen fragend an.

»Prostitution ist zwar nicht mehr sittenwidrig, aber das soziale Stigma bleibt bestehen. Es offiziell zu machen, macht es nicht unbedingt besser, und Schwarzarbeit wirft mehr Geld ab.« Seine Antwort traf den Nagel auf den Kopf. »Sie hat unseres Wissens nach auf der Straße gearbeitet und dies, wie Befragungen ergaben, allein. Deshalb erhielt sie die Verwarnung. Ein Kollege in Zivil ist von ihr angesprochen worden und hat das entsprechende Amt verständigt.«

Marleen fragte nach einer Liste von Freiern, die mit Jessica Kontakt gehabt hatten, doch so etwas gab es nicht.

»Gibt es sonst noch etwas Wichtiges, was wir wissen sollten? Clemens erwähnte gestern eine Sozialarbeiterin.«

Marleen suchte Clemens' Blick, der zustimmend nickte.

»Renate Böttcher – sie stand in Kontakt mit der Toten, wie aus dem Schriftverkehr hervorging. Sie war die zweite Person, die Jessica als vermisst gemeldet hat. Zu diesem Zeitpunkt wussten wir bereits von ihrem möglichen Tod, da die Nachbarin die Polizei informiert hatte.«

»Gibt es noch etwas, was wir wissen sollten?«

»Die Sozialarbeiterin erwähnte einen Ausbildungsvertrag. Wir konnten das bestätigen. Frau Tomsen hätte im März nächsten Jahres eine Ausbildung zur Hotelfachfrau beginnen sollen. Alles Weitere steht in der Akte, die ihr bereits habt.«

Nachdem die beiden Flensburger Ermittler nach der Besprechung den Raum verlassen hatten, blieb nur noch Clemens bei ihnen zurück. Sein Blick war aufmerksam und interessiert. »Also – wo wollt ihr anfangen?«

»Ich würde gerne mit der Sozialarbeiterin sprechen«, antwortete Marleen. »Es scheint, als hätte sie eine engere Verbindung zu ihr gehabt. Vielleicht kann sie uns etwas über Jessica Tomsen erzählen, was wir noch nicht wissen. Außerdem möchte ich noch einmal mit den Nachbarn sprechen. Vielleicht haben sie ja doch etwas gesehen oder gehört, was uns helfen könnte.«

Clemens kaute nachdenklich auf dem Ende eines Stifts. »Haltet mich stets auf dem Laufenden, das ist eine zwingende Voraussetzung, und …« Er zögerte, als ob er mit sich selbst rang, die richtigen Worte zu finden. »Ihr habt sicher bemerkt, dass die zuständigen Kollegen ihre Arbeit geleistet haben, aber …« Ein langer Seufzer entwich ihm, als ob er versuchen würde, die Enttäuschung auszudrücken, die sich in ihm aufgestaut hatte. »Ich werde es einfach sagen. Die Untersuchung hat uns keinen Schritt weitergebracht. Keine Ergebnisse, keine Anhaltspunkte, nichts. Keine Zeugen, keine Beweise, nichts, woran wir uns festhalten könnten.«

Seine Stimme nahm einen resignierten Unterton an. »Aufgrund der derzeitigen Personalsituation, die ja auch der Grund für eure Abordnung zu uns ist, hat die Leitung entschieden, die Kollegen schnellstmöglich auf andere Fälle mit höherer Erfolgsaussicht zu verlegen. Na ja, es ist, wie es ist.« Er schwieg eine Minute lang. »Was erwartest du eigentlich von dem Gespräch mit dieser Frau Böttcher? Den Kollegen konnte sie scheinbar nicht ausreichend weiterhelfen, oder siehst du das anders?«, fragte er dann.

Marleen hob die Schultern. »Sozialarbeiterinnen sind gute Menschenkenner, das darf man nicht unterschätzen. Ich mache das lieber noch mal selbst. Manche Kollegen haben ... na ja, Vorbehalte gegen bestimmte Berufsgruppen, wenn du verstehst, was ich meine.«

Matthias verlangsamte das Tempo und suchte nach der richtigen Hausnummer. Das Gebäude des Sozialamtes war groß, zwischen Universität und Brauerei gelegen.

»Wir sind da.«

»Na, dann wollen wir mal«, sagte Marleen und wandte sich zu ihm um. »Wenn wir drin sind, kannst du gerne mir das Reden überlassen. Das ist für die Sozialarbeiterin einfacher, weil sie sich dann nur auf einen Gesprächspartner konzentrieren muss.«

»In Ordnung.« Matthias griff nach seiner Wasserflasche und nahm einen großen Schluck, bis das Plastik knackte.

Als Marleen und Matthias die Eingangshalle betraten, wurden sie von einer jungen Frau begrüßt, deren punkige Frisur von einem schimmernden Lippenpiercing unterstrichen wurde. Marleen teilte ihr den Zweck ihres Besuches mit, woraufhin die junge Dame sie zu einem Besprechungsraum führte.

Der Raum war schlicht und funktional, aber dennoch einladend. Ein gemütliches, wenn auch etwas abgenutztes Sofa, flankiert von verschiedenen Sesseln, war Zeuge unzähliger Gespräche, ebenso wie der Tisch, der von zahlreichen Kaffeeringen gezeichnet war.

Ein großes Fenster ließ reichlich Licht herein und bot einen ungehinderten Blick auf den Parkplatz vor dem Haus. Sie konnten das Kommen und Gehen beobachten. Der Raum wurde still, nur das leise Summen der Beleuchtung und das Ticken der Wanduhr waren zu hören.

Nach wenigen Minuten öffnete sich die Tür erneut, und eine Frau mittleren Alters betrat den Raum. Sie war schlicht gekleidet, ihr Gesicht war gezeichnet von einem Leben voller Emotionen – freundliche Lachfalten zeugten von glücklichen Zeiten, während tiefe Linien sorgenvolle Phasen spiegelten. Sie begrüßte die beiden Polizisten mit einem Lächeln. Mit einer sanften Bewegung wies sie auf die freien Stühle und nahm ihnen gegenüber Platz.

»Sie möchten mit mir über Jessica Tomsen sprechen?« Renate Böttcher blickte die beiden Polizisten an. Ihre Stimme war weich, aber bestimmt, und in ihren Augen lag ein Hauch von Resignation.

»Ja, das wäre sehr hilfreich«, antwortete Marleen, die sich neben Matthias gesetzt hatte.

»Kann ich Ihnen einen Kaffee anbieten?« Beide lehnten höflich ab.

Renate Böttcher atmete tief durch und senkte den Blick. »Es ist tragisch. Jessica war eine gute Seele. Sie hat so ein Schicksal nicht verdient – niemand hat das verdient.«

»Wir haben noch keinen Verdächtigen festgenommen«, gestand Marleen, die Renates Reaktion genau beobachtete. »Aber wir haben Hinweise darauf, dass Jessicas Tod eventuell mit einem anderen Verbrechen in Zusammenhang steht. Deshalb nehmen wir ihren Fall wieder auf.«

Frau Böttcher sah sie überrascht an. »Ein weiteres Verbrechen? Sie meinen, ein weiterer Mord?«

»Ja.«

»Ich werde tun, was ich kann, um zu helfen.«

Marleen dankte ihr und erklärte weiter: »Die Akten über Jessica sind … sehr dünn. Wir hoffen, dass Sie uns dabei helfen können, mehr über sie zu erfahren.«

Renate Böttchernickte langsam und rieb sich nachdenklich die Schläfen.

Marleen fuhr fort: »Während der ursprünglichen Untersuchung scheint es einige Unklarheiten gegeben zu haben …«

»Unklarheiten? Nein. Jessicas Fall wurde nicht ausreichend untersucht, so ist das. Die Beamten haben sich zu schnell für den einfachen Weg entschieden. In der Wohnung konnte nichts gefunden werden, und die Beamten machten es sich leicht.« Ihre Worte waren hart, aber ihre Stimme war voller Traurigkeit. Marleen und Matthias nahmen die Kritik schweigend hin. Sie wussten, dass es nicht ihre Aufgabe war, die Arbeit ihrer Kollegen zu bewerten.

»Können Sie das näher erläutern?«, fragte Marleen trotzdem vorsichtig nach.

Renate Böttcher seufzte tief. »Man munkelte, dass sie sich den Gefahren als Straßenmädchen ja selbst ausgesetzt hatte. Aber die Tatsache, dass sie dieses Leben hinter sich gelassen hatte, wurde gar nicht berücksichtigt …« Ihre Stimme brach ab, als sie die letzten Worte flüsterte, und in ihren Augen lag wieder diese tiefe Traurigkeit. »Sie hat nicht mehr auf dem Strich gearbeitet. Sie wollte ein Vorbild für ihr Kind sein.«

Marleen machte sich eine Notiz. Dann beugte sie sich leicht vor und sagte: »Könnten Sie uns noch mehr Persönliches über Jessica erzählen? Alles, was Sie wissen, könnte uns helfen, den Täter zu finden. Solange wir ermitteln, hat Jessica eine Chance auf Gerechtigkeit.«

Renate Böttcher schaute Marleen lange an, bevor sie antwortete: »Sie war eine fürsorgliche und liebevolle Mutter für ihren Sohn. Ein Mensch, der das Leben liebte.« Während Renate Böttcher sprach, versuchte Marleen, sich ein Bild von Jessica Tomsen zu machen. »Sie hatte einen Ausbildungsplatz gefunden. Ich half ihr dabei und organisierte auch eine Tagespflegestelle für ihren Kleinen«, fuhr Renate fort. Ihre Stimme schwankte merklich bei den letzten Worten, sie räusperte sich. »Sie war voller Vorfreude, ein neues Kapitel ihres Lebens zu beginnen.«

Marleen nutzte die kurze Pause, um ihre Notizen zu betrachten. Nach einer Weile fuhr Renate fort: »Dann verschwand sie plötzlich, und zwar ohne ihren Sohn. Die Nachbarin rief mich an und erzählte mir, dass sie das Kind nicht abgeholt hätte und nicht erreichbar sei. Die Frau informierte dann die Polizei. Ich war der Notfallkontakt. Ich wusste sofort, dass da etwas nicht stimmte, und habe sie als vermisst gemeldet. Als ich die Lage bei der Polizei schilderte, vermutete man, Jessica hätte sich davongemacht und ihren Sohn zurückgelassen. Erst später habe ich erfahren, dass sie zu diesem Zeitpunkt bereits tot war.«

Matthias, der bis jetzt still zugehört hatte, fragte mit rauer Stimme: »Haben Sie irgendeine Vermutung, wer der Täter sein könnte?«

Renate Böttcher schüttelte den Kopf. »Ich habe keine Ahnung. Sie hat nie die Namen ihrer Kunden preisgegeben. Sie war sehr diskret, hat nie über die Arbeit gesprochen.«

»Und privat, hat sie da von einem Freund gesprochen?«, ergänzte Marleen die Frage.

»Ja, sie erwähnte einen Freund. Aber sie hat mir seinen Namen nicht gesagt.« Die Sozialarbeiterin zögerte. »Sie sagte nur, dass er groß sei. Sie wären sehr ineinander verliebt. Es ging wohl auch alles sehr schnell mit den beiden.«

Marleen hatte gehofft, dass die Sozialarbeiterin mehr Informationen haben könnte, aber es schien, als hätte Jessica ihr Privatleben gut abgeschirmt.

»Hat sie etwas darüber gesagt, wann sie ihn kennengelernt hat? Oder wo? Wo die erste Verabredung war? Oder was sie unternommen haben?« Marleens Hoffnung war, dass eine Spur zur anderen führen würde. Die Adresse eines Cafés oder einer Bar könnte das fehlende Puzzleteil sein.

Renate Böttcher schüttelte den Kopf. »Sie hat mir erst einige Wochen vor ihrem Tod das erste Mal von ihm erzählt.« Zu den anderen Fragen hatte sie keine Antworten.

»Können Sie uns weitere Personen nennen, die in Jessicas Leben eine Rolle spielten?« Marleen blickte die Frau mit einem sanften, aber festen Blick an.

Renate Böttcher schüttelte erneut den Kopf, ihre Augen waren traurig. »Sie war allein, sie hatte keine Familie und eigentlich auch keine Freunde. Sie war alleinerziehend und schämte sich für ihre Vergangenheit. Es kostete sie viel Kraft, zu uns zu kommen und um Hilfe zu bitten. Aber sie tat es für ihren Sohn.«

Marleen hörte aufmerksam zu und machte sich mentale Notizen. »Sie hatte Selbstverletzungen an dem Armen. War sie in ärztlicher Behandlung?«

»Nein«, antwortete Frau Böttcher leise. »Jessica hat alles mit sich allein ausgemacht. Sie war eine starke Frau und war zu stolz. Hilfe anzunehmen fiel ihr schwer, verstehen Sie?« Ihre Stimme brach; sie schluckte, bevor sie fortfuhr. »Ich wünschte, sie hätte sich Hilfe gesucht.«

Alles, was Renate Böttcher sagte, stimmte mit dem überein, was sie bereits wussten. Jessicas Eltern waren vor zwei Jahren bei einem Autounfall auf der A7 gestorben. Sie hatte keine Geschwister, keine Verwandten. Das Begräbnis war vom Sozialamt organisiert worden, nachdem ihr Körper freigegeben worden war.

»Wie steht es mit der Nachbarin, die auf das Kind aufgepasst hat?«, fragte Marleen weiter.

Renate Böttcher zuckte mit den Schultern. »Ich war bei ihr. Sie sagte, sie kannte sie kaum. Jessica wusste wohl nur, dass sie immer zu Hause war, da sie arbeitslos war, und hat sie deshalb ausgewählt. Sie gab ihr Geld und ließ ihren Sohn für ein paar Stunden bei ihr. Das war eigentlich nicht ihre Art.«

»Und der Vater des Kindes?«

»Der Vater ist unbekannt. Auch Jessica wusste nicht, wer er war, wenn Sie verstehen, was ich meine.«

»Also hat niemand die Vaterschaft anerkannt oder sich diesbezüglich gemeldet?«

»Luka ist jetzt zwei Jahre alt, und niemand hat jemals die Vaterschaft beantragt. Da es keinen sorgeberechtigten Elternteil gab, wurde das Jugendamt zum Vormund bestellt. Der Kleine lebt jetzt bei einer Pflegefamilie in Rendsburg.«

Marleen nickte ernst. Es war üblich, dass das Jugendamt die Vormundschaft übernahm, wenn kein geeigneter Vormund gefunden werden konnte. Doch auch dieses Detail bestätigte, wie isoliert Jessica Tomsen gelebt hatte.

»Gibt es noch etwas, was uns helfen könnte? Egal was«, fragte Marleen vorsichtig.

»Ich kann Ihnen die Adresse ihrer Ausbildungsstelle geben«, bot Renate Böttcher an. »Sie war allerdings nur einmal dort, zum Vorstellungsgespräch. Ich habe sie begleitet und alles organisiert. Sie werden auch dort wahrscheinlich nicht viel herausfinden können.«

Die Sozialarbeiterin stand auf und ging zu einem Schrank auf der gegenüberliegenden Seite des Raumes. Sie nahm Stift und Papier und notierte sorgfältig zwei Adressen. »Ein Hotel ... und hier ist die Straße, in der sie früher gelebt hat. Dritter Stock«, fügte sie hinzu, als sie den Zettel überreichte. »Sie war so klein und zierlich. Wie sollte sie sich gegen einen Mann wehren? Sie war chancenlos. Es tut mir leid, ich kann Ihnen nicht mehr sagen.« Die Adressen hatten sie bereits, trotzdem bedankte Marleen sich, als sie den Zettel entgegennahm.

»Wir danken Ihnen für Ihre Zeit«, sagte sie dann, stand auf und verabschiedete sich.

Die grellgelbe Imbissbude auf der anderen Straßenseite bot ihnen einen Ort für eine wohlverdiente Pause. Matthias bestellte zwei Portionen Pommes rot-weiß, während Marleen sich an einen nahegelegenen Stehtisch lehnte, ihr Smartphone fest in der Hand. Jan schrieb ihr. Eine einfache Frage, was sie machte, ob sie sich später sehen würden. Sie schrieb ihm, dass sie beschäftigt sei und nicht wisse, wann sie zurück sei.

Yannick hatte auch geschrieben. Sie ignorierte ihn. Die Tatsache, dass sie eine Nachricht von ihm erhielt, hätte sie an anderen Tagen komplett aus der Bahn geworfen. Aber heute gab es wichtigere Dinge zu tun, und sie durfte sich nicht ablenken lassen.

Sie wählte Clemens' Nummer. Zu einer guten Koordination gehörte auch ein effizientes Ressourcenmanagement; sie mussten klären, wer wann welche Aufgaben übernahm.

Clemens hörte sich Marleens Bericht an und stimmte ihr zu, dass es von größter Bedeutung war, Jessicas Freund ausfindig zu machen. Die Tatsache, dass der Mann nicht auftauchte, sich nie gemeldet hatte und auch sonst nie in Erscheinung getreten war, reichte für einen ersten Verdacht aus. Wenn er seine Freundin wirklich so sehr geliebt hatte, wie es den Erzählungen nach den Anschein hatte, hätten sie von ihm hören müssen. Er hätte entweder trauernd auf dem Revier gesessen und sich gefragt, wie das passieren konnte und warum er sie an jenem Abend allein gelassen hatte, oder er hätte wutentbrannt Beschuldigungen in den Raum geworfen – der Nachbar, der ihr einmal zu oft zulächelte, der Exfreund, der wieder mit ihr zusammenkommen wollte ... Es war die Stille, die ihn verdächtig machte.

»Und? Was ist unser nächster Schritt?«, fragte Matthias, während er auf heißen, knusprigen Pommes kaute.

»Wir schauen uns in der Nachbarschaft um. Nicht nur die direkte Nachbarin, wir sollten das gesamte Wohnviertel abklappern.«

Sie reichte ihm die Adresse und begann hastig zu essen, getrieben von der Notwendigkeit, weiterzumachen und keine Zeit zu verlieren. Matthias tippte die Adresse kurze Zeit später ins Navigationsgerät ein, und sie machten sich auf den Weg quer durch Flensburg.

»Wir dürfen nicht denselben Fehler begehen wie unsere Kollegen. Sie haben Jessicas Hintergrund gesehen und eine vorgefertigte Geschichte im Kopf gehabt – Frau gegen gewalttätigen Freier.« Marleens Worte hingen unkommentiert in der Luft, Matthias signalisierte ihr stille Zustimmung.

Als sie schließlich ihr Ziel erreichten, zog Marleen ein Foto aus ihrer Aktenmappe. Das Bild hatte die Polizei mitgenommen; wer es geschossen hatte, war nicht bekannt. Es zeigte Jessica, strahlend und glücklich, ihren Sohn auf dem Schoß. Ein Moment der unbeschwerten Freude, eingefangen in einem Bild, das nun der Erinnerung an ein viel zu kurzes Leben diente.

In monotoner Einheitlichkeit erhoben sich die hohen Wohnblöcke: Sozialwohnungen, die als Puffer gegen die Unerbittlichkeit des Mietmarktes dienten. Sie boten einen sicheren Hafen für diejenigen, deren Taschen nicht tief genug waren. Jessicas

Zuhause mit seinen vier Etagen war schnell ausgemacht. In diesem Haus teilten sich etliche Parteien den knapp bemessenen Raum.

Matthias strich mit der Hand über das Panel der Türklingeln und löste ein Klingeln aus, das durch das Gebäude hallte, bis endlich jemand die Tür öffnete. Jessica Tomsens Name stand noch immer an der Tür, obwohl ihre Wohnung seit Wochen versiegelt war, jeder Winkel akribisch untersucht, bis die Kollegen sicher waren, dass sie keine weiteren Ergebnisse preisgeben würde. Fotos, Computer, Datensticks – alles war sorgfältig gesichert worden.

Von Tür zu Tür schritten sie fort, beginnend im untersten Stockwerk. Doch sie blickten nur in ratlose Gesichter. Im dritten Stock klopften sie an die verbliebenen Türen. Der Nachmittag hat sich bereits tief in den Tag eingegraben; die meisten Bewohner waren vermutlich bei der Arbeit und würden erst heimkehren, wenn der Klatsch über den Polizeibesuch bereits durch die Flure schwirrte.

Eine junge Frau, kaum in den Zwanzigern, öffnete ihnen die Tür. Ihr lässiges Outfit duftete nach Lavendel, und ihre Haare waren unter einem Handtuch verborgen. Sie zeigten ihr das Foto. »Kommen Sie rein, ich brauche nur einen Moment.« Schon verschwand sie im Badezimmer. Die Wohnung war makellos; während sie warteten, versuchte Marleen herauszufinden, welcher Raum an Jessicas Wohnung grenzte – mindestens einer musste es sein. Vielleicht hatte diese Nachbarin etwas mitbekommen.

»Also, wie kann ich Ihnen helfen?«, fragte die Frau, als sie wieder auftauchte. Ihre langen, lockigen schwarzen Haare hatte sie hastig getrocknet und nun offen über eine Schulter gelegt.

»Was können Sie uns über Jessica Tomsen erzählen? Sie kannten sie, nehme ich an?«

»Ich kannte sie, ja«, antwortete die junge Frau, die sich als Miriam Maleszka vorgestellt hatte.

»Waren Sie mit ihr befreundet?«, fragte Marleen.

Miriam zögerte. »Nicht wirklich … eher flüchtig bekannt, würde ich sagen. Ich weiß nicht viel über sie, aber ab und an haben wir uns unterhalten. Sie bat mich einmal, auf ihren Kleinen aufzupassen, als sie zum Arzt musste. Danach trafen wir uns einmal bei mir auf einen Kaffee. Sie war sehr nett. Wenn es passte, habe ich ihr den Kleinen abgenommen. Gibt es etwas Neues?«

»Es ist alles so schrecklich …« Miriams Stimme brach ab, sie schluckte schwer. »Wissen Sie, wie es Luka geht?«

»Luka geht es gut.« Marleen kehrte sofort zur Befragung zurück. »Würden Sie sagen, dass sie eine schwierige Persönlichkeit war? Hatte sie Feinde? Gab es jemanden, der ihr Böses wollte?«

»Ganz und gar nicht.«

»Jessica verschwand am dritten Juli, sie hatte Luka bei einer anderen Nachbarin abgegeben. Wieso hat sie nicht Sie gefragt, wenn Sie doch ab und an schon auf das Kind aufgepasst haben?«

»Oh, sie hat gefragt. Ja, Jessica bat mich manchmal, auf Luka aufzupassen«, erklärte die Frau. »Aber ich konnte nicht immer. Ich arbeite im Krankenhaus, als Pflegekraft. Also Pflegehelferin, um genau zu sein. Meine Schichten wechseln ständig. Manchmal bin ich früh dran, manchmal spät. Das ist das Los, wenn man jung und alleinstehend ist.«

»Wussten Sie, womit sie ihren Lebensunterhalt bestritt?«

»Sie hatte keinen festen Job, soweit ich weiß. Aber sie war kurz davor, eine Ausbildung in einem Hotel zu beginnen. Sie zeigte mir voller Stolz einen Flyer des Hotels. Ich glaube, vorher hatte sie nur Gelegenheitsjobs.«

Marleen versuchte vorsichtig, mehr Informationen aus Miriam Maleszka herauszuholen. »Hat sie jemals von Problemen mit Kunden oder Kollegen gesprochen? Oder von Streitigkeiten?«

Miriam verneinte das.

»Oder hatte sie vor irgendjemandem Angst?«

»Nein, wirklich nicht«, antwortete Miriam.

»Hatte Jessica einen Freund?«, hakte Marleen nach.

»O ja, allerdings. Sie war sehr verliebt in ihn, als sie zusammenkamen. Ich habe sie noch nie so glücklich gesehen. Aber die Vorstellung, dass Jessica unter Angst gestorben ist ... Das ist einfach unvorstellbar. Es könnte jedem von uns passieren, ich ...«

Marleen unterbrach sie. »Frau Maleszka ...«

»Ja?«

Marleen hob die Augenbrauen, darauf wartend, dass sie wieder zum eigentlichen Thema zurückkehrte.

»Ach so, ja, also: Wir haben uns vor zwei Monaten gesehen und kurz noch einen Tee zusammen getrunken, weil ihr Kleiner bei mir eingeschlafen war. Da sagte sie mir, dass sie mit sich ringt, weil sie ihrem Partner endlich etwas über ihre Vergangenheit sagen muss. Sie hatte Angst, er könnte es selbst herausfinden.«

»Das klingt nach mehr als einer Bekanntschaft, eher nach einer engen Freundschaft. Es ist ja schon ein sehr persönliches Thema«, merkte Marleen an.

»Ich denke, Jessica hatte niemanden sonst«, antwortete Miriam Maleszka. »Glauben Sie, ihr Freund könnte etwas mit ihrem Tod zu tun haben?«

Marleen vermied es, darüber vor der Frau irgendwelche Aussagen zu machen. »Haben Sie einen Namen oder eine Adresse für uns? Oder können Sie ihn beschreiben?«

Die junge Frau verneinte. »Ich weiß nicht, wie sie sich kennengelernt haben. Aber es ging alles sehr schnell. Liebe auf den ersten Blick, würde ich sagen. Sie planten eine gemeinsame Zukunft. Er war sehr liebevoll zu ihr, machte ihr Komplimente, kaufte Geschenke, kümmerte sich um sie. Sie glaubte, er wäre auch ein guter Vater für Luka.«

»Hat sie jemals von häuslicher Gewalt gesprochen?« Marleens Frage hing in der Luft, fast greifbar in der sich aufbauenden Anspannung. Miriam Maleszka schüttelte den Kopf, sodass ihre dunklen Locken tanzten.

»War er mal hier? In diesem Haus, in ihrer Wohnung?«, fragte Marleen.

»Dazu kann ich nichts sagen. Ich kann nur sagen, dass sie Luka ein paar Mal zu mir gebracht hat wegen einer Verabredung. Dabei wirkte sie jedes Mal sehr aufgeregt, als ob es etwas ganz Besonderes wäre, wissen Sie?«

»Scheint ja ein echter Traumprinz zu sein«, bemerkte Matthias sarkastisch.

Miriam sah ihn mit einem verdutzten Blick an, sichtlich bemüht, seine Worte einzuordnen.

»Bitte ignorieren Sie das«, sagte Marleen schnell, mit sanftem, aber bestimmtem Ton. »Vielen Dank für Ihre Zeit und Ihre Hilfe.« Sie reichte Frau Maleszka eine Visitenkarte. »Falls Ihnen noch etwas einfällt, zögern Sie nicht, uns zu kontaktieren.«

Nachdem sie die Wohnung verlassen hatten, durchkämmten sie den übrigen dritten und den kompletten vierten Stock, doch die restlichen Bewohner des Wohnblocks waren entweder völlig ahnungslos, wer Jessica überhaupt war, oder hatten sie nur ab und zu mal gesehen – ein flüchtiger Schatten im Treppenhaus, ein kurzer Blick in der Eile des Alltags. Oder sie waren einfach nicht da, ihre Wohnungen leer und stumm, als würden sie die Fragen der Polizei ablehnen.

In den umliegenden Gebäuden war das Bild nicht anders. Jessica schien mehr ein Phantom als eine wirkliche Bewohnerin gewesen zu sein: eine Unbekannte, die keinen bleibenden Eindruck hinterließ. Von ihrem Freund, dem vermeintlichen Traumprinzen, gab es keine Spur. Es war, als hätte sie in einer Blase gelebt, isoliert von der Welt um sie herum. Nur Miriam schien einen kleinen Einblick in ihr Leben gehabt zu haben, und selbst ihr war nur ein flüchtiger Blick durch einen Spalt in der Tür gewährt worden. Schweigend kehrten Marleen und Matthias zum Auto zurück. Matthias schnallte sich an und wartete auf Marleen, die nachdenklich dasitzend die Stirn runzelte.

»Was denkst du?«, fragte er in die Stille hinein.

»Ich beginne zu verstehen, warum die Ermittlungen ins Stocken geraten sind«, entgegnete sie. Der Motor sprang an, Matthias legte den Rückwärtsgang ein und blickte über seine Schulter. »Wir müssen den Freund finden. Ich glaube nicht, dass er wusste, womit Jessica ihr Geld verdient hat.«

Matthias' Hand verharrte unschlüssig über dem Navi. »Zurück zur Insel?«

Marleen seufzte zustimmend. Die Rückfahrt erschien ihr grauer und die Landschaft zog an ihr vorbei wie eine trübe Erinnerung, obschon sich am Wetter selbst und an der Landschaft nichts verändert hatte.

Mit den Fingern am Lenkrad zur Musik trommelnd, richtete Matthias seinen Blick strikt auf die Straße und beobachtete den Gegenverkehr. Sein Blick schnellte zur Seite. Marleen saß still im Sitz, mit verschränkten Armen, in ihre eigenen Gedanken versunken. Ihre Miene war so düster wie ein Regenschauer; über einen anstehenden Urlaub dachte sie also nicht nach. Er räusperte sich. »Ich sehe, dass dich der Fall belastet.«

Marleen lehnte den Kopf gegen das Fenster. »Es ist nur … so vielen Frauen geschieht Unrecht, und oft wird einfach weggeschaut. Es ist nicht fair. Und selbst wenn man versucht, etwas zu ändern, stößt man manchmal gegen eine Wand.«

»Wie meinst du das?«, fragte er leise. Doch Marleen blieb still. Matthias hielt den Atem an, beobachtete, wie sie mit den Schultern zuckte, aber nichts sagte.

»Wir könnten später zu zweit zur Promenade fahren, ein paar Bier trinken. Etwas abschalten.«

Marleen drehte sich zu ihm um und lächelte müde. »Ich schätze das Angebot, aber heute … Heute ist nicht der richtige Tag.«

Matthias zwang ein Lächeln auf sein Gesicht, um seine Enttäuschung zu verbergen. »Oder wir könnten einen Spaziergang am Wasser machen. Das könnte uns helfen, den Kopf freizubekommen. Was meinst du?«

Sie schüttelte erneut den Kopf. »Das ist wirklich lieb von dir, aber heute passt es einfach nicht. Vielleicht ein anderes Mal, okay?«

»Ich nehm dich beim Wort.«

»Dann musst du dich aber ein bisschen gedulden. Ich habe jetzt erst mal ein paar Tage frei.«

»Zwei freie Tage haben wir doch beide, oder?«

»Ich habe mir noch drei Tage extra gegönnt, stehe aber auf Bereitschaft, wenn sich in dem Mordfall etwas Neues ergibt. Dr. Behrends hat angerufen, ich könnte die Patientin heute abholen.«

Marleen sagte nichts mehr, nahm ihr Smartphone und tippte eine Nachricht an Jan: *Heute schaffe ich es nicht. Morgen Abend bei mir?*

Dreizehn

Marleen läutete an der Tür zur Tierarztpraxis von Dr. Enno Behrends und wartete geduldig, bis er ihr öffnete. Der Arzt begrüßte sie mit einem warmen Lächeln, als er sie in den stationären hinteren Bereich der Praxis einlud, den er liebevoll sein »kleines Hotel« nannte.

Dieser Raum war mit mehreren Käfigen bestückt. Einige waren leer, in anderen fanden sich vierbeinige oder geflügelte Tiere. »Ich war gerade bei der Nachbehandlung eines Patienten, als du geklingelt hast. Ich beende das hier noch schnell. Danach bin ich ganz bei dir«, erklärte Dr. Behrends mit ruhiger Stimme. Er führte Marleen zu einem der Käfige, in dem sich ein Vogel befand, dessen Körper eine tiefe Wunde aufwies.

»Eine Wildgans!«, bemerkte Marleen überrascht.

»Eine Kanadagans, um genau zu sein«, ergänzte Dr. Behrends, ohne den Blick von dem Tier abzuwenden, das entkräftet und erschöpft wirkte. Dr. Behrends zog ein Paar Gummihandschuhe über und öffnete den Käfig. »Sie wurde angeschossen«, erklärte er. »Die Wunde ist tief, aber zum Glück sind keine lebenswichtigen Organe betroffen.«

»Ich wusste gar nicht, dass hier auch Wildtiere behandelt werden«, bemerkte Marleen. Dr. Behrends lächelte. »Normalerweise tue ich das auch nicht. Dies ist eine Haustierpraxis und nicht für Wildtiere ausgelegt. Aber in diesem Fall war es eine dringende Angelegenheit. Ein Notfall, den ich nicht ablehnen konnte. Sie muss sich nur noch ausruhen und wieder zu Kräften kommen.«

»Ist die Kanadagans nicht zur Jagd freigegeben?«, fragte Marleen.

»O doch, das ist sie. Aber nur in der Zeit von November bis Januar. Diese hier ist dem Jäger wohl entkommen; sie wurde von einem Passanten in einem Garten gefunden und hier abgegeben. Eine zweite Chance, könnte man sagen.«

Nachdem er die Behandlung beendet hatte, schloss er den Käfig und wandte sich wieder Marleen zu. »Nun zu unserer Hundedame, wegen der du wahrscheinlich hier bist. Es ist tragisch, was mit ihrem Besitzer passiert ist. Schön, dass sie direkt ein neues Zuhause gefunden hat und nicht ins Tierheim muss«, sagte er. Als Marleen fragte, ob sich die Nachricht schon herumgesprochen hatte, nickte er. »O ja, der Inselfunk funktioniert bestens.«

»Du hast schneller angerufen, als ich erwartet hatte«, bemerkte Marleen.

»Unsere Patientin hat das Tempo vorgegeben. Hast du Erfahrung mit Hunden?«, fragte er.

Marleen erzählte ihm von dem Golden Retriever ihrer Eltern, merkte aber auch an, dass sie noch keine Ausstattung für ihren neuen Hund besorgt hatte, nur eine dunkelbraune Decke, die im Auto lag. »Dein Anruf kam, wie gesagt, etwas früher als gedacht.«

»Gestern musste ich einen Labrador einschläfern. Sein Besitzer hat uns all seine Sachen gespendet. Ich fände es passend, wenn ihr die Sachen bekommt.« Als Dr. Behrends mit federnden Schritten die Treppe hinaufeilte, verfolgte Marleen aufmerksam das rhythmische Echo seiner Schritte, die man durch die hölzerne Decke hören konnte. Kurz darauf kehrte er schwer beladen zurück und verteilte seinen Fund auf dem Tisch. »Mein privates Refugium liegt über der Praxis, inklusive einer kleinen Abstellkammer, die all das beherbergt, was hier unten keinen Platz findet«, erklärte er.

»Ein Hauch von Krimskrams könnte dem Empfangsbereich allerdings nicht schaden. Das würde ihm eine etwas persönlichere Note verleihen«, merkte Marleen an, während ihr Blick prüfend durch den Raum glitt.

»Ich bin Tierarzt, kein Innenausstatter oder Entertainer für die Besitzer«, gab Dr. Behrends zurück. »Am liebsten würde ich das ganze Beiwerk jemand anderem überlassen. Doch zurzeit bin ich hier der Jack-of-all-trades, der ›Hans Dampf in allen Gassen‹, zuständig für alles.«

Marleen musterte die Ausstattung, die er für ihre neue Gefährtin reserviert hatte – ein makelloses Halsband aus braunem Leder, eine farblich dazu passende Leine, einen schlichten Napf und ein großes, flauschiges Hundebett in einem sanften hellen Beige. Alles sehr hochwertig.

»Die Sachen sind wunderschön. Sie wirken wie neu.«

»Das sind sie auch«, sagte er. »Das Herrchen des Labradors war finanziell, gelinde gesagt, gut aufgestellt; für seinen Liebling gab es stets nur das Beste.«

»Wenn ich das alles wirklich haben kann, bin ich sehr dankbar.«

»Einen solchen Service biete ich auch eher selten an. Ich bin sicher, Merle wird sich damit sehr wohlfühlen.«

Marleen sah ihn überrascht. »Du hast sie nach mir benannt?«

»Wie bitte?« Enno wirkte verwirrt.

»Was?« Nun war auch Marleen irritiert.

»Nach dir benannt? Heißt du Merle?«

Marleen spürte, wie ihr Gesicht rot anlief. »Ich dachte, es wäre ein Wortspiel, eine Anlehnung – Merle … Marleen.«

»Du meine Güte, nein! Merle war der Name, den sie vom Vorbesitzer bekommen hat. So sagt es der Chip, den ich ausgelesen habe.«

Marleens wurde noch röter als zuvor.

»Ich glaube im Übrigen, ihr Besitzer war nicht besonders einfallsreich. Man spricht vom ›Merle-Faktor‹, bezogen auf die verschiedenen Farbvariationen im Fell der Hunde. Und da unsere süße Merle ein weißes Fell mit rötlich-braunen Mustern hat, ist sie, wie man sieht, ein ›red merle‹. Wenn man das ›red‹ weglässt, bleibt der Name …«

»Merle.« Marleen lächelte verlegen.

»Exakt.« Dr. Behrends legte Merle das Halsband an und streichelte sie zum Abschied, bevor er Marleen die Leine in die

Hand drückte. »Du nimmst Merle, ich kümmere mich um Napf und Bett.«

Gemeinsam verfrachteten sie alles in Marleens kleines Auto. Dr. Behrends half ihr dabei, Merle im Kofferraum zu platzieren und das Zubehör auf dem Rücksitz zu verstauen.

Er winkte zum Abschied, bevor er sich umdrehte und zurück in seine Praxis ging.

Marleen seufzte leise und blickte über die Rückbank in den offenen Kofferraum. »Das war peinlich, oder?« Merle neigte nur den Kopf.

Marleen lächelte bei dem Gedanken an die kommenden Tage, als sie den Wagen startete. Sie hatte sich lange nicht mehr so auf etwas gefreut.

Die Heizung war kalt, die Wohnung dementsprechend auch. Nur 16 Grad laut dem antiquierten Thermometer, das an der Wand des Wohnzimmers hing. Marleen fröstelte, es schien ihr sogar noch kälter zu sein. Die Temperaturen waren in den letzten Wochen stetig gesunken, und die altersschwache Isolierung des Hauses hatte der eisigen Luft freien Eintritt gewährt. Sie hatte sich in jede Ritze und Fuge des alten Gemäuers gedrängt und mühelos die Herrschaft über das Innere der Wohnung übernommen.

Marleen saß auf dem Sofa, eingehüllt in eine dicke Decke, und hielt eine dampfende Tasse Tee in den Händen. Die untergehende Sonne tauchte den Raum in ein warmes rötliches Licht. Das heiße Getränk strahlte ebenfalls Wärme aus und verbreitete einen Hauch von Behaglichkeit.

Es klingelte; Marleen sprang auf, um den Türsummer zu betätigen. Schnelle Schritte hallten durch das Treppenhaus. Als Jan durch die Tür kam, wurde er jedoch nicht wie erwartet von Marleen begrüßt, sondern von einer lebhaften flauschigen Fellnase. Merle war aufgeregt, sie sah Jan an und sprang auf und ab, wedelte wild mit dem Schwanz und bellte freudig.

Jan ging lachend in die Hocke, um sich auf Augenhöhe mit Merle zu begeben. »Hallo, du Schöne«, begrüßte er sie, streckte seine Hand aus und ließ sie seinen Geruch schnuppern. Merle leckte sofort seine Hand und versuchte es dann an seinem Gesicht.

Er rieb sanft ihren Bauch, strich über ihr weiches Fell und kraulte sie hinter den Ohren – eine Geste, die Merle anscheinend besonders liebte. Sie rollte sich auf den Rücken und streckte alle vier Pfoten in die Luft, ein klares Zeichen dafür, dass sie mehr Bauchkraulen wollte.

»Du hast Konkurrenz im Haus«, begrüßte er Marleen mit einem Kuss. Dann betrat er an ihr vorbei die Küche und schüttelte sich. »Wow, es ist ziemlich frostig hier drinnen«, stellte er fest und rieb sich die Arme.

»Wem sagst du das?«, erwiderte Marleen und deutete auf ihre Kleidung. Sie hatte eine dicke Jogginghose angezogen, trug einen Wollpullover und einen dicken Schal, um sich gegen die Kälte zu wappnen. »Die Heizung streikt.«

Jan stellte seinen Rucksack auf den Küchentisch und näherte sich dem nächsten Heizkörper. Er fühlte das kalte Metall, drehte den Regler auf die höchste Stufe und lauschte. Nichts.

»Soll ich mal im Heizungskeller nachsehen?«, bot er an. »Vielleicht kann ich das Problem direkt beheben. Ansonsten bestelle ich einfach die nötigen Ersatzteile.«

Doch Marleen schüttelte den Kopf. »Das hat keinen Sinn. Ich habe bereits mit den Vermietern gesprochen. Sie sind Gewohnheitstiere und … etwas eigen.« Sie senkte ihre Stimme zu einem Flüstern. »Sie haben ihren eigenen Handwerker, schon seit fünfunddreißig Jahren, wenn ich das richtig verstanden habe. Nur er darf Hand an die Heizung legen. Das macht immer so ein Hinnerk. *Und nur unser Hinnerk*«, ahmte sie nach und verdrehte die Augen.

Jan schnaubte. Dieses Phänomen kannte er nur zu gut: Menschen, die trotz besserer Optionen immer wieder denselben Handwerker beauftragten, selbst wenn dieser die Preise erhöhte oder ständig mit neuen Gesellen auftauchte. »Schon wieder dieser Unsinn.«

Marleen zog die Schultern hoch und erwiderte mit einem Hauch von Resignation in ihrer Stimme: »Nicht mein Unsinn.«

»Lass uns später mit deinen Vermietern reden. Wenn ich ihnen erkläre, dass ich mir alles kostenfrei anschaue, werden sie sicher ihre Meinung ändern.« Jan klang zuversichtlich.

Marleen sah ihn skeptisch an. »Sei dir da mal nicht so sicher, aber versuch dein Glück ruhig. Und wenn du gerade schon in einer hilfsbereiten Stimmung bist, magst du mir vielleicht helfen, ein paar Kisten nach oben zu bringen?« Marleen deutete auf den Dachboden, der nur über eine steile ausziehbare Treppe erreichbar war.

»Klar, wieso nicht?«, antwortete Jan und krempelte die Ärmel hoch. Er folgte Marleen zu zwei abgenutzten Kisten, die sie in einer verwaisten Ecke der Wohnung zwischengelagert hatte.

Die Kisten waren mit alten Büchern, Kleidungsstücken und anderen Gegenständen gefüllt, die wie stumme Zeitzeugen wirkten, nun aber dringend benötigten Platz wegnahmen. »Das ist altes Zeug aus meiner vorherigen Wohnung. Es passt einfach nicht hierher. Ich hatte keine Zeit, es loszuwerden. Der Keller ist etwas feucht, daher soll es auf den Dachboden«, erklärte sie.

Jan nickte und hob die erste Kiste hoch, während er das Thema wechselte. »Habt ihr neue Erkenntnisse bezüglich der Frau, die angeschwemmt wurde?«

Marleen zögerte einen Moment, bevor sie antwortete. »Darüber darf ich nicht mit dir reden.«

»Ich erzähl dir auch von meiner Arbeit, obwohl ich es offiziell nicht dürfte.«

»Eine tote Frau und ein Ventilator in einem Werk ... Da gibt es nun mal einen kleinen, aber feinen Unterschied.«

»Autsch.« Jan stellte die Kiste ab und sah Marleen mit vorgetäuschtem Schmerz an.

Marleen schüttelte den Kopf. »Tut mir leid, es ist nur, ich trenne Privates und Berufliches lieber, das kannst du sicher verstehen.«

»Nicht so ganz. Meiner Meinung nach gehört es dazu, auch über seine Arbeit sprechen zu können. Aber wie auch immer: Wo ist der Aufstieg zum Dachboden?«, fragte er.

Marleen führte ihn durch die kleine Küche, vorbei an dem engen Bad und zu einer Rumpelkammer am Ende des Flurs zur Linken. Sie öffnete die Tür und holte eine lange Stange heraus, mit der sie eine Luke in der Decke öffnete. Eine wackelige Holztreppe klappte herunter und führte in die Dunkelheit darüber.

Merle suchte ständig Jans Aufmerksamkeit, er stolperte fast, als sie um seine Beine huschte.

»Ich glaube, sie ist auf Männer fixiert. Sie hatte ja auch nur ein Herrchen«, stellte Marleen fest.

»Dann pass mal auf, dass es hier keinen Zickenkrieg um mich gibt.«

Die Sprossen waren abgenutzt. Mit einem entschlossenen Seufzer setzte er seine Hand auf die kühle Oberfläche des Holzes, schulterte die Kiste und begann seinen Aufstieg. Jede Stufe knarrte leise unter seinem Gewicht. Unten, am Fuß der Leiter, beobachtete Merle fasziniert sein Tun. Sie rannte um die Leiter herum, schnupperte in allen Ecken und fiepte leise.

Der Dachboden war dunkel und staubig. Es gab ein milchiges, durch Staub und Schmutz unnütz gewordenes Dachfenster, aber keinen Lichtschalter. Jan stellte die Kiste ab und zog sein Smartphone aus der Hosentasche. Mit einem Klick schaltete er die Taschenlampenfunktion ein und ließ den Lichtstrahl durch den Raum wandern. Der Dachboden hatte den Hauch einer, möglicherweise zu Recht, vergessenen Welt. Es schien, als sei er seit Jahren unberührt geblieben.

»Haben sie gesagt, warum sie den Heizungsmonteur seit so vielen Jahren immer noch beauftragen?«, rief er nach unten. Seine Stimme klang gedämpft, als würde der Staub jeden Laut verschlucken.

Marleen hatte eine weitere Kiste geöffnet und packte noch einige Gegenstände hinein. »Ich glaube, es ist ihnen wichtig, Dinge so zu halten, wie sie sind. Die Vorstellung, dass ein Fremder an ihrer Heizung herumfummelt, scheint sie zu beunruhigen. Vielleicht wollen sie auch einfach nicht riskieren, einen alten Freund zu verärgern. Was für ein Skandal, wenn Hinnerk über Hörensagen erfährt, dass jemand anderes eine notwendige Reparatur zeitnah vorgenommen hat!«

Jan musste lachen. »Oh, Marleen! Ich hab hier was Gutes gefunden!« Seine Stimme hallte durch den Dachboden, gefüllt mit einer Mischung aus Vergnügen und Überraschung.

»Was hast du denn gefunden?«, rief Marleen von unten zurück. Ihre Neugier war geweckt.

»Ich bring's sofort runter. Lass mich erst die zweite Kiste nach oben wuchten«, antwortete Jan.

Er bewegte sich rückwärts die steile Treppe hinunter und nahm die zweite Kiste entgegen, die Marleen ihm reichte. »Vorsichtig, die ist schwer«, warnte sie ihn. Sie zupfte einige Spinnweben und Staubflocken aus seinen Haaren. Mit einem angewiderten Gesichtsausdruck schüttelte sie sich die Reste von den Fingern.

»Warte nur, bis du herausfindest, wie es da oben aussieht«, grinste Jan. »Wenn ich es nicht schaffe, die Heizung heute noch zum Laufen zu bringen, bin ich trotzdem der Held des Tages.«

Gerade als er die zweite Kiste hinauftrug und durch die dunkle Öffnung verschwand, klingelte es an der Wohnungstür. Marleen warf einen überraschten Blick auf die Uhr – es war schon spät. Sie betätigte ein weiteres Mal den Summer, öffnete die Tür und sah ihren Kollegen Matthias in Jeans und einem weißen T-Shirt die Treppe hinaufsteigen.

»Matthias! Was machst du denn hier?«, fragte Marleen.

Er räusperte sich und strich sich durch die Haare. »Oh, ich war gerade in der Nähe und dachte, ich schaue mal vorbei. Ist das okay?«

»Ja, klar, natürlich ist das okay. Komm rein.« Marleen trat zur Seite, um ihn in die Wohnung zu lassen.

»Es ist ziemlich frisch hier drin«, bemerkte Matthias mit einem Frösteln.

»Du bist aber auch sehr sommerlich angezogen«, entgegnete Marleen und deutete auf sein weißes T-Shirt.

»Ich dachte es wäre wärmer, für draußen habe ich diese.« Er zeigte auf die schwarze Jacke, die er im Arm trug.

Merle wurde unruhig. Beim Eintreten von Matthias senkte sie ihren Kopf, ihre Ohren legten sich flach an ihren Schädel. Ein tiefes, bedrohliches Knurren stieg aus ihrer Kehle auf.

»Merle, nein!« Marleens Stimme klang scharf, aber ihr Appell schien auf taube Ohren zu stoßen. Merle war ganz auf Matthias fixiert.

Matthias, obwohl überrascht, reagierte mit bewundernswerter Gelassenheit. Er blieb still stehen, seine Augen fest auf das Tier gerichtet, während er versuchte, seine eigene Anspannung zu kontrollieren.

»Merle! Schluss jetzt!« Marleen verwies Merle auf ihr Bett, von wo aus die Hündin jedoch immer noch knurrte.

Jan hatte die Stimmen von unten gehört und kam die Treppe herunter. Als er sich mit einem freundlichen Lächeln neben Marleen stellte, schaute Matthias ihn irritiert an.

»Jan, das ist mein Arbeitskollege Matthias. Matthias, das ist Jan, mein Freund«, stellte Marleen vor.

»Hey, Matthias, schön, dich kennenzulernen.« Jan streckte ihm die Hand entgegen. »Ich bin hier das Mädchen für alles, weshalb ich auch etwas verwildert aussehe.«

Er zeigte auf seine verstaubte Hose.

Matthias ergriff Jans ausgestreckte Hand und schüttelte sie höflich, doch seine Miene wirkte verunsichert. »Oh, ich wusste nicht, dass du Besuch hast«, sagte er hastig zu Marleen. »Ich wollte wirklich nicht stören. Ich bin schon wieder weg.«

»Keine Sorge, du störst nicht«, versicherte Jan ihm. »Wir räumen gerade nur ein bisschen um.«

Marleen konnte die Spannung in der Luft förmlich spüren. »Matthias, was führt dich denn in diese Gegend? Kommst du direkt von der Arbeit oder hast du etwas Wichtiges zu besprechen?«

»Ähm ...« Matthias' Blick wanderte zwischen Marleen und Jan hin und her, und es war klar, dass er keine passende Antwort fand. Er lächelte gezwungen und rieb sich am Hinterkopf. »Tatsächlich habe ich etwas Dienstliches, über das wir reden müssen. Hast du kurz allein Zeit?«

Marleen wandte sich zu Jan. »Könntest du bitte den Karton, den ich im Schlafzimmer vorbereitet habe, noch mit nach oben nehmen?«, bat sie.

Jan stöhnte theatralisch. »Ich habe gerade erst zwei schwere Kisten hochgeschleppt! Aber klar, ich schlepp auch noch den Karton und werde ein bisschen mehr Ordnung auf dem Dachboden schaffen, damit du Zeit für den Secret Service hast.« Sein Ton war gespielt genervt.

Marleen bedankte sich bei ihm und deutete dann auf Matthias, der an der Tür stand. Sie führte ihn in die Küche und holte drei Tassen aus dem Schrank.

»Für mich nicht, danke. Ich muss gleich wieder los«, lehnte Matthias ab, bevor Marleen fragen konnte.

»Wirklich? Bist du so in Eile?«, fragte sie, während sie die Kaffeemaschine anstellte.

Matthias lächelte schief, als würde er das Thema lieber vermeiden. »Ja, ich habe noch einige Dinge zu erledigen.«

Marleen nickte und beließ es dabei. »Okay, was gibt es denn Dienstliches?«

Oben hörte man Jan auf dem Dachboden herumkramen. Das Geräusch schwerer Gegenstände, die über den Boden geschleift wurden, drang durch die geschlossene Dachbodenluke.

»Clemens möchte ein weiteres Treffen ansetzen«, erklärte Matthias.

»Und deswegen kommst du hierher?« Marleen war überrascht. »Hätte eine Nachricht auf dem Smartphone nicht gereicht?« Sie grinste breit.

»Ich war nur in der Gegend und dachte …«

Marleen lachte. »Schon gut, Matthias. Ich freue mich, dass du vorbeischaust. Wie waren denn deine freien Tage?«

»Nicht schlecht. Ich hab lange geschlafen und stumpfe Filme geschaut, nachdem mir von den Ermittlungen ständig der Kopf qualmt.«

»Warte mal.« Marleen ging zur Dachbodenluke, um Jan Bescheid zu sagen, dass sie Kaffee aufsetzte. Das ließ sich Jan nicht zweimal sagen; er kam direkt wieder herunter.

»Matthias? War richtig, oder? Wir wollten gleich ausgehen. Du könntest uns begleiten, wenn du möchtest«, bot er an.

Matthias schüttelte den Kopf. »Nein, danke. Ich habe noch einige Dinge zu erledigen.«

»Um diese Zeit?« Marleen runzelte die Stirn. »Was für Erledigungen denn?«

»Ja, ich muss los. Ich hab noch was in der Stadt zu tun«, murmelte Matthias.

»Die Bürgersteige werden doch eh gleich hochgeklappt.«

»Ja, trotzdem. Aber vielen Dank für die Einladung.«

Matthias verabschiedete sich und schloss die Tür leise hinter sich.

Marleen schaute ihm nach.

»Ist alles in Ordnung?«, fragte Jan etwas irritiert.

»Ich weiß nicht. Matthias war gerade etwas seltsam.« Sie zuckte mit den Schultern. »So ist er sonst eigentlich nicht.«

»Na gut, dann komm mit. Schau mal, was ich auf dem Dachboden gefunden habe.« Jan holte einen alten Metallkasten aus dem Flur in die Küche und stellte ihn mit einem dumpfen Geräusch auf dem Boden ab. »Deine Vormieter haben dir wohl etwas für kalte Nächte hinterlassen.«

»Ein Gasofen! Das ist perfekt.«

»Soll ich ihn mal anschließen?«, fragte Jan.

»Ich würde lieber erst die Vermieter fragen«, sagte Marleen. »Vielleicht gehört das Gerät ihnen.«

Jan verdrehte die Augen. »Immer korrekt. Aber gut, wir wollten ja sowieso wegen der Heizung mit ihnen sprechen.« Er schloss die Dachbodenluke und stellte den langen Hakenstab wieder an seinen Platz. »Ein bisschen Wärme würde dieser Wohnung echt guttun.«

Jan blickte Marleen mit einem schelmischen Funkeln in den Augen an und zog eine Augenbraue hoch, als sie auf dem Weg ins Erdgeschoss waren. »Wusstest du eigentlich, dass da oben ein grausiger Fund lauert? Ein regelrechter Tatort?« Marleens Kopf neigte sich zur Seite, ihr Blick fragend. »Was meinst du damit?«

»Ermordet!«

»Was?« Sie wusste, dass er nur Spaß machte.

»Ermordet von der Zeit: eine Maus und ein kleiner Vogel.«

Sie schlug ihm spielerisch auf den Arm. »Du hast recht. Wir sollten den Dachboden aufräumen.«

»Warte – wir? Das wollte ich damit nicht unbedingt sagen. Aber wenn wir ihn wohnlich gestalten wollen, warum nicht – vielleicht könnten wir daraus sogar einen gemütlichen Rückzugsort machen.«

»Ein verlockender Gedanke, aber ich möchte eigentlich nicht zu viel Mühe in diese Wohnung stecken.« Sie klingelte. Keine Reaktion. »Soweit ich weiß, sollten die Vermieter jetzt zu Hause sein.« Marleen klopfte noch einmal an die Tür. Nun bewegte sich jemand im Inneren.

Ein älterer Mann öffnete ihnen die Tür. Seine Haut war fahl, seine Augen müde und trübe. »Ja? Was kann ich für Sie tun?« Seine Stimme klang rau und ein wenig erschöpft.

»Guten Abend, Herr Hayken. Ist Ihre Frau da?« Marleen hatte schnell begriffen, dass ihr Vermieter sie wieder mal nicht erkannte. Trotzdem bemühte sie sich, fröhlich zu klingen.

Der Mann schüttelte den Kopf. »Nein, sie ist gerade nicht da.« Er schien nicht besonders erfreut über ihren Besuch.

Jan trat vor. »Mein Name ist Jan Ahrens. Ich bin Ingenieur

und könnte mich um Ihre defekte Heizung kümmern. Ganz ohne Kosten für Sie, versteht sich.«

Der Mann sah ihn irritiert an und schien nachzudenken. »Nichts auf dieser Welt ist kostenlos, und die Heizung repariert immer Hinnerk.«

»Ja, aber …«

Marleen unterbrach das Gespräch. »Dann bedanken wir uns für Ihre Zeit, Herr Hayken«, sagte sie und gab Jan ein Zeichen, dass sie gehen sollten.

Doch Jan ignorierte es und hakte nach: »Dürfen wir denn wenigstens den Heizofen verwenden? Den vom Dachboden? Es ist ziemlich kalt in der Wohnung über Ihnen.«

Herr Hayken schien sich an den alten Heizofen zu erinnern, den er wohl vor Jahren auf dem Dachboden abgestellt hatte. Er schüttelte den Kopf. »Das geht nicht. Der ist defekt. Da tritt Gas aus, das geht nicht.«

»Wieso haben Sie ihn denn nicht entsorgt? Das ist ja lebensgefährlich!« Jan wurde blass bei dem Gedanken, dass er das alte Gerät beinahe in Betrieb genommen hätte.

Herr Hayken schaute das Paar mit leerem Blick an, sichtlich verwirrt. »Was sollte ich denn entsorgen?«

»Den Heizofen«, wiederholte Jan.

»Welchen Heizofen?«

Marleen neigte sich zu Jan und flüsterte ihm ins Ohr. »Er ist dement. Seine Frau kümmert sich um alles.«

»Das hättest du mir auch mal vorher sagen können«, raunte er ihr zu.

Er reichte dem alten Mann die Hand und lächelte. »Vielen Dank für Ihre Auskunft, Herr Hayken. Sie haben uns wirklich sehr geholfen.«

»Es ist schön, einen so umsichtigen Mieter wie Sie zu haben. Und Ihre charmante Freundin ist immer willkommen. Das macht uns nichts aus.«

»Danke, Sie werden Marleen nun sicher öfter im Haus sehen.« Mit diesen Worten verabschiedeten sie sich und machten sich auf den Weg.

»Er weiß gar nicht, dass du die Mieterin bist«, bemerkte Jan, als sie außer Reichweite des alten Mannes waren.

»Danke, dass du so lieb zu ihm warst.« Marleen drückte seinen Arm. »Komm, wir gehen zu dir, da ist es eh gemütlicher.«

Er lächelte. »Vor allem wärmer. Soll ich das Heizteil für dich entsorgen?«

»Nein, das mache ich schon selbst. Du, Jan?«, begann sie. »Ich würde Merle aber gerne mitnehmen. Es ist mir nicht wohl dabei, sie hier allein zu lassen. Alles ist noch so neu und fremd für sie.«

Jan sah sie überrascht an. »Warum fragst du überhaupt?«, erwiderte er. Seine Worte klangen mehr nach einem liebevollen Tadel als nach einer Frage. »Ich hätte mich gewundert, wenn wir sie nicht mitnehmen würden.«

Vierzehn

Linda stand als einsame Silhouette in der Weite ihres Hauses, ein winziger Punkt in seinem gewaltigen Inneren. Es war nicht das erste Mal, dass sie hier allein war, doch an diesem Tag fühlte sich die Einsamkeit anders an. Sie war tatsächlich allein.

Lukas war vor einer Woche ausgezogen, nach dem Vorfall im Café. Der Gedanke an einen abrupten Auszug hatte sich in seinem Kopf festgesetzt, ähnlich wie Löwenzahn, der sich durch Beton und Asphalt seinen Weg zur Sonne bahnt. Jeder weitere Tag in dem Haus erschien ihm verschwendet, jede Unterhaltung überflüssig. Das Umzugsunternehmen, das vor drei Tagen aufgetaucht war, hatte eine genaue Liste der Gegenstände gehabt, die die Möbelpacker mitnehmen würden – eine Liste, die präzise auf die Bedingungen der Scheidungsvereinbarung abgestimmt war. Es gab keinen Raum für Diskussionen, keine Grauzone. Nach nur vier Stunden war das Haus bis auf die Grundausstattung und einige Kunstwerke größtenteils leer, und Linda war allein.

Dieses Haus hatte Lukas' Opus Magnum sein sollen, die Krönung nach einer Reihe von Erfolgen. Fast vollständig unabhängig von der öffentlichen Versorgung, ausgestattet mit modernster Solar- und Wärmepumpentechnik, Regenwasserauffangbecken und hochmoderner Dämmung, war es Lukas' Antwort an alle, die die Lage in unmittelbarer Nähe zum Naturschutzgebiet kritisierten. Nachhaltigkeit war ihm bei diesem Projekt wichtig gewesen, etwas ungewöhnlich, wenn man seinen sonstigen Lebensstil bedachte. Aber er hatte bereitwillig die zusätzlichen Kosten getragen, um seinen Traum zu verwirklichen. Geld, so hatte er gelernt, konnte Hindernisse überwinden und Wege schaffen, wo vorher keine waren – sogar, wenn es um Gesetze und Vorschriften ging.

Linda schätzte die Aussicht von dem Anwesen, das sie bald auch offiziell ihr Eigen nennen könnte. Es war nur eine Frage der Zeit, bis das Grundbuchamt die notwendige Eintragung vornehmen würde. Damit würde Lukas einen großen Teil seiner Verpflichtungen los sein. Das Haus stand in List, im nördlichsten Winkel der Insel Sylt, einem Ort, an dem viele Prominente einen Zweitwohnsitz hatten. Nicht nur die nördlichste Siedlung von Sylt, sondern ganz Deutschlands.

Eingebettet in die Dünenlandschaften unmittelbar unterhalb des »Ällemboog«, wie die Sölring sprechenden Sylter liebevoll den Ellenbogen nannten, war List ein echtes Naturparadies. Inzwischen zogen sich die Ferienhäuser allerdings bis ganz hinauf zum Ellenbogen. Dort hielten zwei Leuchttürme – Ost und West – Wache und lieferten den Wanderern postkartenreife Motive.

Linda war auf der Insel geboren und in Archsum aufgewachsen, dem kleinsten Ort der Insel der, obschon beschaulich, bei Fremden weitgehend unbekannt war. Mit achtzehn Jahren hatte sie die Insel verlassen und war zu Lukas nach Bayern gezogen. Und jetzt fühlte es sich so an, als wäre sie zu lange weg gewesen. Als hätte sie die Insel und sich selbst betrogen. Sie fühlte sich fremd.

Ohne Auto und mit begrenzter Mobilität hatte die Insel in ihrer Jugend größer gewirkt. Sie hatte List und Hörnum nur selten besucht, höchstens bei gelegentlichen Ausflügen mit ihren Eltern. Seit ihrer Rückkehr auf die Insel verbrachte sie die meiste Zeit in List. Aber immerhin, sie war zurückgekehrt, heimgekehrt, und trotz der vagen Fremdheit, die sie empfand, war es immer noch ihre Insel. Ihre Heimat. Ihr Sylt. Bald würde sie in ihrem eigenen Anwesen in List leben, umgeben von Dünen und Meer, unter dem Schutz der Leuchttürme.

Sie stand noch immer allein in dem weitläufigen Foyer ihres Hauses, die Arme fest um ihren Körper geschlungen. Nach all den Jahren verspürte sie eine seltsame Sehnsucht, ihre Eltern zu besuchen. Nicht in einem Haus oder einer Wohnung, sondern an einem Ort, der mit Blumen, Stein und Erinnerungen geschmückt war: Nordseeweg 5, im Herzen von Sylt. Ein Ort, den sie lange Zeit gemieden hatte, ein Ort, der sowohl Schmerz als auch Liebe in sich trug.

Ihre Gedanken waren wie die Gezeiten, sie schwankten ständig zwischen Vergangenheit und Gegenwart hin und her. Sie konnte sich noch gut an die warmen Sommertage erinnern, an denen sie am Strand gespielt hatte, an die kühlen Winternächte, in denen sie sich Geschichten erzählt hatten. Diese Erinnerungen waren wie Muscheln, die sie sorgfältig in der Schublade ihres Herzens aufbewahrte.

Und sie konnte sich erinnern, wie ihre Eltern sie vor der Hochzeit liebevoll gefragt hatten, ob sie sich mit Lukas sicher sei. Sie hatten ihr versprochen, dass sie immer wieder nach Hause kommen könne.

Nun war sie wieder zu Hause.

Aber was nun? Wohin sollte sie gehen, wenn die Tränen getrocknet und die Blumen niedergelegt waren? Sollte sie zum Haus ihrer Familie zurückkehren, das jetzt nur noch ein Echo ihrer glücklichen Kindheit war, bewohnt von Fremden? Oder sollte sie sich in den Trubel der Stadt stürzen, in der Hoffnung, dass die Geräusche ihre Gedanken übertönen würden?

Vielleicht war es an der Zeit, einen neuen Weg einzuschlagen, einen Weg, der nicht von der Vergangenheit überschattet wurde. Eine Geschichte zu schreiben, die nicht nur von Trauer und Verlust erzählte.

Linda wusste, dass sie vor einer schwierigen Entscheidung stand. Aber sie wusste auch, dass sie stark genug war, um sie zu treffen. Denn in all den Jahren der Abwesenheit hatte sie gelernt, dass das Leben manchmal wie das Meer ist: unberechenbar und stürmisch, aber auch wunderschön.

Sie hatte noch keine Gelegenheit gehabt, ihre Insel neu zu entdecken, dieses kleine Stückchen Erde, das sich in ihrer Abwesenheit so sehr verändert hatte. Sie kannte die Listlandstraße gut, die sich wie ein silberner Faden durch die Landschaft zog und List mit den vorgelagerten Ortsteilen Westerheide und Süderheidetal verband. Ein Teil der Fahrt bot einen bildschönen Blick auf das Wattenmeer, bevor dichte Bäume den Blick zur Seite versperrten. Die Straße selbst war ein Zeugnis der Veränderung durch Wanderdünen – ein eindrucksvolles Naturphänomen, das Jahr für Jahr, Meter um Meter näher rückte. Bei dem Gedanken daran, was geschehen könnte, wenn diese wandernden Naturschutzgebiete auf die Straße treffen würden, musste Linda schmunzeln. Es war eine Art humorvoller Resignation, die sie empfand.

Sie lehnte sich gegen das riesige Panoramafenster, das vom Boden bis zur Decke reichte und einen atemberaubenden Blick auf die weiten Dünen bot. Dahinter konnte sie das Meer sehen, eine endlose blau-graue Fläche. Sie fühlte sich verloren in diesem Traumhaus, das viel zu groß für eine einzelne Person war. Eine Träne rollte über ihre Wange; sie wischte sie rasch weg.

Viel zu lange hatte sie ihr Leben Lukas gewidmet, seinen Kontakten, seinen Kollegen und Zielen. Sie hatte ihre Freunde hinter sich gelassen, und nun hatte er sie hinter sich gelassen. Sie wischte sich erneut die Tränen von den Wangen und nahm einen tiefen Atemzug. Nein, Lukas war endlich nicht mehr der Mittelpunkt ihres Universums. Hätte sie die Zeit zurückdrehen können … Aber das war nur kindisches Wunschdenken. Sie musste aufstehen, ihre Krone richten und weitermachen. Wie die Wanderdünen würde auch sie ihren Weg finden und ihn gehen, langsam, aber unaufhaltsam. Und stetig vorwärts.

Es war ein frischer Morgen, der Tag steckte noch in den Kinderschuhen. Dunkle Wolken spannten sich über den Himmel. Sie beschloss, sich auf eine Erkundungstour zu begeben. Hier zu stehen und zu grübeln, tat ihr nicht gut. Also los.

Sie bereitete sich ein simples Snackpaket: zwei Knäckebrote, bestrichen mit einem veganen Aufstrich und garniert mit Kräutern, ein knackiger Apfel und eine Flasche Saftschorle. Sie kleidete sich der Witterung entsprechend, ungewohnt, denn Lukas hatte nie ein Faible für Outdoor-Aktivitäten gezeigt. Beim Blick in den Spiegel musste sie ein wenig schmunzeln: Sie trug eine figurbetonte blaue Windjacke, eine weiße Mütze bedeckte ihren Kopf, ihre langen blonden Haare fielen darunter frei über ihre Schultern, und ein Schal schmiegte sich um ihren Hals, um sie vor dem beißenden Wind zu schützen. Lederhandschuhe mit Innenfutter vollendeten ihr Outfit.

Bevor sie in ihr Auto stieg, betrachtete sie die jungen Bäume, die nach ihrem Einzug gepflanzt worden waren. Sie würden weiterwachsen, unabhängig von ihr, und sie ständig an ihre Ehe erinnern. Es wäre ein guter Grund gewesen, sie zu fällen. Aber sie würde sie stehen lassen. Lukas und sie würden vielleicht nie wieder miteinander sprechen, aber sie konnten einander nicht vollständig aus ihrem Leben verbannen.

Während der Wind an den dünnen Ästen rüttelte und ihnen Blätter entriss, die er in Richtung der Dünen trug, fragte sie sich, ob Lukas ähnliche Gedanken hegte. 28 Jahre waren mehr als nur eine Phase. *Lukas würde die Bäume fällen lassen*, dachte sie.

Die Fahrt von Norden nach Süden, längs über die Insel, dauerte in der Corvette eine halbe Stunde. Bisher hatten ihre Ausflüge in Westerland geendet. Der Ort war inoffiziell der Hauptort der Insel, der größte Ort mit entsprechender Bedeutung, aber keine Stadt mehr. Nach einer Gemeindereform im Jahr 2008 war das Stadtrecht aufgegeben worden, man hatte mehrere Gemeinden zusammengelegt.

Sie bog ab, weg vom Bahnhof, aber nicht nach Keitum und Archsum, sondern zur Straße nach Hörnum. Der Ort im äußersten Süden der Insel war umgeben von weitläufiger Heide, die sich bis ins Dorf hinein ausdehnte. Grasbewachsene Hügel prägten das Landschaftsbild und luden zum Verweilen ein.

Sie parkte ihren Wagen am Straßenrand und stieg aus. Die Luft war klar und frisch, sie atmete tief ein und ließ den Blick auf sich wirken. Vier Wanderer, ausgestattet mit Rucksäcken und Wanderschuhen, zogen in Richtung Süden. Sie folgte ihnen eine Weile, getrieben von einer Neugier, die sie seit ihrer Kindheit nicht mehr gespürt hatte.

Am Horizont ragten die Tetrapoden auf, bizarre und doch faszinierende vierfüßige Gebilde aus Beton, die das Landschaftsbild der Sylter Westküste seit Jahrzehnten prägten und doch nicht hatten verhindern können, dass die Insel schrumpfte. Linda erinnerte sich daran, wie sie als kleines Mädchen zum ersten Mal diese Giganten erblickt hatte. Es war ein warmer Sommertag gewesen, sie hatte mit ihren Eltern und einer Freundin Sandburgen gebaut und die Tetrapoden erklommen. Nun saß sie im Sand, ließ die Erinnerungen über sich hereinbrechen und spürte den Wind, der ihr sanft durch die Haare strich.

Ihre Atmung wurde ruhiger, während sie auf das endlose Meer blickte. Es gab keine weiteren Inseln, kein Land, nur die Weite des Wassers. Sie beobachtete das ständige Spiel der Wellen, wie sie sich zurückzogen und dann wieder mit voller Wucht auf das Land trafen. Es war ein ewiger Kreislauf, der sie daran erinnerte, dass auch sie Teil von etwas Größerem war.

Ein leiser Ärger regte sich in ihr. Warum hatte sie so lange gewartet? Warum hatte sie ein ganzes Jahr, ihre gesamte Scheidungsphase und einen eskalierenden Streit gebraucht, um endlich wieder auf das Meer zu schauen? Hatte sie vergessen, wie beruhigend es war, einfach nur das Salz in der Luft zu riechen, den Wind zu spüren und die endlosen Bewegungen von Ebbe und Flut zu beobachten?

Sie fragte sich, ob sie oberflächlich geworden war. Hatte sie Angst davor gehabt, Sylt wieder als Heimat zu betrachten und dann erneut den Schmerz des Abschieds zu spüren? Sie wusste es nicht. Aber hier, mit Blick auf das Meer, fühlte sie sich zum ersten Mal seit langer Zeit wieder wie sie selbst. Nun, das war ein Anfang. Die Spuren, die hinter ihr im Sand entstanden waren, zeugten von einem leichtfüßigen und geübten Gang.

Linda hörte jemanden hinter sich. Sie riskierte einen Blick über die Schulter. Zunächst konnte sie die Person nicht erkennen. Eine Uniform hatte die merkwürdige Eigenschaft, ihre Träger zu formen. Sobald sie sie ablegten und in die Anonymität der privaten Kleidung schlüpften, wirkten sie wie andere Menschen.

Lukas hätte nun Statistiken bemüht. Er hätte argumentiert, dass es statistisch durchaus wahrscheinlicher sei, einem Polizisten hier am Strand wieder zu begegnen, als auf dem Festland. Aber Zahlen waren Linda gleichgültig. Für sie war es eine überraschende Begegnung, den freundlichen Gesetzeshüter von der Veranstaltung hier wiederzusehen. Er trug legere Kleidung: einen schwarzen Wollpullover, darunter ein weißes T-Shirt und eine Jeans, die ihre besten Tage bereits hinter sich hatte.

Sie winkte ihm zu. Einen Moment lang schien er unsicher, wer da vor ihm im Sand saß. Als die Erinnerung schließlich in seinem Gesicht aufblitzte, lächelte er und näherte sich ihr.

»Frau Horvath? Was führt Sie denn hierher?«, fragte Matthias. Auch Linda stellte sich diese Frage. Was hatte sie an diesen Ort geführt? War es wirklich ihr Wunsch gewesen, die Insel zu erkunden, die sie nach dreißig Jahren wieder ihr Zuhause nennen wollte? Oder hatte sie lediglich das Bedürfnis verspürt, ihrem Haus und der Einsamkeit darin zu entfliehen? Denn einsam zu sein bedeutete ja nicht nur, allein zu sein. Es bedeutete auch, niemanden zu haben, der das Alleinsein beenden konnte.

Jetzt, auf Augenhöhe, bemerkte sie, dass der Polizist jünger war, als sie angenommen hatte. Seine streng geschnittene Uniform hatte ihm Jahre hinzugefügt, die sein lässiges Ziviloutfit nun wieder abzog.

»Ich wollte die Insel erkunden, sehen, was es außerhalb von List noch zu entdecken gibt«, antwortete sie auf seine Frage.

»Und da haben Sie gleich den besten Spot von Hörnum entdeckt.« Mit einer ausladenden Geste deutete er auf die Tetrapoden, die wie eine Armee von Betonriesen im Wasser standen. »Jeder dieser Kolosse wiegt sechs Tonnen. Vor etwa einem Jahr hat man den Küstenschutz hier verstärkt, Hunderte dieser mas-

siven Gebilde ausgegraben und von Westerland hierherge-
bracht. Sie dienen als Wellenbrecher, fangen die Energie der
Wellen ab und verhindern, dass diese ungehindert auf den
Strand prallen.«

Er sah in die Ferne, wo die Odde lag, eine unter Naturschutz
gestellte Dünen- und Heidelandschaft. Zumindest vorerst
noch. Eine Spur von Melancholie schwang in seiner Stimme
mit. Jeder Teil der Insel kämpfte mit eigenen Herausforderungen, so schien es. Und doch vereinte sie alle der gemeinsame
Kampf, Sylt zu bewahren. Die Insel war der Gnade der Gezeiten ausgeliefert, die unablässig an ihr zogen und zerrten und sie
dabei allmählich abnutzten.

»Interessant«, bemerkte Linda. Ihr Blick folgte dem seinen
zur Odde; sie erinnerte sich daran, wie es dort früher ausgesehen hatte.

»Aber nicht das, was Sie hören wollten, oder?« Sein Grinsen
offenbarte strahlend weiße Zähne, sein Lächeln war ehrlich.
»Wie wäre es, wenn Sie mich begleiten? Ich wollte sowieso an
der Odde entlanggehen. Als frisch zugezogene Insulanerin sollten Sie das nicht verpassen. Außerdem hält uns das in Bewegung und vertreibt die Kälte.«

»Um ehrlich zu sein, stamme ich von hier, wie Sie vermutlich
auch.« Linda sah zum Himmel hinauf, der immer noch von
grauen Wolken beherrscht wurde. Aber es schien trocken zu
bleiben, und die Gesellschaft war ihr mehr als angenehm. »Aber
ich komme gerne mit«, erwiderte sie, um seine Frage zu beantworten, und lächelte zurück.

Fünfzehn

»Das spielt keine Rolle.«

»Darüber entscheide ich«, entgegnete Dr. Sylvia Moreau mit einer Stimme, die selbst in ihrer Sanftheit eine unumstößliche Autorität vermittelte.

Er saß da, den Blick aus dem Fenster gerichtet, als könnte er durch die regennasse Scheibe entfliehen. Regentropfen prasselten gegen das Glas, während der Wind um das alte Haus heulte, das sie als Therapiepraxis nutzte. An diesem Tag wirkte der Raum gedämpfter als sonst, als hätte das Wetter die Stimmung des Patienten aufgesogen.

»Es wird wieder schlimmer«, gestand er schließlich. Er fuhr sich mit der Hand durch das nasse Haar. »Es geht mir nicht gut.«

»Ich sehe das«, antwortete Dr. Moreau ruhig, den Blick aufmerksam auf sein Gesicht gerichtet. »Sie haben unsere vereinbarten Termine nicht eingehalten, stattdessen erhielt ich heute Ihren dringenden Anruf.«

Er sah sie an, seine Augen rot und glasig. Er war ein Mann am Rand eines Abgrunds, seine Seele glich einem Schlachtfeld. Er starrte wieder auf den Boden. »Ich kann nicht mehr.«

»Sind Sie eine Gefahr für sich selbst oder andere?« Sie stellte die Frage direkt, ohne Umschweife.

Er antwortete nicht, doch sein Schweigen war Antwort genug.

»Nun, wir sind an einem Punkt angelangt, an dem ich eine stationäre Behandlung für angemessen hielte«, sagte sie schließlich.

»Nein! Ich könnte es nicht ertragen, eingesperrt zu sein.«

Dr. Moreau griff mit unergründlicher Miene nach ihrem Notizbuch. »Sie haben selbst gesagt, dass es Ihnen nicht gut geht.«

»Deshalb bin ich doch hier!« Er sah auf. »Ich gebe mein Bestes. Was soll ich denn noch tun, verdammt noch mal?«

Dr. Moreau schwieg. Ein bedrückendes Schweigen hüllte den Raum ein, nur unterbrochen vom unablässigen Prasseln des Regens gegen das Fenster. Der Kampf, der in ihm tobte, war deutlich zu sehen.

»Bitte, sagen Sie doch irgendwas!«, drängte er.

»Ich … Ich weiß ehrlich nicht, was ich dazu sagen soll«, gestand sie. Ihre Stimme klang abweisend.

»Können wir nicht einfach da weitermachen, wo wir stehen geblieben sind?«, flehte er.

Sie zögerte einen Moment. »Ich glaube …«

»Ich bitte Sie!«, unterbrach er.

Dr. Moreau begann vorsichtig zu sprechen, als bewegte sie sich durch ein Minenfeld. »Unsere letzte gemeinsame Sitzung hat uns zu Ihren Erinnerungen geführt«, sagte sie bedächtig. »Wie fühlt es sich an, wenn wir diese Bereiche berühren? Ich möchte wirklich nachvollziehen, was in Ihrem Innersten vor sich geht.«

Er antwortete mit einer schweren Stille. Es dauerte eine beträchtliche Weile, bis er seine Stimme wiederfand. »Es gibt Momente«, sagte er schließlich, seine Stimme kaum hörbar, »in denen ich Dinge tue, die ich später bereue.«

Sie nickte und fragte behutsam: »Können Sie mir ein Beispiel nennen?«

Er seufzte, sein Blick wanderte durch den Raum, suchte nach Worten, die seinen Gefühlen gerecht werden konnten. »Es ist nicht einfach zu erklären. Nicht, weil Sie es nicht verstehen würden, sondern weil ich Schwierigkeiten habe, es in Worte zu fassen.«

Aber das war nicht die ganze Wahrheit.

Tief in seinem Inneren wusste er genau, was geschehen war. Die Erinnerung an den fensterlosen Keller, in den sie ihn gesperrt hatte, war noch immer lebendig in ihm. *Sie* hatte die Sicherung für das Licht herausgenommen, ihn der Dunkelheit und der Stille ausgeliefert. Es war eine von ihr erschaffene Hölle, in der er sich verlor, ertränkt in der Dunkelheit, erstickt von der Stille.

Die beklemmende Enge des Raumes quetschte ihm die Luft aus der Lunge, ließ ihn verzweifelt nach Atem ringen. Die abgestandene, stickige Luft raubte ihm den letzten Rest von Sauerstoff.

Selbst jetzt, viele Jahre später, verfolgten ihn diese Erinnerungen. Sie drangen in seine Träume ein, hielten ihn in den dunkelsten Stunden der Nacht wach und ließen ihn schweißgebadet zurück. Er wusste, dass er sich diesem Problem stellen musste, es konfrontieren und aus seinem Leben verbannen musste, bevor es ihn vollständig erdrückte.

Aber alles zu seiner Zeit, dachte er und klammerte sich an die Hoffnung, dass eines Tages alles besser werden würde. Er musste nur noch ein bisschen länger durchhalten.

Dann, so versprach er sich, würde alles gut werden.

»Könnten Sie mir etwas verschreiben? Damit ich diese Gefühle loswerde?«, fragte er verzweifelt. Seine Augen suchten die ihren.

»Das liegt nicht in meinem Zuständigkeitsbereich«, entgegnete sie ruhig. »Wenn Sie das möchten, müssen Sie einen Psychiater aufsuchen oder sich an Ihren Hausarzt wenden. Die sind für solche Anliegen Ihre Ansprechpartner.«

Er strich sich wieder mit der Hand durch das nasse Haar und senkte den Kopf. »Aber Sie müssen doch irgendetwas tun können!«, flehte er.

Die Therapeutin runzelte die Stirn, faltete die Hände und betrachtete den Mann, der ihr gegenüber auf dem Sofa saß. Ihre Stimme war kühler als sonst, als sie sagte: »Sie müssen mit mir sprechen.«

»Sie würden mich verurteilen«, gab er leise zu. »Für das, was ich getan habe. Ich war nicht wirklich ich. Es waren Momente – nur Momente, verstehen Sie, in denen ich die Kontrolle verloren habe.«

Mit ruhiger Hand setzte Dr. Sylvia Moreau den Block ab und legte den Stift sorgfältig darauf. »Was erhoffen Sie sich von dieser Therapie?«

»Bitte?«

»Ich glaube, Sie haben mich verstanden.«

»Kontrolle«, antwortete er prompt.

»Über was genau?«

»Über mich selbst.«

»Konkretisieren Sie das bitte.«

Er überlegte einen Moment. »Über meine Wut«, gestand er schließlich.

Dr. Sylvia Moreau lehnte sich in ihrem Stuhl zurück. »Wut ist eine natürliche Emotion«, begann sie. »Wichtig ist, wie wir damit umgehen. Das macht den Unterschied. Wir müssen herausfinden, was in Ihnen diesen Sturm entfacht. Können Sie sich an das erste Mal erinnern, als Sie so einen Wutausbruch hatten?«

Er schüttelte den Kopf. »Ich erinnere mich nur, dass es schon in meiner Kindheit so war. Manchmal … Manchmal habe ich Angst, jemandem Schaden zuzufügen.« Sie horchte auf, aber bevor sie etwas sagen konnte, fuhr er fort. »Sie werden ja den Unterschied zwischen Gedanken und Realität kennen. Aber ich muss gestehen, dass ich Schwierigkeiten habe, die Kontrolle zu behalten, wenn solche Gedanken aufkommen. Und ich hasse es, die Kontrolle zu verlieren.«

»Glauben Sie, dass es bestimmte Auslöser oder Situationen gab, die diese Gedanken hervorgerufen haben?«

Er zögerte. »Ich weiß es nicht.«

»Versuchen Sie es«, forderte sie ihn auf.

»Meine Mutter trug immer ein grünes Seidentuch.«

»Und inwiefern beeinflusst dies Ihren Alltag?«

Er blickte ins Leere.

»Als Kind, fanden Sie sich jemals in einem Zustand der Hilflosigkeit wieder, ausgeliefert und ohne Kontrolle? Erinnern Sie sich an die Momente, in denen Sie sich ungehört und ohnmächtig fühlten, als würden Sie auf einem unbekannten Ozean treiben, ohne Segel, ohne Ruder, der Gnade von Wind und Wellen ausgeliefert?«

»Ein Gefühl, das einem die Kehle regelrecht zuschnürt, aber mir kommen keine spezifischen Auslöser in den Sinn«, erklärte er, seine Stimme ein kaum hörbares Flüstern.

Dr. Moreau nickte bedächtig. »Das Herausarbeiten dieser Auslöser ist von zentraler Bedeutung«, antwortete sie. »Es wird uns helfen, Strategien zu entwickeln, wie Sie in solchen Momenten anders reagieren können.«

Sie lehnte sich zurück, schaute ihn eindringlich an und stellte die nächste Frage: »Wie fühlt sich das für Sie an?«

Er zögerte einen Moment, bevor er zu sprechen begann. »Es beginnt immer mit einer Art … Unruhe«, gestand er. »Eine Unruhe, die mich nicht loslässt. Sie wächst und verdichtet sich zu einer Wut, die mich von innen auffrisst. Und dann … verliere ich die Kontrolle. Ich hasse mich dafür.«

Sylvia nickte, ihr Blick war ernst, aber nicht verurteilend. »Fürchten Sie sich vor dem, was Sie tun könnten, wenn Sie die Kontrolle verlieren?« Ihre Frage hing in der Luft, schwer von der Bedeutung, die sie trug.

Ein stilles Nicken seinerseits bestätigte ihre Vermutung. »Ja«, gab er schließlich zu. »Ich habe Angst vor mir selbst. Es fühlt sich an, als würde ich innerlich zerrissen zwischen dem, was ich fühle, und dem, was ich denke. Es ist, als würde ein Schalter umgelegt.«

Sie beobachtete ihn aufmerksam. »Und was passiert, wenn dieser Schalter umgelegt wird?« Immer noch dieser sanfte, bestimmte Ton.

Er blieb stumm, atmete tief ein und aus, spürte den Druck auf seiner Brust. Dann brach es aus ihm heraus: »Diese Sitzungen sind anstrengend. Ich möchte wirklich kein schlechter Mensch sein.«

Dr. Moreau ließ einen Moment der Stille verstreichen. Sie wusste, dass diese Worte nicht leicht für ihn waren, und sie respektierte die Anstrengung, die es ihn kostete, sie auszusprechen. »Glauben Sie, dass wir Fortschritte machen?«, fragte sie.

Sein Blick traf den ihren und hielt ihn fest, als versuchte er, die Bedeutung hinter ihren Worten zu entschlüsseln. Er wusste, was sie ihm sagen wollte.

»Sie haben das bereits vor längerer Zeit gefragt«, murmelte er leise, während er gegen die aufsteigenden Tränen ankämpfte. »Ich will nicht so sein. Ich will kein Monster sein.«

»Und nun frage ich Sie wieder.«

Seine Hände vergruben sich in seinen Haaren.

»Sie verstehen nicht …«, begann sie.

»Nein, *Sie* verstehen es nicht«, unterbrach er sie. Seine Frustration über die eigene Unfähigkeit war deutlich zu hören.

Die Stirn der Therapeutin legte sich in Falten. »Was meinen Sie damit?«

Er schwieg, rang sichtlich um Fassung.

»Sie sagten, Sie haben Schwierigkeiten, sich zu kontrollieren?«

Mit bitterem Unterton antwortete er: »Ja, es ist ein Drang, den ich nicht kontrollieren kann. Und nein, wir machen hier keine Fortschritte. Mir geht es nicht besser. Ich weiß nicht, was ich noch tun soll.«

»Haben Sie jemals jemanden verletzt, als Sie die Kontrolle verloren haben?«

Er schüttelte den Kopf. »Ich kann nicht …«

»Was können Sie nicht?«, drängte Sylvia Moreau ernst.

Stille.

»Wenn Sie das Gefühl haben, vollkommen die Kontrolle zu verlieren, gibt es verschiedene Möglichkeiten, wie wir Ihnen helfen können«, fuhr sie fort. »Eine davon könnte eine Unterbringung in einer spezialisierten Einrichtung sein, wo Sie die Unterstützung und Betreuung erhalten, die Sie benötigen. Ich sehe, dass Sie leiden. Ich sehe Sie. Sie selbst haben gesagt, dass Sie das Gefühl haben, in unseren Sitzungen keinen Fortschritt zu machen. Vielleicht ist dieser Ansatz hier einfach nicht der richtige für Sie.«

»Nein.« Seine Stimme war erstickt, als er in seinen Ärmel schniefte. »Keine verschlossenen Türen.«

»Eine solche Einrichtung hat zum Ziel, Menschen wie Ihnen dabei zu helfen, ihre Probleme zu bewältigen und Lösungswege zu finden«, versuchte Sie ihn zu beruhigen.

In der angespannten Stille des Therapiezimmers hingen ihre Worte in der Luft, schwer und erdrückend für ihn.

»Sie dürfen mich nicht so anschauen«, murmelte er bitter.

»Ich bin nicht hier, um zu urteilen«, entgegnete sie ruhig. »Ich bin hier, um Ihnen zu helfen.«

Er lehnte sich zurück und starrte einen Moment lang nachdenklich zu ihr. Sein Gesicht war ein offenes Buch der Verzweiflung und des inneren Kampfes.

Dr. Moreau hielt seinem Blick stand. »Sind Sie eine Bedrohung für sich selbst oder andere? Ich muss Sie das fragen.«

Sein Lachen war bitter und ohne Freude. Er schüttelte den Kopf, als wollte er seine eigenen Gedanken verscheuchen. Die Stille kehrte zurück, nur unterbrochen vom leisen Ticken der Wanduhr und dem Rascheln von Papier, als Dr. Moreau ihre Notizen durchblätterte.

»Sagen Sie …«, begann sie vorsichtig. »Es fühlt sich an, als hätten wir in unseren Sitzungen eine Mauer erreicht. Es gibt etwas, was Sie zurückhält. Etwas, was Sie nicht bereit sind mitzuteilen.« Ihre Augen suchten einen Zugang zu ihm. »Es ist offensichtlich, dass das, was Sie zurückhalten, in Zusammenhang mit Ihren Wutausbrüchen steht. Aber solange Sie sich weigern, darüber zu sprechen, solange Sie sich dagegen sträuben, es ans Licht zu bringen, können wir nicht vorankommen.«

Stumm und mit einem durchdringenden Blick fixierte er sie, während sie weitersprach.

»Wenn Sie sich weiterhin weigern, die ganze Wahrheit preiszugeben, wenn Sie weiterhin verweigern, das zu enthüllen, was uns vorwärtsbringen könnte, dann kann ich nicht gewährleisten, dass unsere Zusammenarbeit sinnvoll fortgesetzt wird«, erklärte sie behutsam. »Erst wenn Sie bereit sind, ehrlich zu sein, können wir überhaupt anfangen, an einer Lösung zu arbeiten. Erst dann können wir beginnen, Wege zu finden, um den Sturm in ihrem Inneren zu beruhigen. So, wie es jetzt ist …« Sie machte eine Pause, den Blick fest auf ihn gerichtet. »Nein, ich halte eine Fortsetzung unserer Sitzungen unter diesen Umständen für nicht sinnvoll. Meiner professionellen Meinung nach wären Sie in einer stationären Einrichtung besser aufgehoben.«

Er atmete tief durch, seine Augen trafen wieder die ihren, rot und glänzend. Seine Hände zitterten leicht auf seinem Schoß.

»Das heißt, wenn ich nichts sage, dann beenden Sie unsere Therapie und empfehlen einen stationären Aufenthalt in einer psychiatrischen Klinik.« Seine Stimme war heiser, voller Resignation. »Und wenn ich Ihnen die Wahrheit sage, dann beenden Sie ebenfalls unsere Sitzungen, und es folgt eine Einweisung in die geschlossene Abteilung. Das scheint mir nicht besonders fair.« Sein Blick war anklagend.

Sylvia Moreau schluckte unmerklich, überrascht von seiner direkten Konfrontation. Aber sie ließ sich nicht anmerken, dass er einen Nerv getroffen hatte. Es war vollkommen klar, dass dieser Patient vor ihr zu labil war, um weiterhin nur ambulant betreut zu werden.

»Ich habe nicht von einer Einweisung gesprochen«, erklärte sie.

Doch er lachte nur bitter. »Das brauchen Sie nicht explizit zu sagen, Frau Doktor. Ich kann auch zwischen den Zeilen lesen.« Er erhob sich von seinem Stuhl und trat einen Schritt auf sie zu.

»Bitte, setzen Sie sich wieder hin«, bat sie, doch ihre Worte fanden ganz offenbar keinen Widerhall bei ihm. »In Ihrem eigenen Interesse sollten Sie ehrlich sein, auch zu sich selbst …«, sagte sie.

»Oh, Ehrlichkeit?« Seine Stimme war ein drohendes Grollen. »Sie möchten Ehrlichkeit? Nun, wie wäre es damit: Ich bin es leid, hier zu sitzen und mich von Ihnen beurteilen und abwerten zu lassen. Sie haben keine Vorstellung davon, was in meinem Kopf vor sich geht. Sie können sich nicht im Entferntesten vorstellen, was ich durchmache. Sie sollten mir helfen, aber Sie haben keine Ahnung von Ihrer Arbeit.«

»Was haben Sie getan? Was bedauern Sie so sehr?« Dr. Moreaus Stimme war leise, angespannt, dennoch erwartungsvoll ob der Quelle dieses emotionalen Ausbruchs.

»Sie möchten wissen, was passiert, wenn ich die Kontrolle verliere?« Seine Frage hing in der Luft.

»Ich *muss* es wissen«, antwortete sie bestimmt. »Ich wünsche mir, es zu wissen, damit ich Ihnen helfen kann.«

Er betrachtete sie einen Moment lang schweigend. »Nun«, begann er dann, sichtlich bemüht, seine Emotionen unter Kontrolle zu halten, »vielleicht sollten Sie in Zukunft vorsichtiger sein mit dem, was Sie sich wünschen. Ich nehme an, wir sind hier fertig.«

Mit diesen Worten öffnete er die Tür und verließ den Raum, ohne sich noch einmal umzuschauen.

Sechzehn

»Guten Morgen«, begrüßte Marleen die Kolleginnen und Kollegen mit lebhafter Stimme. Sie war heute ungewöhnlich früh dran, die Uhr zeigte noch nicht einmal sechs Uhr. Jan hatte sie versehentlich geweckt, als er zur Arbeit aufbrach, und ein immerzu quirliger Hund trug auch nicht gerade zu einer gesunden Schlafroutine bei. Sie führte Merle an der Leine in das Gebäude und trug eine große Hundedecke unter dem Arm.

»Morgen!«, erwiderte Claudia mit einem fröhlichen Lächeln. »Und wen haben wir denn hier? Unsere neue Bürokollegin.« Sie kraulte die Hündin liebevoll am Kopf. Die Anwesenheit des Hundes lockerte die Atmosphäre merklich auf.

»Ich hoffe, es ist in Ordnung für euch, dass der Hund hier ist. Wenn Merle irgendwen stört, sagt bitte Bescheid. Dann ist sie zum letzten Mal hier. Ich wollte sie nur nicht alleine lassen.«

»Ach was, das ist doch schön«, meinte Sven und kraulte Merle hinter den Ohren. »Dann kann ich sagen, du hast den Bericht gefressen, den ich noch nicht geschrieben habe. Ja, du warst das dann.« Er zwinkerte Merle verschwörerisch zu.

»Meint ihr, sie kann auch bleiben, wenn ich unterwegs bin? Ich nehme sie zum Feierabend wieder mit.«

Sven schaute sich kurz um. »Klar, sofern sie sich nicht doof anstellt.« Irgendwer war eigentlich immer im Revier.

Als Matthias sich jedoch näherte, erhob sich Merle, legte die Ohren an und knurrte wieder.

»Sieht so aus, als hätte sie eine gute Menschenkenntnis«, witzelte Sven in Richtung Matthias, der zurückwich.

»Entschuldige, Matthias. Bei anderen macht sie das nicht. Ich verstehe nicht, was ihr Problem mit dir ist«, sagte Marleen.

Matthias zuckte nur mit den Schultern. »Warum bringst du sie eigentlich mit? Zerlegt sie deine Wohnung, wenn sie alleine ist, oder bellt sie ständig?«

»Ich bringe es einfach nicht übers Herz, sie so lange allein zu lassen. Die ersten Tage hatte ich ja frei. In meiner Wohnung ist die Heizung kaputt, und es ist eiskalt. Das geht nicht.«

Auf einem Tisch lagen bereits wieder allerlei Leckereien, und Marleen griff sich im Vorbeigehen einen Muffin. »Die sind mit Heidelbeeren«, informierte Claudia sie.

»Sehr fein!«, kommentierte Marleen mit vollem Mund und zeigte Claudia einen Daumen nach oben.

Matthias gähnte ausgiebig und ungeniert.

»Hast du schlecht geschlafen?«, fragte Marleen, die seinen müden Zustand bemerkt hatte.

»Nicht schlechter als sonst«, antwortete Matthias knapp.

»Vielleicht solltest du mal früher ins Bett gehen.«

Matthias ließ die Bemerkung unbeantwortet, während er sich durch die Mails klickte. Marleen hatte sich Gedanken zu seinem Besuch vor einigen Tagen gemacht. Sie hatte sein Verhalten immer wieder analysiert und überlegt, es zur Sprache zu bringen. Doch da er heute so tat, als sei nichts gewesen, entschied auch sie, das Unausgesprochene ruhen zu lassen.

Westerland zog Menschen aus aller Welt an und war in etlichen Liedern besungen worden. Es war seit jeher die unangefochtene »Hauptstadt« der Insel und hatte bei Marleen einen hohen Stellenwert. Doch nun begann ein anderer Ort, sich langsam, aber unaufhaltsam, in ihre persönliche Liste der Lieblingsorte aufzusteigen.

List, der nördlichste Zipfel der Insel, hatte es Marleen angetan. Matthias hatte das Auto auf einem Parkplatz nahe der Hafenpromenade abgestellt und Marleen zu einer kleinen Mittagspause eingeladen. Trotz der Temperaturen, die eher nach heißer Schokolade mit Sahne als nach Eiscreme verlangten, hatten sie sich für eine Kombination aus Eis und Kaffee entschieden. Marleen hatte ihren üblichen Mix gewählt, exotisch und fruchtig, eine Mischung aus Banane, Mango und Pfirsich.

Matthias bestand darauf, die Rechnung zu übernehmen.

Sie saßen in einem charmanten kleinen Café, dessen Terrasse mit rustikalen Holzstühlen bestückt war. Nur zwei Familien teilten den Raum mit ihnen. Marleen bemerkte eine Strandtasche, prall gefüllt mit Wasserflaschen, Fruchtsäften und Knabbereien. Zwei Jungen hatten ihre Gesichter mit Schlagsahne und Kirschkompott verschmiert. Ihre Mutter versuchte verzweifelt, ihre Münder mit einem feuchten Tuch zu reinigen. Dicke Jacken und Schals lagen auf einem freien Stuhl, die Kinder trugen Windhosen. Irgendwo waren Ferien, und diese Familie würde an den Strand gehen, wie auch immer das Wetter sein mochte.

Die Szene war so gemütlich und entspannend, dass sie fast unwirklich schien, wie ein Foto in einem Reiseprospekt mit Blick auf das endlose Meer. Doch trotz dieser Idylle schien Marleen in Gedanken versunken, spielte abwesend mit ihrem Eis. Ihr Blick war auf einen unsichtbaren Punkt in der Ferne gerichtet, ihr Geist meilenweit entfernt.

»Woran denkst du schon wieder?« Matthias' Stimme holte sie ins Hier und Jetzt zurück. Er biss genüsslich in seine Waffel, während sein Eisbecher, gefüllt mit der cremigen Süße von Vanille, Karamell und Stracciatella, vor ihm stand.

»Egal«, antwortete Marleen kurz angebunden, ihre Stimme ein wenig distanziert. Sie stellte ihren Eisbecher auf den Tisch und griff nach ihrem Kaffee.

Als sie den Blick hob, traf sie Matthias' enttäuschter Ausdruck, doch er riss sich schnell zusammen und lehnte sich entspannt in seinem Stuhl zurück. Er zuckte mit den Schultern, krempelte seine Ärmel hoch und ließ die herbstliche Sonne auf seine Arme scheinen.

»Na, dann ist es wohl egal.«

Marleen wollte nicht unhöflich sein, doch ihre Gedanken waren unkontrolliert abgeschweift, weit weg von der Hafenpromenade von List und dem gemütlichen Café, in dem sie saßen.

Sie waren nicht weit weg, kaum eine Stunde Fußmarsch von der Stelle am Weststrand, wo der Torso der unbekannten Frau gefunden worden war. Trotz aller Bemühungen, Ermittlungen und Suchanfragen schienen sie in dem Fall auf der Stelle zu treten. Es gab zwar Erfolge – wie das Auffinden des Arms auf der abgelegenen Hallig –, doch je mehr Marleen darüber nachdachte, desto mehr Fragen taten sich auf.

Sicher war die Frau irgendwo in der Deutschen Bucht ins Wasser geworfen worden, doch die Deutsche Bucht war groß, und ein möglicher Tatort war immer noch nicht eingegrenzt worden. Monatelang war der Körper in der Nordsee getrieben, bis er vom Meer zerrissen wurde. Wenn sie eine Touristin war, konnte sie praktisch von überallher stammen. Und die Vorstellung, dass ein Mensch nicht vermisst wurde, war surreal und unendlich traurig.

Ohne den Fund auf Norderoog wäre der Fall bereits zu den Akten gelegt worden – keine Spuren, keine Verdächtigen, keine Motive. So jagten sie zumindest noch den Mörder, wenn auch bisher ohne Erfolg. Der Fall Jessica Tomsen machte es nicht besser. Marleen wollte sich kein Urteil über die Arbeit ihrer Kollegen erlauben, doch sie wusste, dass solche Ermittlungen oft Monate oder sogar Jahre dauerten und voller Fallstricke und Sackgassen waren.

Dann wanderten ihre Gedanken unwillkürlich zu Yannick. Nein! Sie hatte sich vorgenommen, diese Gedanken abzuschütteln, sich auf ihre Arbeit und ihr Inselleben zu konzentrieren, den Moment zu genießen. Schließlich war sie hier auf Sylt, weit weg von allem, was sie mit ihm erlebt hatte. Doch das war leichter gesagt als getan. Warum fiel es ihr nur so schwer, die Vergangenheit loszulassen?

Marleen zog ihr Smartphone aus der Tasche, entsperrte es mit einem raschen Wischen und öffnete die Kamera-App. Ihr Blick wanderte durch den lebhaften Hafen von List, wo gerade eine der Fähren aus Rømø angelegt hatte. Wie ein metallischer Drache spuckte das Schiff eine Flut von Personen und Fahrzeugen aus. Es war die *Romoexpress*, ein rot-weißes Fährschiff, das mit der ganzen Eleganz, die es aufbringen konnte, und wehenden Fahnen in den Hafen eingelaufen war. Zusammen mit der *Syltexpress* bildete sie das Rückgrat des Fährverkehrs zwischen Havneby im Süden von Rømø und List im Norden von Sylt. Nach einer 35-minütigen Überfahrt konnte man von Rømø über einen Damm aufs Festland und dann nach Süden zur Grenze fahren. Viele genossen die kurze Überfahrt und die guten dänischen Hotdogs, die es auf dem Schiff zu kaufen gab.

Weiter hinten konnte Marleen zwei Segelboote ausmachen, die mit vollen Segeln den Königshafen hinter sich ließen und nun in das Lister Tief hineinschnitten. Die Boote waren zu weit entfernt, um ihre Namen zu erkennen, doch ihr Anblick weckte in Marleen Erinnerungen. Sie dachte an die unzähligen Schiffe, Segelboote und Yachten, die jedes Jahr den Kieler Hafen bevölkerten, und an die Nostalgie, die selbst der unscheinbarste Zweimaster in ihr geweckt hatte.

Mit einem entschlossenen Druck ihres Daumens löste sie zweimal aus. Das erste Bild war unscharf, aber das zweite hatte sie perfekt eingefangen. Ohne zu zögern, wählte sie Jans Kontakt aus und schickte ihm das Bild mit der kurzen Nachricht: »Kleine Verschnaufpause am Hafen von List«.

»Ich habe nur nachgedacht«, sagte sie dann ins Blaue hinein, bemüht, Matthias nicht vor den Kopf zu stoßen. »Gibt es eigentlich Schätze auf dem Grund der Nordsee?«

Matthias blickte sie überrascht an. »Wie bitte?«

»Ich meine, könnten dort nicht unentdeckte Reichtümer liegen? Alte Schiffswracks, Goldmünzen, vielleicht sogar verlorene Städte? Als Kind habe ich mir das oft vorgestellt, und irgendwie kam mir der Gedanke gerade wieder in den Sinn.«

Matthias lachte leise und schüttelte den Kopf. »Wieso glaubst du, dass ich die Antwort darauf kenne?«, antwortete er schmunzelnd.

»Du hast doch sonst immer auf alles eine Antwort.«

Er genoss einen weiteren Löffel von seinem Eis. »Selbst gemacht schmeckt es natürlich immer am besten, aber dieses hier ist wirklich gut. Willst du mal probieren?«

Marleen schüttelte den Kopf.

»Wer nicht will, der hat schon. Mehr für mich«, lachte Matthias. Wie ein Oberlehrer stellte der den Eisbecher ab und rückte seine Sonnenbrille zurecht, die er an diesem Tag nicht wirklich brauchte und nur trug, weil es cool aussah. »Und was deine Schätze angeht: Ich habe nicht den geringsten Schimmer. Wenn du es wissen willst, geh in eine Bibliothek oder such im Internet. Wenn ich wüsste, wo ein Schatz liegt, würde ich sicher nicht mehr arbeiten. Schiffswracks gibt es jedoch, wenn man danach sucht.«

Er beobachtete das geschäftige Treiben im Hafen. Reisende eilten zur Fähre, ihr Gepäck schaukelte in ihren Händen, während andere mit neugierigen Blicken die Speisekarte eines nahegelegenen Cafés studierten, die auf einem großen Aufsteller angepriesen wurde.

»Ey! Nicht rennen!«, rief Matthias einem jungen Paar zu, das im letzten Moment zur Fähre sprintete. Sein Ruf hallte über das Hafengelände, und mit Blick auf seine Uniform verlangsamte das Paar sofort seine Schritte.

Das Display von Marleens Smartphone leuchtete auf, eine Nachricht von Jan. »Du hast es dir verdient«, stand da, garniert mit einem lachenden Smiley und dem Emoji eines Eisbechers.

»Hast du manchmal das Gefühl, dass dir etwas fehlt?«, fragte sie plötzlich. Ihr Blick folgte dem jungen Paar, das nun gemächlich zur Fähre schlenderte. Das Mädchen boxte den Jungen gegen die Schulter – offenbar war er an der Verspätung schuld.

Matthias sah sie verwundert an. »Wie meinst du das?«

Marleen machte eine ausladende Geste, die das gesamte Hafengelände umfasste. »Na ja, reicht dir das hier? Jugendliche zu ermahnen, sie sollen nicht rennen? Fahrzeugkontrollen? Wir unterstützen gerade die Mordkommission. Wenn du dich gut anstellst, könnte das Türen öffnen. Ich kann dir auch Kontakte vermitteln, wenn du dich für dieses Gebiet interessierst.«

Er wiegte nachdenklich den Kopf. »Ich bin mir nicht sicher, ob ich das möchte. Aber du wolltest doch das alles hier. Die Verkehrskontrollen, die Bagatelldelikte. Oder irre ich mich?«

»Hm.« Marleen bestätigte seine Vermutung nur nickend, weil sie einen Löffel Eis im Mund hatte. »Mir tut der Ortswechsel ganz gut, raus aus der Stadt. Aber wer weiß schon, was in ein paar Jahren ist?« Sie hatte schon öfter darüber nachgedacht. Drei Monate waren schnell vergangen, doch wie würde es sich in einem Jahr anfühlen?

Er betrachtete sie einen langen Moment, in seinen Augen ein unergründliches Zögern. Tief in seinem Inneren hegte er schon lange den Wunsch, sich beim Landeskriminalamt zu bewerben. Er war bereit, sein beschauliches Leben hinter sich zu lassen und sich der Herausforderung eines anspruchsvollen Trainings zu stellen, sollte man ihm die Chance dazu geben. Doch noch hatte er sich nicht beworben. Was sollte er also darüber reden und sich Nachfragen darüber aussetzen, ob er seine Ambitionen verfolgte?

Marleen kratzte die letzten Reste ihres Eises aus dem Becher. »Wir müssen gleich wieder los«, sagte sie mit einem Blick auf ihre Armbanduhr.

Der Tag neigte sich bereits dem Ende zu, und Marleen saß noch immer vor ihrem Computer. Neben ihr dampfte eine Tasse Kaffee, die einen Hauch von Behaglichkeit in die Büroatmosphäre brachte. Sie hatte die Fenster des Büros geöffnet und lud damit die frische Luft und die Geräusche der Außenwelt in ihren Arbeitsraum ein. Merle lag unter dem Schreibtisch und schnarchte herzhaft.

Marleens Augen waren auf den Monitor gerichtet, ihre Finger flitzten über die Tastatur, während sie Berichte ausfüllte. Obwohl der heutige Tag keine konkreten Ergebnisse gebracht hatte, waren die Informationen, die sie aus den Zeugenvernehmungen gewonnen hatte, wichtig. Sie mussten dokumentiert werden, sodass alle Teams und Abteilungen darauf zugreifen und möglicherweise die entscheidenden Schlüsse ziehen konnten.

Renate Böttchers Aussage hatte ihnen mit Jessica Tomsens Freund bereits einen potenziellen Täter ins Licht gerückt. Er konnte jedoch genauso gut vollkommen unschuldig sein und gar nichts von den Vorfällen wissen. Vielleicht waren er und Jessica bereits wieder getrennt gewesen und ihm war schon deshalb nichts aufgefallen. Oder es war für Jessica eine feste Beziehung gewesen, für ihn aber eher etwas Lockeres.

Unbeirrt setzte Marleen ihre Suche nach weiteren Zeugen fort. Sie war sicher, dass es sie geben musste. Irgendjemand musste etwas wissen. Wenn Jessica tatsächlich einen festen Freund gehabt hatte, dann musste es jemanden geben, der ihn kannte, ihn gesehen oder zumindest von ihm gehört hatte. Beziehungen waren selten so geheim, dass sie lange unentdeckt blieben, besonders in einem kleinen Vorort oder einer Hausgemeinschaft.

Sie verschaffte sich einen Überblick, wie sie es immer tat, wenn sie vor der Herausforderung stand, komplexe und undurchsichtige Akten zu entschlüsseln. Jede Seite, jedes Detail, jede noch so kleine Information konnte von Bedeutung sein. Und sie war fest entschlossen, nichts zu übersehen. Es war eine mühsame und zeitraubende Arbeit.

Irgendwann pfiff sie überrascht durch die Zähne, denn sie war tatsächlich auf eine Diskrepanz gestoßen. Renate

Böttcher hatte sich offenbar geirrt. Sie hatte nicht absichtlich die Unwahrheit gesagt, sie war einfach falsch informiert gewesen. Die Kollegen hatten tatsächlich Ermittlungen im Rotlichtmilieu durchgeführt. Die daraus resultierenden Interviews waren jedoch wenig aufschlussreich; die Befragten waren zurückhaltend und verschlossen. Alles wie erwartet, murmelte Marleen vor sich hin. Ein Blick auf die Uhr an ihrem Computer zeigte, dass es bereits 20 Uhr war.

Das Geräusch vieler Füße und lebhaftes Geplauder ließen sie aufblicken. Die Kollegen der Nachtschicht trafen ein, bereit, das Revier zu übernehmen. Einige würden vor Ort bleiben, während andere den nächtlichen Einsätzen nachgehen würden. Betrunkene, Kneipenschlägereien und Ruhestörungen waren Routine.

»Immer noch im Dienst? Wie kommt's?« Sven stand in der Tür, frisch und energiegeladen, das Gegenteil zur müden Marleen, die schon etliche Überstunden hinter sich hatte. Er duftete nach frischem Duschgel und Rasierwasser.

»Nicht mehr lange«, erwiderte sie. »Ich mache eh schon Überstunden. Ich wollte nur noch diese Akte durchgehen.«

Svens Gesicht verzog sich zu einer Grimasse bei der Erwähnung von Akten. Wie so viele, konnte auch er der Papierarbeit wenig abgewinnen. »Schade«, sagte er. »Sonst hättest du mitkommen können. Wir wollen gleich eine Kontrolle in dem Waldstück bei Rantum machen; mal schauen, ob sich da jemand für schlauer als die Polizei hält.«

Marleen nickte, als Sven das Waldstück bei Rantum erwähnte. Es war ein Ort, der in der Vergangenheit eine gewisse Berühmtheit auf Sylt erlangt hatte. Sie hatten dort eine illegale Marihuana-Plantage entdeckt und ausgehoben, eine Operation, die sich als komplexer herausstellte, als sie zunächst gedacht hatten. Neben der Plantage hatten sie auch andere Substanzen gefunden – Beweise für weiterreichende kriminelle Aktivitäten.

Seitdem war das Waldstück zu einem regelmäßig angefahrenen Punkt auf ihrer Überwachungsliste geworden. Die Polizei behielt die Umgebung während der nächtlichen Streifenfahrten im Auge, immer in der Hoffnung, den oder die Verantwortlichen auf frischer Tat zu ertappen. Es war nicht ungewöhnlich, dass Kriminelle an den Ort ihrer Verbrechen zurückkehrten, aus den unterschiedlichsten Gründen. Vielleicht hofften sie, dass die Polizei etwas übersehen hatte, das gerettet werden konnte. Oder sie wurden von dem Adrenalinschub angezogen, den die Gefahr mit sich brachte. Was auch immer es war, bisher war die Überwachung erfolglos geblieben, aber das hinderte sie nicht daran, ihre Bemühungen fortzusetzen. Wie Sven es ausdrückte: Manche Menschen glaubten, sie seien schlauer als die Polizei. Sie dachten, sie könnten die Fehler ihres Vorgängers vermeiden und würden nicht erwischt. Und so versuchten sie ihr Glück erneut, sobald die Aufregung nachgelassen hatte.

»Sieht so aus, als wäre der Chef auch noch im Dienst«, bemerkte Sven und nickte in Richtung von Lorenzens Büro. Marleen folgte seinem Blick und sah, dass das Licht in Lorenzens Büro noch an war. Die Tür war geschlossen, aber durch die Jalousien konnten sie sehen, dass er noch arbeitete.

»Ich schaue mal nach ihm«, entschied Marleen. Sie verabschiedete sich von Sven, sah einen Moment nach Merle und machte sich dann auf den Weg zu Lorenzens Büro. Während sie ging, konnte sie das gedämpfte Klingeln eines Telefons hören. Marleen überquerte den Flur, um Lorenzen in seinem Büro zu besuchen. Sie klopfte leise an die Tür.

Als sie eintrat, fand sie Lorenzen in seinem ergonomischen Bürostuhl vor, er hatte sich in entspannter Haltung zurückgelehnt. Sein Gesicht war jedoch alles andere als entspannt; seine Stirn war gerunzelt, und er rieb sich mit einem Ausdruck tiefer Sorge die Augen.

»Ich wollte nicht stören«, begann Marleen vorsichtig, »aber ich dachte, es wäre Zeit für den Feierabend.«

»Du kommst zu einem ungünstigen Zeitpunkt«, antwortete Lorenzen, ohne seinen Blick von den Papieren auf seinem Schreibtisch abzuwenden.

»Soll ich wieder gehen?«

»Nein, komm rein und mach die Tür zu. Ich muss eh mit dir reden.«

Lorenzen war sonst immer für einen Spruch gut, seine gute Laune beinahe unverwüstlich, aber heute schien seine Stimmung düsterer als sonst. War etwas Schlimmes passiert?

»Ich habe gerade einen Anruf bekommen«, teilte er ihr mit.

Ein Schauer lief Marleen den Rücken hinunter. Wenn er wegen eines Anrufs allein mit ihr sprechen wollte, war das ein schlechtes Zeichen. Planten sie eine Disziplinarmaßnahme gegen sie? Hatte es sich rumgesprochen? In ihrem Kopfkino lief ein ganzer Film ab. Sie wurde blass.

»Bist du in Ordnung?«, fragte Lorenzen und sah sie zum ersten Mal seit ihrem Eintritt direkt an. Seine Sorgenfalten hatten sich etwas geglättet.

»Ja, ich dachte nur … Falls der Anruf aus Kiel wäre …« Marleen brach ab, unsicher, wie sie fortfahren sollte.

»Lass mich eines klarstellen«, unterbrach Lorenzen sie. Seine Stimme war sanfter geworden. »Was auch immer bei deiner alten Arbeitsstelle passiert ist, es spielt keine Rolle, nicht hier und nicht für mich. Ich könnte es herausfinden, wenn ich wollte – mit einem einzigen Anruf. Aber ich will es nicht wissen. Was zählt, ist das, was hier passiert, in meinem Team. Was ich mit meinen eigenen Augen sehen kann.«

Die Worte hingen in der Luft und schienen das Zimmer zu füllen.

Marleen schluckte und nickte stumm.

»So, und nachdem das nun geklärt ist: Bei dem Anruf ging es um etwas ganz anderes. Eine weitere Leiche wurde gefunden, auf Föhr.«

Lorenzen berichtete, dass die aufgewühlte See nicht nur Seetang und Muscheln an den Strand gespült hatte, sondern auch einen weiteren Frauenkörper. Feriengäste, die nach Muscheln suchten, hatten sie während ihres Strandspaziergangs entdeckt.

Der Körper der Toten – eine Frau namens Antje Schlösser, wie die DNA-Auswertung ergeben hatte – war zwar vollständig, doch die Zeit, die sie im Wasser verbracht hatte, war unverkennbar. Die lange Zeit in der Nordsee hatte möglicherweise alle verwertbaren Fremdspuren unwiederbringlich ausgelöscht, was die Untersuchungen erschweren, wenn nicht sogar fast unmöglich machen würde. Aus dem Kopf hatte man ein Projektil extrahiert.

»Gott sei Dank ist das nicht in der Hauptsaison passiert. Das wäre für den Tourismus der Inseln verheerend gewesen«, stellte Lorenzen nüchtern und trocken fest.

Die Frage die ihn nun quälte, war: *Was passiert hier eigentlich?* War es nur eine unfreundliche Laune der Natur, die diese armen, verlorenen Seelen mit den rauen Wellen an die Ufer der Nordseeinseln spülte? Hatte sich etwas an der Wassertemperatur oder der Strömungsrichtung verändert, das diesen tragischen Fund erklären konnte? Alles denkbar.

Marleen hatte sich schon ähnliche Fragen gestellt. Und Clemens hatte es bereits treffend formuliert: Menschen neigen dazu, unbequeme Wahrheiten zu ignorieren. Man nimmt an, dass am Grund des Bodensees etwa hundert Leichen liegen, und trotzdem verdrängt jeder diesen Gedanken, wenn er fröhlich im Wasser planscht, sein Eis genießt oder die atemberaubende Landschaft vom Boot aus bewundert, obwohl der See das Grab etlicher Menschen und ein regelrechter Friedhof ist.

Eine Analyse aus Kiel, wo die forensischen Untersuchungen durchgeführt wurden, war heute nicht mehr zu erwarten. Solange sich kein erkennbarer Zusammenhang zwischen den Fällen ergab, würden die Ermittlungen zu dem neuerlichen Leichenfund in Flensburg wie gewöhnlich verteilt werden. In der Zwischenzeit hatten sie jedoch die Chance, die Fakten zu ordnen und die nächsten Schritte sorgfältig zu planen. Marleen würde jetzt auf jeden Fall ihren wohlverdienten Feierabend antreten und versuchen, die Arbeit hinter sich zu lassen.

Die Schwere dieser Fälle in den eigenen vier Wänden mit sich herumzutragen, war für niemanden gesund. Für Ermittler in Mordkommissionen stellte dies eine ständige Herausforderung dar. Nicht jeder konnte einfach einen Schalter im Kopf umlegen und die schrecklichen Bilder und tragischen Schicksale ausblenden, die einen bis in die intimsten Winkel des eigenen Zuhauses verfolgen konnten.

Dies war einer der Gründe, warum Marleen Krimis im Fernsehen mied und auch keine Kriminalromane mehr las. Zwar bereitete es ihr durchaus Freude, Täter zu entlarven und zu sehen, wie ihre gedanklich konstruierte Beweiskette sich bestätigte. Aber sie wollte sich nicht ständig in ihrer Freizeit an die Schicksale erinnern lassen, die hinter diesen Fällen standen.

Mit einer Plastiktüte, gefüllt mit dampfendem chinesischem Essen aus dem nahegelegenen Imbiss, stand Jan im sanften Schein der Abenddämmerung auf dem Treppenaufgang von Marleens Wohnung. Als sie die Tür öffnete, begrüßte er sie mit einem zärtlichen Kuss auf die Lippen. Merle sprang freudig um ihn herum, mehr angezogen vom verlockenden Duft des Essens als von seiner Gegenwart, und folgte ihm in die Küche.

»Und, wie war dein Tag?«, fragte Jan Marleen, während er geschickt das Essen auf zwei Teller verteilte. Merle beobachtete jede Bewegung mit gierigem Blick und in der Hoffnung, dass er versehentlich ein Stückchen Hühnerfleisch auf den Boden fallen ließe.

Marleen, nun bequem in ihre gemütlichen Freizeitklamotten gekleidet, ließ sich auf das Sofa sinken und blätterte die Filmoptionen für den Abend durch. Dank Jans Vorliebe für Actionfilme ohne Anspruch an die Qualität, hatten sie eine extrem große Auswahl an Filmen.

»Nichts Besonderes, abgesehen von einer weiteren Leiche.«
Eine treffendere oder kürzere Beschreibung ihres Arbeitstages
hätte sie nicht finden können. »Und bei dir?«

»Nur die übliche Schicht in der Werkhalle. Nächste Woche
muss ich noch mal rüber, da habe ich mit einem Kollegen zusammen einen Außeneinsatz. Das ist aber vorerst die letzte größere Aktion. Wir prüfen da Ventilatoren und müssen dazu in die
stillgelegten Brennöfen. Du glaubst nicht, wie rußschwarz wir
danach aussehen«, gab er mit einem schiefen Lächeln zurück.

Sie machten es sich auf dem Bett gemütlich, das Marleen mit
einer weichen Decke und ein paar Kissen kuschelig gemacht
hatte. Während sie aßen, nutzte Marleen die Gelegenheit, Jan
genauer zu betrachten. Sie sahen sich nicht täglich, oft verhin-
derten überkreuzende Schichten ein Treffen. Und in 90 Prozent der Fälle lag dies an ihr.

Er bemerkte ihren Blick. »Abgesehen von der Leiche, die du
so beiläufig erwähnst«, begann er schließlich, »gab's doch sicher
auch was Nettes?« In seiner Stimme schwang ein Hauch von
Belustigung mit.

»Nichts, was nicht morgen in den Zeitungen stehen wird«,
gab Marleen lässig zurück.

»Verstehe«, murmelte Jan. Er wollte die Neuigkeiten aber
nicht aus der Zeitung erfahren, sondern an ihrem Tag teilhaben. »Und was ist mit Norderoog? Hat euch dort ein cleverer
Seehund auf die Spur gebracht?« Der Fund des Leichenteils auf
der Hallig Norderoog hatte es immerhin zu einem kleinen, unscheinbaren Artikel in der Zeitung gebracht.

»Die Polizei hat schon vor einem Jahrzehnt aufgehört, See-
hunde als Informanten einzusetzen – Brandseeschwalben sind
der neueste Trend.«

Jan lachte mit ihr und betrachtete sie dann, bevor er sanft
eine Strähne aus ihrem Gesicht strich. »Du solltest öfter zu mir
kommen«, schlug er vor. »Bei mir haben wir einfach mehr
Platz. Nichts gegen deine Wohnung. Merle hat dort auch schon
ihren Lieblingsplatz auserkoren.«

Marleen sah sich in ihrer kleinen Wohnung um. »Du hast recht, entschuldige. Nach einer Spätschicht ist es einfach schön, zu Hause zu sein und nicht noch einmal loszumüssen.«

»Ich versteh das ja, aber vielleicht finden wir einen Mittelweg«, sagte er und zog sie näher an sich heran. Merle nutzte die Gelegenheit, sich zwischen die beiden zu quetschen und ihren Kopf auf Jans Oberschenkel zu legen. »Merle ist immer willkommen, und ich würde es schön finden, wenn du dich hier auch wie zu Hause fühlen würdest.«

»Bietest du mir etwa offiziell eine Schublade bei dir an?«

»Ach, jetzt komm, du hast dir doch schon längst mehrere Schubladen gesichert. Aber ja, so war es gemeint.«

Siebzehn

Der Weg in den »Süden« fiel Clemens schwer. Ihm waren die Ermittlungen im Fall Antje Schlösser zugefallen, und im Rahmen seiner bescheidenen Möglichkeiten ermittelte er. Erster Schritt der Ermittlungen war in diesem Fall die Information der Eltern. Ruth und Gernot Schlösser, 67 und 74 Jahre alt, waren vergleichsweise spät Eltern geworden. Am Tag ihres Verschwindens vor zwei Jahren war Antje gerade einmal 23 Jahre alt gewesen. Zwei Jahre – oder besser, zwei Jahre, vier Monate und siebzehn Tage – waren vergangen, seitdem sie ihre Tochter das letzte Mal gesehen hatten. Eine lange Zeit für trauernde und doch hoffende Eltern. Denn sie hatten die Hoffnung noch nicht aufgegeben, ihre Tochter zu finden, selbst als es statistisch immer unwahrscheinlicher wurde.

Antje Schlösser stammte aus dem beschaulichen Friedrichskoog, einer unscheinbaren Ortschaft umgeben von Marschland und Salzwiesen, durch deren Gebiet der 54. Breitengrad verlief. Etwas mehr als 2000 Seelen lebten dort, und Antjes Verschwinden hatte ein Loch in der Gemeinde hinterlassen. Auf dem Weg in den Ort hinein sah Clemens einige Suchplakate, aufgehängt an Laternenmasten und Häuserwänden, die das Bild einer jungen, selbstbewusst und verschmitzt in die Kamera lächelnden Frau zeigten. Sie waren nun überflüssig geworden.

Clemens wusste das bereits, nur die Schlössers waren noch nicht eingeweiht. Er kam mit seinem Privatwagen, einem blauen Kombi, denn er hatte festgestellt, dass es half, wenn er für derlei Besuche den Streifenwagen im Fuhrpark ließ. So konnte er das Gespräch entsprechend lenken und die Botschaft behutsam und mitfühlend überbringen, ohne dass die offizielle Lackierung bereits der erste Vorbote einer schlechten Nachricht in der Einfahrt war. Das Haus der Schlössers war, wie viele andere Häuser, aus roten Ziegelsteinen gebaut, hob sich jedoch durch einen hübschen Carport und einen großzügigen Garten von der Masse ab. Seinen Wagen parkte er unmittelbar hinter einem schwarzen BMW.

Vor dem Klingelschild musste er noch einmal seine Gedanken sammeln. Antjes Name stand noch auf dem Briefkasten und dem Schild, als sei sie niemals fort gewesen.

Eine ältere Frau öffnete ihm die Tür. Ruth Schlösser hatte blonde, von grauen Strähnen durchzogene Haare.

»Wie kann ich Ihnen helfen?«

»Guten Tag, Frau Schlösser, mein Name ist Viktor Clemens. Ich komme von der Polizeiinspektion Flensburg. Darf ich reinkommen?« Er zeigte seinen Dienstausweis vor.

Ruth Schlösser ließ ihre Schultern sinken, als hätte man die Spannung aus ihrem Körper genommen, aber sie bat ihn ins Haus. Dann holte sie ihren Mann, der in den Kellerräumlichkeiten in seiner häuslichen Bibliothek saß. Clemens nahm auf einem Stuhl Platz, die Schlössers ließen sich in ein weiches Sofa fallen.

Traurig beobachtete Clemens das Ehepaar. Sie wussten es bereits, wurde ihm klar. Ruth hatte es in dem Moment gewusst, als er sich als Polizist vorgestellt hatte. Beide reagierten auf unterschiedliche Weise. Ruth Schlösser war still geworden, flüsterte etwas, was ein Gebet sein mochte, während Gernot seiner Wut freien Lauf lassen wollte. Laut den Akten war Antje ihr erstes und einziges Kind gewesen.

»Wir haben einen Leichnam am Strand von Föhr gefunden, der dort angespült wurde.«

Ruth Schlösser begann zu schluchzen, als zwei Jahre Bangen und Hoffen ein jähes Ende fanden.

»Und das Mädchen von Föhr, das tote Mädchen: Sie sagen, es ist Antje?«, brachte Gernot Schlösser hervor, ehe ihm die Stimme versagte.

»Wir haben die Spuren mit unserer Datenbank abgeglichen. Ja, es handelt sich um Antje, es gibt keinen Zweifel.«

Herr Schlösser schluchzte jetzt, doch Ruth hatte sich schon wieder beruhigt, fast so, als ob es ihr Frieden gab, endlich eine Antwort auf die vielen Fragen zu erhalten. Die Zeit nach der Botschaft hatte Clemens schon immer sehr unangenehm und beklemmend gefunden. Es war ein sehr persönlicher Moment, wenn man vom Tod eines geliebten Menschen erfuhr. Viele wollten alleine sein, wollten sich nur noch in Kissen vergraben, doch die Anwesenheit eines Polizisten hielt manche davon ab und schob ihre Trauer wenige Minuten auf.

»Darf ich Ihnen ein paar Fragen zu Antje stellen?«, fragte er. »In der Vermisstenmeldung meinten sie, Antje hätte eine Verabredung gehabt, aber man hat nie feststellen können, mit wem. Können Sie sich noch erinnern, ob sie Ihnen gegenüber mal etwas erwähnt hat?«

Gernot Schlösser übernahm das Wort, er hielt seine Frau fest im Arm. »Nein. Antje ist eigenwillig und offen. Sie hat ständig Verabredungen gehabt – Freunde, Bekannte, Kolleginnen und Kollegen. Erzählen tat sie davon aber nicht viel.«

»Auch wenn Sie es schon zu Protokoll gegeben haben: Können Sie sich an Ihren letzten Tag mit ihr erinnern, den Tag ihres Verschwindens?«

Ein merkwürdiges Geräusch entwich Herrn Schlössers Kehle. Clemens glaubte, dass es ein Lachen war, das auf dem Weg hinaus erstickt wurde. »Wir erinnern uns. An. Jede. Einzelne. Sekunde. Wir spielen den Abend seit zwei Jahren immer wieder durch, um sicher zu sein, dass wir nichts übersehen haben. Antje aß nur einen Apfel. Wir fragten sie, ob sie nicht richtig mit uns Abendessen wollte. Ruth hatte einen frischen Salat vorbereitet, und wir wollten grillen. Sie sagte nur, dass sie später noch ausgehen würde. Um halb acht ging sie aus dem Haus. Sie trug ein langes, wunderschönes Kleid und hatte sich schick gemacht. Doch wir erfuhren nie, mit wem sie aus war und wohin sie ging. Es war ein Freitagabend, sie kam direkt von Universität nach Hause. Sie studierte Tanz und Musik, wissen Sie? Und es tut mir heute so unendlich leid, dass ich immer sagte, sie könne damit nichts werden.«

Es herrschte eine kurze Stille.

»Wie ist sie gestorben? Musste sie leiden?«, fragte Herr Schlösser nach einer Weile. Die Antwort war nicht leicht, dachte Clemens. Es waren zwei Fragen, mit möglicherweise unterschiedlichen Antworten. Antje war aus nächster Nähe erschossen worden, regelrecht hingerichtet. Doch ob sie davor leiden musste, würden die Forensiker und Rechtsmediziner aufgrund des Zustands der Leiche möglicherweise niemals feststellen können.

»Sie wurde erschossen. Ich denke nicht, dass sie gelitten hat.« Dieser Umstand machte es den Leuten leichter, wusste Clemens. Im Kollegenkreis hatten sie darüber diskutiert, weshalb das so war. Es war einfacher zu akzeptieren, wenn es für die unglücklichen Opfer schnell und unvermittelt kam. Musste die Person jedoch leiden – zum Beispiel einen Todeskampf ausfechten, um Luft ringen und japsen, bis der Blick schwarz wurde –, stellte man sich die Frage, ob derjenige sich allein gefühlt hatte in seinen letzten Momenten und ob man etwas hätte ändern können.

»Können wir sie sehen?«, fragte Herr Schlösser. »Können wir uns verabschieden?«

»Ich … kann es Ihnen nicht verbieten, aber ich würde es Ihnen nicht empfehlen. Behalten Sie Ihre Tochter so in Erinnerung, wie Sie sie kannten.«

Der Anblick, fürchtete er, würde sich bei den Eltern für immer einbrennen. Sie würden nie wieder an ihre Tochter denken, ohne die kläglichen Überreste vor ihrem inneren Auge zu sehen. Es war Antje. Diese Leiche würde in ihrem Grab beigesetzt werden, mit ihrem Namen und mit einem liebevollen Spruch auf dem Grabstein. Aber das Bild von Antje hing noch immer im Ort, war noch immer im Gedächtnis der Menschen, vor allem der Eltern. Und dieses Bild galt es am Leben zu halten.

Linda hatte sich zwanzig Minuten vor der verabredeten Zeit vor einem charmanten Café in Morsum eingefunden. Sie hatten ein paar Ideen für Treffpunkte gehabt, doch Linda war entschlossen, ihr altes Lieblingscafé fortan zu meiden. Zu viele Personen, die unfreiwillig Zeugen ihres peinlichen Auftritts geworden waren. Die Scham nagte an ihr, weil sie sich nicht besser im Griff gehabt hatte.

Matthias hatte ein Café am östlichen Ende vorgeschlagen. Von dort aus konnten sie gemeinsam weitere Ausflugsziele erreichen – zum Beispiel das Morsum-Kliff, das einen atemberaubenden Blick auf das Wattenmeer bot. Zudem waren die Speisen dort köstlich und die Getränke ausgezeichnet.

Ein Hauch von Nervosität kribbelte in Lindas Bauch. Seit vielen Jahren, seit ihrer Heirat mit Lukas, war es das erste Mal, dass sie sich mit einem anderen Mann zum Kaffee traf – und dann auch noch mit einem jüngeren. Selbst wenn es bei diesem einen Kaffee bleiben sollte, war das eine aufregende Sache. Sie ertappte sich dabei, wie sie immer wieder auf ihr Smartphone schaute.

Was erwartete sie? Dass er absagte? Er war Polizist, da konnte es bestimmt eine Vielzahl von Ereignissen geben, die dafür sorgten, dass eine Verabredung platzte. Mord und Totschlag kamen auf der Insel zwar äußerst selten vor, Kleindelikte und Unfälle waren aber nicht ausgeschlossen, auch nicht an einem Nachmittag.

Sie kehrte zu ihrem Wagen zurück, setzte sich hinein und schaltete Musik ein. Die Wege auf der Insel waren kurz, daher lohnten sich Hörbücher erst bei einer Überfahrt aufs Festland.

Eine Nachricht erschien auf ihrem Smartphone, und ihr Herz machte einen kleinen Sprung.

»Bin unterwegs, gleich da. M.«

Wenige Worte, große Wirkung.

Matthias traf zehn Minuten später ein, umarmte sie herzlich zur Begrüßung und führte sie dann ins Innere des Cafés, das sie mit behaglicher Wärme willkommen hieß. Matthias war ein aufmerksamer Zuhörer und sprudelte gleichzeitig fast über vor Gesprächigkeit. Von seiner Arbeit ließ er allerdings nichts durchscheinen, was Linda verwunderte. Hätte sie ihn nicht in Uniform gesehen, dann hätte sie kaum erraten können, dass er das Gesetz auf der Insel hütete. Aber letztlich spielte es keine Rolle; sie war hier, um sich abzulenken.

Was würde Lukas wohl dazu sagen? Doch die Antwort darauf war irrelevant. Sie war hier, um sich selbst zu finden, nicht um sich Gedanken über ihren Exmann zu machen.

Sie musterte Matthias. Er hatte sich angemessen gekleidet, warm genug für einen Spaziergang und dennoch elegant, die Farben seiner Kleidung harmonierten miteinander. Ein paar sonnige Tage waren noch zu erwarten, aber Wind und Regen hatten bereits Einzug gehalten. Und doch hatte er sich Mühe gegeben, gut auszusehen.

Eine Kellnerin näherte sich ihrem Tisch und begrüßte Matthias freundlich, legte vertraut eine Hand auf seine Schulter. »Wie geht's? Alles schick?«, fragte sie.

»Natürlich, du kennst mich doch«, antwortete er mit einem Lächeln.

Im Anschluss wandte sie sich Linda zu und stellte sich als Jasmin vor – eine Schulfreundin von Matthias. Sie hatte wie er den Sprung aufs Festland nicht gewagt – oder gewollt. »Die Insel lässt einen einfach nicht los«, erklärte sie Linda. Sie betonte, wie wichtig es war, dass einige Einheimische blieben, da viele junge Leute die Insel verließen, auf der Suche nach besseren Ausbildungsmöglichkeiten.

»Ich bin Linda Horvath«, stellte sich Linda vor und reichte Jasmin die Hand. Jasmin runzelte die Stirn; eine Ahnung überzog ihr Gesicht. »*Die* Linda Horvath? Die Frau von Lukas Horvath?«

Natürlich kannte sie Lukas. Wer kannte ihn nicht?

»Exfrau«, korrigierte Linda und zwang sich zu einem Lächeln. Jasmin ließ das Thema fallen. Es war wohl deutlich geworden, dass Linda nicht darüber sprechen wollte.

»Du nimmst das Übliche? Einen Filterkaffee mit absurd viel Zucker?« Matthias' Augen zuckten. Er hatte wohl gehofft, einen guten Eindruck zu machen, ohne Jasmins Sticheleien.

»Ja, genau«, sagte er dann bemüht lässig.

Jasmin schüttelte sich vor gespieltem Ekel. »Und für Sie?«, fragte sie dann Linda.

»Einen Cappuccino, bitte.«

Jasmin nickte und verschwand, um die Bestellung aufzugeben.

Linda hatte erwartet, dass Matthias sie über Lukas, über ihre Scheidung ausfragen würde. Aber nichts dergleichen geschah. Er respektierte ihre Privatsphäre, und dafür war sie dankbar.

Sie hatten weiterhin nett miteinander geplaudert, bis sein Lächeln einfror, als er den Blick durch das Café schweifen ließ. Linda folgte seiner Blickrichtung und entdeckte ein älteres Ehepaar an einem Tisch. Beide hatten graues Haar und strahlten eine robuste Vitalität aus, die man Menschen um die Siebzig gar nicht unbedingt zutrauen würde.

Linda, von Natur aus einfühlsam, bemerkte sofort die abrupte Stimmungsveränderung. »Alles in Ordnung?«, fragte sie, besorgt.

Er hielt sich an der Tischkante so fest, dass seine Knöchel weiß hervortraten.

Natürlich mussten sie hier sein, dachte er. Nach Monaten der Zurückgezogenheit hatte er sich endlich getraut, mit einer Frau auszugehen, hatte den Mut gefunden, Linda einzuladen, auch wenn er nach wie vor innerlich zögerte. Und nun passierte genau das, was er am meisten befürchtet hatte: *Sie* waren hier.

Seit seiner Rückkehr zum Polizeidienst hatte er jeden Kontakt mit ihnen erfolgreich vermieden. Nun kämpfte er mit sich selbst, um nicht laut zu schreien, wie er es innerlich fast jede Nacht tat.

»Hallo? Ist alles in Ordnung?« Lindas Stimme riss ihn aus seinen Gedanken.

»Schon gut. Es ist alles gut«, versicherte er ihr hastig. »Entschuldige mich kurz – ich muss mich eben frisch machen.« Er stand auf und ließ einen nassen Abdruck seiner Hand auf dem Tisch zurück.

Als Jasmin mit den Getränken kam, sah sie Matthias besorgt nach. »Was ist denn mit ihm los?«, fragte Linda nun an Jasmin gerichtet.

Jasmin stellte den Cappuccino vor Linda ab und blickte kurz zu dem älteren Ehepaar, dann wieder zu Linda. »Dazu kann ich nichts sagen, das steht mir nicht zu«, antwortete sie ausweichend. »Nur so viel: Matthias ist ein guter Mensch. Geben Sie ihm einfach etwas Zeit.« Wenig später brachte sie noch ein Glas Wasser für Matthias und eilte dann zu einem anderen Tisch, wo Gäste zahlen wollten.

Linda rührte in ihrem Cappuccino. Es war nur ein Kaffeetrinken, kein Date, oder? Nur ein gemeinsamer Kaffee. Aber die Atmosphäre hatte sich verändert, und Linda konnte nur hoffen, dass Matthias bald zurückkehren würde. Er war doch nicht gegangen, oder?

Matthias kehrte nach einiger Zeit an ihren Tisch zurück, zu dem Glas Wasser, das er nicht bestellt hatte, aber dankbar ansah. Er nahm das Glas und trank es in einem Zug aus, als würde er versuchen, seinen Stress hinunterzuspülen.

»Linda«, sagte er leise. Seine Hand streckte sich über den Tisch aus und fand ihre. »Ich glaube, wir sollten gehen.« Seine Stimme war ruhig, aber die Dringlichkeit darin war unüberhörbar. »Ich bezahle, bin gleich wieder da.« Er stand erneut auf.

Linda beobachtete, wie er sein Portemonnaie zückte und einen 50-Euro-Schein herausfischte. Viel mehr, als sie für ihren Kaffee und seinen Cappuccino ausgegeben hätten, sogar in einem Café auf Sylt. Er berührte Jasmin an der Schulter, deutete mit einer entschlossenen Handbewegung auf das ältere Paar am anderen Ende des Cafés. Dann drehte er sich zu ihr um und lächelte.

In seinem Blick lag etwas, was Linda stutzig machte. Die Augen, dachte sie. Sie wollten lächeln, sie versuchten es wirklich, aber irgendetwas hinderte sie daran. Es war, als ob eine unsichtbare Mauer zwischen Matthias und der Freude stand, die sein Lächeln ausdrücken sollte.

Trotz der fortgeschrittenen Jahreszeit, in der kaum noch jemand über den Sommer nachdachte, entledigte sich Matthias seiner Schuhe und Socken. Er hielt sie in der Hand, während seine Füße das Gras berührten – ein Gefühl, das trotz der Kälte angenehm war. Mit einem ermunternden Blick wartete er, bis Linda es ihm gleichtat. Sie lachte leise, als sie Gras und Sand unter ihren nackten Sohlen spürte.

Sie folgten dem Weg, der oberhalb des Morsum-Kliffs verlief. Der Pfad führte sie durch die Heidelandschaft, bevor sie sich vor dem Kliff wiederfanden. An Tagen, wenn die Sonne in einem besonderen Winkel schien, erstrahlte das Kliff in Rot und Weiß. Heute war es von einer düsteren Schönheit, die von der Flut und dem grauen Himmel noch hervorgehoben wurde. Das Dröhnen der Wellen hallte in ihren Ohren und ließ sie die rohe Kraft der Natur spüren. Das dunkle Wasser wirkte fast unheimlich mit seiner Tiefe und Unberechenbarkeit.

In seinen Gedanken wanderte er zu dem, was er den beiden Menschen im Café genommen hatte – ihr wertvollstes Gut, ihre Freude. Ihren Sohn. So würden sie es sehen, und so sah er es auch. Es war seine Schuld gewesen. Sein Versagen.

Er wandte seinen Blick zu Linda. Sie strahlte eine innere Wärme aus, die die Düsternis des Tages zu vertreiben schien. Sie genoss die Gesellschaft, die sie teilten, und den atemberaubenden Blick auf die unendliche Weite des Meeres. Als ob sie seinen Blick spürte, ergriff sie seine Hand. Ihre Finger verflochten sich mit seinen, warm und tröstend. Er zog sie näher an sich heran, legte seinen Arm um ihre Taille. Sie passte perfekt in seine Umarmung, als wäre sie genau dafür gemacht.

Achtzehn

Die Kälte des Abends griff um sich, wie es sie in den vergangenen Wochen schon so oft getan hatte. Die Temperaturen waren kaum höher als die eines wohltemperierten Kühlschranks. Linda fand Gefallen an diesem Wetter. Der Regen verwandelte die Welt. Sie genoss den in der Luft liegenden Duft, liebte das Geräusch von Regentropfen auf dem Fenster und das rhythmische Plätschern des Wassers auf der Terrasse. Sie hatte sich einen Tee zubereitet, drei Kekse in eine kleine Schale gelegt und sich in den Fensterrahmen gesetzt, um den Panoramablick auf sich wirken zu lassen. Lukas hatte sie oft belächelt, wenn sie so dasaß, dem Regen lauschte und jede noch so feine Nuance des Niederschlags aufzunehmen versuchte. Doch sie fand dabei Ruhe und Entschleunigung. Ihre Welt würde sich auch ohne Lukas weiterdrehen, die letzten Tage hatten ihr das eindrucksvoll bewiesen.

Der Regen fiel in Strömen und trieb selbst abgehärtete und wetterfeste Wanderer in die Häuser zurück. Als die Dunkelheit einbrach, wurde es auch für sie Zeit, sich langsam zu erheben. Mit dem Rücken zum Fenster stehend, war Linda gerade dabei, das Geschirr in die offene Küche zu bringen, als plötzlich ein grelles Licht hinter ihr aufflammte. Die Bewegungsmelder auf der Terrasse waren aktiviert worden.

Mit einem nachdenklichen Ausdruck starrte sie durch die Fensterscheibe, ihre Augen glitten behutsam über die weite Fläche vor ihr.

In diesem Moment erstreckte sich vor ihr nichts weiter als eine hölzerne, ausladende Terrasse, die sich wie eine natürliche Erweiterung des Hauses in den Raum schob. Der »Garten«, wie sie es liebevoll bezeichnete, war kaum mehr als eine Idee, ein leises Versprechen darauf, was sie mit Fleiß und Geduld errichten würde.

Verlassene Liegestühle standen auf dem Holz, voller Erwartung auf das, was kommen würde. Sie schienen auf bessere Zeiten zu warten, auf die Wärme der Sonne.

Ein massiver Tisch bildete das Herzstück der Terrasse, ein Riese, der bereit war, die Geschichten zahlloser Feten und Abende zu erleben. Seine Oberfläche war glatt und unberührt, sie wirkte fast sehnsüchtig nach den Spuren des Lebens, die er bald tragen würde.

Die angelegten Hochbeete waren noch leer, ihre Erde unberührt und fruchtbar. Sie würden erst im kommenden Frühjahr bepflanzt werden, wenn das Leben in all seiner Pracht zurückkehren würde.

Lukas hatte den Bereich stets in vier Quadranten eingeteilt, ganz seinem typischen Kontrollbedürfnis folgend. Der vorderste Teil, direkt vor dem Haus, beherbergte die Terrasse. Ein Pfad aus Holzplatten führte von hier zum hinteren Teil des Anwesens, der in die wilde Natur überging. Dort stand ein kleines Gebäude, das Lukas gerne als »Nervenzentrum« des Hauses bezeichnete. Eine schwere Metalltür schützte es, ein Warnschild prangte an der Vorderseite – *Achtung, Hochspannung*. Hier kamen die Stromleitungen zusammen. Der produzierte Strom wurde hier eingespeist und die Energiezellen aufgeladen, sodass auch dann noch Strom floss, wenn es dunkel war oder Wolken die Sonne verdeckten. Der dritte Quadrant lag neben der Terrasse, in Gestalt eines noch leeren Beetes. Der vierte Quadrant blieb leer. Ursprünglich hatten sie dort einen Pool bauen wollen. Doch das Leben kam dazwischen. Lukas hatte den Plan verworfen, und so blieb es eine offene Fläche für etwaige Anpflanzungen.

Linda starrte noch immer nach draußen, bis das Licht erlosch. Sie atmete tief durch. »Es war nichts«, murmelte sie beruhigend vor sich hin. Dann flammte das Licht erneut auf, und sie drehte sich erschrocken um. Doch der Garten war leer. Die Bewegungsmelder waren empfindlich genug, um sogar auf ein Insekt zu reagieren und das Terrassenlicht auszulösen.

Als das Licht zum dritten Mal aufflammte, meinte Linda, eine Silhouette in der Dunkelheit zu erspähen. Kein Tier, sondern einen unbestimmten Schatten, der ihre Nerven zum Vibrieren brachte. Jetzt bekam sie es mit der Angst zu tun. Jemand schlich um das Haus, da war sie sicher, und sie war vollkommen allein. Das Haus lag abgeschieden, exponiert und ohne Nachbarn, ohne die Möglichkeit sofortiger Hilfe.

Der Gedanke, in den Garten hinauszugehen und nach der gesichtslosen Bedrohung zu suchen, ließ sie erzittern. Falls dort tatsächlich jemand war, konnte es auch einfach ein verirrter Wanderer sein. Aber warum klopfte er nicht an? Warum klingelte er nicht? Warum umkreiste er immer wieder ihr Heim, wie ein Raubtier seine Beute? Bei diesem Wetter und in dieser Dunkelheit würde sich sowieso kein Wanderer freiwillig draußen aufhalten. Darüber hinaus war das Betreten der Dünen in diesem Abschnitt abseits der gekennzeichneten Wege strengstens untersagt – eine Regel, die auch Linda stets befolgte.

Mit zitternden Händen griff sie nach ihrem Smartphone und wählte eine Nummer, die nur aus drei Ziffern bestand. War dieser Schritt wirklich nötig? War sie tatsächlich in Gefahr? Waren ihre Befürchtungen nur Ausdruck einer Paranoia, war sie dabei, zu übertreiben, so wie Lukas es ihr gelegentlich vorgeworfen hatte? Wie würde sie sich an die Polizei wenden, mit welchen Worten um Hilfe rufen?

Hilfe! Nichts ist passiert, aber das Licht macht mir Angst? Da könnte jemand sein, aber vielleicht auch nicht ... Es klang in ihrem Kopf absurd; sie konnte sich vorstellen, wie lächerlich sie auf andere wirken musste. Lukas' Bemerkungen hatten sie verunsichert, hatten sie dazu gebracht, ihre eigenen Wahrnehmungen in Frage zu stellen. Ihr Finger schwebte über dem grünen Hörersymbol, das den Anruf einleiten würde und mit Unterstützung lockte. Besser nicht, dachte sie dann, löschte die Nummer und entschied sich stattdessen für eine SMS.

Matthias und Marleen bereiteten sich auf ihre Nachtschicht vor. Matthias hatte sich mit allerlei Snacks, einer Flasche Wasser und einem Energydrink eingedeckt, während Marleen sich für geschnittene Apfelschnitze und Nüsse entschieden hatte. Ihre Schicht begann ruhig. Sie standen kurz hinter Kampen an der Landstraße, gleich hinter dem Ortsschild.

Die Atmosphäre war anders als am Tag. Alles schien in den sanften Mantel der Nacht gehüllt, die Geräusche wirkten gedämpfter, die Bewegungen gedrosselter als am Tag. Auch die Art der Einsätze variierte.

Mit dem Einbruch der Dunkelheit und unter dem Einfluss von Alkohol sank bei vielen Menschen die Hemmschwelle. Die Drohung, die Polizei zu rufen, reichte oft nicht aus, um einen eskalierenden Streit zu beruhigen.

Doch bis jetzt war die Nacht ruhig geblieben. Unter der Woche war es ohnehin weniger hektisch als an den Wochenenden; es fühlte sich an, als würde die Insel einen Moment innehalten, um Atem zu holen.

Matthias schwadronierte leidenschaftlich über die Fähigkeiten seines Fußballvereins; er war davon überzeugt, dass sie bereit waren, den Aufstieg in die Bundesliga zu schaffen.

»Verstehst du jetzt, warum eine ausgeglichene Kaderplanung so entscheidend ist?« An seiner Hand zählte er die Punkte seiner Argumentation noch einmal zusammenfassend auf. Marleen hob den Blick von ihrem Smartphone, als ein Auto mit etwas zu hoher Geschwindigkeit in den Ort rollte. Als die Scheinwerfer den Polizeiwagen erfassten, bremste er abrupt ab. Marleen nickte zufrieden.

»Aber wenn man diese goldenen Regeln vernachlässigt, kann man ernsthafte Probleme bekommen. Verstehst du?«, fuhr Matthias fort.

»Ja, natürlich«, antwortete sie.

»Mindestens zwei Spieler, besser drei. Wie bei den meisten Brettspielen. Ach, wieso bemühe ich mich eigentlich?«, seufzte er resigniert und warf ihr einen scharfen Blick zu.

Sein Smartphone vibrierte.

»Deine Freundin?«, fragte Marleen, eine Augenbraue hochziehend. Er überflog die Nachricht und steckte das Smartphone wieder ein, während sie beobachtete, wie die Farbe langsam aus seinem Gesicht wich.

»Nein … aber wir haben einen Einsatz wegen Hausfriedenbruchs. Wir sollten da kurz nach dem Rechten sehen. Würde es dir etwas ausmachen, wenn wir jetzt gleich losfahren?«

Plötzlich flutete das grelle Licht eines entgegenkommenden Fahrzeugs die Fahrerkabine. Die Scheinwerfer waren zu hoch eingestellt, das Xenonlicht blendete sie. Marleen konnte die Anspannung in Matthias' Gesicht erkennen. Was war denn passiert, dass er auf eine Textnachricht so extrem reagierte?

Sie fuhren die Listlandstraße entlang, die sich wie ein Faden durch die Landschaft zog, kreuzten West- und Süderheide. Matthias hatte das Ziel fest im Blick. Ihre Fahrt war ruhig, ohne das Aufheulen des Martinshorns, aber Matthias hatte das Blaulicht aktiviert, das die umliegenden Dünen in ein kaltes, unwirkliches Licht tauchte.

Die Strecke von Kampen nach List, die normalerweise zehn Minuten in Anspruch nahm, meisterte Matthias in deutlich unter sechs Minuten.

Als sie schließlich vor einer breiten Einfahrt stoppten, konnten sie ein großes Haus sehen. Es erstreckte sich nur über zwei Stockwerke, doch seine Breite verlieh ihm eine beeindruckende Präsenz. Ein roter Wagen stand unter einem Carport, ein gepflasterter Weg schlängelte sich hinter das Gebäude. Das Haus lag am Rande eines Naturschutzgebietes, eingebettet in die unberührte Landschaft. Marleen konnte nicht umhin, sich zu fragen, wie es jemals zu einer Baugenehmigung gekommen war. Das Anwesen schien brandneu: nicht nur »neuwertig«, sondern frisch erbaut.

»Kannst du mir sagen, was hier vor sich geht?«, fragte sie, als sie aus dem Auto stiegen. Matthias' Hand verharrte auf dem Türgriff, bevor er antwortete: »Ich weiß es ehrlich gesagt selbst noch nicht, tut mir leid.«

Er entriegelte den Kofferraum, griff nach den Taschenlampen und reichte eine davon an Marleen weiter. Noch während sie die Lampe in Empfang nahm, öffnete sich die Tür des weitläufigen Hauses, und eine Frau trat heraus. Ihre blonden Haare trug sie offen, und sie ging mit ausgestreckter Hand auf Matthias zu.

Er reagierte ein wenig ungelenk auf ihren Handschlag, wahrscheinlich weil er spürte, wie Marleen jeden seiner Schritte beobachtete.

»Danke, dass Sie gekommen sind«, sagte Linda Horvath.

Sie erzählte ihre Geschichte, zunächst präzise und detailgetreu, verlor sich jedoch zunehmend in Nebensächlichkeiten. Das Wichtigste jedoch war klar: Sie glaubte, jemanden auf ihrem Grundstück bemerkt zu haben. Ihre Bewegungsmelder waren mehrfach angesprungen, doch seit etwa zehn Minuten herrschte Ruhe.

»In Ordnung, wir werden uns das ansehen«, versicherte Matthias.

Gemeinsam gingen sie um das Haus herum, während Linda Horvath im Foyer wartete. Marleen hielt die Taschenlampe in ihrer linken Hand und leuchtete ein angelegtes Beet aus. Es war eine sinnlose Geste, denn der Bewegungsmelder hatte längst reagiert. Es schüttete immer noch wie aus Eimern. Ein Blick zurück bestätigte, dass Frau Horvath sie jetzt von der Terrasse aus beobachtete. Marleen warf einen letzten Blick zum Haus, wo Linda Horvath, in einen dicken Wollmantel gehüllt, besorgt in den beleuchteten Garten starrte.

Vor ihnen ragte die Silhouette einer Düne auf, die sich im schwachen Licht abzeichnete. Sekunden später erstarben die Bewegungsscheinwerfer plötzlich und ließen sie in der undurchdringlichen Dunkelheit der Nacht zurück.

»Kennst du den Erfassungsbereich dieser Bewegungsmelder?« Sie drehte sich um und näherte sich der Terrasse. Nach nur wenigen Schritten wurde sie von dem grellen Licht der Scheinwerfer erneut geblendet.

»Ah, die sind überempfindlich«, bemerkte sie trocken. »Aber wenn tatsächlich jemand hier war, hat er sich sicher am Rand des Erfassungsbereichs gehalten. Das ist eine übliche Taktik, um einen Bewegungsmelder auszutricksen. Kurz hinein, dann wieder zurück. Irgendwann ist der Besitzer so genervt, dass er das System abschaltet. Oder die Polizei ruft.«

»Glaubst du echt, dass hier jemand war?« Matthias wirkte unsicher.

»Schwer zu sagen«, antwortete Marleen nachdenklich. »Möglich ist das. In den Dünen werden wir wahrscheinlich keine Spuren finden, da sie nicht betreten werden dürfen, aber selbst wenn, macht das allein es noch nicht zu einem Verbrechen. Bei dem Regen werden Fußspuren schnell verwischt. Und wenn wir ehrlich sind: Es ist ja nichts passiert.«

Sie trat noch einmal an die Grundstücksgrenze und richtete ihren Blick auf die Dünen. Dabei hielt sie ihre Taschenlampe hoch und leuchtete die Kuppen ab. Falls jemand ein Interesse an diesem Grundstück hatte, würde er sie möglicherweise beobachten.

Doch da war niemand.

Mit schmutzigen Schuhen kehrten sie in das Foyer von Linda Horvaths Haus zurück. Die Frau stand bereits in der Eingangshalle, ihre Augen blitzten mit einer Mischung aus Hoffnung und Sorge.

»Nun?« Ihre Stimme hallte leise in der Stille des Raumes wider.

»Wir haben keine eindeutigen Beweise gefunden, die darauf hindeuten würden, dass sich jemand Ihrem Grundstück genähert hat. Es ist sehr wahrscheinlich, dass Tiere für die Aktivität verantwortlich waren oder dass durch den starken Wind etwas ins Erkennungsfeld der Bewegungsmelder geraten ist. Eventuell liegt es auch am Starkregen.«

»Tiere und Wind … natürlich.« Lindas Gesichtszüge verzogen sich zu einem bitteren Lächeln. Marleen musste keine Expertin für Menschenkenntnis sein, um zu erkennen, dass Linda diese Erklärung für absoluten Unsinn hielt und wahrscheinlich bereute, die Polizei hinzugezogen zu haben.

»Ich kann verstehen, dass Sie beunruhigt sind«, sagte sie deshalb sanft. »Vielleicht haben Sie eine Freundin oder eine Bekannte, bei der Sie unterkommen können, wenn Sie sich hier unsicher fühlen?«

»Natürlich.« Lindas Stimme war fest, aber Marleen bemerkte die fehlende Zuversicht. Sie entschied sich dazu, den Ehemann nicht zu erwähnen. Linda trug keinen Trauring mehr, und die Einrichtung des Hauses ließ nicht auf die Anwesenheit eines Mannes schließen. »Haben Sie eine Idee, warum jemand Interesse an Ihrem Grundstück haben könnte?« Marleen wusste bereits die Antwort, dank Matthias' Erzählungen über das Horvath-Anwesen. Aber sie musste es von Linda hören.

»Mein … Exmann«, begann Linda zögernd. Ihre Stimme brach fast ab. »Er hatte sich für ein umstrittenes Grundstück entschieden, direkt am Rand eines Naturschutzgebietes. Es war nahezu unmöglich, eine Baugenehmigung zu bekommen. Er wusste das. Die Umweltschützer wussten es. Aber er hat verhandelt und gefeilscht, Geschenke verteilt und Gefälligkeiten eingefordert, bis er die Genehmigungen bekam. Das hat vielen nicht gefallen.«

Korruption, dachte Marleen, *nicht nur auf den glitzernden Straßen der Metropolen und in den dunklen Gängen der Autokratien, sondern auch an der schönen Nordseeküste.*

»Und er hat allem Widerstand zum Trotz gebaut?«, fragte sie.

»Sein Stolz ist unerschütterlich, genau wie seine Dickfelligkeit gegenüber gut gemeinten Ratschlägen von Menschen, die seiner Meinung nach weniger wissen als er«, antwortete Linda mit einem bitteren Lächeln.

»Gab es jemals ernsthafte Schwierigkeiten? Proteste, die über Plakate und Parolen hinausgingen?« Die Klima- und Umweltschutzbewegungen hatten in den letzten Jahren viel Zuspruch bekommen, Tausende auf die Straßen gebracht und die Polizei vor neue Herausforderungen gestellt. Es galt, diejenigen zu identifizieren, die bereit waren, Gewalt anzuwenden. Und man musste diese Leute sorgfältig von denen unterscheiden, die lediglich ihre Stimme zu dem wachsenden Chor hinzufügen wollten. Bei Großdemonstrationen trennte die Polizei die Störenfriede von den friedlichen Demonstranten und nahm einige von ihnen in Gewahrsam. Hier jedoch blieb Marleen nur die Möglichkeit, Fragen zu stellen und auf informative Antworten zu hoffen.

»Nein, nichts Konkretes«, erwiderte Linda. Ihr Exmann hatte jedes Problem einfach weggelacht, sich den kritischen Fragen gestellt und versucht, seine Kritiker zu beruhigen und auf seine Seite zu ziehen. Oder er hatte das Problem mit genügend Geldscheinen aus der Welt geschafft.

Marleen warf einen Blick zu Matthias. Sie waren durchgefroren, ihre Schuhe voller Matsch und die Hosenbeine feucht.

»Frau Horvath, es scheint, als müssten wir Sie nun allein lassen. Sie könnten die Bewegungsmelder ausschalten, bis sich die Wetterlage beruhigt hat«, begann Marleen. »Wir konnten keine Hinweise dafür finden, dass sich jemand unerlaubt auf Ihrem Grundstück aufgehalten hat. Natürlich steht es Ihnen frei, eine Anzeige gegen Unbekannt zu erstatten, wenn Sie der festen Überzeugung sind, dass Ihr Eigentum oder Ihre Privatsphäre verletzt wurden.«

Linda schien in Gedanken versunken, ihre Augen suchten den Boden ab, während sie ihre Worte abwägte. Sie wollte nicht riskieren, dass Polizei und Staatsanwaltschaft sie belächelten, und sie wollte auch keine ungewollte Aufmerksamkeit erregen. Davon hatte sie dieses Jahr bereits mehr als genug ertragen müssen.

»Ich schätze Ihre Fürsorge und Ihren Rat«, sagte sie schließlich, »aber ich glaube nicht, dass das notwendig sein wird. Danke, dass Sie so schnell gekommen sind.«

Als Marleen das Polizeirevier betrat, herrschte dort rege Betriebsamkeit. Sie ging am Büro von Lorenzen vorbei, klopfte flüchtig an die Tür und winkte ihm zu, bevor sie sich auf den Weg zu ihrem Schreibtisch machte.

Dort saß Matthias zusammen mit Claudia und Henning. Sie stellte ihre Wasserflasche und ihr Mittagessen auf den Tisch.

»Was gibt es denn so Interessantes?«, fragte sie.

»Neuigkeiten«, antwortete Matthias. »Über den Leichenfund auf Föhr.«

Marleen setzte sich hin und loggte sich in das System ein. Zu ihrer Überraschung gab es keine unbeantworteten E-Mails.

»Was steht denn in dem Artikel?«

»Die Leiche muss schon eine ganze Weile im Wasser gelegen haben«, sagte Matthias. »So lange, dass wahrscheinlich der Großteil der Spuren verwischt ist.«

»Ich erinnere mich nicht, dass ein fester Termin mit Clemens vereinbart wurde. Oder täusche ich mich da?«, fragte Marleen in die Runde, als sie diesen von Weitem sah.

Henning zuckte mit den Schultern. »Könnte sein, dass Föhr der Grund ist«, sagte er, während er an seiner Kaffeetasse nippte und den aufsteigenden Dampf wegblies. »Eines ist sicher, ein natürlicher Tod kommt nicht in Frage, wenn Clemens sich schon herbemüht.«

In diesem Moment ertönte ein lauter Pfiff von Lorenzen. Er trommelte das Team zusammen, und sie versammelten sich im Besprechungsraum. Lorenzens müdes Gesicht ließ vermuten, dass er kaum geschlafen hatte.

»Ihr habt sicher alle schon von dem Leichenfund auf unserer Nachbarinsel gehört«, begann er ohne Umschweife. »Es könnte eine Verbindung bestehen zu unserem Fall auf Sylt.« Sein Gesichtsausdruck wurde ernster. »Und wir sind nicht die Einzigen, die das vermuten. Ich wurde heute Morgen bereits drei Mal von Journalisten angerufen, die wissen wollten, wie wir die öffentliche Sicherheit gewährleisten wollen, wenn wir nun schon den dritten Todesfall in so kurzer Zeit haben.«

Clemens griff den Gedanken auf. »Es geht darum, den Menschen zu versichern, dass keine akute Bedrohung besteht«, sagte er und gab das Wort zurück an Lorenzen.

»Deshalb werden wir verstärkt Polizeistreifen an drei bekannten Stränden einsetzen. Betroffen sind die Promenade in Westerland, der Strandabschnitt bei der Uwe-Düne und Hörnum-Odde. Ich bin mir sicher, dass wir innerhalb einer Woche zur Normalität zurückkehren können. Der Bürgermeister wird uns dankbar sein.«

Die Nachricht wurde mit stoischer Ruhe aufgenommen. Für die anwesenden Kriminalbeamten war sie ohnehin von geringem Interesse, da sie keinen Streifendienst leisteten; sie waren bereits mit der Untersuchung des Leichenfundes gut ausgelastet. Eine weitere Nachricht flatterte herein, diesmal eine Warnung des Wetterdienstes. Ein Wetterumschwung kündigte sich in Form eines drohenden Unwetters an. Schon innerhalb der nächsten Woche, so hieß es, könnten herbstliche Stürme über die Insel fegen, mit Böen in Orkanstärke.

Diese Herbststürme waren immer eine Macht, mit der man rechnen musste, doch die vorliegende Prognose ließ etwas Größeres erahnen.

»Marleen, Matthias, bitte bleibt noch kurz da«, bat Lorenzen, während er sich an den Kopf des Tisches setzte, Clemens zu seiner Rechten. Clemens' Gesichtsausdruck war schwer zu deuten. Ein Lächeln spielte um seine Lippen, als hätte er sich schon lange auf dieses Treffen gefreut und stünde nun kurz davor, ihnen eine frohe Botschaft zu überbringen. Doch sein Gesicht trug auch Spuren von Erschöpfung, ähnlich wie das von Lorenzen. Seit ihrem letzten Treffen in Flensburg hatten sich dunkle Schatten unter seinen Augen gebildet, und er hielt seine Kaffeetasse mit der Entschlossenheit eines Schiffbrüchigen fest, der sich an ein Stück Treibholz klammert.

Clemens fasste kurz zusammen, warum er überhaupt auf die Insel gekommen war. Es drehte sich nicht um die dritte Leiche, Antje Schlösser, sondern um Jessica Tomsen. Die Technikerkollegen hatten die Daten im Heimnetzwerk ausgewertet.

Die schlechte Nachricht: Sie hatten eine Mobilfunknummer gefunden, die nicht Frau Tomsen gehörte und die sich regelmäßig ins WLAN eingewählt hatte. Die Nummer gehörte zu einer Prepaid-SIM-Karte, die zwar zur Aktivierung einen Personalausweis benötigte, aber das galt nur für neue Nummern. Der Markt für alte SIM-Karten, die ohne Identifizierung aktiviert werden konnten, war geschrumpft, aber immer noch vorhanden, und sie konnten die Nummer nicht weiterverfolgen. Ein Smartphone mit dieser SIM-Karte war nicht mehr aktiv, und die besuchten Seiten gaben keinen Aufschluss darüber, wer sich eingewählt hatte.

Die gute Nachricht: Der Zeugenaufruf, den sie online und überall in der Stadt platziert und an öffentlichen Stellen ausgehängt hatten, zeigte Wirkung. Jemand hatte sich gemeldet. Es gab tatsächlich einen Zeugen, der etwas gesehen hatte.

»Was hat der Zeuge denn ausgesagt?«, fragte Marleen. Ein Zeuge war schon mal ein guter Anfang, aber jetzt kam es darauf an, ob er etwas Relevantes beitragen konnte.

Clemens schaute Marleen in die Augen und fragte mit einem sanften Lächeln auf den Lippen: »Möchtest du nicht selbst die Chance ergreifen, ihn zu befragen?«

»Ihr habt drei volle Tage gewartet, bevor ihr den Zeugen vernehmt?«, fragte sie, ihre Stimme von Skepsis getränkt.

Clemens schüttelte den Kopf und lachte leise. »Nein, nein, beruhige dich«, beschwichtigte er sie. Er nahm einen Schluck, zog ein schiefes Gesicht und griff nach dem Milchkarton, der verloren auf dem Tisch stand. Daraus goss er großzügig in seinen Kaffee und rührte um.

Matthias, der am anderen Ende des Tisches saß, konnte sich ein Grinsen nicht verkneifen. »Ich nehme an, Jonas war wieder für den Kaffee zuständig?«, bemerkte er und erntete ein kurzes, aber amüsiertes Schnauben von Lorenzen. Ihr Kollege Jonas hatte die bemerkenswerte Fähigkeit, beim Kaffeeaufbrühen regelmäßig einen Löffel zu viel zu verwenden, gern auch mal zwei oder drei.

Clemens lehnte sich zurück und fuhr fort: »Der Zeuge hat sich tatsächlich erst heute Morgen gemeldet, als ich schon auf dem Autozug unterwegs war. Wenn ihr bereit seid, mit mir zu fahren, könnten wir ihn heute noch befragen. Andernfalls würde ich das unseren Kollegen überlassen.«

Marleen und Matthias tauschten einen kurzen Blick.

»Wir kommen gerne mit«, antwortete Marleen.

Die Befragung von Zeugen war eine der Aufgaben, die Marleen in der Mordkommission immer besonders geschätzt hatte. Hier taten sich Fenster in das Leben vieler Menschen auf, und es ergaben sich Chancen, ihre Geschichten, Versionen der Wahrheit zu hören. Doch es war eine Kunst, das Gespräch zu steuern und sicherzustellen, dass es nicht abdriftete, sondern innerhalb der strengen Linien eines Protokolls blieb. Besonders schwierig wurde es, wenn die Zeugen persönliche Beziehungen zum Opfer pflegten.

Der Zeuge, der nun vor ihnen saß, war ein Mann namens Bernard Carstensen. Sein Blick war auf dem Südermarkt, einem Magneten für die feierwütige Menge, auf ein Plakat mit Hinweisen gefallen. Die nächtlichen Festlichkeiten liefen nicht immer komplett gesetzestreu ab; allzu oft waren Drogen mit im Spiel. Auch Bernard war kein Engel, seine polizeiliche Akte war dick und ausführlich, doch trotz seines unrühmlichen Rufs hatte er einen unverkennbar charmanten Charakter. Er nahm Drogen, schlief seinen Rausch aus und ließ sich dann wieder in der Fußgängerzone nieder. Alle paar Wochen fanden ihn Kollegen des Polizeireviers und brachten ihn ins nächstgelegene Krankenhaus zur Beobachtung.

Der heutige Besuch bei der Polizei schien ihm Unbehagen zu bereiten. In seinem bisherigen Leben hatte er nie aus freien Stücken eine Polizeistation betreten.

Clemens hatte Bernard in einen Vernehmungsraum geführt und einen starken Kaffee und zwei Dosen Cola besorgt.

Matthias hatte sich entschieden, draußen zu warten, während Clemens und Marleen sich gegenüber von Bernard setzten. Mit einer beruhigenden Stimme stellte Clemens sie vor und erklärte den Zweck der Befragung.

»Vielen Dank, dass Sie hier sind, Herr Carstensen«, begann Marleen, ihre Worte sorgfältig wählend und bewusst langsam und deutlich sprechend. »Sie haben sich bereit erklärt, in Bezug auf den Tod von Jessica Tomsen auszusagen. Bevor wir jedoch beginnen, möchte ich Sie darauf hinweisen, dass Sie das Recht haben, die Beantwortung von Fragen zu verweigern, die für Sie oder eine Ihnen nahestehende Person – z.B. ein Ehepartner oder jemand, mit dem Sie verwandt oder verschwägert sind – rechtliche Konsequenzen haben könnten.«

Sie legte kurz eine Pause ein, um ihre Worte wirken zu lassen, bevor sie fortfuhr. »Des Weiteren muss ich Ihre Personalien aufnehmen. Bitte beachten Sie dabei, dass falsche Angaben über Ihre Identität gegenüber einem zuständigen Amtsträger – in diesem Fall sind das Herr Clemens und ich – eine Ordnungswidrigkeit gemäß § 111 des Ordnungswidrigkeitsgesetzes darstellen. Sie sind Bernard Carstensen, geboren am 17. Juni 1987 in Munkwolstrup und momentan ohne festen Wohnsitz. Sind diese Angaben korrekt?« Sie hatten die Informationen bereits aus dem Melderegister gezogen. Marleen kannte Munkwolstrup nur flüchtig, ein kleines Dorf, bekannt für seine archäologische Fundstätte und den daraus entstandenen Park.

Bernard räusperte sich laut und bestätigte: »Ja, das sind korrekte Angaben.« Clemens erhob sich, griff nach einer Flasche Wasser und füllte einen Plastikbecher.

»In Ordnung«, begann Marleen. »Bevor wir mit der eigentlichen Befragung beginnen, möchte ich sicherstellen, dass Sie uns Ihre Bereitschaft zur Aussage im Bewusstsein Ihres Rechts zur Verweigerung jeder Auskunft bestätigen können.«

»Ja, ich bin bereit«, antwortete Bernard, seine Stimme etwas rau und brüchig. Damit war der formelle Teil der Zeugenvernehmung abgeschlossen.

Marleen schilderte Carstensen grob den tragischen Vorfall und die Umstände, unter denen Jessica Tomsen am Ostseebad, einem bekannten Strandabschnitt Flensburgs, tot aufgefunden worden war. Gestorben war die junge Frau in der Nacht vom 2. auf den 3. Juli.

»Nun, Herr Carstensen«, setzte sie dann wieder an, »Sie haben den Kollegen mitgeteilt, dass Sie möglicherweise relevante Informationen zu diesem Fall haben. Haben Sie etwas gesehen oder gehört, was uns bei der Aufklärung dieses tragischen Ereignisses helfen könnte?«

Bernard Carstensen atmete tief durch. »Ich war gerade auf dem Weg zum Strand, um meinen Kopf freizubekommen«, antwortete er dann, den Blick auf seine Finger gerichtet, an denen er nervös herumknibbelte. »Die frische Luft und der Wind helfen mir dabei, wissen Sie? Und da habe ich einen Mann und eine Frau streiten gehört.«

»Und dann?«

»Ich bin etwas näher an sie ran.«

»Wieso?« Marleens Frage war schlicht und doch hintergründig. »Warum haben Sie sich entschieden, näher hinzugehen?« Ihre Neugier war geweckt. Es war eine menschliche Tendenz, Lärm und Konflikte zu meiden. Jeder Akt von Zivilcourage, insbesondere wenn er das Eingreifen in eine bedrohliche Situation erforderte, setzte den Helfer selbst einem Risiko aus. Man musste bereit sein, dieses Risiko einzugehen und die möglichen Folgen zu tragen, wenn man etwas unternehmen wollte.

»Ich fand das Drama halt interessant.« Carstensen nahm einen Schluck Cola.

Marleen musterte ihn genauer. Er war von kleiner Statur, etwa eins siebzig groß und kaum mehr als 55 Kilo schwer. Die Spuren des Drogenkonsums zeichneten sich deutlich auf seinem Körper ab, der dürr und ausgezehrt wirkte.

Die Beschreibungen von Jessicas Freund, die sie bereits von mehreren Seiten erhalten hatte, ließen Marleen vermuten, dass Carstensen einer körperlichen Auseinandersetzung mit dem Mann kaum gewachsen wäre. Bevor sie die Befragung fortsetzten, wollte sie jedoch eine wichtige Frage klären. Sie öffnete eine Mappe und zog ein Foto heraus, das Jessica zusammen mit ihrem Sohn zeigte. »Haben Sie diese Frau gesehen?« Marleen reichte ein Foto von Jessica Tomsen an Carstensen weiter, das sich von dem auf den Aufrufen deutlich unterschied. Er betrachtete das Foto eingehend und nickte schließlich. »Ja, das war sie.«

»Und der Mann, können Sie ihn beschreiben?«

»Er stand mit dem Rücken zu mir«, antwortete Bernard. »Ich konnte sein Gesicht nicht sehen.«

»Aber vielleicht können Sie uns etwas über seine Größe und Statur sagen«, drängte Marleen weiter.

Carstensen kratzte sich nachdenklich am Hinterkopf. Er versuchte offenbar, sich an Details zu erinnern. Marleen wusste genau, es hatte ihn große Überwindung gekostet, zur Polizei zu gehen und seine Geschichte zu erzählen.

»Er war mindestens einen Kopf größer als sie, also groß«, sagte er schließlich. »Und durchtrainiert.« Jessica Tomsen war gerade 1,70 Meter groß gewesen.

»Können Sie sich erinnern, was der Auslöser für den Streit war?«

»Nein, das konnte ich nicht genau hören«, gestand Bernard.

Marleen nickte und machte eine kurze Notiz auf ihrem Block.

»Was ist danach passiert?«

Bernard Carstensen griff wieder nach dem Glas, das Clemens ihm hingestellt hatte. Seine Hand zitterte, als er einen Schluck nahm. Clemens beruhigte ihn mit einem sanften Nicken und bedeutete ihm, sich Zeit zu lassen.

»Es sah so aus … Es sah so aus, als ob er sie küssen wollte. Er beugte sich über sie, da lag sie am Boden.«

Marleen fühlte, wie ihr ein kalter Schauer über den Rücken lief. Ein letzter Akt der Zuneigung, bevor er die Frau ins eisige Meer wälzte und ihrem Schicksal überließ?

»Wir wissen, dass die Frau später ins Wasser getragen wurde. Haben Sie davon etwas mitbekommen?«, fragte sie und schluckte das ungute Gefühl herunter.

»Ich wollte nicht zusehen«, gab er zu. »Deswegen bin ich gegangen.«

Und in seiner Eile hat er wahrscheinlich ein Geräusch gemacht – einen Zweig zerbrochen, falsch getreten und gestolpert, einen Schnürsenkel hinter sich hergezogen. Das alles hätte den Angreifer in Alarmbereitschaft, vielleicht sogar in Panik versetzen können, dachte Marleen.

»Können Sie sich an die Kleidung des Mannes erinnern? Jedes noch so kleine Detail könnte entscheidend sein, um den Fall zu lösen.«

»Er trug ein Hemd ... hell war es, glaube ich. Und eine Jeans«, sagte Bernard Carstensen. Seine Augen suchten in weiter Ferne nach Erinnerungen. Es war eine vage Beschreibung.

»Haarfarbe?«

»Braun oder Blond. Da bin ich mir nicht mehr ganz sicher.«

Marleen nickte und wandte sich an Clemens, um zu sehen, ob er weitere Fragen an den Mann hatte.

Und tatsächlich hatte Clemens sich seine Fragen bereits zurechtgelegt.

»Haben Sie denn einen der beiden vorher schon einmal gesehen?«

Carstensen schüttelte den Kopf.

»Was haben Sie gemacht, nachdem Sie vom Strand weggegangen sind?«

Bei dieser Frage sah Carstensen verwirrt aus. Er schüttelte erneut den Kopf. »Ich ... keine Ahnung.«

Marleen bat ihn dann, den Strand so genau wie möglich zu beschreiben. Sie vertraute auf Clemens' Ortskenntnisse, um zu beurteilen, ob der Zeuge tatsächlich an dem besagten Strand gewesen war. Carstensen gab sein Bestes, um die Umgebung zu beschreiben, die er am Abend des Ereignisses gesehen hatte. Er erwähnte noch, dass die Frau hohe Schuhe trug, gänzlich ungeeignet für den Strand.

Nachdem der Zeuge seine Beschreibung abgeschlossen hatte, dankte Marleen ihm für seine Kooperation. »Vielen Dank, Herr Carstensen. Sie können jetzt gehen.«

Mit einem Hauch von Erleichterung in seinen Augen nickte er und verließ den Raum.

Nun, da Carstensen fort war, blieben Clemens und Marleen allein in dem kahlen Vernehmungsraum zurück. Einzig die zurückgebliebene Dose Cola brachte etwas Farbe hinein. »Wie lautet deine Einschätzung zu unserem Zeugen, Clemens? Glaubst du, wir können ihm vertrauen?«, fragte Marleen.

Clemens strich sich die Haare glatt und zuckte mit den Schultern. Dann strich er eine hartnäckige Falte aus dem Ärmel seiner Jacke.

»Seine Aussage zu bestätigen wird eine Herausforderung sein. Die Überprüfung der umliegenden Überwachungskameras hat keine neuen Erkenntnisse gebracht.«

Ein leiser Seufzer entwich Marleen, ein Echo der Worte ihres Kollegen. Bernard Carstensens Aussage war ein Hoffnungsschimmer, doch ohne weitere Beweise kaum von Bedeutung. Sie brauchten mehr Zeugenaussagen, um ein vollständiges Bild der Situation zu zeichnen. »Immerhin scheint seine Aussage unsere bisherigen Vermutungen zu bestätigen. Es gab einen Streit, der aus dem Ruder lief.«

Clemens lehnte sich an die kühle Wand des Raumes und betrachtete Marleen mit einem forschenden Blick. »Und haben wir irgendeine Idee, was der Auslöser für diesen Streit gewesen sein könnte?«

Marleen schüttelte den Kopf. »Ohne weitere Zeugen oder digitale Beweise … nein. Aber ich habe eine Theorie.«

Clemens hob eine Augenbraue, seine Kaffeetasse schaukelte unruhig in seiner Hand. »Und diese Theorie hast du uns bisher vorenthalten? Lass hören.«

Marleen sprach von einer Frau, die sich Hals über Kopf in einen Mann verliebt hatte – von der Hoffnung, dass er ein Vater für ihren Sohn sein könnte. Sie erzählte von der Angst einer Frau, die ihre Vergangenheit als Prostituierte verheimlichte, und von dem Druck, alles offenbaren zu müssen. Sie skizzierte eine Szene am Strand, in der Jessica Tomsen ihrem Freund die

Wahrheit gestanden hatte. Sie malte das Bild eines Streits, der außer Kontrolle geriet, und endete mit Jessica Tomsen, der Frau, die bewusstlos im Meer zurückgelassen wurde und am Ende dort ertrank.

Clemens hustete, weil er sich an seinem Kaffee verschluckt hatte. Er stellte seine Tasse ab und sah Marleen an. »Wenn deine Theorie stimmt … Wäre ihr Tod dann ein tragischer Unfall gewesen? Oder Totschlag?«

Marleen nickte. »Beides ist möglich. Es wäre vermutlich kein Mord, sondern Totschlag. Mir gehen aber leider die Optionen aus, anhand derer ich meine Theorie belegen könnte. Sie war so schick angezogen. Hatte sie vor ihrem Tod etwas gegessen?«

»Ich bin mir nicht sicher, das müsste ich nachschlagen.« Clemens' Hand verschwand in der Tasche seines Jacketts und zog einen abgenutzten Notizblock und einen Kugelschreiber hervor, dessen Mine schon längst hätte ersetzt werden sollen.

»Sollte das der Fall sein, könnten wir die umliegenden Restaurants ins Auge fassen – wenn das noch nicht geschehen ist. Vielleicht hatte sie eine Reservierung gemacht? Oder jemand erinnert sich an sie?«

»Ich werde sofort mit den Kollegen sprechen und sie bitten, sich darum zu kümmern.« Clemens' Hand tauchte in die Brusttasche und zog sein Smartphone hervor. »Entschuldige mich kurz.«

Allein gelassen, ließ Marleen ihren Blick schweifen und ging zurück in den Hauptraum. Sie spielte die Zeugenaussage noch einmal in ihrem Kopf durch, versuchte, die fehlenden Teile des Puzzles zu finden. Aus dem Augenwinkel bemerkte sie Matthias, der genüsslich in ein Fischbrötchen biss, das er sich irgendwo besorgt hatte.

»Und? Was habt ihr besprochen?«, fragte er zwischen zwei Bissen.

»Wir haben nur die Aussage durchgesprochen.« Marleen bemerkte einen Spritzer Remoulade auf Matthias' Wange und machte ihn darauf aufmerksam. Er wischte den Fleck mit einer Serviette weg.

Clemens kehrte nach einem kurzen Telefonat zurück; ein neidischer Blick fiel auf das Fischbrötchen in Matthias' Hand. »Ich habe die Kollegen gebeten, das noch einmal zu überprüfen. Es wird eine Weile dauern, bis sie alle Restaurants abtelefoniert haben.«

Er sah abwechselnd von Matthias zu Marleen. Unterschiedlicher konnten sie nicht aussehen. Marleen wirkte abgekämpft. Es kostete viel Mühe und Anstrengung, die Aussage zu sortieren und die nächsten Schritte und möglichen Schlüsse zu ergründen. Matthias hingegen schien entspannt zu sein, frei von derlei Sorgen. »Wollt ihr nach Hause? Ich kann euch nach Niebüll fahren lassen.«

Unter dem Himmel, der sich in ein tiefschwarzes Tuch verwandelt hatte, stand Marleen vor ihrem Haus. Ein feiner Nieselregen begann herabzutröpfeln. Sie war gerade vom Polizeirevier zurückgekehrt und starrte nun hinauf zu den dunklen Fenstern des alten Hauses. Eine Welle der Erschöpfung überflutete sie, als sie die vom Regen nassen Straßenlaternen anblickte, die ihre Lichtkegel in die kühle Herbstluft streuten.

Marleen zog ihr Smartphone aus der Tasche und entdeckte eine Nachricht von Jan.

Treffen wir uns?, las sie.

Ein leises Stöhnen entwich ihren Lippen, während sie antwortete.

Langer Tag. Ich möchte nur noch zu Hause entspannen.

Ihre Antwort verschickte sie, während sie die knarrende Haustür hinter sich schloss und langsam die hölzerne Treppe hinaufging. Der muffige Geruch des Flurs umhüllte sie.

Im Dunkeln konnte sie die Umrisse ihrer Hündin Merle erkennen, die aufgeregt wedelte. »Hallo, Merle«, murmelte Marleen müde. Sie schaltete das Licht an, hängte ihre nasse Jacke auf und bemerkte ein leises Winseln von Merle. »Richtig, richtig, entschuldige. Komm, lass uns rausgehen.« Trotz der Müdigkeit, die an ihren Knochen nagte, zog sie ihre Jacke erneut an und schnappte sich die Leine.

Der Strand war verlassen, als sie dort ankamen. Es regnete immer noch, und der Wind trug die kalte, feuchte Meeresluft zu ihnen herüber. Marleen zog den Kragen ihrer Jacke höher und folgte Merle, die begeistert durch den Sand tollte. Die Leine brauchte sie hier nicht.

Endlich einmal tief durchatmen!

Nachdem sie eine Weile am Strand entlanggelaufen waren, kehrten sie zurück zur Wohnung. Marleen trocknete Merle mit einem großen Handtuch ab und machte sich dann eine Tasse Tee. Sie setzte sich auf ihr altes Sofa und starrte ins Leere, während die Tasse ihre Hände wärmte. So ließ sie den Tag Revue passieren, mit der schlafenden Merle zu ihren Füßen, und machte es sich kuschelig. Es war ihr kleines, warmes Nest, in dem auf charmante Weise ein Hauch von Chaos regierte. Ein schräges Bücherregal, ein paar Sachen, die verstreut herumlagen, und die zufällige Beute eines Flohmarktbesuchs: ein bunter handgemachter Quilt, der sie jetzt wärmte.

Marleen streckte ihre müden Beine aus, als ein unerwartetes Klingeln sie aus ihrer Ruhe riss. Merle sprang sofort auf und stürmte zur Tür, fiepend vor Vorfreude. Auf Socken eilte Marleen hinterher und drückte den Summer. Die Sprechanlage war schon seit ihrem Einzug defekt, doch sie konnte deutlich das Geräusch von Schritten auf der Treppe hören.

Die Tür schwang auf, und Jan trat ein, seine Arme beladen mit Einkaufstaschen. Merle begrüßte ihn mit überschwänglicher Freude, ihre Pfoten trommelten gegen seine Beine. »Hallo, meine rothaarige Schönheit«, begrüßte er sie, während sie um ihn herumtanzte und ihren Kopf gegen seine Beine drückte. Er stellte die Taschen ab und beugte sich hinunter, um Merle ausgiebig hinter den Ohren zu kraulen.

Dann richtete er sich auf und sah Marleen an. Ein schelmisches Lächeln huschte über seine Lippen, als er auf sie zutrat. »Ich koche heute Abend nur für dich«, sagte er und nahm Marleen in die Arme.

»Hast du meine Nachricht nicht gesehen?«

»Nachricht? Nein … Ich hatte dir vor Ewigkeiten geschrieben. Da du nicht geantwortet hast, bin ich schon mal einkaufen gegangen.«

Er nahm sein Smartphone aus der Jackentasche, wischte über den Bildschirm, seine Augen huschten über die Worte, die sie ihm geschickt hatte.

»Ah, sorry«, sagte er schließlich. »Das habe ich nicht mitbekommen.« Er sah sie entschuldigend an. »Soll ich wieder gehen?«

»Nein, das wäre ja blöd.«

Jan hob die Einkaufstüten vom Boden auf, stellte sie auf die Küchenzeile und begann auszupacken. Frisches Gemüse, Gewürze und eine Flasche Wein kamen zum Vorschein, sorgfältig ausgewählt und bereit, in ein kulinarisches Meisterwerk verwandelt zu werden.

»Ich mach hier einfach mein Ding und du entspannst dich, okay?« Jan sah Marleen über die Schulter an.

»Okay.« Marleen ließ sich von seinem Lächeln überzeugen, nickte und setzte sich auf einen der abgenutzten Holzstühle, die rund um den Küchentisch gruppiert waren. Sie beobachtete Jan, wie er in der Küche herumwirbelte und die Zutaten für das Abendessen vorbereitete. Seine Hände bewegten sich mit Leichtigkeit und Geschicklichkeit, die von jahrelanger Übung zeugten.

Es war beruhigend, ihn so zu sehen – konzentriert und doch entspannt, völlig in seinem Element. Sie wusste, dass sie sich glücklich schätzen konnte. Und so, mit dem Duft von köchelndem Essen in der Luft, ließ der Tag doch noch etwas Positives zu.

»Was zauberst du uns denn heute Abend?«

Jan grinste sie an, kehrte mit seiner Aufmerksamkeit aber sofort zu seiner Arbeit zurück. »Eine Überraschung«, antwortete er geheimnisvoll.

»Kannst du mir einen kleinen Hinweis geben?«

»Einen Hinweis?« Jan hob kurz den Blick, strich sich eine rebellische Haarsträhne aus dem Gesicht. »Nun, ich habe heute die halbe Insel durchstreift, um echte Bourbon-Vanilleschoten für unser Dessert zu ergattern.«

Marleens Interesse war geweckt, als Jan einige kleine Einmachgläser aus der Tasche zog.

»Denn das hier ist der Anfang unseres Desserts. Alles hausgemacht.« Er platzierte die Gläser auf dem Tisch und setzte sich neben sie. »Normalerweise verwende ich Schokoladenkuchen als Basis. Aber da dein Ofen seit deinem Einzug den Geist aufgegeben hat, werden wir einen Keksboden verwenden.« Er fuhr fort, seinen Plan zu skizzieren, seine Worte malten ein Bild von Schichten aus selbst gemachter Vanillecreme, saftigen Kirschen, knusprigen Keksen und einer abschließenden Dekoration aus frischer Minze.

Mit einem sanften Druck auf ihre Hand erhob er sich wieder und begann mit der Zubereitung des Desserts. Sorgfältig kratzte er das kostbare Vanillemark aus den Schoten, um ihr süßes Aroma auf die Creme zu übertragen.

»Ich beginne damit, weil die Creme noch im Kühlschrank durchziehen muss«, erklärte er.

Marleen konnte nur zustimmend nicken. »Sieht himmlisch aus.«

»Nun, ich hoffe, es schmeckt genauso himmlisch, wie es aussieht«, entgegnete er.

Marleen hatte es sich auf ihrem Stuhl gemütlich gemacht, ihre Beine an den Körper geschmiegt und eine Decke über ihren Schoß gelegt.

»Soll ich dir nicht zur Hand gehen?«, bot sie an, doch Jan schüttelte den Kopf.

»Heute Abend bin ich der Koch«, entgegnete er, während er die geschnittenen Pilze in eine heiße Pfanne gleiten ließ und einen Schuss Weißwein dazugab. Der Duft, der sich in der Küche ausbreitete, war betörend. Marleen lehnte sich zurück, schloss die Augen und atmete tief ein, während Jan bereits die Linguine abtropfen ließ.

Mit ruhiger Hand füllte er ein großes Glas mit Weißwein. Die Außenseite des Glases beschlug sofort, und es bildeten sich kleine Tröpfchen, die im Licht glitzerten. Marleen nahm das Glas entgegen und genoss den ersten Schluck, während Jan noch am Herd stand.

Die Luft in der Küche war von dem Aroma der Weißweinsoße durchdrungen. Ein reichhaltiger, vollmundiger Duft, der Wärme ausstrahlte. Ein Duft wie Nach-Hause-Kommen.

Die Pfanne zischte, während Jan den Inhalt mit einer Prise Gewürz abschmeckte und die Pilze mit dem Knoblauch darin schwenkte.

Ihr Smartphone, das auf dem Küchentisch lag, leuchtete auf und offenbarte einen Namen, der auf dem Display aufblinkte: Yannick. Ein Schaudern lief ihr über den Rücken, ihr Lächeln erlosch augenblicklich, und sie starrte entsetzt auf das Display, unfähig, sich zu bewegen.

Das Klingeln setzte sich fort und zog schließlich Jans Aufmerksamkeit auf sich. »Wer ruft denn da an?«, fragte Jan, ohne sich von seiner Arbeit abzuwenden.

»Nur eine Freundin«, antwortete Marleen hastig und drückte den Anruf weg. Sie hatte nicht erwartet, dass Yannick anrufen würde, und sie wollte nicht, dass Jan etwas über ihn wusste. Nicht jetzt, wo sie endlich begann, sich wieder wohl in ihrer eigenen Haut zu fühlen.

Jan runzelte die Stirn. »Geh doch ran. Es stört mich nicht«, sagte er.

Sie schüttelte den Kopf. »Nein, es ist okay. Ich rufe sie später zurück.«

Jan sah sie einen Moment lang an, dann wandte sich wieder dem Kochen zu, während sie tief durchatmete und sich zwang, ihren Blick vom Smartphone zu lösen.

Draußen prasselte der Regen auf das Dach, drinnen erfüllte der Duft von Weißweinsoße den Raum. Marleen und Jan saßen an dem kleinen Küchentisch, Weingläser in der Hand, und stießen auf das gute Leben, das köstliche Essen und die angenehme Gesellschaft an.

Sie aßen in Ruhe, genossen jeden Bissen und jedes Wort, das zwischen ihnen gewechselt wurde.

Nach dem Hauptgericht holte Jan das Dessert hervor, das er mit Hingabe in den kleinen Einmachgläsern angerichtet hatte.

»Hmmm«, seufzte Marleen, als sie den ersten Löffel zu sich nahm. Sie schloss die Augen und gab sich ganz dem Geschmack hin. »Siehst du«, sagte Jan, »frische Zutaten machen einfach den Unterschied.« Marleen nickte schweigend. Das Dessert war ein Traum, eingehüllt in Vanille und Zucker.

»Das ist einfach unschlagbar«, hauchte Marleen, bevor sie den letzten Löffel aus ihrem Glas hob.

Neunzehn

Marleen legte sorgfältig einen Zehn-Euro-Schein auf den abgenutzten Tresen der kleinen Imbissbude und nahm die dampfenden Pappschalen entgegen. Die duftenden Pommes waren eine willkommene Stärkung für die kurze Pause.

Die Stände, die sich wie Perlen an einer Kette entlang der Strandpromenade aufreihten, waren nicht überfüllt, aber auch nicht verlassen. Es war ein Zwischenzustand, der die Stimmung der Insel einfing. Vor zwei Wochen waren die letzten Strandkörbe weggeräumt worden, ein untrügliches Zeichen, dass die Saison vorbei war und die Insel sich auf ruhigere, aber auch stürmischere Tage einstellte.

Und doch gab es noch immer Urlaubsgäste, die das Strandleben genossen. Natürlich liefen sie jetzt nicht mehr in leuchtenden Badehosen und knappen Bikinis herum. Stattdessen waren sie in Windjacken und Regenmäntel gehüllt, nutzten die günstigeren Preise für Übernachtungen und profitierten von einem Urlaub außerhalb der Hauptsaison. Erst in der Weihnachtszeit würden die Preise wieder anziehen, wenn sich die Insel mit den vielen Menschen füllte, die die Festtage oder den Jahreswechsel an der Nordsee verbringen wollten.

Marleen reichte Matthias eine der Schalen; gemeinsam setzten sie ihren Weg auf der Promenade fort. Ohne einen zweiten Zeugen kamen sie nicht weiter, und so hatte Lorenzen sie auf Streife nach Westerland geschickt. Es gab schlimmere Schicksale.

Marleen hatte sich einen schwarzen Fleece-Schal um den Hals gewickelt, um sich gegen den beißenden Wind zu schützen. Sie nahm einen Bissen von ihren Pommes und schaute auf das Meer hinaus, ihre Gedanken so unruhig wie die grauen Wellen.

»Wenn du Lorenzen nichts sagst, werde ich es auch nicht tun«, sagte Matthias plötzlich, seine Stimme leicht und unbeschwert. Er setzte seinen Weg fort, hin zu den Bohlenwegen, die am Strand entlangführten.

»Einverstanden«, erwiderte sie und folgte ihm.

Nach zwanzig Minuten erreichten sie die Bohlenwege. Zur Linken lag nun der Sandstrand, zur Rechten bewachsene Dünen, wo sich der Strandhafer sanft im Wind wiegte. Marleen zog ihr klingelndes Smartphone hervor und starrte auf das Display. Ein Fluch entwich ihr, leise und scharf. Das konnte nicht sein! Es war unmöglich, unfassbar! Wut kochte in ihr hoch.

»Ich muss mal kurz telefonieren«, sagte sie. Ihre Stimme war angespannt, und sie brachte Abstand zwischen sich und Matthias.

Dann schaute sie sich um. Niemand war in Hörweite, aber sie wollte auf Nummer sicher gehen. Sie ging weiter bis zum Strand, bis zu der Stelle, an der das Wasser gegen die Uferkante schlug. Das Handy klingelte immer noch.

»Was ist dein Problem?« Ihre Worte wurden vom Wind getragen, ihre Stimme klang hart und entschlossen, bereit, sich dem zu stellen, was auch immer am anderen Ende der Leitung lauerte.

»Hallo, Marleen.«

»Ich frage ein letztes Mal, Yannick. Was ist dein gottverdammtes Problem?« Ihre Stimme war hart und unnachgiebig.

»Es ist eine Weile her.«

»Lern bitte endlich, Hinweise zu lesen.« Sie bemühte sich, trotz allem ruhig zu bleiben und nicht zu schreien, wie es ihr erster Impuls nahelegte. »Wie kannst du bei der Mordkommission arbeiten und nicht begreifen, dass ich nichts – absolut nichts – mit dir zu tun haben möchte?«

Sie hatte versucht, taff zu klingen, ihre Stimme fest und sicher zu halten. Doch unter der Oberfläche brodelte es, Angst und Unsicherheit mischten sich mit dem Ärger und der Frustration. Sie wollte doch einfach nur, dass er sie in Ruhe ließ!

»Was ist, wenn ich dir sage, dass …«

»Nichts, was du tust oder sagst, hat irgendeine Bedeutung.«
Jetzt schrie sie doch fast, unfähig, ihre Emotionen zu zügeln.
Sie wandte den Blick ab und sah Matthias' besorgtes Gesicht in
einiger Entfernung.

»Du wirst sowieso nichts tun«, sagte Yannick. »Glaubst du
wirklich, es wäre so leicht, mich loszuwerden?«

Marleen legte auf. Sie wischte sich eine Träne der Verzweiflung aus dem Augenwinkel und umklammerte das Smartphone
so fest mit der Hand, dass sie fast befürchtete, das Glas könnte
unter dem Druck zerspringen.

Ein Geräusch hinter ihr ließ sie zusammenzucken. Es waren
Schritte, die auf dem knarrenden Bohlenweg näherkamen. »Alles in Ordnung bei dir?« Die besorgte Stimme von Matthias
durchbrach die Stille und ließ sie erschrocken zusammenfahren.

»Ja, alles okay«, antwortete sie. »Nur ein Verkaufsanruf. Ich
hasse diese nervigen Callcenter-Typen.« Sie log so leicht, so
flüssig, dass es selbst in ihren eigenen Ohren beinahe wie die
Wahrheit klang. Natürlich wusste sie, dass er ihr nicht glauben
würde. Aber das war ihr egal.

Sie spürte, wie Matthias zögerte, seine Hand ausstreckte, um
sie zu berühren, um sie zu trösten. »Bitte nicht«, sagte sie
schnell und zog ihre Schulter weg. »Ich brauche nur ein bisschen Zeit. Ich mag Telefonverkäufer einfach nicht. Echt nicht.
Die sind einfach ...«

»Wieso nicht?« Seine Frage war harmlos, fast schon naiv, und
doch brachte sie Marleen zum Nachdenken und zurück in die
normale Welt.

»Die wissen einfach nie, wann Schluss ist.«

»Sonst noch was?«, fragte er behutsam.

»Mir hat mal einer eine Küchenmaschine verkauft«, begann
sie. »Und statt der versprochenen Küchenmaschine hat er mir
einen defekten Mixer geschickt.« Matthias war einige Sekunden still, sein Gesicht zeigte sich nachdenklich. »Dann kann
ich dich verstehen«, sagte er schließlich.

Nach einem langen Arbeitstag, der erst in den späten Abendstunden endete, wechselte sie ihre Klamotten, tauschte die steife Uniform gegen ein gemütliches Sportoutfit. In dieser Jahreszeit brauchte es mehr Vorbereitung als sonst: eine lange Unterhose, ein thermoaktives Shirt unter der Trainingsjacke und ein Halstuch. Sie legte Merle das Geschirr an und machte sich auf den Weg die Treppe hinunter und in die kühle Nacht hinaus.

Aus der Wohnung ihrer Vermieter drangen die gedämpften Geräusche eines laufenden Fernsehers.

Mit Merle an ihrer Seite spürte sie einen Energieschub, der sie anspornte, schneller zu laufen. Sie rannten zum Weststrand, folgten den Holzplanken in Richtung Norden. Der Wind peitschte die Wellen auf, die donnernd auf den Strand trafen. Eine kleine Lampe, um den Rand ihrer Mütze geschlungen, beleuchtete ihren Weg, während das Meer in Dunkelheit gehüllt blieb. Sie wusste, dass es da war. Es war immer da, immer präsent. Man konnte es hören und riechen, auch wenn man es nicht sah. Ein großes schwarzes Nichts. Am Restaurant »Seenot« waren gerade die letzten Gäste gegangen, und das Personal war dabei, aufzuräumen. Sie nahmen keine Notiz von der Läuferin und ihrer Hündin.

Sie erreichten den Hundestrand, einen Ort ohne Namen, nur gekennzeichnet durch die karge Bezeichnung »Abschnitt 4.11« auf einem Schild. Sie eilten die Holztreppe hinunter, ihre Füße hinterließen Spuren im weichen Sand. Der Strand war verlassen, nur sie und Merle waren dort. Marleen löste die Leine, griff nach einem am Ufer angespülten Stock und schleuderte ihn ins flache Wasser. Merle stürzte sich mit Begeisterung auf das improvisierte Spielzeug. Marleen nahm Platz im Sand, schaltete ihre Stirnlampe aus. So saß sie eine Weile in der Dunkelheit, umhüllt vom Wind und dem Geruch des Meeres. Es war ein Ort zum Nachdenken, zum Sammeln, zum Heilen. Der Anruf aus Kiel hatte sie aus dem Gleichgewicht gebracht, mehr als sie es für möglich gehalten hätte nach so langer Zeit.

Aber die Erinnerungen waren noch frisch, die Wunden tief und nicht vollständig verheilt. Sie hatte sich nie die Zeit genommen, das Erlebte zu verarbeiten.

Plötzlich hörte sie Stimmen hinter sich. Ihre Hände gruben sich reflexartig in den Sand. Sie drehte sich um, suchte nach der Quelle der Geräusche, doch der Strand war zu breit, um etwas erkennen zu können. Die Stimmen verstummten, hinterließen nur das Rauschen der Wellen und das Sausen des Windes.

Sie wartete einen Moment, dann pfiff sie Merle heran und leinte sie wieder an. Vielleicht waren es nur ein paar nächtliche Spaziergänger gewesen, Wenningstedt lag nah, die Aussichtsdüne auch. Doch wer würde sich nachts ohne Hund hierher verirren?

Als sie auf ihre Uhr sah, bemerkte sie, wie spät es bereits geworden war. Sie musste sich auf den Heimweg machen, heiß duschen und schlafen, wenn sie am nächsten Tag etwas erreichen wollte. Sie stand auf, schüttelte den Sand aus ihrer Kleidung und machte sich auf den Weg nach Hause.

Zwanzig

Jan hatte Marleen abgeholt, und sie nutzten nach geschäftigen Arbeitstagen den ersten freien Tag für einen ausgedehnten, geruhsamen Spaziergang durch die Natur.

»Wohin führt uns dieser Weg? Du läufst so zielstrebig«, fragte Marleen, während sie ihre langen Haare aus dem Gesicht strich. Sie schaute ihn neugierig an, aber Jan antwortete nur mit einem geheimnisvollen Lächeln und zog sie weiter. »Das wirst du schon sehen«, sagte er.

Nach einer Weile erreichten sie ein kleines Häuschen. Bunte Blumen umrahmten den Eingang und schienen die Besucher willkommen zu heißen. Marleen hielt inne und betrachtete das Haus, in dem sich offenbar eine Künstlerwerkstatt befand.

Jan hatte sie zum Atelier von Anja Meew geführt, einer lokalen Künstlerin, die für ihre einzigartigen Kunstwerke aus Strand- und Treibgut bekannt war. Anja hatte es sich zur Aufgabe gemacht, die Seele des Meeres in ihren Arbeiten einzufangen, und sie schaffte es immer wieder, die Betrachter zu verzaubern. Das kleine Haus, in dem sie arbeitete, war ein Kunstwerk für sich. Es lag versteckt hinter den Dünen, umgeben von wildem Strandgras.

Als die Tür des Ateliers aufschwang, traten sie in eine Welt ein, die von den Schätzen des Meeres geprägt war. Das Licht, das durch die Fenster fiel, wurde von Mobiles aus Meerglas gebrochen und warf farbige Formen an die Wände. Marleen blieb stehen und betrachtete die Regale und Tische, die mit den unterschiedlichsten Kunstwerken bestückt waren. Treibholzskulpturen, Acryl- und Aquarellbilder und Kunstwerke aus Steinen füllten den Raum.

Anja Meew saß an einem großen Tisch und arbeitete an einer neuen Skulptur. Sie war eine hochgewachsene Frau mit Locken, die sie in einem lässigen Dutt trug. Trotz ihres Alters strahlte sie eine jugendliche Vitalität aus.

Als das Glöckchen über der Tür klingelte, hob Anja den Kopf, und ihr Gesicht hellte sich auf. »Willkommen, ihr beiden! Schaut euch in Ruhe um«, rief sie ihnen zu und stand auf, um das Paar zu begrüßen.

»Marleen, du hattest doch ein Auge auf die Holzskulptur in meinem Wohnzimmer geworfen«, sagte Jan und deutete auf die vielfältigen Kunstwerke, die über das gesamte Atelier verteilt waren. »Da dein Geburtstag im Dezember ansteht, dachte ich, du könntest dir etwas aussuchen, was dir gefällt.«

»Ach, bis dahin ist es doch noch eine Weile hin.«

»Die Zeit vergeht wie im Flug«, erwiderte Anja mit einem kecken Unterton.

Anja hatte wirklich das Meer in ihr Atelier gebracht. Alles, was sie vom Strand mitbrachte, wurde unter ihren geschickten Händen zu etwas Neuem und Schönem.

Marleen betrachtete Treibholzskulpturen mit weichen Kurven und rauen Kanten. Sie erzählten Geschichten von den Abenteuern, die das Holz auf der Nordsee erlebt hatte. Mit bedächtigen Schritten ging sie durch den Raum und betrachtete jedes Stück genau. Besonders fasziniert war sie von den zarten Aquarellbildern, die die Stimmungen des Meeres so treffend einfingen.

»Wie gefällt dir das hier?«

»Nicht so besonders, die Farben stimmen nicht ganz. Zu viel Türkis. Wir sind ja nicht in der Karibik. Die Nordsee ist eher grau-blau findest du nicht? Aber schau mal hier!«, sagte Jan.

Er hatte eine Lampe entdeckt, die aus Treibholz gefertigt war. Ein echtes Charakterstück, er wusste sofort, dass sie das perfekte Geburtstagsgeschenk für Marleen wäre.

»Diese Lampe steht leider nicht zum Verkauf. Das ist nur ein Ausstellungsstück«, erklärte Anja Meew. »Aber ich fertige individuelle Lampen als Auftragsarbeiten an. Ich könnte eine ähnliche Lampe für euch machen, wenn ihr möchtet.«

»Wie teuer wäre sie?«, fragte Marleen.

»Das fragt man doch nicht«, tadelte Jan.

»Ich möchte es aber gerne wissen.«

»Einen Moment, bitte.« Anja verschwand an die Kasse und kramte eine zerknitterte Preisliste hervor. Sie zeigte sie Jan, während Marleen unauffällig über seine Schulter linste.

»Die nehmen wir«, sagte Jan, nachdem er den Preis gehört hatte.

Noch immer inspiriert vom Atelier der Künstlerin, schlenderten sie eine halbe Stunde später den sandigen Weg entlang. Sie hatten beschlossen, noch einen Abstecher in die Sansibar zu machen, bei Rantum gelegen und verborgen in den schützenden Dünen entlang der Hörnumer Straße. Die wohl bekannteste Bar der Insel bot eine Terrasse inmitten der Dünen sowie große Fenster, durch die das Licht warm und einladend hereinströmte.

Jan führte Marleen zu einem ruhigen Tisch nahe dem Fenster. An einem klaren Tag hätte man hier einen atemberaubenden Blick auf den baldigen Sonnenuntergang gehabt.

Sie ließen sich auf den weich gepolsterten Stühlen nieder. Ehe sie sich richtig einrichten konnten, trat bereits ein Kellner an ihren Tisch. In seinen Händen hielt er zwei Menükarten, die er ihnen mit einem Nicken reichte.

Die beiden tauschten einen kurzen Blick und ein kleines Lächeln aus, bevor sie sich in die Seiten vertieften.

»Welchen Drink möchtest du?«, fragte Jan.

Marleen studierte die Getränkekarte, ihre Augen flogen über die verschiedenen Optionen. »Ich glaube, ich probiere den Cocktail des Tages«, entschied sie schließlich.

»Gute Wahl«, antwortete Jan. »Bei mir wird's ein Whisky Sour.«

Nachdem der Kellner ihre Bestellungen aufgenommen hatte, verschwand er, um die Drinks mixen zu lassen. Währenddessen lehnte Marleen sich zurück und ließ ihren Blick über die Szenerie schweifen. Sie genoss die Atmosphäre.

Als der Kellner mit ihren Getränken zurückkehrte, nahm Marleen vorsichtig einen ersten Schluck von ihrem Cocktail.

»Hmmm, das ist wirklich erfrischend«, sagte sie und bot Jan ihr Glas an. »Möchtest du probieren?«

Lachend schüttelte er den Kopf. »Solche Cocktails sind zu süß für meinen Geschmack.«

Sie lachte zurück. »Das sagst du jedes Mal. Darf ich denn mal deinen Whisky Sour probieren?«

»Und das fragst *du* jedes Mal«, entgegnete er schmunzelnd und schob sein Glas über den Tisch zu ihr.

Sie waren in ein angenehmes Geplauder vertieft, ihre Stimmen mischten sich mit dem allgemeinen Summen des Raumes. Jan hatte schon lange darauf gedrängt, dass sie mal wieder ausgehen sollten. Umso mehr genoss er ihr Tagesprogramm. Doch als Marleen aufstand, um die Toilettenräume aufzusuchen, wurde Jans Aufmerksamkeit auf etwas ganz anderes gelenkt. Marleens Smartphone lag noch immer auf dem Tisch, ihr Bildschirm erhellte sich abrupt, als ein Anruf einging. »Yannick« leuchtete auf dem Display auf. Dieser Name hätte Jan nicht weiter beunruhigt, wäre es nicht der gleiche Name gewesen, den er bereits mitten in der Nacht auf dem stummgeschalteten Bildschirm hatte aufleuchten sehen.

Er schnalzte mit der Zunge und starrte auf das Smartphone, während der Anruf unbeantwortet blieb und das Licht wieder erlosch.

Als Marleen zurückkehrte und sich setzte, begann das Smartphone erneut zu leuchten – ein zweiter Versuch von diesem Yannick. Marleen bemerkte es und drehte ihr Smartphone schnell um, sodass das Display nach unten zeigte.

Eine spürbare Spannung lag in der Luft, doch statt das Thema anzusprechen, lächelte Jan nur und hob sein Glas zu einem stillen Toast. Ihre Gläser stießen leicht zusammen, während sie beide versuchten, die Situation zu ignorieren.

»Ihre Arbeiten sind wirklich beeindruckend, nicht wahr?«, kehrte Marleen gedanklich zum Besuch in der Künstlerwerkstatt zurück.

Jan stimmte zu. »Ja, absolut. Sie hat wirklich eine unglaubliche Fähigkeit, die Seele des Meeres in ihren Werken einzufangen, wie sie es nennt. Es ist, als würde man direkt auf die Wellen schauen.«

Jan beugte sich näher zu Marleen, und seine Stimme senkte sich zu einem sanften Flüstern.

»Ich habe mit Anja über dich gesprochen«, verriet er ihr. »Sie war ebenso fasziniert von dir wie du von ihr und hat angeboten, dich zu einem ihrer Künstlerseminare einzuladen.«

Ein überraschtes Lächeln breitete sich auf Marleens Gesicht aus. »So was wollte ich immer schon mal machen. Das ist unglaublich lieb.«

»Vielleicht könnt ihr sogar gemeinsam kreative Projekte entwickeln.«

Sie plauderten weiter, während sie eine weitere Runde ihrer Getränke genossen. Es war dämmrig geworden, und die Lichter erfüllten den Raum mit einem warmen, einladenden Glühen.

Als sie schließlich die Bar verließen, hatte die Dunkelheit Sylt bereits vollständig in ihren Bann gezogen. Sie machten sich auf den Weg zu Jans Haus. Es sah nach einem Wetterumschwung aus.

»Siehst du das?«, fragte Jan und deutete mit seiner Hand zum Himmel. »Es scheint, als würde uns ein Regenschauer bevorstehen.« Marleen folgte seinem Blick und nickte. »Ja, das wird übel.«

Sie beschlossen, ihren Spaziergang schneller fortzusetzen. Als sie schließlich Jans Haus erreichten, hatte der Himmel seine Schleusen geöffnet, und ein starker Regenschauer prasselte auf sie herab. Sie rannten das letzte Stück bis zum Haus, ihre Kleidung durchnässt von dem Wolkenbruch. Merle schlief auf ihrem Platz. Jan zog seinen nassen schwarzen Pullover über den Kopf und warf ihn auf die Stuhllehne. Ein unerklärliches Unbehagen nagte an ihm, ein Gefühl, das er nicht länger ignorieren konnte und wollte. Er stand auf und ging zu Marleen, deren nasse Haare kleine Tropfen auf den Holzboden zeichneten. Sie war gerade dabei, die Heizung höher zu drehen. Als sie sich zu ihm umdrehte, spürte er, wie sich etwas in seiner Brust zusammenzog. Es war an der Zeit, ein ernstes Gespräch zu führen.

»Marleen«, begann er, »es gibt da etwas, worüber ich mit dir sprechen muss.«

Marleen bemerkte sofort die Veränderung in seiner Stimme, und ihre Augen richteten sich auf ihn, voller Sorge. »Was ist denn los?«

Jan atmete tief durch und suchte nach den richtigen Worten.

»Worüber willst du mit mir sprechen?« Ihre Stimme war leise, fast flüsternd.

»Über uns«, antwortete Jan, den Blick auf Marleen geheftet. »Über das, was zwischen uns passiert ... oder genauer gesagt, über das, was nicht passiert.«

Marleen verschränkte instinktiv die Arme vor der Brust.

»Wir reden nicht mehr miteinander. Nicht wirklich«, fuhr Jan fort, seine Worte sorgfältig abwägend. »Wir tauschen Informationen aus, wenn überhaupt. Aber wir teilen nichts ... oder besser gesagt, du teilst nichts mit mir. Und das bereitet mir ehrlich gesagt Sorgen.«

Stille breitete sich zwischen ihnen aus, während Marleen die Worte auf sich wirken ließ. Sie konnte nicht leugnen, dass Jan recht hatte. Ihre Gespräche waren zuletzt nur noch oberflächlich gewesen.

»Ich weiß nicht genau, wann das passiert ist«, gestand Jan, seine Stimme nun kaum mehr als ein Flüstern. »Aber ich weiß, dass es so nicht weitergehen kann. Zumindest nicht für mich.«

Marleen sah ihn an, ihre Augen waren voller Bedauern.

»Ich weiß nicht, wie ich das ändern kann«, sagte sie leise.

»Indem wir anfangen, wieder miteinander zu reden«, antwortete Jan entschlossen. »Indem wir uns gegenseitig in unser Leben einbeziehen.«

»Was denkst du? Über mich«, brach Marleen schließlich das Schweigen. Ihre Stimme war leise, fast ängstlich. Jan zögerte einen Moment, bevor er antwortete.

»Ich habe das Gefühl, dass du mir Dinge vorenthältst«, sagte er schließlich. Seine Stimme war ruhig. »Du teilst deine Sorgen und Freuden nicht mehr mit mir. Alles muss ich dir förmlich aus der Nase ziehen.«

»Du meinst …«

»Ich meine, dass unsere Kommunikation nicht mehr funktioniert, auch wenn das jetzt sehr förmlich klingt«, unterbrach Jan sie sanft. »Es scheint, als ob ich immer auf dich warten muss, auf deine Stimmungen, auf deine Verfügbarkeit. Aber was ist mit mir? Was ist mit uns?« Jan suchte nach einer Antwort, nach einem Zeichen von Verständnis in ihrem Blick.

»Ich … Ich weiß nicht, was ich darauf sagen soll«, stotterte Marleen. »Ich dachte, es wäre in Ordnung so. Ich wollte dich nicht belasten mit meinen Problemen, mit meinem Stress.«

»Aber genau darum geht es«, entgegnete Jan. »Genau darum! Ich will an deinem Leben teilhaben, auch an den schwierigen und schweren Tagen. Ich will dich unterstützen, dir helfen. Aber wie kann ich das tun, wenn du mir nichts erzählst?«

Marleen sah zu Boden. »Ich versuche, mich zu ändern«, flüsterte sie kaum hörbar. »Ich versuche, offener zu sein und mehr von mir preiszugeben. Aber es ist schwer für mich.«

»Gut, dann beginnen wir doch gleich mal damit …«, erwiderte Jan. Plötzlich war seine Stimme ungewohnt kalt.

»Wie meinst du das?« Marleens Augen weiteten sich in Überraschung.

»Na los, erzähl«, drängte er.

»Was?« Marleen war sichtlich verwirrt.

»Wer ist dieser Kerl, der meint, dich Tag und Nacht anrufen zu müssen? Wer ist dieser Yannick?«

Tränen traten in ihre Augen.

»Auch während wir am Tisch saßen, hast du einen Anruf von ihm erhalten.«

Ihr Herzschlag beschleunigte sich spürbar. »Er ist einfach nur ein alter Freund«, antwortete sie etwas zu schnell.

»Ihr scheint ziemlich regelmäßigen Kontakt zu haben«, stellte er fest.

»Nicht auf meine Initiative hin.« Ihre Augen vermieden die seinen, huschten zur Seite.

Jans Gesichtsausdruck wurde ernster. »Ein alter Freund, sagst du? Und warum hast du seinen Anruf dann nicht angenommen? Wenn er doch ein guter Freund ist?«

»Weil es nicht wichtig war«, antwortete sie ausweichend.

Jans skeptischer Blick verriet, dass er ihr nicht glaubte. Er beobachtete sie genau und konnte spüren, dass da mehr war, als sie zugab. »Und warum zum Teufel hast du dein Smartphone umgedreht, als der Anruf kam und wir gemeinsam am Tisch saßen?«

Sie schwieg.

»Verdammt noch mal, Marleen! Kannst du nicht einmal ehrlich mit mir sein?«

»Doch, ich …«

»Mal im Ernst… Er hat mit dir Schluss gemacht, oder? Du hast nämlich ganz offensichtlich nicht mit ihm abgeschlossen.«

Marleen senkte den Blick und schluckte schwer. »Weil ich … Ich wollte nicht, dass du seinen Namen siehst. Es ist kompliziert.«

»Und warum hast du mir nichts davon erzählt? Warum muss ich dich das überhaupt fragen?« Seine Stimme klang jetzt ein wenig schärfer, seine Geduld war offensichtlich am Ende. »Mit aller Deutlichkeit, die ich aufbringen kann, muss ich sagen: So, wie die Dinge stehen, entspricht das nicht meinen Vorstellungen von einer Beziehung. Es ist wichtig für mich, dass wir mit Respekt, Verständnis und gegenseitiger Wertschätzung miteinander umgehen. Ich denke, wir müssen ernsthaft über unsere Beziehung nachdenken und uns fragen, ob sie wirklich gut für uns beide ist.«

»Ich schäme mich dafür«, gestand Marleen schließlich.

»Was soll ich mit der Information anfangen?« Er rieb sich die Stirn, als ob er versuchte, die Last seiner Gedanken zu lindern.

»Ich weiß … Du hast keine Ahnung, worum es geht, und das ist meine Schuld«, antwortete sie leise.

Jan nickte »Das trifft es ziemlich genau.«

»Es tut mir leid.«

Jan sah sie auffordernd an.

»Es gab einige unschöne Dinge zwischen uns, nachdem wir uns getrennt haben …« Marleens Stimme brach, und sie schloss für einen Moment die Augen.

Jan hatte aufmerksam zugehört. »Also belästigt er dich?«, fragte er schließlich. Er hatte die Arme vor dem Körper verschränkt.

Marleen zögerte einen Moment, dann nickte sie. »Ja.«

»Marleen«, begann Jan langsam. »Was denkst du dir eigentlich? Du darfst nicht zulassen, dass dieser Kerl dich terrorisiert. Also, ich für meinen Teil kann das nicht einfach so stehen lassen.« Er stand auf und ging zum Fenster, blickte hinaus. »Ich werde versuchen, Yannick zu treffen und ihm unmissverständlich klarzumachen, dass er dich in Ruhe lassen soll. Und wenn es nötig ist, werde ich ihm drohen.«

Marleen stöhnte leise auf und lehnte sich rücklings gegen das Fensterbrett. »Jan, ich schätze deine Entschlossenheit wirklich, aber du verstehst nicht, wie gefährlich das sein könnte. Yannick ist nicht nur irgendein Ex. Wenn du ihn bedrohst oder angreifst, könnte das massive Konsequenzen haben – nicht nur für dich, sondern auch für mich. Yannick ist Polizist, genau wie ich. Mordkommission Kiel. Er kennt die Gesetze, und er weiß, wie man sich verteidigt. Die Wahrscheinlichkeit, dass du verletzt wirst, ist hoch. Und selbst wenn es dir irgendwie gelingt, ihn einzuschüchtern, was dann? Willst du wirklich das Risiko eingehen, wegen Körperverletzung angezeigt zu werden?«

Jan starrte einen Moment lang schweigend hinaus und wiegte langsam den Kopf hin und her, als müsste er die Worte, die sie gerade ausgesprochen hatte, erst einmal verdauen. Dann schüttelte er entschieden den Kopf. »Nein, das will ich natürlich nicht.«

»Es gibt andere Möglichkeiten«, sagte Marleen. »Wir können rechtliche Schritte gegen ihn einleiten. Wir können Beweise sammeln, seine Anrufe dokumentieren. Und wenn es wirklich ernst wird, kann ich sogar eine einstweilige Verfügung beantragen. Es ist nicht die ideale Lösung, aber es zeigt ihm, dass er sich uns gegenüber nicht alles erlauben kann.«

»Und warum hast du das nicht längst getan?« Jan schaute immer noch starr geradeaus.

»Du musst das verstehen. Das könnte gehörig nach hinten losgehen. Yannick kennt das System, und er weiß, wie man es zu seinen Gunsten manipuliert.«

»Was meinst du damit?«, fragte Jan, seine Stirn in Falten gelegt.

»Ich habe meine Erfahrungen mit ihm. Die Details sind jetzt nicht wichtig, aber stell dir vor, er zeigt dich an, bringt dich in Schwierigkeiten für etwas, was du gar nicht getan hast. Dieser Mann kennt keine Skrupel. Verstehst du das?« Sie versuchte, seinen Blick einzufangen. »He, hörst du mir noch zu?«

Jan drehte sich nun endlich zu ihr um. »Gut, wir gehen den regulären Weg. Aber wir werden diesen Scheiß nicht mehr hinnehmen. Also, was machen wir als Erstes?«, erwiderte er.

Marleen lächelte schwach und strich ihm liebevoll über die Wange. »Es wäre mir lieber, wenn du dich da raushalten würdest.«

»Nein!«

»Aber ich warne dich, seine Reaktion könnte katastrophal sein.«

»Wir werden klug und überlegt vorgehen«, versprach Jan.

Marleen spürte, wie ein Kloß in ihrem Hals aufstieg. Sie wollte das alles nicht!

»Wir sammeln Beweise gegen ihn. Jeder Anruf, jede Nachricht, die er dir schickt, wird dokumentiert. Und dann gehen wir zur Polizei. Er kann nicht einfach deine Grenzen überschreiten, ohne Konsequenzen befürchten zu müssen.«

»Ich *bin* die Polizei. Und ich verstehe nicht, warum er plötzlich wieder in meinem Leben aufgetaucht ist.«

»Wir werden gemeinsam einen Weg finden, damit umzugehen. Das verspreche ich dir.«

»Versprich mir, dass du nichts Unüberlegtes tust.«

Er betrachtete Marleen eine Weile, sein Blick fast traurig. Dann nickte er langsam. »Okay«, sagte er schließlich. »Wenn das der Weg ist, den du gehen willst, dann werde ich dich dabei unterstützen.«

Trotz seiner offensichtlichen Frustration lächelte er sanft und zog Marleen in eine liebevolle Umarmung. »Wir werden uns nicht mehr einschüchtern lassen.«

Einundzwanzig

Die kühle Luft wehte durch das offene Fenster des Autos, als sie die Straße nach Flensburg entlangfuhren. Nur das leise Summen des Motors und das Knistern des Obduktionsberichts in Marleens Händen waren zu hören. Clemens hatte ihr eine Kopie übermittelt.

»Jessica Tomsen«, murmelte sie leise vor sich hin. Matthias warf einen kurzen Blick auf den Bericht, bevor er sich wieder auf die Straße konzentrierte.

Marleen überflog den Text erneut und schüttelte dann den Kopf. »Ich habe das Gefühl, wir übersehen etwas«, murmelte sie schließlich. »Etwas, was alle Opfer verbindet.«

Sie las die Details des Obduktionsberichts erneut durch, ihre Stirn vor Konzentration gerunzelt. »Jessica hat vor ihrem Tod Nudeln, Brot und Tomaten sowie Basilikum gegessen, das haben die Analysen der Magenrückstände ergeben. Italienisch, würde ich sagen«, sagte sie zu Matthias.

»Wir werden die örtlichen Restaurants abfahren, die solche Gerichte anbieten. Die Chancen sind zwar gering, aber vielleicht finden wir jemanden, der sich an sie erinnert.«

Sie nahm eine Karte von Flensburg. Ihre Finger verfolgten die Straßen und Wege, die Jessica genommen haben könnte. Es gab nur wenige italienische Restaurants in der Gegend, und noch weniger, die zu ihrem Zeitplan passten. Sie hatten Jessicas letzten Tag rekonstruiert, basierend auf Zeugenaussagen und bekannten Fakten. Ihr letzter bekannter Aufenthaltsort war der Strand, 8 Kilometer und etwa 15 bis 30 Minuten Fahrt von ihrer Wohnung entfernt, abhängig vom Verkehr.

Angesichts ihrer Verabredung blieben nur wenige Restaurants als mögliche Orte im Umkreis übrig. Nudeln standen fast überall auf der Karte.

Marleen und Matthias fuhren von einem Restaurant zum anderen. Inzwischen waren die Straßenlaternen angegangen, die Restaurants und Bars waren offen und belebt.

Sie zeigten den Betreibern ein Foto von Jessica Tomsen. Aber die Reaktionen waren immer die gleichen: Kopfschütteln, ratlose Blicke, Schulterzucken. Manchmal wurden Kellner und Kellnerinnen zusammengetrommelt, um das Foto zu betrachten, aber niemand konnte sich an die Frau erinnern.

»Es tut mir leid«, sagte ein Restaurantbesitzer. »Wir haben hier so viele Gäste, es ist schwer, sich an eine bestimmte Person zu erinnern.«

Marleen nickte enttäuscht. Sie bedankte sich und ging zurück zum Auto, gefolgt von Matthias.

Das vorletzte Restaurant auf ihrer Liste war ein gemütliches italienisches Lokal namens »La Bella Vita«, im Untergeschoss eines mehrstöckigen Gebäudes gelegen. Die Fenster waren mit liebevoller Hand dekoriert worden: Zweige, Kürbisse und rote Äpfel standen in harmonischer Abfolge nebeneinander und vermittelten einen warmen, einladenden Eindruck. Das Lokal war gut besucht. Die anwesenden Gäste, die unter dem sanften Licht der Hängelampen aßen und tranken, unterhielten sich angeregt.

Marleen und Matthias betraten den Raum und wurden von dem warmen Geruch von gebratenem Knoblauch und frisch gebackenem Brot begrüßt. Sie sahen sich um und gingen dann zur Theke, wo ein Mann mittleren Alters stand und sie mit einem freundlichen Lächeln begrüßte.

»Guten Abend, wir sind im Auftrag der Polizei Flensburg hier«, begann Marleen, während sie ihren Dienstausweis zeigte. »Wir untersuchen einen Fall und fragen uns, ob Sie uns vielleicht helfen können.«

Sie reichte ihm ein Foto von Jessica Tomsen und umriss sorgfältig die Situation. Der Mann studierte die Bilder eingehend. Eines zeigte das elegante Sommerkleid, das Jessica

Tomsen am Abend ihres Verschwindens getragen hatte, ein anderes zeigte ihr Gesicht. Der Restaurantbesitzer signalisierte einem jungen Kellner, sich zu ihnen zu gesellen, und legte ihm das Foto vor.

Nach einer kurzen Bedenkzeit nickte der Kellner zustimmend. »Ja, die war hier«, bestätigte er. »Allerdings liegt das schon einige Zeit zurück.«

Marleen und Matthias tauschten einen Blick. Marleen deutete auf Jessica. »Sie könnte am Abend des dritten Juli hier in Ihrem Restaurant gegessen haben.«

»Ja, das kann sein. Genau kann ich das Datum nicht mehr sagen, aber es war auf jeden Fall im Hochsommer. Ein nettes Mädchen. Sie und ihr Freund waren sehr großzügig mit dem Trinkgeld.«

»Könnten Sie nachsehen, auf welchen Namen die Reservierung lief?«

»Es gab keine Reservierung. Sie kamen spontan, fragten, ob noch etwas frei wäre.«

»Und wie wurde bezahlt?«

»Bar«, antwortete er. *Es wäre ja auch zu schön gewesen, wenn sie mit Karte bezahlt hätten,* dachte Marleen.

»Könnten Sie die beiden näher beschreiben?«

»Nun«, antwortete der Kellner. »Sie war in Begleitung eines Mannes, groß und mit dunkelblonden Haaren. Er trug ein weißes Balenciaga-T-Shirt unter einem Hemd, dazu blaue Jeans. Ich erinnere mich auch nur daran, weil ich während meiner Pause neugierig wurde und nachsehen wollte, wie viel so ein T-Shirt wohl kosten mag. Und glauben Sie mir, es hat mich fast vom Stuhl gerissen – sechshundertfünfzig Euro für ein simples weißes T-Shirt mit einem kleinen schwarzen Markenaufdruck! Das ist doch schon fast grotesk, wenn man bedenkt, wie viele Stunden ich dafür arbeiten müsste.«

»Haben Sie eventuell noch weitere Details, die uns bei den Ermittlungen helfen könnten?«

»Ich fürchte, mehr kann ich nicht beitragen«, antwortete der Kellner mit einem bedauernden Schulterzucken. »Sie wirkten wie ein ganz normales, nettes Paar.«

»Sind hier irgendwo Überwachungskameras installiert? Im Eingangsbereich oder auf dem Parkplatz vielleicht?«, fragte sie den Restaurantbesitzer.

»Ich wünschte, ich könnte Ihnen mehr helfen«, sagte der Besitzer mit einer aufrichtigen Entschuldigung in seiner Stimme. Er hob seine Handflächen, gezeichnet von der Arbeit in der Küche und verheilten Brandblasen, in einer Geste der Hilflosigkeit.

Marleen seufzte leise. »Können Sie sich an ihr Verhalten erinnern? Waren sie fröhlich, haben sie viel geredet oder waren sie eher still?« Diese Frage war wieder an den Kellner gerichtet.

Der Mann zuckte mit den Schultern. »Wir versuchen, unseren Gästen Privatsphäre zu bieten. Abgesehen von den Bestellungen haben wir wenig Kontakt.«

Währenddessen hatte Matthias eine Speisekarte vom nächstgelegenen Tisch genommen und studierte sie eingehend. »Waren sie Stammgäste hier?«

»Sie kamen mir nicht bekannt vor. Sie müssen verstehen, ich kann mir nicht jeden Gast merken«, erwiderte der Kellner mit einem Hauch von Bedauern in seiner Stimme. »Aber wenn sie Stammgäste gewesen wären, wüsste ich das.«

Marleen rieb sich die Stirn. Sie hatten so viel Zeit und Energie investiert, und jetzt hatten sie endlich einen Zeugen gefunden, aber seine Aussagen hatten wenig Substanz. »Könnten Sie uns möglicherweise eine Kopie des Kassenbelegs zur Verfügung stellen?«, fragte sie mit hoffnungsvollem Unterton. Wenn sie den genauen Zeitpunkt ermitteln könnte, zu dem Jessica und ihr Begleiter das Restaurant verlassen hatten, bestand die Chance, auf Überwachungsaufnahmen der umliegenden Straßen zu stoßen. Das könnte sie zu einem Autokennzeichen und von dort zum Besitzer des Wagens führen.

Und wenn die Qualität der Aufnahmen ausreichend war, hätten sie sogar das Gesicht des Mannes, der Jessica das Leben genommen hatte.

»Diesen speziellen Beleg? Nein, ich fürchte, das ist nicht möglich. Aber … an welchem Tag sagten Sie, war das noch mal?« Der Kellner runzelte die Stirn, als er versuchte, sich an das genaue Datum zu erinnern.

»Der dritte Juli«, wiederholte Marleen geduldig.

»Geben Sie mir einen Abend Zeit. Ich werde alle Bestellungen dieses Tages zusammentragen und der Polizei in Kopie zukommen lassen. Vielleicht hilft das«, versprach der Kellner schließlich.

»Wir müssen Clemens informieren«, sagte Marleen, während sie bereits die Nummer ihres Kollegen in ihr Smartphone tippte. Die Rechnungsdaten könnten ein Werkzeug sein, um die Identität des Mörders aufzudecken. Allein wären sie nicht ausreichend, aber zusammen mit den Aussagen der Zeugen und vor allem den DNA-Spuren könnten sie eine Indizienkette bilden, die stark genug wäre, um eine Anklage zu rechtfertigen.

Clemens entschied, dass er zuerst mit dem zuständigen Staatsanwalt sprechen würde. Die Beziehung zwischen der Staatsanwaltschaft und den Polizeibehörden war eng und komplex zugleich. Als »Herrin des Ermittlungsverfahrens« leitete die Staatsanwaltschaft die Untersuchungen und nutzte dazu die Arbeit der Polizei, die gesetzlich verpflichtet war, ihren Anforderungen nachzukommen. In den Polizeidirektionen – Kiel, Itzehoe, Flensburg und Lübeck – arbeiteten sogar nachts Staatsanwälte eng mit den Beamten im Kriminaldauerdienst zusammen, um schnell Maßnahmen zu treffen, wenn die Umstände dies verlangten.

»Wir sollten versuchen, bei der Unbekannten von Sylt weiterzukommen.«

Die Frau vom Weststrand war in den Hintergrund geraten, als sich die Verbindung zu Jessicas Fall aufgedeckt hatte. Aber um die Ermittlungen effektiv zu führen, mussten sie den gesamten Fall im Blick behalten.

»Es ist schwierig, zu ermitteln, wenn man nicht weiß, wer die Tote ist«, brummte Matthias.

Zweiundzwanzig

Lorenzen winkte Marleen in sein Büro. Sein Schreibtisch war bis zum Rand mit Akten überhäuft. Sie ließen ihm nur wenig Platz für seine eigenen Gedanken.

»Diese Akten dokumentieren alle Fälle der letzten dreißig Jahre, bei denen Leichen an unseren Stränden angespült wurden«, erläuterte Lorenzen. Seine Hand ruhte auf dem Stapel mit teils vergilbten Unterlagen, sein Blick war ernst und nachdenklich. »Die Opfer von Ertrinkungsunfällen in Flüssen, Seen etc. habe ich nicht dazugelegt. Falls du sie benötigst, müsste ich die entsprechenden Akten erst heraussuchen.«

Jedes Jahr gerieten Menschen an den scheinbar friedlichen Stränden in Lebensgefahr. Die meisten konnten durch das schnelle Eingreifen der Rettungsschwimmer gerettet werden, doch einige wurden von gefährlichen Unterströmungen erfasst und abgetrieben, bevor Hilfe eintraf.

»Alle Fälle sind bereits abgeschlossen und die Ermittlungsverfahren beendet.«

»Ich möchte sehen, was in den vergangenen Fällen unternommen wurde. Vielleicht gibt es Muster oder Zusammenhänge, die uns weiterhelfen können.«

Als Marleen sich mit einem Arm voller Akten auf den Weg zu ihrem Arbeitsplatz machte, wurde sie von skeptischen Blicken der Kollegen begleitet. Sie ließ die Akten auf den Schreibtisch fallen und überprüfte erst einmal ihren Maileingang. Richtig: Clemens hatte ihr geschrieben, um sie über die neuesten Entwicklungen zu informieren. Die Kollegen in Flensburg hatten auf dem Weg zwischen dem Restaurant und dem Strand zwei Stellen mit Videoüberwachung entdeckt. Der Staatsanwalt war bereits dabei, das Auskunftsersuchen vorzubereiten. Sollten die Daten noch vorhanden sein, könnten sie bald Zugang zu neuen, potenziell entscheidenden Beweisen haben.

Mit einem frisch gebrühten Kaffee aus der Gemeinschafts-küche machte sich Marleen daran, die Akten durchzuarbeiten. Sie hatte einen Notizblock bereitgelegt, um auffällige Details oder mögliche Zusammenhänge zu dokumentieren. Ihre Ell-bogen stützte sie auf den Tisch, während sie sich in die Lektüre vertiefte. Sie schaffte es, den ständigen Lärm des Polizeireviers auszublenden und begann mit den jüngsten Fällen. Die Fotos in den Akten waren oft unschön, doch Marleen zwang sich, da-rüber hinwegzusehen. Sie suchte nach Mustern, nach Hinwei-sen, die in der Flut der Informationen untergegangen waren.

Nach mehreren Stunden intensiver Recherche hatte Marleen zwei Seiten mit Notizen gefüllt. Sie hatte die Namen der Ver-storbenen ignoriert und sich stattdessen auf ihre Herkunft und den Ort konzentriert, an dem sie angespült worden waren. Sie wusste, dass das Meer unberechenbar war und die Strömungs-verhältnisse sich ständig änderten, doch sie hoffte, dass viel-leicht eine von ihnen denselben Weg genommen hatte wie die Unbekannte.

Gähnend griff sie nach der nächsten Akte. Die Ränder waren vergilbt, aber ansonsten war das Dokument in gutem Zustand. Es handelte sich um eine Frau aus der Region, die im Alter von 29 Jahren tot am Strand von Wenningstedt gefunden worden war. Aber dieser Fall war anders, bemerkte Marleen. Denn die Frau war erschossen worden! Es gab keine DNA-Spuren, und die Zeugenaussagen führten ins Nichts.

Marleen blätterte die Akte durch, ihr Interesse war geweckt. Ein ungeklärter Mordfall. In der Akte waren mehrere Fotos der Toten, alle alt und keines aus dem Todesjahr. Die Frau war blond, attraktiv und wirkte auf den Bildern glücklich. Auf ei-nem der Bilder stand sie Arm in Arm mit einer anderen Frau.

Marleen betrachtete das Foto genauer. Die Tote stand auf der linken Seite, ihr Kleid spannte sich um einen runden Bauch. Die Frau auf der rechten Seite kam ihr vage bekannt vor. Sie war älter geworden – dreißig Jahre hinterließen unvermeidlich ihre Spuren –, aber Marleen meinte, sie zu erkennen.

Sie hielt den Atem an. Konnte das wirklich Linda Horvath sein, Arm in Arm mit der ermordeten Frau?

Marleen rang mit sich. Sie wollte sich eigentlich voll und ganz auf den Fall konzentrieren. Die Sturmsaison rückte näher, und die Insel wurde in eine Festung verwandelt, bereit für den Kampf gegen die Elemente.

Die meteorologischen Dienste hatten eine frühzeitige Ankunft des Herbstes prognostiziert und die Behörden dringend dazu aufgefordert, Maßnahmen zum Schutz der Küstenregion zu ergreifen. Diese Vorhersagen wurden auf der Grundlage mehrerer Faktoren erstellt, unter Berücksichtigung sich stetig wandelnder Wetterbedingungen. Sie warnten davor, dass der Herbstbeginn zu verstärkten Niederschlägen führen könnte, was wiederum das Risiko von Überschwemmungen in den Küstenregionen erhöhte. Laut Lorenzen waren die Insulaner an das Spiel der Naturgewalten gewöhnt, dennoch nahm er die Warnungen ernst und arbeitete intensiv an der Verbesserung der Sicherheitskonzepte auf Sylt, gemeinsam mit der Verwaltung und der Feuerwehr.

Die Küsten waren zum Teil durch Tetrapoden geschützt, gigantische Betonstrukturen, die die Wucht der Wellen brachen. Doch sie allein konnten die Insel nicht bewahren. Seit mehr als einem halben Jahrhundert wurde Sand auf die Strände gespült, um den Landverlust einzudämmen. In einem Jahr hatte man mehr als eine Million Kubikmeter Sand aufgespült. Doch jeder Sturm, der etwas von der Insel abtrug, erinnerte die Menschen daran, wie zerbrechlich ihre Heimat war. Die Nordsee forderte stetig ihren Tribut. Die Schutzmaßnahmen hielten nur stand, solange die Sturmfluten nicht zu hoch wurden.

Mit einer Mischung aus Unsicherheit und Spannung machte sich Marleen auf den Weg. Sie hatte beschlossen, Linda Horvath in Zivil zu besuchen, außerhalb ihrer Arbeitszeit, da sie Spätdienst hatte. In ihrem kleinen Wagen fuhr sie nach List. Sie hatte sich die genaue Adresse nicht gemerkt, aber sie erinnerte sich an den groben Weg zu dem Anwesen in den Dünen.

Linda Horvath war zu Hause und öffnete die Tür. Überrascht betrachtete sie die junge Frau in Jeans und navyblauem Pullover, die an ihrer Haustür stand.

»Guten Tag, Jacobs mein Name.«

»Ich erinnere mich. Was kann ich für Sie tun?«, fragte Linda Horvath.

»Dürfte ich reinkommen? Es wird etwas länger dauern, mein Anliegen zu erklären, und ich habe keine Jacke dabei«, bat Marleen.

Ohne zu zögern, ließ Linda Horvath sie herein, bat sie aber, ihre Schuhe auszuziehen. Ohne Uniform musste Marleen dieselben Regeln befolgen wie jeder andere Gast. Und diese Regeln schlossen Straßenschuhe auf den teuren Teppichen aus. Die Hausherrin bat Marleen, im Wohnzimmer Platz zu nehmen. »Darf ich Ihnen etwas anbieten? Tee, Kaffee, Gebäck?«

Marleen zögerte einen Moment. Im Dienst lehnte sie solche Annehmlichkeiten grundsätzlich ab, doch heute war sie nicht im Dienst. Warum also nicht? »Gerne Tee und Gebäck.« Marleen nahm Platz, bereit, das Gespräch zu beginnen.

Linda entfernte sich, verschwand in der Küche und gab Marleen so die Möglichkeit, das Wohnzimmer genauer zu betrachten. Es war nicht mehr so kahl wie bei ihrem letzten Besuch. Linda hatte einige persönliche Gegenstände hinzugefügt und versucht, den Raum nach ihrem Geschmack zu gestalten. Und Marleen konnte nicht leugnen, dass Linda einen guten, vielleicht auch exquisiten Geschmack hatte. Vermutlich in erster Linie einen teuren Geschmack.

Kurz darauf kehrte Linda mit einem Teller Keksen und zwei dampfenden Tassen Tee zurück. Sie stellte den Teller und die Tassen auf den Tisch und fragte beiläufig: »Gibt es Neuigkeiten zu meinem Garten?«

Marleen schüttelte den Kopf. »Da Sie nie eine Anzeige erstattet haben, ist der Fall für uns abgeschlossen. Aber ich bin nicht deswegen hier.«

Sie griff in ihre Tasche und zog einen Ausdruck hervor, legte das Bild auf den Tisch und schob es zu Linda hinüber. »Erkennen Sie das Foto?«

Linda beugte sich vor, ihre feine Halskette glänzte im Licht. Sie berührte die Kette unbewusst, während sie das Foto betrachtete. Es war ein Bild, das sie seit fast dreißig Jahren nicht mehr gesehen hatte. Ein Bild, das einen glücklichen Moment festhielt, der nie wiederkehren würde.

»Das ist ja ewig her! Wo haben Sie das denn ausgegraben?«, fragte sie, den Blick fest auf das Bild gerichtet.

»Es war in einer unserer Akten«, erklärte Marleen. »Die Frau auf dem Bild, können Sie mir etwas über sie erzählen?«

Linda versuchte, ihre aufsteigenden Emotionen zu unterdrücken, indem sie sich auf die Tasse vor ihr konzentrierte. »Was möchten Sie genau wissen?«

Marleen atmete tief durch und erklärte: »Sie waren Freundinnen, nicht wahr? Dieses Foto war das aktuellste in der Akte, es wurde zwölf Jahre vor ihrem Tod aufgenommen.«

Linda schluckte. »Ja, sie war meine beste Freundin in Jugendtagen, bis ich die Insel verließ.«

Marleen nickte und fragte weiter: »Können Sie mir etwas über das Bild erzählen?«

»Es wurde zwei Monate vor meinem Umzug gemacht. Mein Vater hat es am Wenningstedter Strand aufgenommen.« Linda griff nach ihrer Tasse und führte sie an die Lippen. Ihre Hand zitterte leicht. Die Erinnerung an ihre Freundin hatte sie nie verlassen, war aber nicht immer präsent, was auch gut war. Jetzt, da sie wieder hervorgeholt wurde, fühlte es sich an wie ein Stich ins Herz.

»Ich verstehe nur nicht, warum Sie mir das zeigen«, bemerkte Linda, während sie Marleen mit einem verwirrten Blick ansah.

Marleen saß auf der Kante des Sofas, den Blick fest auf Linda gerichtet. »Aufgrund eines aktuellen Falles habe ich mir alte Akten angeschaut, und da stieß ich auf das Foto.«

Linda zog scharf die Luft ein, ihr Gesichtsausdruck war eine Mischung aus Verwirrung und Entsetzen. »Eine wenig überzeugende Rechtfertigung dafür, dass Sie mich nach fast zwei Jahrzehnten mit dieser Erinnerung konfrontieren«, erwiderte sie.

»Ich wollte Sie nicht in eine unangenehme Lage bringen«, sagte Marleen leise. »Aber mir ist aufgefallen, dass nach diesem Schnappschuss kein weiteres Bild von ihr existierte. Dies wurde sogar von den Kollegen aktenkundig vermerkt. Das ist schon sehr ungewöhnlich. Können Sie mir sagen, warum das so ist?«

»Ich kann Ihnen auf diese Frage keine Antwort geben«, antwortete Linda schließlich. »Nach jenem Tag habe ich sie nie wieder gesehen. Ich hörte erst von ihrem Tod, da lag sie schon seit Monaten unter der Erde. Und selbst da erfuhr ich es nur durch Zufall.«

»Sie hatten keinen Kontakt mehr zu ihr?« Marleen konnte ihre Überraschung nicht verbergen.

»So ist es«, bestätigte Linda mit abwesendem Blick. »Sie wurde Mutter und zog sich danach aus dem öffentlichen Leben zurück. Sie wurde unnahbar.«

»Wurden Sie jemals zu ihrem Tod befragt? Ich habe Ihr Foto in den Akten gesehen, aber es gibt keine Aufzeichnung darüber, dass Sie jemals befragt oder auch nur erwähnt wurden.«

Linda lächelte schwach, ihre Mundwinkel hoben sich in einem fast gequälten Ausdruck. »Sie sind noch jung, vielleicht Anfang dreißig«, sagte sie leise. »Stellen Sie sich vor, ein alter Schulfreund würde ermordet, und Sie hätten ihn seit einem Jahrzehnt nicht mehr gesehen. Welchen Wert hätte Ihre Aussage dann?«

Marleen war bereit, mit einer Weisheit zu antworten, die sie von ihrer Mutter gelernt hatte, doch Linda schnitt ihr das Wort ab. »Keinen«, erklärte sie. »Ich habe keine Ahnung, was in ihrem Leben vorging, wie hätte ich da wissen sollen, wer sie getötet hat?«

Eine unangenehme Pause breitete sich im Raum aus, nur unterbrochen vom leisen Klirren des Porzellans und dem Schlürfen von Tee.

»Darf ich Sie noch etwas fragen?«, bat Marleen und nahm sich noch einen Keks. Ihre Stimme klang sanft, doch in ihren Augen lag eine Ernsthaftigkeit, die Linda nicht übersehen konnte. »Sie fragen sich sicher, warum ich nach all den Jahren wieder auf diesen alten Fall zu sprechen komme. Vor zwei Monaten wurde eine junge Frau ermordet. Sie sah Ihnen – und der Frau auf dem Foto – sehr ähnlich und starb auf ähnliche Weise. Haben Sie jemals versucht, die Freundschaft wieder aufleben zu lassen?«

Linda hielt einen Moment inne, bevor sie antwortete. »Ich möchte Ihnen etwas zeigen.« Sie schob den langen schwarzen Ärmel ihres Kleides zurück. »Dieses Armband«, begann Linda und hob die Anhänger mit der anderen Hand an, »ist ein Unikat, angefertigt nach unseren Wünschen. Wir hatten lange darauf gespart. Extrem lange. Ich habe in einer der Strandbuden gearbeitet, und sie hat in einem Fischrestaurant Teller gewaschen.«

Das Armband war aus Gold, genau wie die daran befestigten zwei Anhänger: Ein Leuchtturm mit einem dezenten grünen Stein, von dem aus Strahlen in beide Richtungen gingen. Und ein kleines Oval mit eingraviertem Symbol. Sie kannte das Symbol aus den Kirchen. Ein Adler mit Heiligenschein.

»Der Leuchtturm symbolisiert die Insel und unsere Verbundenheit mit dem Meer. Und der Adler gehört zum Apostel Johannes, dem Schutzpatron der Freundschaft.«

»Eine schöne Botschaft.«

»Es ist mehr als das. Es war ein Versprechen fürs Leben, das wir uns gegeben haben, und der Ausklang eines wirklich sehr arbeitsintensiven gemeinsamen Sommers. Es ist eine Erinnerung, die ich tief in meinem Herzen bewahre.« Ihr Blick verlor sich in der Ferne, während sie sprach. »Ich habe versucht, Kontakt zu ihr aufzunehmen, doch meine Bemühung blieben unbeantwortet.« Linda räusperte sich. »Sie hatte sich verändert, nachdem ihr Sohn zur Welt gekommen war. Sie war wie verwandelt. An jenem Tag, als ich sie zufällig draußen sah, wollte sie nichts mit mir zu tun haben.« Ihre Stimme brach fast, als sie die Worte aussprach. »Sie meinte, meine Versuche, sie zu erreichen, störten ihre täglichen Arbeiten. Es brach mir das Herz.« Sie schluckte »Sie sah mich an, als wäre ich eine Fremde.« Die Traurigkeit in ihren Augen war nicht zu übersehen. »Es war, als hätte sie vergessen, was wir einmal füreinander bedeutet hatten.«

»Und dann?«

»Dann verließ ich die Insel, ohne ihr Lebwohl zu sagen. Ich begann mein neues Leben mit Lukas.« Linda Horvath hielt das Armband fest wie einen kostbaren Schatz.

»Warum tragen Sie Ihr Freundschaftsarmband noch, wenn diese Freundschaft so endete?«

Linda Horvath blickte auf ihr Handgelenk hinab, ihre Finger strichen sanft über das Armband.

»Weil es mich an sie erinnert«, antwortete sie leise. »An das Versprechen, das wir einander gegeben haben. An die Hoffnung, die wir teilten. An den Sommer, der voller Arbeit, aber auch voller Freude war.« Sie hob ihren Blick. »Es erinnert mich nicht an die Frau, die gestorben ist, sondern an die Frau auf dem Foto. An meine beste Freundin. Brauchen Sie sonst noch was?«

Dreiundzwanzig

Die Flasche Wein, die Linda aus dem Regal holte, war ein fünf Jahre alter Verdejo aus Rueda. Sie goss das Getränk in ein passendes Weißweinglas, hielt es gegen das Licht und bewunderte das Spiel der Reflexionen darin. Dann hob sie das Glas an ihre Nase und atmete den Duft des Weins ein, eine Mischung aus grünen Äpfeln und tropischen Früchten, unterlegt mit einem Hauch von frischer Minze. Sie nahm sich vor, jeden Schluck dieses edlen Tropfens zu zelebrieren, ihn voll und ganz auszukosten. Und sie nahm sich vor, das von jetzt an mit allen guten Dingen des Lebens zu tun.

Der unerwartete Besuch der Polizistin hatte in ihr eine Flut von Emotionen ausgelöst. Es waren düstere Gedanken, geprägt von verlorenen Freundschaften und tragischen Verlusten. Der Gedanke an ihre Freundin, die so brutal aus dem Leben gerissen worden war, ließ sie erschaudern. Um die Gedanken zu vertreiben, suchte sie Zuflucht. Der Wein war nur eine von vielen Möglichkeiten, der Dunkelheit zu entkommen.

Sie hatte ein Buch aus dem Regal genommen, ein literarisches Meisterwerk, in das sie immer wieder gerne eintauchte. Während sie las, dachte sie an die angenehme Wärme von Matthias, wenn er sie im Arm hielt. Sie hatte der Polizistin nichts von dieser neuen Beziehung erzählt. Sie wollte, dass das Spiel nach ihren Regeln gespielt wurde. Und dazu gehörte ihr kleines Geheimnis.

Als die Nacht hereinbrach, zog sie sich in das große, üppige Bett oberhalb der geschwungenen Treppe zurück, ein weiteres Glas Wein in der Hand. Auf dem Nachttisch stand eine Lampe, deren sanftes Licht den Raum in ein warmes, gedämpftes Glühen tauchte. In ihrer anderen Hand hielt sie den Roman mit dem Lesezeichen in der Mitte des Buches.

Sie ließ sich in die weichen Kissen sinken, ihr Blick glitt über die gedruckten Worte, während sie einen weiteren Schluck von ihrem Wein nahm. Der fruchtige Geschmack vermischte sich mit den aufregenden Geschichten, die der Roman erzählte.

Stille herrschte im Raum, nur unterbrochen vom gelegentlichen Umblättern einer Seite und dem leisen Klirren des Weinglases, wenn sie es absetzte. Es war ein perfekter Abschluss für einen langen Tag.

Während sie dasaß, in weiche Decken gehüllt und angenehm vom Wein berauscht, wusste sie, dass sie nur eine Nachricht senden musste, und Matthias wäre bald bei ihr. Sie würden reden, lachen, essen und gemeinsam die Nacht verbringen. Doch für den Moment genoss sie die Stille und die Einsamkeit.

Sie hatte gerade ein neues Kapitel begonnen, als der Bewegungsmelder im Garten seinen stummen Alarm aussandte. Sie sah das Licht durch ihr Schlafzimmerfenster.

Sicher nur ein Kaninchen in den Dünen, beruhigte sie sich. Sie war fest entschlossen, diesmal nicht wieder in Panik zu verfallen. Die peinliche Erinnerung an Matthias und seine Kollegin, die umsonst durch ihren Garten und um das Haus gepirscht waren, auf der Suche nach einer Bedrohung, die es nicht gab, war noch frisch. Dieses Mal würde sie einen kühlen Kopf bewahren.

Draußen wurde es wieder finster. Linda entspannte sich. Dann blitzte es wieder auf.

Linda schloss die Augen, spürte, wie nun doch die Panik in ihr aufstieg. Sie legte das Buch zur Seite auf den Nachttisch, neben das Weinglas.

In Gedanken zählte sie die Tiere auf, die ihr noch einfielen. Hase, Möwe, Mäuschen, streunende Katze, andere Vögel … Doch dann drangen Geräusche an ihre Ohren. Ein unheimliches Klirren und Surren durchdrang die Stille des Anwesens.

Einbrecher!, dröhnte es in ihrem Kopf. *Es sind Einbrecher.*

Mit angehaltenem Atem schlich sie ans Fenster und betrachtete mit wachsendem Entsetzen das Schauspiel, das sich ihr bot: Mehrere Gestalten, alle in dunkler Kleidung und mit Sturmhauben maskiert, bewegten sich zielstrebig über ihre Terrasse. Zwei weitere waren bereits damit beschäftigt, eine Botschaft auf die Fensterfront ihres Hauses zu sprühen.

Die Gestalten bewegten sich ums Haus, während die beiden an der Fensterfront kurz innehielten, um ihre Arbeit zu begutachten. Sie konnte nicht erkennen, was sie gesprüht hatten, aber die bloße Vorstellung ließ ihr Blut gefrieren. Mit einem leisen Klicken sprang die Tür auf, und sie verschwanden im Inneren.

Sie musste etwas tun! Die Polizei rufen, irgendetwas! Doch in ihrer Panik konnte sie sich kaum bewegen. Ihre Hand griff nach dem Smartphone auf ihrem Nachttisch, aber ihre Finger zitterten so stark, dass es ihr fast aus der Hand fiel. Sie atmete tief durch, versuchte, ihre Angst zu kontrollieren. Sie konnte nur hoffen, dass die Hilfe rechtzeitig eintreffen würde.

Mit einem schockierenden Krachen traf der erste Stein das Fenster. Die äußere Glasschicht gab nach, ein Spinnennetz aus Rissen breitete sich aus. Linda erstarrte, die Farbe wich aus ihrem Gesicht. Sie war allein, und eine Gruppe maskierter Gestalten verschaffte sich gewaltsam Zutritt zu ihrem Haus.

Die surreale Szenerie vor ihren Augen brauchte einen Moment, um in ihrem Bewusstsein Fuß zu fassen. Dann stellte ihr Instinkt die uralte Frage, die in solchen Momenten unausweichlich ist: Kampf oder Flucht?

Der Gedanke an Kampf war absurd. Linda war keine Kämpferin, hatte nie gelernt, sich körperlich zur Wehr zu setzen. Und selbst wenn sie es gekonnt hätte, stand sie einer Übermacht gegenüber, gegen die sie chancenlos wäre. Selbst wenn sie mit der Kraft eines Boxers hätte zuschlagen können – eine Fähigkeit, die sie definitiv nicht besaß –, hätte es eines Glückstreffers bedurft, um überhaupt eine Chance zu haben.

Flucht erschien ihr ebenso aussichtslos. Sie könnte zum Haupteingang hinunterstürzen, doch was würde sie dort erwarten? Ein Ausweg oder nur der blanke Schrecken?

Nein, das war alles Unsinn. Mit einem schnellen Griff schaltete sie die Nachttischlampe aus, sodass nur noch das kalte Licht des Bewegungsmelders den Raum erhellte. Dann lief sie zur Schlafzimmertür, schloss sie ab und eilte ins angegliederte Badezimmer. Mit zitternden Fingern lehnte sie die Tür an.

Ihr Herz hämmerte in ihrer Brust, während sie auf ihrem Smartphone den Notruf wählte. Die Zahlen auf dem Display verschwammen vor ihren Augen, doch sie traf die richtigen Tasten. Sie erklärte kurz, was passiert war und wo sie sich befand. »Bitte, kommen Sie schnell!« Dann legte sie auf.

Mit dem Smartphone in der Hand kroch sie in eine Ecke des Badezimmers und drückte sich fest an die Wand. Ihr Atem ging flach und schnell, ihr Körper schien bis zum Zerreißen angespannt. Sie lauschte auf die Geräusche, die von draußen kamen, und betete, dass rechtzeitig Hilfe eintreffen würde. Dann hörte sie die Einbrecher im Haus.

Marleen und Matthias, die nicht weit von List entfernt auf Streife gewesen waren, bildeten die Vorhut. Zwei weitere Einsatzwagen waren schon angefordert, doch die Kollegen würden mindestens weitere zehn Minuten benötigen.

Während der rasenden Fahrt überprüfte Marleen den Sitz ihrer Schutzweste. Matthias fuhr weit über dem Tempolimit, verzichtete jedoch auf Blaulicht und Sirene, um nicht zu früh auf sich aufmerksam zu machen. Die Straße war frei, wenn auch nass. »Der Notruf lässt auf eine akute Bedrohungslage schließen. Wir haben zwei Zugangspunkte: den Haupteingang und die Terrassentür. Einen direkten Zugang zum Obergeschoss gibt es nicht. Über eventuelle Waffen des Angreifers oder der Angreifer liegen uns keine Informationen vor«, sagte Matthias. Er umklammerte das Lenkrad so fest, dass Marleen befürchtete, es könnte brechen. Sein Gesicht hatte einen entschlossenen Ausdruck angenommen, doch er war dabei totenblass. Marleen wunderte sich, dass Matthias die Details dermaßen genau abgespeichert hatte.

Mit einem Ruck kam der Wagen vor der Haustür zum Stehen. Matthias' Finger umschlossen den Griff seiner Walther P99Q, während Marleen die schwere Maschinenpistole SIG MCX aus dem Wagen zog. Die ungewisse Situation erforderte solche Maßnahmen.

Linda Horvath hatte von mindestens fünf Männern berichtet, die versuchten, sich Zutritt zu ihrem Haus zu verschaffen. Offenbar waren sie inzwischen erfolgreich gewesen, denn man hörte tatsächlich das Krachen von Glas und das Splittern von Holz in der nächtlichen Stille.

Ein Eindringling war schon eine Herausforderung, zwei brachten Gefahr mit sich, aber fünf oder mehr konnten innerhalb kürzester Zeit ein ganzes Haus verwüsten, und wer wusste schon, was sie Linda Horvath antun würden.

In einer Gruppe schaukelten sich Aggressionen und Emotionen hoch, übertönten die Stimmen der Vernunft und trieben die Beteiligten dazu, immer mehr zu riskieren, immer weiter zu gehen.

»Wir nehmen den Vordereingang«, bestimmte Marleen. Von der Haustür bis zur Treppe war es eine kurze, ebene Strecke ohne Stolperfallen, die ihnen den Weg erschweren könnten. Mit festem Griff um ihre Waffe und einem letzten Blick zu Matthias setzte sie ihren Fuß auf das Grundstück.

Matthias musterte die Tür, schätzte Breite und Material ab, dann schoss er auf das Schloss, bevor er mit voller Kraft gegen den entstandenen Schwachpunkt trat. Mit einem Knarren gab die Tür nach und schwang auf, enthüllte das dunkle Innere des Hauses. Ein flüchtiger Moment der Unsicherheit überkam ihn. Unbemerkt war der Krach sicher nicht geblieben.

Leise traten sie ein – Marleen voraus, Matthias zur Absicherung dicht hinter ihr. Vom Eingang aus konnte Marleen dank einer Stablampe zwei Gestalten in der Küche ausmachen, die wahllos Gegenstände aus den Schränken warfen.

»Polizei! Hände hoch und stehen bleiben!« Ihre Stimme durchschnitt den Raum.

Die zwei Männer drehten sich abrupt um. Die Arme und Hände des vorderen schnellten nach oben; der hintere Mann griff blitzschnell etwas vom Boden und sprang hinter die Kücheninsel, außerhalb ihres Blickfeldes.

»Hände hoch, und lassen Sie den Gegenstand fallen!«, donnerte Marleens Stimme durch den Raum. »Sofort!«

»Ich hab nichts! Ich hab wirklich nichts!«, stammelte der vordere Mann, während er sich panisch umsah.

Marleen ging vorsichtig um die Kücheninsel herum, während Matthias den vorderen Mann mit Handschellen sicherte.

»Lassen Sie sofort den Gegenstand fallen und heben Sie die Hände«, sprach sie den zweiten Mann wieder an.

»In Ordnung, ich komm raus.« Der Mann hob langsam seine Hände und stand auf.

»Drehen Sie sich um und halten Sie die Hände oben!«, befahl Marleen. Ein flüchtiger Blick zur Seite zeigte ihr Matthias, der den anderen Verdächtigen an der Küchenwand positioniert hatte.

Marleen trat einen Schritt zurück, die Waffe immer noch fest auf den Verdächtigen gerichtet. Matthias kam dazu. Marleen griff nach den Handschellen.

In diesem Moment drückte sich der junge Mann mit voller Kraft gegen Marleen und brachte sie aus dem Gleichgewicht. Ihr Sturz presste ihr die Luft aus den Lungen. Ihre linke Hand schützte instinktiv ihren Kopf, während sie sich mit dem linken Bein und dem rechten Arm wieder hochstemmte. Mit aller Kraft trat sie nach dem Angreifer, zog das rechte Bein zurück und richtete sich mit einem Ausfallschritt auf. Gerade rechtzeitig, um den Schlag abzuwehren, der auf sie zukam.

Mit einem metallenen Gegenstand in der Hand holte der Verdächtige mit seiner Rechten aus und zielte auf Marleens Schläfe. Reflexartig riss sie ihren Arm hoch und blockierte den Angriff, doch nun durchzuckte ein stechender Schmerz ihren Unterarm. Durch den Nebel des Schmerzes hindurch sah sie zu Matthias, der mit seiner Waffe wie erstarrt ins Leere zeigte. Mit einem tiefen Atemzug sammelte sie ihre Kräfte und trat nochmals gegen den Bauch des Angreifers. Er stolperte rückwärts in den Raum und gab ihr so die nötige Bewegungsfreiheit. Sie richtete die Maschinenpistole auf ihn.

»Noch einen Schritt und ich schieße«, brüllte sie.

Um ihrer Warnung Nachdruck zu verleihen, löste sie einen einzelnen Schuss aus. Die Kugel schlug in die Wand hinter dem Verdächtigen ein, weit genug entfernt, um ihn nicht zu verletzen, aber nah genug, um ihn in die Realität zurückzuholen. Was auch immer ihn dazu getrieben hatte, dieses Anwesen zu stürmen oder sich mit einer Polizistin anzulegen, es schien mit dem Einschlag der Kugel zu verfliegen. Das Messer fiel aus seiner Hand und schlug klappernd auf dem Boden auf.

»Umdrehen und auf die Knie! Matthias, sichern! Matthias, verdammt!« Doch Matthias stand immer noch da wie erstarrt.

Sie legte dem Mann selbst die Handschellen an, rabiater und enger als nötig, und fixierte ihn am Boden. Ihr Atem ging schwer, und ihr Herz schlug wie wild, doch ihre Stimme war ruhig und beherrscht, als sie die nächste Frage stellte. Blut lief warm ihren Arm herunter und tropfte auf dem Boden.

»Ist hier noch jemand?«

Der Mann vor ihnen war stumm wie ein Fisch, doch seine Augen schauten immer wieder unruhig in Richtung des oberen Stockwerks. »Matthias!«, rief sie mit scharfer Stimme. »Du bleibst hier.« Es war keine Bitte, es war ein Befehl. »Und wehe, du lässt einen von denen entwischen.«

Wut brodelte in ihr, während der Schmerz durch ihren gesamten linken Arm pulsierte. Sie war zutiefst verärgert über Matthias' Verhalten, das sie in eine gefährliche Situation gebracht hatte. Sie konnte die Vorwürfe, die auf ihrer Zunge brannten, kaum zurückhalten.

Aber sie wusste, dass sie diese Diskussion auf einen späteren Zeitpunkt verschieben mussten. Es gab Vorwürfe zu klären, ja, und sie würden geklärt werden. Aber nicht jetzt, nicht inmitten dieser brenzligen Situation, wo jede Sekunde zählte.

Jetzt waren dringendere Dinge zu erledigen. Und das würde sie tun, mit oder ohne Matthias' Hilfe. Sie würde nicht zulassen, dass Matthias' Versagen diesen Einsatz gefährdete.

Rasch schlich sie die Treppe hinauf, stets auf der Hut und mit dem Lauf ihrer Waffe das Geländer entlangwandernd. Treppen waren für Einsatzkräfte in solchen Situationen ein Albtraum – sie boten zahlreiche Angriffsmöglichkeiten und einen toten Winkel.

Sie sicherte die Räume einen nach dem anderen. Dort war niemand. Der Mistkerl da unten hatte sie nur aus dem Weg haben wollen, damit die anderen in Ruhe das Weite suchen konnten. Es blieb nur der Raum ganz hinten links. Der war allerdings abgeschlossen.

»Polizei! Frau Horvath, geht es Ihnen gut?«

Die Tür klickte; dann sah sie die Hausherrin, die mit erhobenen Händen im Türrahmen stand. Der gesamte Flur war mit zerstörtem Inventar des Hauses bedeckt – Gemälde waren von den Wänden gerissen worden und lagen verstreut umher.

»Gesichert«, murmelte Marleen in ihr Funkgerät. Sie spürte, wie warmes Blut von ihrer Oberlippe tropfte. Der Aufprall war heftig gewesen. Sie wischte sich hastig das Nasenbluten weg. Es nützte ja nichts, sie musste das jetzt professionell durchziehen.

Marleen zog die am ganzen Körper zitternde Linda Horvath entschlossen die Treppe hinunter. Dabei registrierte sie jedes Geräusch, jede Bewegung im Haus. Sie brachte Linda Horvath zu ihrem Streifenwagen, der einsam in der Dunkelheit stand, öffnete die hintere Tür und schützte mit ihrer Hand den Kopf der Frau, damit sie sich nicht stieß.

»Legen Sie sich bitte flach auf die Rückbank«, sagte sie sanft. »Ich hole Ihnen eine Decke aus dem Kofferraum. Hilfe ist unterwegs. Ich muss zurück ins Haus, mein Kollege Matthias ist noch allein da drin.«

»Matthias?« Doch bevor Linda noch etwas sagen konnte, schloss Marleen die Tür des Wagens. Mit einem Druck auf den Schlüssel löschte sie das Innenlicht des Autos.

Linda tat, wie ihr befohlen wurde, und legte sich auf die kalten Ledersitze, die Decke fest umklammert. Die Angst kroch in sie hinein, eine eiskalte Schlange, die sich um ihr Herz legte. Allein und eingeschlossen in der Schwärze, konnte sie nur hoffen, dass Marleen das Richtige tat. Hoffentlich passierte Matthias nichts!

Marleen ging wieder ins Haus, wo zwei Tatverdächtige auf dem Boden lagen. Sie wies Matthias an, die beiden zu sichern, bis Verstärkung eintreffen würde. Sie würde derweil das Haus und die Kellerräume überprüfen. Sie war kaum die Kellertreppe hinunter, da tauchten die Einsatzwagen und das Fahrzeug des Notarztes den Vorplatz in flackerndes blaues Licht. Lorenzen hatte sich persönlich der zusätzlichen Kräfte angenommen.

Nur wenige Minuten nach der letzten Festnahme war Linda aus ihrem vorläufigen Versteck entlassen. Der Einbruch und die folgende Auflösung der Situation durch die Polizei hatten gerade einmal 15 Minuten gedauert, aber für Linda waren es die längsten und schrecklichsten 15 Minuten ihres Lebens gewesen.

Sie hatte jeden Ruck gehört, als die Fensterfront nachgab, jeden dumpfen Schlag, jeden Tritt gegen das Mobiliar. Irgendwann hatte sie sich die Ohren zugehalten, um die Geräusche nicht mehr ertragen zu müssen. Daher hatte sie auch nicht bemerkt, als die Polizei endlich eintraf. Als sie den Schuss gehört hatte, den Marleen abgab, war sie vollkommen erstarrt gewesen.

»Bist du verletzt?«, fragte Matthias, als er ihr half, aus dem Auto auszusteigen. Ihre Beine waren schwach und zittrig vor Angst und Anspannung.

Linda schüttelte den Kopf und lehnte sich enger an Matthias, als sie es eigentlich geplant hatte.

»Mir fehlt nichts«, flüsterte sie so leise, dass nur er es hören konnte. »Ich hatte solche Angst um dich.«

»Bring sie zum Notarztwagen, sie muss durchgecheckt werden. Vermutlich steht sie unter Schock«, wies Marleen Matthias an.

Sie verfolgte mit den Augen, wie er Linda vorsichtig durch das Chaos führte. Die Aufräumarbeiten würden eine Weile dauern, und die Spurensicherung würde alle Hände voll zu tun haben.

»Marleen, hast du einen Moment?« Lorenzen näherte sich ihr. Sein Gesichtsausdruck war ernst, doch je näher er kam, desto mehr konnte sie die Sorge in seinen Augen erkennen. »Ist alles in Ordnung?« Er hatte bemerkt, wie sie ihren Arm schützte, und ihr Gesicht sah sicher auch nicht gut aus.

»Es sieht schlimmer aus, als es ist«, winkte sie ab, doch ihr Versuch, ihm ein beruhigendes Lächeln zu schenken, misslang gründlich.

»Das soll sich ein Arzt ansehen, sofort.«

Wahrscheinlich hat er recht, dachte Marleen. Der Schnitt war tief genug für eine hässliche Wunde.

»Ihr hättet warten können«, fuhr Lorenzen fort, seine Sorge wich einem strengen Blick.

»Wir wussten nicht, was im Haus passierte«, verteidigte sie sich. »Wir haben uns einstimmig dafür entschieden, sofort einzugreifen.«

»Einstimmig? Nein, meine Stimme hattet ihr nicht.«

Lorenzen stemmte die Hände in die Hüften und blickte sie an. Marleen konnte spüren, dass er ernsthaft mit dem Gedanken spielte, einen dienstlichen Verweis auszusprechen. Dann ging ein Ruck durch seinen Körper.

»Trotzdem, gut gemacht, aber passt in Zukunft besser auf euch auf. Keine Alleingänge mehr, das gilt für euch beide.«

»Ich gebe es an Matthias weiter«, versprach Marleen. Lorenzen nickte, gab ihr einen freundschaftlichen Klaps auf die gesunde Schulter und schob sie sanft in Richtung Ausgang, wo bereits die Sanitäter warteten.

Während sie zum Notarztwagen ging, dachte Marleen an Matthias' Verhalten. Seine Passivität, seine Apathie inmitten der Gefahr hatten sie extrem irritiert. Hätte der Verdächtige ihre Waffe ergattert, dann wäre die Katastrophe nicht mehr aufzuhalten gewesen. Matthias war vor Panik erstarrt, als es darauf ankam, zu handeln. Nur deshalb war sie jetzt hier draußen und nicht drinnen bei ihren Kollegen.

Matthias stieg gerade aus dem Notarztwagen aus, als sie dort ankam. Sie konnte Besorgnis und einen Anflug von Angst in seinem Blick erkennen.

»Es ist nur eine Schnittwunde und eine Prellung am Kopf«, beruhigte Marleen ihn und stieg in den Krankenwagen. Wenig später war sie auf dem Weg zur Nordseeklinik in Wenningstedt, wo ein Arzt ihren Arm und ihre Nase untersuchte. Beides war nicht besorgniserregend, aber er ermahnte sie zur Vorsicht. Ein derart harter Schlag auf das Nasenbein sollte nicht unterschätzt werden, und sie musste in den nächsten Tagen beobachten, wie es ihr ging. Sollten Schwindel, Übelkeit oder gar Ohnmacht auftreten, müsste sie sofort in die Klinik.

Vierundzwanzig

Als sie den Empfangsraum der Klinik verließ, stand Matthias vor ihrem Streifenwagen und wartete auf sie.

»Steig aus – ich fahre«, entschied sie und sah ihn auffordernd an.

Zehn Sekunden später saß sie am Steuer des Wagens und lenkte ihn hinaus aus dem Ort, trotz ihres verletzten Arms. An einer schwach beleuchteten Tankstelle hielt sie an, stieg ohne ein Wort aus und kam mit einem Sechserpack Bier zurück. Matthias sah so aus, als wollte er fragen, was das sollte – schließlich waren sie immer noch im Dienst –, aber er traute sich offenbar nicht.

Die nächste Station ihrer nächtlichen Fahrt war ein einsamer Strandabschnitt, der nur vom fahlen Mondlicht beleuchtet wurde. Marleen lenkte den Wagen so weit wie möglich Richtung Ufer. Mit einer entschlossenen Bewegung stieg sie dann aus, ihre Schuhe hinterließen tiefe Abdrücke im feuchten Sand. Sie ging zum Kofferraum und öffnete ihn mit einem kurzen Ruck, nahm den Sixpack heraus und schloss den Kofferraum mit dem Ellbogen. Mit den Getränken im gesunden Arm ging sie zurück zum Wagen.

»Los jetzt«, forderte sie Matthias auf und deutete auf den verlassenen Strand, der vor ihnen lag. Er ahnte wohl, dass ein schwieriges Gespräch bevorstand; ein Gespräch, das notwendig war, wenn er Marleen jemals wieder offen in die Augen blicken wollte.

Sie hatten nur wenige Meter bis zum Strand zu gehen. Marleen streifte ihre Schuhe ab, stopfte die Socken hinein und genoss das Gefühl des kühlen, feuchten Sandes unter ihren nackten Füßen. Das Rauschen des Meeres bildete eine beruhigende Geräuschkulisse.

»Hier, fang!« Sie warf ihm eine Flasche Bier zu, die er trotz der Dunkelheit geschickt auffing. Dann nahmen sie nebeneinander auf dem Sand Platz, die Blicke auf die Wellen gerichtet, die gegen das Ufer brandeten, Sand und Muscheln mit sich rissen und kurz darauf wieder ausspuckten.

Das Bier schmeckte angenehm herb und frisch, doch Matthias hatte Schwierigkeiten, es zu genießen. Er konnte den sprichwörtlichen Elefanten im Raum nicht ignorieren. Er grub eine Mulde in den Sand und stellte seine Flasche hinein. »Ich weiß, was du sagen willst, Marleen. Du bist enttäuscht.«

»Nein, Matthias«, widersprach sie. »Ich bin nicht enttäuscht. Ich mache mir Sorgen. Du hast dich heute Abend unverantwortlich verhalten. Das ist nicht nur gefährlich für mich, sondern auch für dich.«

»Ich kann das nicht«, gestand Matthias, seine Stimme am Rande der Beherrschung. »Ich konnte nicht auf ihn schießen, ich war wie gelähmt vor Angst.«

Marleen Blick war unerbittlich und durchdringend, selbst in der Dunkelheit war das deutlich zu erkennen. »Du bist nicht nur mein Kollege, sondern auch ein Freund, oder nicht? Heute ist alles gut gegangen, aber morgen könnte die Situation eine andere sein. Nicht nur ich muss dir voll und ganz vertrauen können, sondern auch du dir selbst. Wenn du dich von etwas dermaßen lähmen lässt, dann wird es irgendwann schiefgehen. Du hast noch bis zum Ende dieser Schicht Zeit – wenn du mir bis dahin nichts erzählt hast, werden wir nie wieder zusammen fahren. Das meine ich ernst. Ich werde zu Lorenzen gehen und ihm sagen, dass wir nie wieder zusammen arbeiten werden.«

Matthias wischte sich mit dem Ärmel seiner Jacke über das Gesicht. »Es ist schon mal schiefgegangen.«

Marleen runzelte die Stirn. »Was meinst du?«, fragte sie.

Matthias hielt einen Moment inne, bevor er weitersprach. »Die Stelle, die frei wurde … der Platz, den du eingenommen hast.« Er schluckte schwer. »Er ist im Dienst gestorben. Sein Posten wurde neu besetzt, und jetzt bist du da.«

Sie hatte keine Ahnung gehabt, dass ihr Vorgänger gestorben war. Ihre Augen blieben auf Matthias gerichtet, ihre Körperhaltung straff und aufmerksam, eine Aufforderung an ihn, weiterzusprechen. Sie wollte Antworten, sie brauchte sie dringend!

»Ich war dabei«, begann Matthias, brach aber sofort wieder ab. Er zwang sich, Marleen anzusehen. »Es war ein Einsatz, nur die Straße hinauf, in Tinnum. Nichts Besonderes – eine Ruhestörung, häusliche Gewalt. Ein Mann, der seine Frau misshandelte. Alle paar Monate wurden wir dorthin gerufen, nur um festzustellen, dass die Frau ihn letztlich schützte und wir unverrichteter Dinge wieder abziehen mussten. Wenn es besonders schlimm war, erteilten wir einen Wohnungsverweis für das Wochenende, aber die Frau nutzte jede Chance, um eine längerfristige Verweisung zu verhindern. An diesem Tag fuhren wir also wieder mal dorthin und klingelten. Niemand öffnete.«

Marleen blickte auf das Meer hinaus, hörte aber aufmerksam zu. Sie hatte solche Einsätze ein halbes Dutzend Mal erlebt und wusste, es war frustrierend. Man wollte den Frauen helfen, sie aus der Situation herausholen und in Sicherheit bringen, doch oft war das nicht möglich. »Ich brach die Tür auf – wir hatten schließlich Hinweise auf eine mögliche Notlage –, und wir sahen Blut, viel Blut, im Wohnzimmer. Wir stürmten beide ins Zimmer und fanden die Frau dort vor. Sie war schwer verletzt. Ich kümmerte mich um sie, fühlte ihren Puls und stellte fest, dass sie noch lebte. Gerade so. Sie hatte viel Blut verloren, ihr Puls war schwach. Wir riefen sofort einen Notarzt über Funk, und Klaus rannte zurück zum Wagen, um den Verbandskasten zu holen. Ich riss den Ärmel meines Hemdes ab und drückte den Stoff auf die Wunde.« Er hielt wieder inne und konzentrierte sich auf die Wellen, bevor er einen tiefen Atemzug nahm. Es erforderte viel Mut, den nächsten Teil anzusprechen. Den wichtigsten Teil. Alles andere war nur Vorgeplänkel gewesen, ein ganz normaler Polizeieinsatz, der zu einem dringenden Rettungseinsatz eskaliert war. Herausfordernd, aber nichts, was ihn hätte dauerhaft traumatisieren können.

»Klaus kehrte gerade vom Wagen zurück und hatte den Flur betreten, als eine Tür aufgestoßen wurde. Es war die Tür zum Gemeinschaftskeller des Mehrfamilienhauses. Klaus bemerkte das in der Eile gar nicht, er rannte zurück zu mir. Der Mann tauchte plötzlich hinter ihm im Türrahmen der Wohnung auf, bewaffnet und bereit zu schießen. Als er erkannte, dass wir Polizisten waren, zögerte er nicht. Klaus ging zu Boden. Ich sah alles wie in Zeitlupe. Ich hätte schneller reagieren müssen, aber es war zu spät. Der Mann rannte weg. Ich entschied mich gegen die Verfolgung und konzentrierte mich stattdessen darauf, meinem Kollegen zu helfen.«

»Vergebens«, stellte Marleen fest, denn wenn er erfolgreich gewesen wäre, würden sie wahrscheinlich nicht hier am Strand von Sylt sitzen und dieses Gespräch führen.

»Ja«, gab Matthias zu. »Die Kugel hatte seinen Hals getroffen, knapp oberhalb seiner Schutzweste. Ich musste eine Entscheidung treffen: Helfe ich ihm oder der Frau? Ich entschied mich für ihn, aber es hat nichts gebracht. Er starb auf dem Weg ins Krankenhaus, die Frau starb noch in der Wohnung.«

»Und der Schütze?«

»Hat sich am gleichen Abend selbst erschossen. Er hatte auch keine Chance, davonzukommen. Nachdem der Notruf durchkam, war ihm jeder Polizist auf der Insel auf den Fersen.«

Er trank den Rest von dem Bier aus und öffnete das nächste. »Alles umsonst. Drei Menschen sind in dieser Nacht gestorben, weil ich nicht richtig reagiert habe.«

»Aber es war nicht deine Schuld. Es war eine Notsituation, und ihr habt beide schnell gehandelt«, versuchte Marleen ihn zu beruhigen. Doch Matthias' Miene blieb unverändert. Wie oft hatte man ihm versichert, dass er alles richtig gemacht hatte und dass ihn keine Schuld traf? Er wollte es nur zu gern glauben, aber es gelang ihm einfach nicht.

»So einfach ist das nicht, Marleen«, murmelte er schließlich, seine Augen auf das endlose Schwarz des Meeres gerichtet. »Die Worte ›Es war nicht deine Schuld‹ verlieren ihre Bedeutung, wenn du sie oft genug hörst … besonders wenn du selbst nicht daran glaubst. An meinen Händen klebt letztlich das Blut von drei Menschen. Und es geht nicht weg, es lässt sich nicht abwaschen.«

»Und das ist der Grund, warum du im Horvath-Anwesen so abwesend warst?« Marleens Stimme war leise, fast flüsternd.

Matthias nickte. »Es geht … es ist … Ich habe eine Riesenangst, wieder einen Partner zu verlieren, weil ich falsch reagiere. Der bloße Gedanke lähmt mich, lässt meine Atmung schwer werden. Meine Brust zieht sich zusammen, fühlt sich eingeengt an. Wenn ich im Einsatz ein lautes Geräusch höre, es muss gar kein Schuss sein so wie heute, dann ist alles wieder da. Das ist einfach nur erbärmlich! Silvester wird dieses Jahr die Hölle!«

Marleen legte sanft ihre Hand auf Matthias' Schulter. »Auch wenn du deinen Job richtig machst, kann immer etwas passieren. Aber du bist nicht schuld. Glaub es mir. Es sind immer die Täter, die schuld sind.« Matthias spürte ihren sanften Griff durch den Stoff seiner dunkelblauen Uniform. »Ich verstehe, dass du dich schlecht fühlst – aber wenn du dein Bestes gibst, brauchst du nie Angst zu haben, nicht genug getan zu haben.«

»Das ist lieb von dir«, murmelte er. Marleen hatte ihre Hand von seiner Schulter genommen und legte sich in den Sand, die Hände unter ihrem Kopf.

»Was wird nun geschehen?« Seine Frage hing in der Luft, nur unterbrochen vom Rauschen des Meeres, das unerbittlich gegen den Strand rollte, gleichgültig gegenüber den Sorgen der menschlichen Welt.

»Was stellst du dir vor, was geschehen wird?« Sie drehte ihren Kopf zu ihm und sah ihn ernst an.

»Ich weiß, ich kann in diesem Zustand eigentlich nicht mehr arbeiten – wenn du klug bist, gehst du zu Lorenzen und berichtest ihm von allem, was passiert ist und was ich dir erzählt habe. Ich werde dann zum Innendienst versetzt.

»Mal ehrlich, was wäre daran so schlimm? Irgendwann wärst du wieder fit für den Außendienst. Niemand kann dir vorwerfen, dass du Probleme hast nach so einer Geschichte. Dafür gibt's Fachleute, die dir helfen können.«

Sein Gesicht verdüsterte sich. »Marleen, meine Karriere wäre beendet! Vor ein paar Wochen habe ich eine Anfrage vom Landeskriminalamt bekommen. Sie haben mir angeboten, mich vorzustellen. Auf dem Papier erfülle ich die Anforderungen: gute Bewertungen, guter Abschluss, sportliche Fitness.« Er räusperte sich. »Na ja, wie auch immer – ich hätte gute Chancen, und eigentlich möchte ich diese Chance nutzen. Die Insel verlassen, in die große Stadt ziehen – das Gegenteil von dem, was du getan hast.«

»Und das wäre nicht möglich, wenn du den psychologischen Test nicht bestehst oder wenn irgendwas von deinen Problemen durchsickert. Ich verstehe.«

»Also, was wird nun geschehen? Kannst du mir versprechen, nichts zu sagen? Damit ich es wenigstens versuchen kann?«

Sie zögerte. »Das … weiß ich nicht. Ich muss darüber nachdenken.«

Matthias' Antwort klang resigniert. »Du siehst in mir einen Feigling, der vor seinen Problemen wegläuft«, sagte er.

Marleen wandte ihren Blick zu ihm. Sie schüttelte den Kopf, eine stille Abwehr seiner Selbstanklage. »Ich sehe jemanden«, sagte sie leise, »der versucht, sich seinen Ängsten zu stellen, und tapfer weitermacht.«

Sein Körper war unter dem Gewicht seiner eigenen Worte zusammengesunken, er saß da und umklammerte seine Knie.

»Matthias?« Marleen streckte ihre Hand aus und legte sie behutsam auf seinen Rücken.

Er antwortete nur mit einem leisen »Hm«, seine Augen waren fest auf den Boden gerichtet, als würde er dort Antworten suchen.

Marleen atmete tief ein, ihre Augen wurden feucht. »Ich bin von uns beiden der Feigling. Ich bin weggelaufen.«

»Es wird eine längere Geschichte. Bitte tu mir den Gefallen und hör einfach zu. Keine Unterbrechungen, okay? Sonst schaffe ich es nicht. Und gib mir bitte mal ein Bier.« Matthias reichte es ihr schweigend. Sie nahm einen tiefen Schluck.

»Es war ein Donnerstag, halb vier am Nachmittag«, begann Marleen, ihre Worte sorgfältig abwägend. »Ich hatte keine Uhr im Blick und den Dienstplan auch nicht studiert, aber ich wusste genau, wie spät es war. Du kennst das, wenn du so lange in der Nähe eines Menschen arbeitest, dass du seine Gewohnheiten kennst, als wären sie deine eigenen.« Sie machte eine kurze Pause. »Mein Kollege Martin Franke hat jeden Tag um diese Zeit seine Bürotür geöffnet. Sein Bürostuhl kratzte über den grauen Teppichboden, und er ging in die Küche, schüttete Kaffeepulver in die Kaffeemaschine und brühte Kaffee auf. Es war wie ein Ritual, weißt du? Der Duft von Kaffee erfüllte den Flur und markierte den Beginn einer weiteren Stunde in unserem Arbeitstag. Der Kaffee hat immer genau gleich geschmeckt, und ich habe mich oft gefragt, ob Martin das Pulver im Voraus abgewogen hat. Er maß mit der Präzision eines Chemikers. Immer wenn er Kaffee machte, nahm ich das als Signal, eine kurze Pause einzulegen. Ich betrachtete unseren aktuellen Fall immer noch, aber mit etwas mehr Abstand, so wie Franke es einmal formuliert hatte: ›Aus achtzig statt vierzig Zentimetern Entfernung.‹ Es war seine Art, uns daran zu erinnern, dass wir manchmal einen Schritt zurücktreten müssen, um das Gesamtbild zu sehen. Ich erinnere mich an diesen einen Fall, als ob es gestern wäre, an jede Einzelheit von diesem Tag, als ob sich alles eingebrannt hätte.«

Sie wischte mit ihrem unverletzten Arm durch den Sand.

»Ich hatte drei Stunden lang ununterbrochen getippt, meine Handgelenke schmerzten schon vor Anstrengung. Es schien ein einfacher, wenn auch hässlicher Fall zu sein: Ein fünfundzwanzigjähriger Mann, der in das Haus eines älteren Ehepaares eingebrochen war, die Frau im Schlaf erstickt und den Mann mit der Nachttischlampe erschlagen hatte. Es gab genügend

DNA-Beweise und sogar Aufnahmen einer Überwachungskamera. Unsere Kollegen haben den Täter schließlich in einem Technikladen erwischt, als er versuchte, teures Equipment mit einer deaktivierten Kreditkarte zu kaufen. Aber es lag trotzdem noch Arbeit vor uns, um für die Staatsanwaltschaft eine überzeugende Anklage vorzubereiten.«

Marleen sah Matthias an und fuhr fort: »Ich hörte die schlurfenden Schritte von Martin Franke, wie er aus der Teeküche zurückkehrte und in sein Büro ging. Ich wusste, es waren noch zehn Minuten bis zum fertigen Kaffee. Ich nutzte die Zeit, um meine brennenden Augen zu schließen und eine Pause zu machen.«

Sie beschrieb weiter, wie sie und Franke die Einzigen waren, die noch auf dem Flur arbeiteten, wie sie sich Kaffee einschenkten und über ihre Arbeit sprachen.

»Marleen warum erzählst du mir das alles?«

»Weil ich noch alles weiß. Na ja, Franke fragte, ob ich viel zu tun hätte. ›Immer‹, antwortete ich. Wir kannten uns seit dem Abschluss meines Studiums, aber wir hatten nie viel miteinander geredet. Es bedurfte nicht vieler Worte, um sich zu verstehen.«

Marleen erzählte weiter von ihrem Gespräch mit Franke über das Abendessen. »Er bot an, mitzukommen, aber ich sagte, ich würde es alleine machen. Ein kurzer Spaziergang würde mir guttun. Außerdem wollte ich auch etwas für Yannick holen, meinen damaligen Lebensgefährten, einen Kollegen. Er war mit einem anderen Fall beschäftigt.«

Sie lächelte leicht, als sie erzählte. »Franke bat mich, kein Sushi zu holen. Er mochte keinen rohen Fisch, diesen neumodischen Kram, wie er es nannte. Ich schlug stattdessen chinesisches oder italienisches Essen vor. ›Sushi ist aber nicht neu‹, gab ich noch zu bedenken, aber wir entschieden uns schließlich für ein Chinarestaurant und fuhren doch gemeinsam dorthin. Gerade als Franke und ich unsere übliche Bestellung in dem asiatischen Restaurant aufgaben – süß-sauer, wie immer ...« Ein schwaches Lächeln huschte über ihr Gesicht, als sie sich an den

Moment erinnerte. »»Marleen‹, sagte er, ›du solltest wirklich Feierabend machen.‹ Er riet mir, das Essen mit nach Hause zu nehmen. Ich sah wohl blass aus, meine Augen waren rot. Der Fall, den ich bearbeitete, schien ohnehin gelöst zu sein. ›Morgen ist auch noch ein Tag‹, fügte er hinzu. Ich bat ihn, mich auf dem Rückweg an der Adresse abzusetzen, wo Yannick an diesem Abend mit Ermittlungen zugange war. Er stimmte zu und kündigte an, danach wieder zu unserer Dienststelle zurückzufahren. Er war nie besonders schnell, weder bei den Ermittlungen noch im Straßenverkehr. Aber er ging unfallfrei durchs Leben und führte im gesamten Revier die gründlichsten Ermittlungen.«

Marleen nahm einen Schluck aus ihrer Bierflasche, bevor sie weitersprach. »Das Restaurant, in dem wir auf unser Essen warteten, war klein, aber authentisch. Bunte Laternen und Girlanden hingen von der Decke, das gedämpfte Licht kaschierte die Makel der gealterten Möbel. An den Wänden hingen traditionelle asiatische Wandteppiche und Bilder mit Kranichen aus Perlmutt – oder war es Plastik? Ein majestätischer dunkelgrüner Drache stand in der Ecke des Raumes, und sanfte asiatische Musik erfüllte den Raum. Als unsere dampfenden Tüten mit Essen endlich gebracht wurden, verließen wir eilig das Restaurant. Wir fuhren zu der Vorstadtsiedlung im Osten Kiels, wo sich der Tatort befand, an dem Yannick gerade arbeitete. Es war eine Siedlung aus kleinen, aber hübschen Häusern, alle in derselben Bauart. Die Nachbarschaft strahlte wirkte gut situiert und eigentlich ganz charmant. Die Vorgärten waren gepflegt, die Autos gehobene Mittelklasse. Es war die Art von Nachbarschaft, die auf einen Räuber oder Einbrecher eine magische Anziehungskraft ausübt – der Schein von Reichtum, gepaart mit der Vorstellung von leichter Beute und ohne teure Sicherheitssysteme.«

Ihre Stimme wurde nachdenklich und ernst, leiser, bis sie nur noch ein Flüstern war.

»Als wir ankamen, begrüßte ich die zwei Kollegen, die den

Eingang sicherten, zeigte ihnen meinen Dienstausweis und betrat das Haus. Die Kollegen von der Spurensicherung waren bereits vor Ort, durchsuchten das Wohnzimmer nach Spuren und ließen dabei keinen Winkel aus. Inmitten des Durcheinanders lag eine junge Frau leblos auf dem Boden. Sie war Opfer einer brutalen Attacke geworden. Ich konnte bereits aus der Ferne die Blutlache sehen, die sich unter ihrem Hinterkopf gebildet hatte. Ein Rechtsmediziner war gerade dabei, sie zu untersuchen. Die Frau würde bald ins Institut gebracht werden.«

Marleen machte eine kurze Pause, bevor sie fortfuhr.

»Inmitten von all dem Chaos stand Yannick. Als ich mich ihm näherte, konnte ich an seinem Gesichtsausdruck ablesen, dass er nicht damit gerechnet hatte, mich zu sehen. Er begrüßte mich, indem er mir einen flüchtigen Kuss gab. ›Was machst du hier?‹, fragte er. ›Ich war in der Nähe und dachte, ich könnte helfen‹, antwortete ich, obwohl ich wusste, dass Franke es nicht gutheißen würde. Aber für mich war es wichtig, endlich vom Computer wegzukommen, und je schneller wir hier fertig waren, desto eher könnten wir nach Hause fahren. Yannick schaute schnell über seine Schulter und schätzte die Situation ein. Bei solchen Szenen gab es immer mehr Arbeit, als Polizisten zur Verfügung standen, und mein Angebot abzulehnen, wäre unklug gewesen. ›Okay‹, sagte er, ›aber stell das Fastfood erst mal in meinen Dienstwagen. Er steht direkt vor der Tür.‹

Dann berichtete Yannick mir von den bisherigen Ermittlungen. Sie waren vor etwa vierzig Minuten am Tatort eingetroffen, der Notruf war etwa zwölf Minuten früher eingegangen. Sie verdächtigten den Expartner des Opfers, der wahrscheinlich auf der Flucht war. Die dänischen Kollegen waren bereits informiert. ›Es scheint, als ob ihr alles im Griff habt‹, bemerkte ich. Yannick lächelte nur kurz. ›Die Tochter des Opfers hat den Notruf abgesetzt. Sie ist noch im Kindergartenalter und will nicht mit mir sprechen. Die Nachbarin und Patentante hat sie bei sich aufgenommen.‹«

Marleen wechselte ihre Liegeposition. »Ich dachte mir, das

ist wirklich eine Möglichkeit zu helfen. ›Könnte ich mit ihr reden? Ich komme besser mit Kindern klar als du‹, sagte ich. Er stimmte zu, und ich fragte, in welchem Haus die Patentante wohnte. ›Nummer neun‹, antwortete Yannick und warf mir die Autoschlüssel zu. Ich ging zum Wagen und legte das Essen hinein, bevor ich die Tür leise schloss und das Fahrzeug abschloss.«

Marleen schwieg auf einmal.

»Wie geht es weiter?«, fragte Matthias vorsichtig und legte sich wie sie auf den Rücken in den nassen Sand.

»Jasmin hieß die Tochter.« Marleen holte tief Luft. »Ich unterhielt mich zunächst mit der Nachbarin – befragte sie zu den Familienverhältnissen, welchen Eindruck Jasmin machte, ob es Auffälligkeiten gab. Als ich Jasmin begegnete, hielt sie ein kleines braunes Plastikpferd in der Hand. Ich brauchte zunächst einen gemeinsamen Nenner, wenn Jasmin mir vertrauen sollte, und fragte sie, ob es ihr etwas ausmachen würde, wenn ich mitspiele. Nachdem wir eine Weile gespielt hatten, habe ich versucht, das Gespräch auf ihre Mutter zu lenken. Jasmin dachte, ihre Mutter würde schlafen. Es brach mir das Herz.«

Sie schloss die Augen und atmete tief ein. »Ich konnte ihr nicht erklären, dass ihre Mutter tot war und nicht mehr aufwachen würde. Frau Krämer beobachtete das Gespräch von der Tür aus, brachte uns Kakao und ein paar Kekse, mit denen ich Jasmin ablenken konnte.«

Marleen konnte sich noch genau an den Ausdruck auf Jasmins Gesicht erinnern. Es war ein Ausdruck der Ernsthaftigkeit gewesen, der nicht zu einem Kind passte, als sei sie durch die Ereignisse, die sie erlebt hatte, um einige Jahre gealtert, ohne sie wirklich verstanden zu haben.

»Ich fragte, ob sie etwas gehört hätte, bevor sie die Polizei angerufen hatte. ›Ja‹, antwortete sie. ›Ich habe gehört, wie Mama und Papa stritten, und dann hörte ich ein Geräusch. Mama schlief auf dem Boden. Also rief ich die Hilfenummer.‹ Ich fragte weiter. ›Weißt du denn, weswegen dein Papa und deine

Mama gestritten haben?‹ Aber sie wusste es nicht. Der Streit selbst war an ihr vorbeigegangen. Durch Frau Krämer wusste ich bereits, dass sich das Paar des Öfteren stritt und dass es auch mal laut wurde. Der Streit selbst war daher nichts Besonderes, für sich betrachtet. ›Weißt du denn, wo dein Papa hingegangen sein könnte?‹, wollte ich wissen, aber auch darauf hatte Jasmin keine Antwort. Wie auch? Der Mann hatte wahrscheinlich seine Frau getötet, er wäre aber nicht so blöd, seiner Tochter zu sagen, wohin er flieht. Jasmin wurde unruhig. Die Situation belastete sie, auch ohne dass sie wusste, was genau passiert war oder was die Konsequenzen daraus waren. Für sie waren es nur eine Menge fremde Leute und ihre schlafende Mutter. Ich kannte sie nicht, aber sie mochte Pferde, daher erfand ich eine kleine Geschichte als gemeinsamen Nenner. ›Weißt du‹, sagte ich, ›ich war ein paar Jahre lang Springreiterin. Ich hatte sogar ein schwarzes Pferd, das hieß Cosmo. Darf ich dein Pferd mal halten?‹ Jasmin zögerte einen Moment, bevor sie mir das Spielzeugpferd reichte. Ich nahm es in die Hand, schaute mich um und nahm eine leere Tasse, die ich zwischen zwei imaginäre Hindernisse stellte. ›Weißt du‹, sagte ich, ›was beim Springreiten besonders spannend ist? Die Kombinationen. Hier hast du einen Oxer und hier einen Wassergraben.‹ Ich stellte noch ein Hindernis dazu und hatte ihre Aufmerksamkeit. Nachdem Jasmin und ich über Pferde gesprochen hatten, war ihre Neugier geweckt. Sie wollte unbedingt ein Bild von Cosmo sehen. Also zog ich mein Smartphone hervor und suchte online nach einem Bild, das Cosmo gerecht würde – ein prächtiger schwarzer Hengst. Als ich ihr das Bild zeigte, leuchteten ihre Augen vor Begeisterung auf. ›Ein wunderschönes Pferd‹, flüsterte sie ehrfürchtig. Sie fragte mich dann, ob ich Cosmo oft sage, wie schön er ist. Ich lächelte und versicherte ihr, dass ich das tat.«

Marleen machte eine kurze Pause, um ihre Gedanken zu sammeln. »Jasmin wollte wissen, ob sie Cosmo eines Tages persönlich treffen könnte. Ich musste ihr erklären, dass Cosmo schon sehr alt ist und nun seinen Ruhestand auf einem schönen Bauernhof genießt. Er verbringt seine Tage damit, in der Sonne zu liegen und zu schlafen. Er nimmt keine Reiter mehr auf den Rücken, aber ich versprach Jasmin, dass ich ihr immer zur Verfügung stehen würde, wenn sie Fragen hätte oder einfach nur reden wollte, und gab ihrer Patentante meine Visitenkarte mit meiner Telefonnummer.«

Tränen liefen ihr übers Gesicht, fielen ungesehen in den Sand. »Ich war nie Springreiterin, und Cosmo war einfach das erste Foto, das ich gefunden hatte. Ich kann noch genau den Ausdruck auf Jasmins Gesicht sehen, als sie die Bilder betrachtete. Sie war völlig vertieft in die Fotos. Doch dann veränderte sich ihre Stimmung ganz plötzlich. ›Der Mann hat auch Fotos von Mama gemacht‹, sagte sie. ›Welcher Mann?‹, fragte ich. ›Dein Vater?‹ Jasmin schüttelte den Kopf. ›Nein, nicht Papa‹, antwortete sie. ›Ein anderer Mann.‹ Ich dachte zunächst, sie meinte die Forensiker am Tatort, die natürlich Fotos machen mussten. Als ich sie aber fragte, was genau der Mann fotografiert hatte, gab sie mir eine Antwort, die mich frösteln ließ. ›Unter Mamas Kleid‹, sagte sie. Es war, als hätte mir jemand einen Eimer Eiswasser über den Kopf gekippt.«

Marleen machte wieder eine kurze Pause, griff in den Sand und presste ihn in der Faust zu einem Klumpen zusammen.

»Ich bat sie, den Mann zu beschreiben. Sie sagte, es sei ein anderer Mann dabei gewesen. Sie hätten beide gelacht. Es mussten Kollegen gewesen sein – sonst war ja niemand da. Es war schwierig, ruhig zu bleiben, denn der Kreis der Leute, die in Betracht kamen, war klein. ›Und was ist dann passiert?‹, fragte ich sie. Sie sagte, die Männer hätten ihr Angst gemacht, und deshalb hätte sie nicht mit ihnen reden wollen. Dann hätte man sie hierhergebracht.«

Marleen trank einen großen Schluck Bier, bevor sie weitersprach. »Ich habe sie dann gefragt, ob es genau die Männer waren, die sie zu ihrer Patentante gebracht hatten. Da nickte sie. Weißt du, es ist keine Seltenheit, dass Polizisten einen makabren Humor entwickeln, um mit den schrecklichen Dingen umzugehen, die wir tagtäglich sehen. Das ist mir bewusst. Aber das hier war etwas anderes. Pornografische Fotos von einer Toten – so was ist abartig. In mir breitete sich ein unangenehmes Gefühl aus – Yannick hatte definitiv etwas damit zu tun, auch wenn ich das eigentlich nicht glauben wollte. Nachdem ich mich von Jasmin und Frau Krämer verabschiedet hatte, ging ich zurück ins Haus, zog ihn aus einem Gespräch mit einem Kollegen und bat ihn, mit mir zu kommen. Er wirkte verdutzt, kam aber mit. Dann waren wir allein, was gar nicht so einfach ist, wenn ein Dutzend Polizisten im Haus ist. Ich wusste nicht, was ich ihm sagen sollte. Das, was Jasmin mir beschrieben hatte, war so … schlimm, dass ich ihm einen Vertrauensvorschuss gab und ihn nicht direkt darauf ansprach. Es brannte mir auf den Nägeln, aber ich konnte nicht. Ich hatte Angst vor der Antwort. ›Was ist passiert, als ihr am Tatort eingetroffen seid?‹, fragte ich ihn stattdessen. Ich hoffte, dass er vielleicht von selbst darauf kommen würde, dass Jasmin mir etwas erzählt hatte. Es wäre seine Chance gewesen, reinen Tisch zu machen. Aber seine Antwort war so vorhersehbar wie enttäuschend. ›Wir haben die Spurensicherung gerufen, und die Kollegen haben den Tatort gesichert‹, sagte er. Ich atmete tief durch und fragte weiter: ›Warst du zu irgendeinem Zeitpunkt mit dem Leichnam allein?‹ Seine Antwort war genauso vorhersehbar. ›Natürlich nicht – Marco war die ganze Zeit dabei.‹ Ich konnte nicht anders, als das Gesicht zu verziehen.

Ich wollte von ihm wissen, wer Jasmin in das Nachbarhaus gebracht hatte. Seine Antwort war einfach: Er selbst. Er beschrieb Jasmin als verstört und sprachlos. Bei seinen Worten lief mir ein kalter Schauer über den Rücken. Ich holte unser Abendessen aus dem Dienstwagen und organisierte mir ein Taxi. Er versprach, bald nach Hause zu kommen. Es wurde dann doch ziemlich spät, bis Yannick kam. Ich wartete, bis er eingeschlafen war, dann nahm ich sein Smartphone. Er hatte mir vor einiger Zeit mal seinen Entsperrcode gegeben, doch als ich die Zahlen eingab, passierte nichts. Ich versuchte es erneut, aber ohne Erfolg. Hatte Yannick den Code geändert? Oder hatte er mir von Anfang an einen falschen gegeben? All diese Fragen wirbelten in meinem Kopf herum und ließen mich nicht los. Ich kam auf die Idee, die Gesichtserkennung zu verwenden. Unter dem Vorwand, den Wecker für den nächsten Tag stellen zu müssen, weckte ich Yannick. Verschlafen öffnete er kurz die Augen, und das Smartphone entsperrte sich. Ich wartete, bis er sich wieder zu Seite drehte, und was ich dann in seinen Whatsapp-Chats fand, ließ mir das Blut in den Adern gefrieren. Es war eine ganze Gruppe, an der Spitze seiner Chatliste. Und darin fand ich Bilder, die ich niemals hätte sehen wollen.

Es waren Bilder von Marco und Yannick, die mit einer Leiche posierten, auf die dreckigste Art und Weise. Das Schlimmste für mich war, dass Yannick derjenige war, der diese Bilder geteilt hatte, nicht Marco. Und es fanden sich viele Fotos, nicht nur von Jasmins Mutter. Offenbar machten sie das schon eine ganze Weile.«

Matthias schwieg, und auch Marleen sagte einen Moment lang nichts mehr.

»Als ich am nächsten Morgen aufwachte, war Yannick verschwunden. Sein Platz im Bett war leer, sein Smartphone lag nicht auf dem Nachttisch. Ich stand auf und lief durch die leere Wohnung. Ich weiß, dass es ein absolutes Tabu ist, Kollegen zu denunzieren. Aber ich konnte doch nicht einfach wegschauen! Das wollte ich den Opfern und ihren Familien nicht antun. Und all den Frauen, die sich nicht wehren konnten.«

Marleen schloss die Augen, als sie sich an die Verzweiflung jener Nacht erinnerte. »Ich hoffte inständig, dass die Interne Ermittlung ihre Mittel und Wege finden würde, um die Daten ausfindig zu machen. Aber ich wusste auch, dass so manche Ermittlung im Sande verläuft. Letztlich kam ich gar nicht dazu, die Sache zu melden. Als ich am nächsten Morgen ins Revier kam, hatte sich etwas verändert. Die Morgensonne fiel durch die hohen Fenster und tauchte den Raum in ein warmes Licht.

Aber statt der gewohnten Kameradschaft spürte ich nur Ablehnung. Meine Kollegen, mit denen ich sonst meinen Morgenkaffee teilte, mieden mich. Yannick fand ich im Gemeinschaftsraum. Er flirtete mit Mila, einer neuen Kollegin. Als sie mich sahen, verstummte ihr Lachen.«

Marleen schluckte schwer, als sie fortfuhr: »Er hatte gemerkt, dass ich an seinem Smartphone gewesen war. Er warnte mich, dass ich nichts in der Hand hätte – nur die Aussage eines kleinen Kindes und mein Wort, dass ich Fotos gesehen hätte, die es längst nicht mehr geben würde. Er drohte mir sogar für den Fall, dass ich ihm und seinen Freunden schaden würde. So etwas käme einem Verrat gleich. Ich sagte ihm, wie abscheulich das war, was sie da taten, aber er zuckte nur mit den Schultern und spielte das Opfer. Außerdem drohte er, meine Sachen spätestens am Abend dieses Tages auf die Straße zu werfen, wenn ich sie nicht sofort aus seiner Wohnung abholen würde. Ich korrigierte ihn, dass es unsere gemeinsame Wohnung sei, aber letztlich stand nur sein Name im Mietvertrag, nicht meiner.«

Marleen schloss kurz die Augen, um die Erinnerung zu verarbeiten. »Er schwor mir, dass bis zum Nachmittag das ganze Revier wissen würde, was für ein Kollegenschwein ich sei. Ich rief Franke an und bat ihn, mich zur Wohnung zu fahren, damit ich meine Sachen abholen konnte. Er stellte keine Fragen, bot mir einfach an, für ein paar Tage auf seinem Sofa zu übernachten. Doch sein Blick sagte mir, dass er auch schon die Verleumdungen gehört hatte.«

Marleen hielt inne, die Erinnerungen an diese Tage taten immer noch weh. »Seitdem sind sechs Monate vergangen, und ich habe festgestellt, dass die Hölle vielleicht doch in Kiel liegt. Ich habe mit mir gerungen, ob ich Yannick und Marco melden sollte. Nicht weil ich Angst hatte, die falsche Entscheidung zu treffen – es wäre ohne Zweifel das Richtige, sie zu melden –, sondern weil ich befürchtete, dass Yannick Recht behalten würde. Nicht nur, dass mir dort schon der Boden unter den Füßen weggezogen wurde. Wenn bekannt würde, dass ich Kollegen angeschwärzt hatte, wäre ich auch anderswo nicht mehr glücklich geworden. Das ist ein ungeschriebenes Gesetz.«

»Ich weiß.«

»Ohne die Fotos gab es keinen Beweis, und in meinem Schock hatte nicht sofort reagiert. Nur die Andeutungen eines traumatisierten Mädchens und meine Aussage blieben, und Yannick erklärte rundheraus, dass ich mir das alles ausgedacht hätte, weil ich die Trennung nicht verkraftet hätte. Mehr noch: Er schob mir Ermittlungsfehler in die Schuhe, die ich gar nicht begangen hatte, brandmarkte mich bei den Kollegen als Verräterin, obwohl ich bis dato noch gar nichts getan hatte, und nutzte seine Kontakte dazu, mich an allen Ecken und Enden zu diskreditieren.«

Marleen atmete tief ein und aus. »Es wurde unerträglich. Weißt du, ich bin Polizistin mit Leib und Seele, dieser Beruf ist alles, was ich jemals wollte. Ich habe lange Gespräche mit meiner Mutter geführt, die Richterin am Landgericht ist. Wir haben die Situation von allen Seiten beleuchtet. Sie stimmte mit mir überein – es gab nur eine richtige Entscheidung. Aber sie wies mich auch darauf hin, dass recht haben und sein Recht bekommen nicht dasselbe ist. Theoretisch herrscht in Gerichts- und anderen Verwaltungsverfahren eine Chancen- und Waffengleichheit. Jede Seite hat die gleichen Möglichkeiten, sie müssen nur richtig genutzt werden, um das Gericht zu überzeugen. In diesem Fall wäre das Gericht die Dienstaufsicht. Und die Möglichkeiten sind begrenzt. Tja, und dann ist noch etwas geschehen.«

Marleen schloss die Augen und erinnerte sich an den Tag, an dem in einem großen Fall der Mordkommission eine Festnahme erfolgen sollte. »Wir hatten diesen Tag lange vorbereitet. Der Mann, den wir festnehmen sollten, war fünfundvierzig Jahre alt und wurde beschuldigt, einen Exilanten bei einem ›Drive-By‹ erschossen zu haben. Die Tat hatte viel Aufsehen erregt, aber trotz Dutzender Zeugen waren nur das Heranrauschen eines Autos und drei Schüsse von allen Zeugen bestätigt worden. Nach den Schüssen brach Panik aus. Die meisten Menschen rannten weg, nur wenige blieben, um dem blutenden Mann zu helfen. Er wurde schwer verletzt und überlebte zwei Wochen im Krankenhaus, bevor er seinen Verletzungen erlag. Ich hatte einen wesentlichen Beitrag zu den Ermittlungen geleistet und saß nun in einem der Wagen, die die Festnahme durchführen sollten. Der Moment, in dem alle Ermittlungsfäden zusammenlaufen und die harte Arbeit Früchte trägt, ist einfach unvergleichlich. Der Täter war kein Unbekannter für die Polizei. Ich hatte seine Akten aus Flensburg und Lübeck studiert und mich intensiv mit seinem Fall beschäftigt, bis ich das Gefühl hatte, ihn in- und auswendig zu kennen. Aber trotz all meiner Vorbereitungen konnte ich nicht vorhersehen, was als Nächstes passieren würde. Wir hatten die Meldung bekommen, dass unsere Einheiten in fünf Minuten vor Ort sein würden. Der gesamte Einsatz war auf die Sekunde genau geplant. Die Annahme, dass der Verdächtige bewaffnet sein könnte, ließ uns einerseits vorsichtig vorgehen, andererseits aber auch mit besonderer Härte. Wir beobachteten das Gebäude aus sicherer Entfernung, während mehrere Einsatzwagen, auch vom LKA, sich dem Gebäude näherten. Die Strategie war klar: Lautlos bis zum Gebäude vordringen, dann mit viel Kraft eindringen. Im Militärjargon nennt man das ›Shock & Awe‹ – der Verdächtige wird so schnell und von so vielen Seiten angegriffen, dass ihm keine Zeit zur Reaktion bleibt. Plötzlich bemerkten wir Aktivität im Gebäude. Mehrere Männer liefen vor dem Fenster hin und her und riefen etwas, was wir nicht hören konnten. Etwas stimmte nicht. Becker, mein Fahrer und Kollege, griff sofort zum Funkgerät und kontaktierte die Einsatzleitung. Während wir auf eine Antwort warteten, erhielt Becker eine Eilmeldung auf seinem Smartphone. Als er sie las, wurde er blass. Er reichte mir das Telefon, und ich las die Nachricht: ›Der Verdächtige plant zu fliehen.‹«

Marleen schluckte schwer, ehe sie fortfuhr: »Becker sprang

aus dem Wagen und zog seine Waffe. Ich folgte ihm, während wir die Straße überquerten. Plötzlich zersplitterte eine Fensterscheibe, und Schüsse peitschten auf die Straße. Ein schwarzer BMW raste aus der Einfahrt des Gebäudes. Ich zielte auf die Reifen des Wagens, aber Becker hielt mich zurück. Es waren Passanten in der Nähe. Wir hatten keine andere Wahl, als zuzusehen, wie der Wagen davonfuhr. Es war eine Katastrophe, Matthias. Eine absolute Katastrophe. Und dazu kam noch, dass Informationen darüber anonym an die Presse gelangt waren. Nach diesem Vorfall war die Atmosphäre im Besprechungsraum kälter als je zuvor. Bis dahin hatte ich mich von Yannicks Verhalten zumindest äußerlich nicht beeindrucken lassen. Trotz aller Anfeindungen und der Isolation habe ich weitergemacht, stoisch und unbeirrbar. Doch dann erfuhren meine Vorgesetzten bei einem Gespräch mit Vertretern der Lokalzeitung, die Informationen über die bevorstehende Festnahme seien von einer Beamtin der Mordkommission gekommen. Ein übereifriger Journalist hatte diese Information dann als Eilmeldung online gestellt und damit den Verdächtigen gewarnt. Dass der Verdächtige mittlerweile trotzdem in Untersuchungshaft saß, nachdem er von der Autobahnpolizei gestoppt worden war, milderte das das Problem nur ab. In der Mordkommission arbeiten mehrere Frauen, doch aufgrund der ohnehin angespannten Stimmung geriet ich schnell in den Fokus. Meine Vorgesetzten konnten die immer lauter werdenden Stimmen, die mich anklagten, nicht länger ignorieren.«

»Gab es denn niemanden, der zu dir hielt?«, fragte er.

»Doch, die gab es. Vielen Kollegen war es einfach egal, sie taten es als schmutzige Trennung ab. Aber Franke hielt immer zu mir. Er ging unbeirrt mit mir zum Mittagessen, trank Kaffee mit mir, arbeitete ganz normal weiter. Aber irgendwann sagte er mir doch, ich könne so nicht weitermachen, und dann wurde er sehr direkt. ›Entweder kämpfst du das durch, ohne Rücksicht auf Verluste‹, sagte er. ›Oder du verlässt Kiel und sammelst deine Kräfte bei einem taktischen Rückzug.‹ Über die Möglichkeit, meine Heimatstadt zu verlassen, hatte ich noch nie nachgedacht. Doch je länger ich darüber nachdachte, desto attraktiver wurde die Idee. Schleswig-Holstein ist nicht klein, aber auch nicht zu groß, und meine Familie wäre nie mehr als ein paar Stunden entfernt. Jedenfalls wies er mich ein paar Tage später auf die freie Stelle hier auf Sylt hin. Er hat mir im Übrigen nie gesagt, wie er sich entschieden hätte, und ich weiß auch bis heute nicht, ob er es bedauert hat, dass ich ging. Wie auch immer: Ich verfasste ein kurzes Schreiben, gab es bei meinem Chef ab und saß kurze Zeit später hier. Es ist erstaunlich, wie schnell es gehen kann, wenn die abgebende Seite einen loswerden möchte.«

Marleen war am Ende ihrer Geschichte angelangt. Sie stand auf und bewegte ihre kalten Glieder.

»Danke, dass du mir das anvertraut hast«, sagte Matthias leise.

Fünfundzwanzig

Gelassen hörte Lorenzen zu, als sie ihm am nächsten Tag den Einsatz in allen Einzelheiten schilderten. Von dem Moment an, als der Notruf einging, bis zur Ankunft der Verstärkung – kein Detail war unwichtig. Ein offizieller Bericht würde folgen, doch Lorenzen wusste, dass die frischen Eindrücke von unschätzbarem Wert waren. Der Vorfall war ohnehin sehr ungewöhnlich für die Insel. Die drängendsten Fragen waren natürlich: Wer? Und warum? Zwei Verdächtige waren festgenommen worden und noch in Gewahrsam. Laut der Aussage von Frau Horvath hatten noch drei weitere Leute zu der Gruppe gehört, sie hatte fünf Einbrecher gezählt, aber niemand hatte die anderen drei gesehen. Die Kollegen hatten die Dünen abgesucht, ohne Erfolg. Einige meinten, dass Linda Horvath sich die drei Leute eingebildet hatte. Völlig abwegig war die Theorie nicht. Hatte das Gehirn Schwierigkeiten, eine Information richtig einzuordnen, fügte es manchmal Dinge hinzu.

Die Informationen, die die beiden Verdächtigen preisgaben, kamen nur spärlich. Ihr Ziel, so behaupteten sie, war es gewesen, die Horvaths aus dem Anwesen zu verjagen. Sie betrachteten ihre Aktion als gerechte Strafe für den vermeintlichen Frevel an der Natur. Sie hätten niemanden verletzen wollen – der Angriff auf die Polizistin sei eine Folge von zu viel Adrenalin gewesen und der Situation geschuldet. In den kommenden Tagen würden die Beamten der Kriminalpolizei tiefer graben, um mehr herauszufinden. Doch das war nicht Lorenzens Zuständigkeitsbereich. Seine Aufmerksamkeit galt dem Einsatz selbst. Schließlich war eine Mitarbeiterin verletzt worden. Es gab viele Unklarheiten und tatsächlich gerade nur eine Sache, die unumstößlich klar war: Wie zuvor, wie bei den Vorfällen am Flugplatz oder dem Kongresszentrum, handelte es sich um Klimaaktivisten. Diesmal sogar um Aktivisten, die bereit waren, Gewalt gegen Sachen und Personen anzuwenden. Adrenalin hin oder her, die Verletzung einer Polizistin und die psychische Belastung einer Unbeteiligten konnten auf keinen Fall hingenommen werden. Friedlicher Protest sah anders aus.

Um eine offene und konstruktive Atmosphäre zu fördern, hatte Lorenzen für Kaffee und Tee gesorgt. Es war eine kleine Geste, aber eine, die das schwierige Gespräch ein wenig erleichterte. In der Welt der Vernehmungen war es ein gängiger Kniff, den Verdächtigen den Eindruck zu vermitteln, man stünde auf ihrer Seite. Eine sorgsam konstruierte Verbindung zwischen Polizisten und Verdächtigen, die dazu diente, ihre Verteidigung zu durchbrechen und sie zum Reden zu bringen. Man machte dem Verdächtigen klar, dass man ihn als Mensch respektierte. Dieser selbstverständliche Umstand reichte manchmal schon aus.

Marleen hoffte inständig, dass sie nicht in die Lage kommen würde, Matthias' Verhalten zu kommentieren. Sie hielt sich sorgfältig zurück und konzentrierte sich auf ihre eigene Rolle. Tatsächlich gab sie an, sie hätte nicht schnell genug reagiert, und es sei ihr Versäumnis gewesen, dass der Tatverdächtige die Gelegenheit hatte, sich aus der Fixierung zu lösen. Sie hätten reibungslos als Team funktioniert.

Nachdem sie ihre Erzählung beendet hatten, klappte Lorenzen die Akten zu und blickte mit besorgter Miene in ihre Gesichter. »Was macht der Arm? Wie geht's euch sonst?«

Marleen zögerte einen Moment, bevor sie antwortete. »So weit gut«, sagte sie schließlich. »Der Arm tut weh, der Kopf brummt, aber ich habe schon Schlimmeres erlebt.«

Matthias antwortete ruhig, ohne persönliche Regungen herauszulassen. »Ich bin auch in Ordnung«, sagte er, seine Stimme so neutral wie sein Gesichtsausdruck, als er seinen eigenen Bericht abschloss.

Dann wandte Lorenzen seinen Blick vom Team ab und hin zum Bildschirm. »Ihr beide habt genug Überstunden angesammelt. Ich würde euch gerne für eine Woche freistellen, auch wenn ihr euch natürlich bereithalten müsst.«

Während Matthias erleichtert aufatmete, reagierte Marleen ablehnend. Erst heute Morgen hatte sie in einer E-Mail gelesen, dass Clemens Videomaterial aus Flensburg hatte. Er fragte an, ob sie das Material ebenfalls sichten wolle. Sie brannte darauf, Jessicas Mörder zu fassen, der wohl mit der unbekannten Sylter Toten in Verbindung stand.

»Das ist nicht möglich«, entgegnete sie. »Ich habe noch Arbeit zu erledigen im Fall Tomsen.«

»Clemens hat mir schon davon erzählt«, begann Lorenzen und lehnte sich in seinem Stuhl zurück. »Ich würde euch …« Er hielt inne, sein Blick fiel auf Matthias, und er korrigierte sich sofort. »Okay, ich würde dir noch heute geben. Aber danach bist du vorerst aus dem Spiel. Du musst dich ausruhen. Und ja, das ist eine dienstliche Anordnung.«

Marleen mochte den Gedanken, nur auf der Reservebank zu sitzen, überhaupt nicht. »Falls es eine Änderung gibt, informiere ich euch«, fügte Lorenzen hinzu.

Lorenzen hatte zwei Verhörraume in der Wache vorbereiten lassen. Es war für ihn selbstverständlich, bei diesem Fall, bei dem eine seiner Kommissarinnen verletzt wurde, eine Vernehmung selbst vorzunehmen. Auf der Arbeit blieb er ruhig und besonnen, nur privat ließ er die Unruhe durchschimmern. Nie trug er sie offen vor sich her, aber die, die ihn kannten – Frau und Sohn voran – konnten ihn lesen wie ein offenes, sehr großzügig gedrucktes Buch und erkannten, dass er weniger ruhig war als sonst. Natürlich sah auch er die vielen Fragezeichen, die diesen Fall umgaben, und suchte nach Antworten. Für diese Suche blieb ihm noch ein wenig Zeit. Sie hatten die Verdächtigen in Gewahrsam genommen. Morgen würden die Männer einem Richter vorgeführt werden und dafür in Polizeibegleitung nach Niebüll gebracht werden. Auf der Insel selbst gab es schon seit fünfzig Jahren kein Amtsgericht mehr. Niebüll war für die Insel zuständig, und die Polizei Sylt war in das historische Gerichtsgebäude eingezogen, das erst kürzlich mit viel Aufwand renoviert und restauriert worden war.

Die beiden Verdächtigen warteten in den getrennten Räumen auf eine Vernehmung. Oder besser gesagt, Lorenzen hoffte, dass es zu einer wirklichen Vernehmung kommen würde. Bisher hatten beide eisern geschwiegen, und sie hatten jedes Recht, das zu tun. Henning stand neben Lorenzen, hielt eine Tasse heißen Kaffee in der Hand und wärmte sich daran. Lorenzen bat ihn, bei den Gesprächen mit in den Raum zu kommen. Sie würden nicht »Guter Cop, böser Cop« spielen. Derartige Klischees, die durch das Fernsehen befeuert wurden, wollte Lorenzen nicht bedienen. Stattdessen wählte er generell einen anderen Weg.

Sie setzten sich dem jungen Mann gegenüber. Seine Identität hatten sie inzwischen festgestellt: Phillipp Neumann, 27 Jahre alt, als Bürokaufmann tätig und auf dem Festland wohnhaft. Die Nacht in der Gewahrsamszelle hatte ihre Spuren hinterlassen, obwohl man ihm jede Möglichkeit gegeben hatte, sich frisch zu machen. Er war derjenige, der sofort die Arme nach oben gerissen hatte und sich widerstandslos hatte festnehmen lassen.

»Hallo, Herr Neumann«, begrüßte ihn Lorenzen freundlich und scheinbar unvoreingenommen. Phillipp Neumann betrachtete die beiden Polizisten und murmelte eine Begrüßung.

»Sie wurden heute Morgen von Polizeivollzugsbeamten in Gewahrsam und anschließend festgenommen, nachdem sie auf frischer Tat dabei ertappt wurden, wie sie sich Zugang zum Haus von Frau Linda Horvath verschafften und das Innere des Hauses mutwillig demolierten und beschädigten. Ihnen werden daher Hausfriedensbruch und Sachbeschädigung vorgeworfen. Über Ihre Rechte im Fall der Festnahme wurden Sie bereits schriftlich belehrt. Sie wissen daher, dass Sie sich zu der Beschuldigung nicht äußern müssen und dass Sie im Laufe des morgigen Tages einem Ermittlungsrichter vor dem Amtsgericht Niebüll vorgeführt werden. Haben Sie das verstanden?«

Neumann nickte.

»Wollen Sie sich zu den Vorwürfen äußern? Aber viel wichtiger – kann ich Ihnen etwas zu trinken anbieten? Oder zu essen?«

Lorenzen war froh, dass er Phillipp Neumann richtig eingeschätzt hatte. Dankend sagte er zu den letzten beiden Dingen Ja, und Henning reichte ihm drei Minuten später ein belegtes Brötchen und einen Kaffee. Sie gaben ihm Zeit zum Essen und Trinken, ließen ihn in Ruhe, während er Energie tankte. Er schaute unruhig von einem Polizisten zum anderen.

»Ich möchte mich gerne äußern, wenn das für mich von Vorteil ist«, sagte er.

»Das könnte der Fall sein«, antwortete Lorenzen. Er wählte absichtlich unverbindliche Worte, denn auch wenn er die Richter vom Festland persönlich kannte, wie man es eben nach jahrelanger Zusammenarbeit tat, konnte er keinen Einfluss darauf nehmen, wie der Richter entscheiden würde. Eine Einflussnahme jedweder Art würde kein Richter, der etwas auf seinen Berufsstand hielt, dulden. »Geben Sie denn die Ihnen vorgeworfenen Delikte zu?«

In Neumann arbeitete es; Lorenzen sah es an den Schweißperlen auf der gerunzelten Stirn.

»Ja, das tue ich«, sagte er schließlich.

»Dann beantworten Sie mir bitte die Frage, weshalb Sie sich Zutritt zu Linda Horvaths Haus verschafft haben und es anschließend verwüsteten. Was war Ihr Motiv?«

»Wir wollten ein Zeichen setzen. Das Haus … Es ist eine Gefahr für das Naturschutzgebiet, an das es angrenzt. Dass diesem Bauvorschlag überhaupt zugestimmt wurde, ist eine Schweinerei. Wenn erst eine Genehmigung durch ist, folgt die nächste. Wir dachten, dass wir sie aus dem Haus ekeln könnten. Es hätte wie gesagt nie gebaut werden dürfen. Und wir dachten, die Horvaths seien abgereist.«

Einen Moment lang dachte Lorenzen darüber nach. Das Anwesen der Horvaths hatte tatsächlich von Anfang an in der Kritik gestanden. Diese Kritik hatte sich jedoch irgendwann verlaufen.

»Wieso jetzt? Das Haus ist doch schon seit Längerem bewohnt. Wäre es nicht einfacher gewesen, den Bau zu be- oder sogar verhindern?«

»Wir haben uns vorher nicht getraut, wir dachten, dass der Zeitpunkt ungünstig wäre.«

»Ungünstig wieso? Das müssen sie mir genauer erklären.«

»Da hingen auch Arbeitsplätze dran.«

»Einer aus ihrer Naturgruppe, nehme ich an? Nun, wenn es ums eigene Geld hört bei vielen die Moral auf. Etwas scheinheilig, nicht wahr?«

»Das habe ich nie gesagt.«

»Gut. Wer sind denn ›Wir‹? Sie und wer?«

Nun geriet Neumann ins Grübeln. »Ich denke, ich möchte nichts weiter dazu sagen.«

Lorenzen lächelte. Es wäre der einfachste Weg gewesen, um an die anderen Verdächtigen zu gelangen, von denen bisher nur die Rede gewesen war, die aber niemand gesehen hatte. »Das verstehe ich.« Er klappte die Akte zu und stand auf. »Ich denke, wir sind dann hier erst mal fertig.«

Neumann reagierte verständlicherweise verwirrt. »Wie? Das war es schon?«

»Ja. Ich habe erst mal alles, was ich brauche. Den Rest wird Ihnen der Ermittlungsrichter erklären. Außerdem war Ihr Kollege etwas redseliger als Sie.«

Draußen steckte Henning seine Hände in die Hosentaschen und schaute erwartungsvoll zu Lorenzen. »Das war unerwartet schnell«, sagte er.

»Er hat gestanden und hat uns ein Motiv genannt. Jetzt lassen wir ihn einfach etwas sitzen, damit es in ihm arbeiten kann«, antwortete Lorenzen und ging zurück in Richtung des Hauptraums, weg von dem zweiten Vernehmungsraum.

»Möchtest du denn nicht auch den zweiten Verdächtigen befragen?«

»Nein. Es kann keine gute Begründung dafür geben, weshalb er Marleen angegriffen hat. Daher will ich weder einen Grund, noch eine Entschuldigung hören. Er wird nach dem Angriff auf eine Polizistin sowieso nicht reden wollen, sondern direkt nach seinem Anwalt verlangen. Soll jemand anders ihn befragen, der Spaß daran hat, seine Zeit zu verschwenden.«

Sie tauchten in den gewöhnlichen Trubel des Reviers ein, Henning folgte ihm zu seinem Büro. »Dann werde ich das übernehmen.«

»Ich werde später noch mal in den ersten Verhörraum gehen und mir die restlichen drei Namen besorgen.«

»Du klingst ziemlich sicher.«

»Oh, das bin ich. Danach wirst du dir Claudia oder Sven schnappen, und ihr bringt die beiden Typen aufs Festland. Dann sehen wir weiter.«

Lorenzen ließ sich in seinen Bürostuhl fallen und bereitete die nötigen Papiere vor, die das Ermittlungsverfahren ins Rollen bringen würden.

Die Anzeichen für das bevorstehende Unwetter hatten sich in den letzten Tagen verdichtet. Der Wind wurde zunehmend stärker, und es gab erste Gerüchte über eine Sturmflut von gefährlichen Ausmaßen. Es war eine düstere Vorahnung, die zusätzlich an den ohnehin schon angespannten Nerven der Polizei zerrte.

Mit konzentriertem Blick verfolgte Marleen die Videoaufzeichnungen einer Tankstelle. Sie erkannte Jessica, gekleidet mit dem sommerlichen Kleid, das man bei der Toten gefunden hatte, und sie ging Hand in Hand mit einem Mann, dessen Gesicht auf der Aufnahme aber nicht zu sehen war. Er trug ein weißes Hemd und eine blaue Jeans, seine Ärmel waren hochgekrempelt, doch es gab nichts Besonderes an ihm zu entdecken. Keine Tätowierung, Uhr oder Schmuck.

Sie spulte das Video vor. Das war der Weg zum Strand. Wenn er allein denselben Weg zurückgegangen wäre, hätte sie sein Gesicht erkennen können. Aber Fehlanzeige. Sie spulte sechs lange Stunden vor, ohne Ergebnis. Er kam nicht mehr an der Kamera vorbei. Ein dazugehöriger Wagen war auch nicht zu sehen. Stattdessen hatte sie ein Paar beobachtet, das sich direkt im Sichtfeld der Kamera stritt, um dann in einen leidenschaftlichen Kuss zu verfallen.

Erschöpft griff Marleen nach einer der Schmerztabletten, die ihr im Krankenhaus mitgegeben worden waren, und spülte sie mit kaltem Kaffee herunter. Es war ein langer Tag gewesen, und sie war heute nicht mehr wählerisch bei der Getränkewahl.

Ein weiterer Durchlauf der Videoaufzeichnungen. Der Mann hatte seinen Arm fest um Jessica gelegt. Er bewegte sich mit einem geraden, selbstbewussten Gang. Sie spulte zurück und ließ die Szene erneut ablaufen.

Keine Auffälligkeiten im Gang, er wirkte auch nicht militärisch. Obwohl der Stützpunkt Flensburg-Mürwik geschrumpft war, beherbergte er noch immer die Marineschule Mürwik und die Schule für Strategische Aufklärung der Bundeswehr. Marleen hatte überlegt, dass Schüler dieser Einrichtungen vom Körperbau her durchaus infrage kämen. Doch sie wiesen auch gewisse Eigenheiten auf, an denen man sie erkennen konnte. Nach einem weiteren Durchlauf gab sie auf. Es war unmöglich, den Mann anhand dieser Aufnahme zu identifizieren.

Ein Surren signalisierte den Eingang einer Nachricht. Matthias war bereits nach Hause gegangen; er hatte Lorenzens Rat befolgt. »*Sollen wir uns diese Woche mal auf ein Bier treffen?*«, fragte er. In diesem Moment war es ihr egal. Sie war nur frustriert.

»Gern, ich bringe Jan dann mit«, schrieb sie zurück.

Sechsundzwanzig

»Wir sind am Ziel«, stellte Gert Broders fest, während er den Streifenwagen gekonnt durch die Gassen von Husum lenkte, um ihn schließlich am Straßenrand zu parken. Das Mietshaus vor ihnen bot einen traurigen Anblick: zahlreiche Parteien und eine heruntergekommene Fassade. Einige Fenster waren mit Handtüchern zugehängt – es war offensichtlich kein Objekt für eine Wohnzeitschrift. Niedrige Mieten und Sozialwohnungen, nahm Broders auf den ersten Blick an. Heute stand ein Routineeinsatz an. Seine Partnerin, Nadine Ocken, blickte kurz von ihrem Smartphone auf und steckte es dann weg.

»Okay, dann mal los. Welche Hausnummer?«

»Nummer zwölf. Die Mieterin, um die es geht, heißt Sofie Weyers, dreiundzwanzig Jahre alt.«

Als sie aus dem Auto stiegen, kam ein Mann auf sie zu, dessen Gesicht pure Resignation zeigte.

»Gert Broders, und das ist meine Partnerin Frau Ocken«, stellte Broders sie vor.

»Danke, dass Sie gekommen sind. Walter Ering, ich bin der Vermieter von Frau Weyers.«

»Sie haben am Telefon erwähnt, dass sich die Post stapelt und dass in den letzten drei Monaten keine Miete mehr eingegangen ist, richtig?«

»Genau, da quillt alles über. Und niemand macht auf, wenn ich klopfe. Ich hab natürlich mehrere Schreiben und Mahnungen geschickt und wollte schon eine Kündigung aussprechen, aber irgendwie kam mir die Sache komisch vor.«

»Können Sie uns bitte die Wohnung zeigen?«

Herr Ering kramte in seiner Hosentasche nach einem Schlüssel, mit dem er die Haustür aufschloss. »Zur Sicherheit haben wir für alle Wohnungen Ersatzschlüssel in einem Safe. Unsere Mieter sind darüber informiert.«

Er zeigte ihnen den überfüllten Briefkasten und führte sie dann die Treppe hinauf in den obersten Stock. Dort lagen weitere Briefe und Prospekte, achtlos auf die Türmatte geworfen, die eine fröhlich winkende Katze zeigte.

»Warum hat man uns erst jetzt informiert?«, fragte Broders. »In dem Gebäude wohnen dreißig Parteien oder mehr, hat denn niemand etwas bemerkt bezüglich der Post?«

»Tja, vielleicht ist es jemandem aufgefallen, aber es hat niemanden wirklich interessiert.«

»Und niemand hat sie gesehen?«

»Ich habe im Haus nachgefragt, ob jemand weiß, wo sie sich aufhält, aber niemand konnte mir etwas sagen.«

»Das sind ja reizende Nachbarn«, warf Nadine Ocken ein.

»Es riecht auch, als würde etwas in der Wohnung verrotten. Aber das merkt man nur direkt vor der Tür. Ein Fenster ist auf Kipp, daher dachte ich, sie müsste da sein. Aber es wurde nie geschlossen.«

Broders klingelte und klopfte dann lautstark an die Tür.

»Frau Weyers? Hier spricht die Polizei, bitte öffnen Sie die Tür.« Er klopfte noch mal. Für einen kurzen Moment lauschte die kleine Truppe in die Wohnung hinein.

Keine Reaktion.

»Dann schließen Sie bitte mal auf, Herr Ering.«

Als Broders die Wohnung betrat, schlug ihm ein beißender Geruch entgegen. Er zog seine Jacke hoch, um Mund und Nase zu bedecken, und zwang sich, weiter in die Wohnung vorzudringen.

Auf einem Beistelltisch sah er einen Strauß Blumen, zu trockenen, farblosen Schatten ihrer selbst verdorrt. Die Blütenblätter hatten sich abgelöst und waren auf den Tisch gefallen, wo sie nun ein trauriges Stillleben bildeten.

Daneben stand eine Schale mit Äpfeln. Sie waren schrumpelig und von dunkler Farbe, mit einer flaumigen Wolke umgeben.

Der Müll, der zum Runterbringen bereitstand, war bereits ausgelaufen, und der Geruch von verrottenden Lebensmitteln hing schwer in der Luft. Auf der Arbeitsplatte stand ein einzelner schmutziger Teller mit Besteck.

In einer Ecke des Wohnzimmers entdeckte Broders die Überreste einer Katze. Das Tier musste schon seit längerer Zeit tot sein. Ein leerer Futternapf und eine überquellende Katzentoilette zeugten von den letzten Lebenstagen, scharfe Krallen hatten sich in das Holz der Tür gegraben.

Im Schlafzimmer sah es etwas besser aus. Das Bett war gemacht, und zwei Kleider lagen darauf, auf einer kleinen Kommode lagen ein Spiegel, Lidschatten, ein Lippenstift und Foundation neben einem Puderpinsel.

»Sie scheint ausgegangen zu sein«, stellte Broders fest. »Aber sie kam von dem Abend nicht mehr wieder.«

Es war, als hätte das Leben hier einfach aufgehört.

Broders' Blick durchstreifte weiter die Wohnung. Er bemerkte Details, die auf eine Bewohnerin hindeuteten, die ganz klar beabsichtigte, am gleichen Abend zurückzukehren. Wie die verschlossene Dose Katzenfutter, die noch immer auf der Küchenzeile stand, als ob sie nur darauf wartete, in den Napf der Katze geschüttet zu werden. Doch der verlassene Zustand der Wohnung und die tote Katze deuteten auf etwas ganz anderes hin.

Er drehte sich zu seiner Partnerin um, deren besorgtes Gesicht seine Befürchtungen widerspiegelte.

»Nadine«, begann er, seine Stimme ernst und bedächtig, »ruf bitte die Mordkommission und die Spurensicherung an. Ich glaube, es gibt einen guten Grund dafür, dass Frau Weyers ihre Miete nicht mehr gezahlt hat.«

Mit diesen Worten zog er seine Handschuhe an und begann, die Wohnung genauer zu untersuchen, während seine Partnerin die nötigen Anrufe tätigte.

Siebenundzwanzig

»Dringende Sturmwarnung für die nordfriesischen Inseln und die Deutsche Bucht«, schrieben die Nachrichten. Ein schwerer Sturm mit Orkanböen war im Anmarsch und würde morgen auf die Inseln und die Küste prallen. Es war beinahe routineartig, dass die Behörden alle Bewohner von Sylt dazu aufforderten, ab diesem Zeitpunkt in den Häusern zu bleiben und nur im absoluten Ausnahmefall das Haus zu verlassen. Der Fähr- und Zugverkehr zu den nordfriesischen Inseln würde bis auf Weiteres komplett eingestellt werden. Eine letzte Fähre Richtung Dänemark würde von List morgen früh ablegen, sofern der Seegang es erlaubte, und ein letzter Zug würde den Bahnhof in Richtung Niebüll verlassen. Danach wäre die Insel bis auf Weiteres vom Festland abgeschnitten.

Feuerwehr und Technisches Hilfswerk hatten damit begonnen, den Hochwasserschutz zu verstärken. Vor allem Hörnum, das Dorf im Süden, wurde von den Fluten bedroht. Die Westküste war gut geschützt, aber der dünne Streifen, der das Dorf mit Rantum verband, konnte bei Hochwasser oder gar dem gefürchteten Deichdurchbruch unpassierbar werden. Gleiches drohte auch in List.

Die Sylter, in friesisch-stoischer Manier, nutzten jeden Moment bis zum Eintreffen des Sturms.

Mit den beiden Männern in ihrem Leben stieß Marleen an diesem Abend gemeinsam an. Ein kühles Bier sollte die Bande zwischen ihnen nach dem etwas holprigen Start festigen. Es war ihr wichtig, dass Jan und Matthias sich gut verstanden. Immerhin verbrachte sie aktuell mehr Zeit mit Matthias als mit Jan.

»Worauf stoßen wir an?«, fragte sie und hob ihr mit Bier gefülltes Glas.

Matthias, in Lederjacke und schwarzem T-Shirt, hatte sich auf die andere Seite gesetzt. »Auf den letzten entspannten Abend, bevor es hier richtig rundgeht?«, schlug er vor.

»Genau, auf einen feucht-fröhlichen Abend vor der Sturmflut.« Jan hob sein Glas.

Sturmfluten waren an der Küste nichts Ungewöhnliches, aber nicht alle erregten die Aufmerksamkeit der Medien so wie diese.

Erst wenn das Hochwasser um 1,5 Meter über dem mittleren Hochwasser lag, sprach man von einer Sturmflut. Bei dieser Flut erwartete man einen Anstieg des Wasserstandes um bis zu 3 Meter. Aber Vorhersagen waren niemals exakt, und wenn das Wetter sich verschlechterte, konnte die Drei-Meter-Marke schnell überschritten werden. Erfahrungsgemäß kamen die Deiche mit einer Fluthöhe von 3 Metern gut zurecht. Gefährlich wurde es bei einer Höhe von 4 Metern. Im 20. Jahrhundert war dieser Pegelstand drei Mal erreicht worden, immer mit verheerenden Folgen und Landverlusten. Wenn das Wasser über die Dünen brach und das schützende Land abtrug, brachte es die Insel in Not.

»Feucht-fröhlich klingt gut«, stimmte Marleen zu und hob ihr Glas.

Die Gläser klangen zusammen, und Matthias nahm einen tiefen Schluck, bevor er sich den Schaum mit seiner Hand abwischte.

Jan wandte sich ihm zu. »Du, Matthias«, begann er. »Ein alter Kumpel von mir, Hendrik, feiert heute seinen vierzigsten Geburtstag. Er hat einen ganzen Partyraum dafür gemietet. Hättest du Lust, uns zu begleiten?« Matthias blickte auf. Sein Interesse war geweckt, und er war gerade im Begriff zu antworten, als das Summen seines Smartphones ihn unterbrach. »Entschuldigt mich bitte einen Moment«, meinte er und stand auf, um zum Ausgang der Bar zu gehen. Als er sein Smartphone entsperrte, lächelte er. Linda. Er ließ drei andere Barbesucher vorbei, die nach draußen gingen, um eine Zigarette zu rauchen. »Ich habe heute noch eine Verabredung«, sagte er zu ihr und versprach, sich zwischendurch zu melden. Mit einem Lächeln auf den Lippen kehrte er in die Wärme der Bar zurück.

Später am Abend, in Hendriks angemieteter Partylocation, lallte Matthias leicht in den Hörer seines Smartphones, als er ein weiteres Mal telefonierte. Die Gesichter der Partygäste waren rot und erhitzt, eine Mischung aus Alkohol und der stickigen Luft. Es war eine typische Geburtstagsfeier, die ihren Höhepunkt erreicht hatte, doch für Matthias war der Abend noch lange nicht vorbei. Inmitten des Raumes saßen die drei noch ein Weilchen gemütlich beisammen. Sie lachten und diskutierten, völlig in ihrer eigenen Welt versunken, kaum wahrnehmend, was sich außerhalb ihrer kleinen Gruppe abspielte.

Irgendwann klopfte Marleen ihrem Kollegen freundschaftlich auf die Schulter. »Und, was meinst du?«, fragte sie. »Sollen wir den Abend beenden? Morgen wird ein langer Tag.«

Jan, der neben ihr saß, warf ein: »Ach was, es ist doch noch gar nicht so spät!« Er lehnte sich zu ihr und küsste sie.

»Aber zu spät für einen Kater morgen: Morgen ist Katastrophendienst, zumindest für mich«, entgegnete Marleen lachend. »Aus dem dienstlich angeordneten Urlaub ist ja nichts geworden. Außerdem brauche ich meinen Schönheitsschlaf.« Sie stand auf und quetschte sich durch die Bank.

»Du lässt mich hier aber nicht hängen, oder?« Jan sah Matthias auffordernd an, seine Augen leicht glasig vom Alkohol.

Matthias blickte sich um. »Also, ich brauch das mit dem Schönheitsschlaf ja nicht so dringend wie du«, sagte er zu Marleen.

»Ich hole noch eine Runde für euch, aber macht nicht mehr zu lange!« Marleen unterhielt sich noch kurz mit dem Barkeeper und verschwand mit einem letzten, zufriedenen Blick zurück.

»Marleen spricht oft von dir«, sagte Jan. Matthias verschluckte sich fast an seinem Bier und hustete kurz.

»Alles okay?« Jan schaute belustigt.

»Ich kann mir kaum vorstellen, dass sie viel Gutes über mich zu sagen hat«, antwortete Matthias mit einem schiefen Lächeln.

»Mal so, mal so, aber ich glaube, sie kann dich gut leiden.«

»Na, das ist doch schon mal was.«

Die Feier hatte ihren Höhepunkt bereits weit überschritten, der Raum leerte sich langsam, doch Matthias und Jan saßen noch immer zusammen. Jan hatte sein Glas bereits wieder geleert. Matthias warf einen Blick auf sein Smartphone, um die Uhrzeit zu checken. »Musst du morgen nicht arbeiten?«, fragte er.

Jan lachte, ein tiefes, herzhaftes Lachen, das über den Lärm der Party hinweghallte. »Nein, morgen habe ich sturmfrei, im wahrsten Sinne des Wortes. Nur du musst arbeiten.«

»Ich feiere immer noch Überstunden ab, im Gegensatz zu Marleen nehme ich das mit der dienstlichen Anordnung ernst. Wenn sich niemand meldet und mich anfordert, habe ich frei.«

Jan stand auf, seine Bewegungen etwas unkoordiniert. »Ich hol mir noch was, willst du auch noch eins?«, fragte er und blickte Matthias an.

»Na gut, eine letzte Runde.«

»Dann möchte ich gleich ein paar Geschichten über deine Einsätze von dir hören. Verfolgungsjagden, SEK-Einsätze, all das Zeug.«

Matthias konnte nicht anders, als zu lachen. »Sicher, sicher, SEK Sylt, wer kennt es nicht«, erwiderte er scherzhaft.

Er nutzte Jans Abwesenheit, um noch einen Blick auf sein Smartphone zu werfen. Linda hatte auf seine Nachricht mit einem Herz-Emoji geantwortet und angeboten, ihn abzuholen. Er hätte nie gedacht, dass er je in der Lage sein würde, das Interesse einer Frau wie Linda zu wecken. Ihre Beziehung fühlte sich oft wie ein verschwommener Traum an, und er machte sich keine Illusionen über ihre begrenzte Haltbarkeit. Er war sich sicher, dass es nur eine Frage der Zeit war, bis sie mehr wollte, als er ihr bieten konnte. Aber bis dahin hatte er eine gute Zeit mit ihr.

Als Jan zurückkehrte, hatte er zwei Humpen in seinen Händen. Matthias steckte sein Smartphone weg und stieß mit Jan an.

Mit einem letzten Schluck leerte Matthias wenig später sein Glas und stellte es mit einem dumpfen Geräusch auf den Tisch. Er erhob sich, seine Bewegungen waren träge. »Nichts für ungut«, sagte er und streckte sich. »Ich glaube, es ist Zeit für mich zu gehen.

»Wollen wir uns ein Taxi teilen?«, fragte Jan.

»Ich werde gleich abgeholt.«

Jan winkte ab. »Geht klar. Ich denke, ich werde auch gehen. Ich sag nur noch kurz Hendrik Tschüss.« Mit diesen Worten stand auch er auf.

Draußen zog Matthias seine Jacke enger um sich, schützte sich gegen den Wind und blickte zum Himmel. Linda würde nicht viel Zeit brauchen. Noch war die Straße frei und ohne großes Risiko befahrbar. Er griff wieder in seine Jackentasche, holte eine Zigarette heraus und entzündete sie, indem er das Feuerzeug mit der Hand abschirmte. Jan kam heraus, stellte sich zu ihm. Auch er hatte sich eine Jacke übergezogen und zugeknöpft.

»Ich hab mir ein Taxi bestellt«, sagte er und folgte dabei Matthias' Blick in den dunklen, wolkenbehangenen Himmel. »Es hat schon was. Die Ruhe vor dem Sturm. Beinahe, als würde die Welt den Atem anhalten.«

Matthias stimmte ihm zu. Noch war es ruhig. Windig, natürlich, aber an sich ruhig, als würde man den Syltern noch eine Gnadenfrist gewähren, damit sie sich wappnen konnten. Wer wusste, wie lang diese Schonfrist sein würde? Eine Stunde? Einen Tag, vielleicht? Gleich was passierte, die Insulaner hatten ein inniges Verhältnis zum Meer, sie wussten, welche Gefahren von ihm ausgingen, und respektierten es zu jedem Zeitpunkt. Es konnte idyllisch sein, auch zerstörerisch, tödlich gar, aber man bereitete sich immer auf das Schlimmste vor und hoffte dann auf das Beste.

»Gehst du noch zu Marleen?«, fragte Matthias. Der Glimmstängel in seinem Mund war ein kleines Licht in der Dunkelheit.

Jan schüttelte den Kopf. »Nein, ich würde sie nur wecken. Das würde sie mir übelnehmen.«

Mit einem Schnaufen pustete Matthias den Rauch hinaus, sodass er für einen kurzen Moment aussah wie ein Drache, der die Nüstern bläht. Es dauerte nicht lange, bis sich zwei Autos auf der Straße ankündigten. Die rote Corvette glitt schnittig über den Asphalt, fuhr an Jan und Matthias vorbei, wendete und kam 10 Meter vor ihnen zum Stehen. Hinter ihr näherte sich ein Taxi.

»Das ist mal ein schönes Auto«, sagte Jan und pfiff bewundernd.

Matthias reichte ihm eine Hand zum Abschied. »Pass auf dich auf.«

»Du auch.«

Mit leichtem Schwanken ging Matthias zum Wagen. Die Corvette brauste bereits davon, als Jan ins Taxi stieg.

Linda stand da und dachte bei sich, dass alles gut war. Der Himmel hatte sich in ein einheitliches Dunkelgrau verwandelt, durch das sich die Sturmböen ihren Weg bahnten. Sie schickten Regenschauer hernieder, die die Bäume hin und her wirbelten, als wären sie Spielzeug in den Händen eines launenhaften Kindes. Abgesehen davon jedoch war wirklich alles gut. Es war leicht, diese Behauptung anzuzweifeln, wenn man bedachte, dass ihr Anwesen gerade erst überfallen worden war. Das kaputte Fenster war noch immer provisorisch abgedeckt, damit die Nässe keinen Weg in das Innere fand.

Doch die Verbindung, die zwischen ihr und Matthias geknüpft worden war, hatte sich in den letzten Tagen verstärkt. Er war ihr eine Stütze geworden. Er half ihr, die Scherben aufzusammeln, er war es auch, der den Handwerker organisierte, einen gewissen Hinnerk, der die zerbrochene Glasfront notdürftig abdichtete und eine neue Haustür einsetzte – die, wie Matthias zerknirscht gestand, durch sein eigenes Eingreifen beschädigt worden war. Die Frage nach dem Grund für den Überfall nagte noch immer an ihr, doch wenn er da war, schien sie an Bedeutung zu verlieren. Gerade erst war er gegangen, und sie vermisste seine tröstliche Nähe schon jetzt.

Trotzdem, dachte Linda, *alles ist gut.* Sie hätte sich gewünscht, dass er länger blieb. Mit einem letzten Blick auf das behagliche Innere ihres Hauses schloss sie die Tür hinter sich und trat in die raue Wildheit der stürmischen Nacht. Sie konnte nicht schlafen, wollte sich den Wind um die Nase wehen lassen. Sie zog die Kapuze über, um ihre Haare vor dem Regen zu schützen. Es sollte nur ein kurzer Spaziergang sein, ein Moment des Durchatmens, bevor der Sturm kam, der durch Nachrichten und Warn-Apps angezeigt wurde. Sie gehörte zur Insel, so wie der Sturm. Das hatte ihr das Gespräch mit der Polizistin gezeigt. Sie spielte an dem Leuchtturmanhänger, der an ihrem Handgelenk hing. Ja, nun ging es bergauf. Nun wurde endlich alles gut. Ihr persönliches Happyend, auf das sie so lange gewartet hatte.

In den letzten dreißig Jahren hatte dieses Armband sie nie verlassen. Der Leuchtturm hatte ihr nicht den Weg nach Hause gewiesen – diese Aufgabe hatte ausgerechnet Lukas übernommen –, aber vielleicht hatte er ihr einen sicheren Pfad gezeigt, sie an gefährlichen Klippen und wilden Strömungen vorbeigeführt, bis sie schließlich dort angekommen war, wo sie jetzt stand. Zu Hause. Auf Sylt, in ihrer Heimat. Inmitten des Sturms, mit dem salzigen Geschmack der See auf ihren Lippen und der rauen Schönheit der Insel in ihrem Herzen, fühlte sie sich endlich wieder zu Hause.

Sie wollte an Schicksal glauben, an eine höhere Fügung, die ihr Leben lenkte. Es war tröstlicher, poetischer, als sich der Vorstellung hinzugeben, dass alles nur ein Produkt des Zufalls war.

Sie ging in Richtung Norden weiter am Strand entlang, erreichte das Meer, wo sie innehielt und sich dem Spiel des Windes hingab. Ihre Kapuze flatterte um sie herum, während sie auf den Lichtkegel des Leuchtturms List-West blickte.

Weißes Licht.

Pause.

Weißes Licht.

Irgendwo in der Bucht konnte sie die Silhouette eines Windsurfers ausmachen, der sich trotz der Kälte und des drohenden Sturms ins Hochwasser gewagt hatte. *Verrückt*, dachte sie. Dann korrigierte sie ihren Gedanken. *Leidenschaftlich.*

Pause.

Weißes Licht.

Pause.

Der Wind heulte laut auf, ein wilder, ungestümer Gesang. Sie blickte auf die Bucht hinaus, verlor sich in dem Moment, im Hier und Jetzt.

Pause.

Weißes Licht.

Ein helles Aufblitzen. Weißes Licht … dann nichts mehr.

Lindas Körper fiel zu Boden. Leblos, in dem Moment, in dem alles gut war.

»Was ist geschehen?«, fragte Marleen aufgeregt. Der Einsatzmelder hatte sie aus dem Bett geworfen, und sie war eilig zur Wache gesprintet.

Doch Lorenzen antwortete nicht sofort. Stattdessen durchwühlte er das Chaos auf seinem Schreibtisch, auf der Suche nach einer spezifischen Telefonnummer.

»Eine tote Frau bei List, wahrscheinlich Mord«, sagte er schließlich über seine Schulter hinweg. »Du nimmst Matthias mit, den haben wir schon aus dem Urlaub geholt. Ihr fahrt dann zum Fähranleger.« Seine Worte waren knapp und präzise, gerade genug, um Marleen auf den neuesten Stand zu bringen. »Ich melde mich später.«

Marleen eilte hinaus, Matthias hinterher, den sie gerade noch im Augenwinkel gesehen hatte. Sie erwischte ihn am Streifenwagen, während die meisten Fahrzeuge bereits ausgerückt waren.

»Weißt du, was passiert ist?« Sie konnte ihre Ungeduld kaum verbergen. Matthias wirkte abwesend, hielt sich am Türgriff des Autos fest und starrte auf das Display seines Smartphones. »Matthias?«

»Ich … Ich kann sie nicht erreichen.«

»Wen kannst du nicht erreichen?« Nach einer kurzen Nacht war sie nicht in der Stimmung, ihm jede Information einzeln aus der Nase zu ziehen. »Gib mir den Schlüssel und steig ein.« Sie fing den Schlüssel mit Leichtigkeit auf, nachdem Matthias sie für einen Moment ausdruckslos angestarrt hatte, und lief um das Auto herum.

»Wir sind auf dem Weg«, informierte sie die Zentrale über Funk.

»Dann beeilt euch. Claudi und Henning sind auch schon unterwegs.«

Die blauen Lichter des Streifenwagens, der sich quer hinter die wartenden Fahrzeuge gestellt hatte, zog Marleens Blick auf sich. Sie lenkte ihren eigenen Wagen dahinter und brachte ihn zum Stehen. Claudia, die am Fenster eines roten Kombis stand und mit dem Fahrer diskutierte, winkte ihnen zu. Marleen stieg aus und richtete ihre Uniform, bevor sie auf ihre Kollegin zutrat.

»Weißt du, was passiert ist?«, fragte sie.

»Eine Tote am Strand in List, mehr weiß ich auch nicht. Und der Fährverkehr wird wegen der Unwetterwarnungen eingestellt, die letzte Fähre wird durch uns gestoppt. Die Verärgerung der Leute ist gelinde gesagt riesig.« Claudias Worte ließen Marleen kurz innehalten. Diese Fähre hatte noch fahren sollen, bevor der Sturm losbrach. Wenn sie jetzt ausfiel, würde das bedeuten, dass sehr viele Reisende die Insel nicht verlassen konnten.

»Okay, wie gehen wir vor?« Marleen blickte Claudia fragend an.

»Ihr geht auf die Fähre und notiert die Personalien der Leute und die Kennzeichen der bereits verladenen Autos sowie die Namen der Fahrzeughalter.«

Mit Claudias Worten im Ohr warf Marleen einen Blick zurück zu ihrem Dienstwagen. Matthias war immer noch nicht ausgestiegen.

»Stimmt etwas nicht mit ihm?« Claudias Blick folgte Marleens, ihre Stirn zog sich in Falten zusammen. Es war offensichtlich, dass mit Matthias etwas nicht in Ordnung war. Auch Marleen wollte nur zu gern wissen, was es war.

»Kannst du ein Auge auf ihn haben? Ich möchte ihn gerade nicht in der Nähe einer Reling wissen.«

»Sicher. Ich verstehe dich.« Claudia nickte.

Mit entschlossenen Schritten bewegte sich Marleen zwischen den geparkten Fahrzeugen auf dem Deck der Fähre hindurch. Sie nickte den Fährangestellten zu und begann ihre Arbeit beim ersten Auto.

»Entschuldigen Sie, wie lange wird das hier noch dauern?« Der Fahrer eines grünen Lieferwagens sah sie ungeduldig an, sein Blick glitt nervös zur Uhr. Aus dem Radio klang klassische Musik.

»Ich kann Ihnen leider keine genaue Zeit nennen. Könnten Sie mir bitte Ihren Führerschein und die Fahrzeugpapiere geben?« Sie streckte ihre Hand aus, bereit, die Dokumente entgegenzunehmen.

»Gibt es ein Problem? Warum kommen wir nicht von der Insel runter, verdammt?« Der Mann schien wirklich sauer zu sein.

»Ich bin nicht befugt, dazu Auskunft zu geben.« Mit routinierten Bewegungen nahm sie die Fahrzeugpapiere entgegen, prüfte sie sorgfältig, notierte Kennzeichen, Adresse und Namen und reichte die Papiere dem Fahrer zurück. »Vielen Dank für Ihre Kooperation.« Mit einem kurzen Nicken verabschiedete sie sich und machte sich auf den Weg zum nächsten Fahrzeug.

Nach zwanzig zähen Minuten hatte Marleen acht Fahrzeuge abgearbeitet. Jedes Gespräch verlief nach demselben Muster. Jeder Fahrer fragte ungeduldig, wann die Reise weitergehen würde, und jeder bekam dieselbe unbefriedigende Antwort. Sie blickte zurück, sah ihre Kollegen, die sich von der anderen Seite her durch die Wagenreihe arbeiteten. Matthias war inzwischen ausgestiegen und hatte sich Claudia angeschlossen, um bei den Halterabfragen zu helfen.

Dann plötzlich brach er zusammen.

Marleen sprintete zu ihren Kollegen. »Was ist los? Was ist passiert?«, rief sie laut.

Claudia hatte sich neben Matthias gehockt und klopfte ihm beruhigend auf die Schulter. »Ich weiß es nicht genau ... Wir haben eine Identifizierung der Toten. Eine gewisse Linda Horvath.«

Die Nachricht traf Marleen wie ein Schlag in den Magen. Dann begann sie die Puzzleteile zusammenzufügen. Der weinende Matthias, die tote Frau. Ein kalter Schauer lief ihr über den Rücken, als sie realisierte, was das bedeutete und wie alles zusammenhing.

Ihre Hände ballten sich zu Fäusten, so fest, dass es schmerzte. Dann ging sie zielstrebig auf Claudia und Matthias zu. Die umstehenden Menschen begannen bereits, neugierig und überrascht zu schauen. Sie stellte sich so vor Matthias, dass sie ihn vor den Blicken abschirmte.

»Ich kümmere mich um ihn, ihr macht hier weiter«, wies sie die anderen an. Gemeinsam hoben sie Matthias hoch und brachten ihn zum Dienstwagen. Nachdem die Türen geschlossen waren, legte sie ihm eine Hand auf die Schulter.

»Matthias, du musst mir jetzt alles erzählen, was zwischen dir und Linda passiert ist. Wart ihr letzte Nacht zusammen?«

Sie konnte das Schluchzen hören, als er nickte. »Wir waren zusammen, und das nicht nur letzte Nacht.«

»Seit wann?« Sie griff neben sich und reichte ihm eine Wasserflasche.

»Seit etwa einem Monat.« Dankbar nahm er das Wasser entgegen und trank einen großen Schluck. Seine Worte waren kaum mehr als ein Flüstern.

»Okay, jetzt zum wichtigen Teil. Was war gestern? Du warst auf der Party von Hendrik, und dann? Hast du mit ihr kommuniziert, Nachrichten ausgetauscht, telefoniert? Dein Smartphone klingelte gestern Abend mehrmals, wenn ich mich recht erinnere.«

Matthias' Hand umklammerte die Wasserflasche so fest, dass sie unter dem Druck knirschte. »Wir haben miteinander geschlafen. Ich hatte viel getrunken, ich weiß die Uhrzeit nicht mehr.«

»Fuck, das ist … nicht gut« Marleen rieb sich die Schläfen und versuchte, das Puzzle der Informationen, die ihr Kollege ihr gab, zusammenzusetzen. »Du bist also der Letzte, der sie lebend gesehen hat – abgesehen von demjenigen, der sie getötet hat?«

Matthias schien jedes Wort dieser Frage zu zerkauen, während sein Verstand versuchte, sich zu sammeln. Marleen verfolgte wachsam jede Bewegung, jedes Zucken seiner Gesichtsmuskulatur.

»Ich habe nichts mit ihrem Tod zu tun«, antwortete er schließlich. »Was ist los mit dir? Was stimmt nicht mit dir? Ich habe gerade meine Freundin verloren, und du fragst mich so was.« Matthias war mit jedem Wort lauter geworden.

Marleen hob abwehrend die Hand und sah ihn eindringlich an. »Zwei Dinge. Erstens: Mein Beileid für deinen Verlust, aber du hast gerade nicht nur den Verlust deiner Freundin eingestanden, sondern auch zugegeben, dass du in der Nacht bei der Frau warst, die ermordet wurde, und das unter starkem Alkoholeinfluss.« Sie machte eine Pause, um sicherzugehen, dass er ihr folgte. »Das macht dich zu einem potenziellen Zeugen, aber auch zu einem potenziellen Verdächtigen, ich kann daran nichts ändern. Zweitens: Ich möchte dir helfen. Aber wenn du mich anschnauzt, wird das nichts. Du musst unbedingt mit Lorenzen reden.«

Matthias schniefte und nickte.

»Gut, kann irgendjemand bezeugen, dass ihr zusammen wart?«

»Nein. Wir wollten es noch für uns behalten.«

»Hast du …«

»Die werden mich für ihren Mörder halten. Ich weiß, wie das aussieht«, würgte Matthias sie ab. Beide wussten, dass dies die logische Konsequenz war. Seine DNA-Spuren würden irgendwann im Zuge der Ermittlungen auftauchen und sofort identifiziert werden. Wenn er nicht mit offenen Karten spielte und stattdessen darauf wartete, bis sein Name im Laufe der Ermittlungen ans Licht kam, würde er bei der Polizei nie wieder einen Fuß auf den Boden bekommen.

Achtundzwanzig

Das letzte Schiff, das von der Insel ablegte, gehörte der Küstenwache. Sein blauer Rumpf würde heute gegen die aufgewühlte Nordsee ankämpfen müssen. Seine Fracht war traurig und zutiefst menschlich: An Bord wurde der Leichnam von Linda überführt, sorgsam in einen Leichensack gehüllt und gegen die Unbarmherzigkeit der See gesichert. Der restliche Schiffsverkehr war wegen der stürmischen Nordsee eingestellt worden, und so blieb es der Küstenwache vorbehalten, Lindas sterbliche Überreste sicher aufs Festland zu bringen, bevor der Wind weiter zunahm.

Vom Hafen aus blickte Matthias starr auf das wankende Schiff. Es hob und senkte sich, neigte sich zur Seite und richtete sich wieder auf.

Marleen trat neben ihn, legte ihm die Hand auf den Rücken und sagte leise: »Es tut mir so leid.«

Matthias' Antwort kam rau und voller Schmerz. »Wie unwürdig das ist! Sie liegt da, wird hin und her geschaukelt und später wie eine Laborratte seziert. Ich mag mir das gar nicht vorstellen.«

»Dann tu es nicht«, erwiderte Marleen sanft.

»Und der Mörder ist noch hier. Er kann ja nicht weg. Wenn wir ihn erwischen, kann ich für nichts garantieren.« Matthias ballte die Fäuste.

Marleen nickte. »Das kann ich nachvollziehen, es würde mir vermutlich ähnlich gehen. Aber schlag es dir sofort aus dem Kopf.« Dann fügte sie hinzu: »Sollte der Täter während seiner Verhaftung, im Verhör oder in Haft misshandelt oder verletzt werden und dies nachgewiesen werden, kann das den Fall erheblich beeinträchtigen. Wir dürfen nicht riskieren, dass der Täter freikommt, nur weil wir uns nicht an die Regeln gehalten haben.« Mit diesen Worten ließ sie Matthias allein, während er weiterhin auf das Schiff starrte. Er blieb einfach stehen, konnte noch nicht gehen. Er hatte sich nicht verabschieden dürfen. Er hatte Lorenzen darum gebeten, ihn fast auf Knien angefleht, doch Lorenzen musste sich an die Vorschriften halten. Schließlich handelte es sich um eine laufende Ermittlung.

Das Schiff schwankte heftig, die Wellen schlugen mit einer Kraft gegen die Bordwand, dass es hallte wie ein Gong. Sie brachen sich an der Schiffswand, spritzten hoch auf und hinterließen auf dem Deck einen schimmernden Film aus Salzwasser und Gischt. Der Wind heulte durch den Hafen, klagte laut und wütend. Doch das alles war nichts gegen den Zorn, der in Matthias tobte.

Mit einem tiefen, dröhnenden Signal kündigte das Schiff der Küstenwache seine Abfahrt an. Matthias beobachtete vom Hafen aus, wie die Crew sich geschäftig auf dem Deck bewegte. Zuerst wurden die dicken Leinen gelöst, die das Schiff an den massiven Pollern des Hafens festhielten. Die Seeleute arbeiteten mit geübten, routinierten Bewegungen, zogen die schweren Leinen ein und verstauten sie ordentlich an Bord. Das Ablegen war Teamarbeit, jeder Handgriff musste sitzen.

Kaum waren die Leinen gelöst, begann das Schiff sich langsam von der Insel zu entfernen. Die Motoren brummten tief und laut, während das Schiff allmählich Fahrt aufnahm und sich seinen Weg durch das aufgewühlte Wasser bahnte.

Vom Hafenrand aus konnte Matthias sehen, wie das Schiff kleiner wurde, während es Linda von ihm forttrug.

Der Orkan näherte sich von Nordwesten der Deutschen Bucht und traf die Bewohner der Küstenregion, obwohl sie gut vorbereitet waren, mit unerwarteter Härte. Kurzfristig waren die Prognosen verschärft, die Gemeinden in Alarmbereitschaft versetzt worden. Die Sturmflut ließ den Wasserpegel bedrohlich ansteigen und jagte die Wellen alsbald über den Hindenburgdamm, überschwemmte die Bahnstrecke und machte sie unpassierbar. Überall heulten Sirenen auf.

Erst wenn die Pegel zurückgingen, würde die Region wieder durchatmen können. Bis dahin blieb nur das Warten, das Hoffen und das unablässige Ringen mit den Gewalten von Wind und Wasser.

Zu behaupten, die Atmosphäre im Revier sei gedrückt, wäre eine maßlose Untertreibung gewesen. Marleen hatte all das schon einmal erlebt, damals jedoch auf der anderen Seite des Tisches – der Seite, auf der sich nun Matthias befand. Sein Gespräch mit Lorenzen war genauso ernst verlaufen, wie es das schwere Thema erwarten ließ. Sie hatten sich etwas zu essen bestellt, und der Geruch von gebratenem Reis hing noch in der Luft des Besprechungsraums. Claudia hatte bereits ein Fenster geöffnet in dem verzweifelten Versuch, gegen den fettigen Mief anzukämpfen und kühle Luft hereinzulassen. Jeden Moment würde Lorenzen den Raum betreten und die Nachricht überbringen, die sich bereits wie ein Lauffeuer über den Flurfunk verbreitet hatte. Ob die Informationen, die im Umlauf waren, der Wahrheit entsprachen, stand allerdings auf einem anderen Blatt.

»Moin, Freunde der Sonne«, hallte es von der Tür her. Lorenzen schritt zu seinem Platz, ordnete seine Unterlagen und räusperte sich, bevor er die Stille mit seiner tiefen Stimme durchbrach.

»Wir haben einen rosa Elefanten im Raum, deswegen werde ich das Thema zuerst ansprechen. Matthias hat ein ausführliches Gespräch mit mir geführt und seine Beziehung zum Mordopfer Linda Horvath offengelegt. Er hat mir auch detailliert beschrieben, was in der Nacht des Mordes passiert ist. Nach Rücksprache mit der Verwaltung habe ich entschieden, Matthias nach Hause zu schicken, sobald der Sturm vorüber ist. Damit es nicht zu Überschneidungen innerhalb der Mordermittlung kommt. Bis dahin brauche ich hier jede Hand.«

Ein halber Tag, dachte Marleen. Nur einen halben Tag hatte Matthias gebraucht, um die nächste Freistellung zu kassieren.

»Nach allem, was er mir erzählt hat, gibt es von meiner Seite aus keinen akuten Verdacht gegen ihn – auch wenn wir natürlich weiterhin in alle Richtungen ermitteln werden.«

Lorenzen blätterte eine Seite seines Notizblocks um und erhob sich von seinem Stuhl.

»Zweitens. Das Schiff der Küstenwache ist das letzte, das die Überfahrt noch gewagt hat, und auch dies, so wurde mir berichtet, war eine extreme Hängepartie. Zug- und Fährverkehr sind eingestellt. Über den Flugverkehr zu sprechen, erübrigt sich wohl. Das bedeutet, wir haben etliche Gäste auf der Insel, die trotz aller Warnungen ihren Urlaub bis zur letzten Minute auskosten wollten und nun verärgert sind über eine unfreiwillige Verlängerung.«

Er machte eine kurze Pause und ließ seine Worte im Raum nachhallen, bevor er fortfuhr: »Doch das ist noch nicht alles. Was die Mordermittlung angeht, so wird es vorerst keine Unterstützung aus Flensburg geben. Wir sind auf unsere eigenen Ressourcen angewiesen, bis sich die Wetterlage wieder beruhigt. Jeder Versuch, auf die Insel zu gelangen oder sie zu verlassen, gleicht derzeit einem Himmelfahrtskommando.«

Er trat an das Whiteboard und griff nach einem Marker. »Die ersten Stunden einer Mordermittlung sind entscheidend«, begann er, während er mit fester Hand Worte auf das Board schrieb. »Deshalb wird unsere Polizeiinspektion die Ermittlungen vorerst leiten, gemeinsam mit unserer Kriminalpolizei. Zunächst müssen wir uns auf die Suche nach möglichen Verdächtigen konzentrieren und deren Alibis überprüfen.«

Auf dem Whiteboard standen nun fünf Namen. Jeder von ihnen konnte der Schlüssel zu dieser grausamen Tat sein.

Lukas Horvath – der Exmann
Tatverdächtige Einbruch – unklare Verbindung
Hajo Sörensen – ein alter Bekannter
Matthias Seger – Polizist
Person X – Verdacht gegen Unbekannt

»Wieso steht denn Hajo auf der Liste?«, fragte Claudia, während sie auf den Namen auf dem Whiteboard zeigte. Fast alle

Kollegen kannten Hajo auf die eine oder andere Weise. Er war bekannt für seine Liebe zum Wasser und seine lebensfrohe Natur, verbrachte jede freie Minute entweder beim Windsurfen oder beim Billardspielen in den örtlichen Kneipen.

»Wir haben ein Kleidungsstück am Tatort gefunden, als wir die Spuren gesichert haben«, erklärte Lorenzen. »Es hatte ein markantes Surfer-Logo und lag nur wenige Meter vom Tatort entfernt im Gras. Wir haben uns schon in der Surf Community umgehört. Und Hajo Sörensen hat bereits bestätigt, dass es seines ist.«

Lorenzen schaute in die Runde und zählte die Anwesenden ab, teilte sie dann in Gruppen auf und wies sie jeweils einem Verdächtigen zu.

»Ihr habt bis heute Abend, achtzehn Uhr. Dann will ich von jeder Gruppe die ersten Ermittlungsergebnisse haben und einen Vorschlag, wie wir weiter vorgehen. Bis dahin liegen uns vielleicht auch schon die ersten DNA-Ergebnisse vor.«

Neunundzwanzig

Die Wache im Westerländer Kirchenweg war Dreh- und Angelpunkt der Polizeiarbeit auf der Insel. Frisch renoviert und kernsaniert, lag sie zwischen Apartmentvermittlungen, Wohnhäusern und Maklerbüros. Draußen wie drinnen herrschte Hektik. Marleen hatte sich mit Henning, Claudia und Kriminalkommissar Theisen in einen ruhigen Büroraum gesetzt und ging die Akten durch, die zu den Klimaaktivisten gehörten. Sie ließ ihre Fingergelenke knacken, um die Anspannung zu lösen. Das Geräusch war so laut, dass Claudia ihr einen strafenden Blick zuwarf.

Der Kommissar blätterte den Bericht vom Abend des Einbruchs durch.

»Wieso reden wir eigentlich über Alibis von den Leuten?«, meinte Henning. Er war schlecht gelaunt und generell nicht für Papier- und Ermittlungsarbeiten zu begeistern. »Sind die nicht in Haft?«

»Es geht nicht um die, die wir festgenommen haben«, erklärte Marleen geduldig, während sie sich eine weitere Tasse Kaffee einschenkte. Sie war bereits bei der fünften angelangt. Es war klar, dass das Ende des Arbeitstages noch in weiter Ferne lag. »Zwei waren im Haus, aber es wurden Botschaften an der Hauswand und dem Generatorhäuschen hinterlassen. Frau Horvath hat in ihrem Notruf von fünf Personen gesprochen.«

Kommissar Theisen nickte zustimmend. »Marleen hat recht. Die Festnahme der beiden Tatverdächtigen war zweifellos gute Arbeit, aber die Indizien und Aussagen deuten auf eine größere Gruppe von Beteiligten hin.« Er lehnte sich zurück und verschränkte die Arme. »Die Spurensicherung hat mehrere DNA-Spuren auf dem Grundstück gefunden, die mit dem Vorfall in Verbindung gebracht werden können. Unsere ausgenommen.«

Als Marleen das erste Mal die Botschaften im Garten sah, hatte sie bereits gewusst, dass einige Täter ihnen entwischt waren. Keiner der Festgenommenen hatte eine Sprühdose bei sich, und es konnte auch keine auf dem Gelände sichergestellt werden. Ärger durchfuhr sie bei dem Gedanken, doch sie tröstete sich damit, dass es wichtiger gewesen war, Linda Horvath aus der unmittelbaren Gefahr zu befreien. Gemälde konnten ersetzt, Möbel nachgekauft und Häuser repariert werden.

»Die Frage, die sich mir stellt«, begann Theisen und lehnte sich bequem im Stuhl zurück, »lautet: Passt das Motiv? Keiner unserer Einbrecher hat angegeben, Frau Horvath persönlich zu kennen – die Tat war rein ideologisch motiviert. Die Bewohner aus dem Haus drängen, dann abwarten. Rausdrängen, abwarten. Solange, bis sich jemand entschließt, den Kasten abzureißen, und die Natur zurückkehrt.«

Es war ein schlechter Plan gewesen, von Anfang an, und niemand bei der Polizei machte einen Hehl daraus. Betrachtete man den Plan als einen Akt des Widerstands, dann kam man allerdings nicht umhin, darüber nachzudenken, wann man einen solchen Plan als erfolgreich bezeichnen konnte. Entweder, wenn man das damit verbundene Ziel direkt erreichte – was offenkundig und medienwirksam gescheitert war –, oder wenn man die andere Seite davon überzeugte, dass es die Mühe nicht wert war. Betrachtete man dann die zur Verfügung stehenden Ressourcen der beiden Seiten, kam man zwingend zu dem Schluss, dass die Ressourcen auf Seiten der aktuellen und künftigen Eigentümer schier unbegrenzt waren, im Gegensatz zu denen der Aktivisten.

»Ein Mord ist immer persönlich motiviert. Wegen eines möglichen Eigentümerwechsels gehe ich nicht nachts am Strand auf eine mir fremde Person zu und schieße ihr in den Kopf. Vor allem, wenn der Hausbesitzer immer noch Lukas Horvath ist. Die Umschreibung ist ja noch nicht erfolgt.«

»Einer von denen hatte aber eine Waffe«, merkte Claudia an.

Marleen spürte, wie ihr Arm zu schmerzen begann. Sie rieb über die heilende Wunde.

»Vermutlich sogar mehrere, aber sie haben sie nicht gegen Frau Horvath eingesetzt, sondern gegen das Mobiliar und Marleen. Hätten sie es gewollt, wäre genug Zeit gewesen, um Frau Horvath im Haus zu suchen, ihr Versteck ausfindig zu machen und ihr zu schaden.«

»Sie waren es nicht«, stellte Marleen ermüdet fest. »Sie wissen, dass wir nach ihnen suchen. Sie würden alle Unterstützer verlieren. Und Herr Horvath würde der Eigentümer bleiben. Sie hätten überhaupt nichts gewonnen.«

Theisen klappte den Bericht zu. Erledigt, jedenfalls vorläufig. Sollten sich die Ermittlungen wieder in die Richtung bewegen, würde er die Akte erneut öffnen.

Sörensen hatte sich noch mal telefonisch bei der Polizei gemeldet und seinen aktuellen Aufenthaltsort angegeben. Wie nicht anders zu erwarten, fanden sie ihn in einer Kneipe. Er war weit über fünfzig, hielt sich aber durch seinen lockeren, stressfreien Lebensstil erstaunlich jung. Sven und Jonas tauschten ein paar Worte mit dem Wirt aus, bevor dieser sie mit Hajo allein ließ. Er war die einzige Person, die am Tresen saß; vor ihm standen eine Schale Erdnüsse und drei geleerte Schnapsgläser. Ein viertes Glas hielt er zwischen Daumen und Zeigefinger seiner rechten Hand fest. Eingesunken auf seinem Hocker, trug er einen übergroßen grünen Kapuzenpullover und Cargo-Shorts – womöglich war er der einzige Mann auf der Insel, der auch im Spätherbst noch kurze Hosen trug.

»Dürfen wir dich kurz stören?« Sven wartete nicht auf eine Antwort, sondern setzte sich unverzüglich auf Hajos linke Seite. Jonas nahm den Platz zu seiner Rechten ein.

»Klar.« Er legte den Kopf zurück und trank den Schnaps aus.

»Wir müssen dir ein paar Fragen stellen. Wegen der Toten, verstehst du?«

Die muskulöse Gestalt von Hajo drehte sich in seine Richtung. »Klar verstehe ich das. Ich würde mir nur wünschen, wir würden es nicht endlos in die Länge ziehen. Ihr habt übrigens nicht gut aufgepasst. Das Shirt trage ich schon ewig«, entgegnete er. Seine Stimme schwankte zwischen Vorwurf und Verzweiflung. »Und jetzt muss ich damit leben, dass mich alle anschauen, als ob ich wen abgemurkst hätte. Bravo, Leute!«

»Ja, nun, wir können ja nicht von jedem Insulaner den Kleiderschrank auswendig kennen, oder?« Die Worte kamen sarkastischer über Svens Lippen als beabsichtigt.

»Trotzdem Mist.« Der zweite Kommentar war kürzer, aber nicht weniger eindringlich.

»Also – wir haben ein paar Fragen. Die Tote wurde gegen drei Uhr morgens ermordet. Hast du einen Schuss gehört? Der Knall einer Pistole ist ja normalerweise recht laut«, begann Sven.

»Ich hab nichts gehört. Ich hab doch gesagt, ich war oben am Spot beim Surfen«, antwortete Hajo mit einem Ausdruck der Frustration.

»Wieso warst du denn oben am Spot und hast deinen Pullover dort gelassen, mitten in der Nacht? Sind das nicht fast vierzig Minuten zu Fuß?«, bohrte Jonas weiter nach.

Hajo seufzte schwer. »Ich laufe halt gern. Daran ist doch nichts verboten. Und ich war surfen, da steht man bekanntlich nicht nur auf einen Punkt.«

Sven griff in die Schale und nahm sich ein paar Erdnüsse. »Da hast du recht. Aber kann jemand bezeugen, dass du tatsächlich dort warst? Also, dass du oben am Ellenbogen surfen warst? Wo auch immer du gelaufen bist oder gesurft hast?«

»Kleiner, unterstellst du mir, dass ich lüge? Ich war schon mit deinem Vater surfen, als du noch nicht mal geplant warst!«, entgegnete Hajo. Seine Stimme hatte jetzt einen scharfen Unterton angenommen.

Hajo war tatsächlich mit Svens Vater und sonst wem auf der Insel surfen gewesen, aber das durfte die Untersuchung nicht beeinflussen. Ungeachtet persönlicher Beziehungen mussten sie schnell Ergebnisse liefern.

»Ich sag ja gar nicht, dass du lügst«, erwiderte Sven ruhig. »Ich bitte dich nur, noch einmal darüber nachzudenken, ob jemand dein Alibi bestätigen kann.«

»Mein Shirt, dass ich unterm Pulli getragen hatte. Und der Wind, der es mir gestohlen hat. Führt ihr mich als Verdächtigen?«

»Wenn sich aufgrund einer Kette von Indizien ein wahrscheinlicher Tathergang ergibt und deine Anwesenheit in der Nähe des Tatortes bestätigt werden kann, dann ja, wir würden auch in diese Richtung ermitteln«, erklärte Sven nüchtern.

Hajo brach in ein dumpfes Lachen aus. »Indizienkette ...«, wiederholte er. »Hör mal, ich kenn die Frau nicht. Ich war surfen, stundenlang, hab nichts anderes gemacht. Ich wollte nur die hohen Wellen im Königshafen ausnutzen. Und jetzt ...« Er stand auf und legte einen 20-Euro-Schein auf den Tresen. »Jetzt werde ich schlafen gehen.«

Trotz der eisigen Temperaturen trug er nur abgenutzte Schlappen an den Füßen. Jonas warf einen kurzen Blick darauf, als Sörensen sich erhob.

»Warum hast du dich mitten in der Nacht am Strand umgezogen? Es ist doch bitterkalt«, fragte Jonas.

Hajo lachte. »Ja, du Vogel, genau deshalb! Das Wasser war eiskalt, deshalb zieht man einen Neoprenanzug an und geht nicht mit der Badehose in die Nordsee.«

»Aber wo waren deine Sachen? Und wo hast du dich umgezogen?« Jonas' Fragen kamen schnell und direkt.

»Einfach am Strand, es war doch dunkel. Wer hätte mich schon sehen können? Und selbst wenn, ich hab ja was zu zeigen! Ich kann mich sehen lassen.« Hajo grinste breit. »Aber ich kann euch nicht helfen, euren Job zu machen, ich habe niemanden gesehen oder gehört.«

»Aber wo waren deine Sachen?« Jonas fragte erneut.

»Ich hatte sie übereinandergelegt und beschwert. Hose, Pulli und so weiter waren noch da, nur das Shirt hat sich losgerissen. Ich hab noch danach gesucht, aber irgendwann aufgegeben.«

»Sonst noch was?« Sven schaltete sich wieder ein.

»Möge Gott der Seele dieser armen Frau gnädig sein.«

Und mit diesen Worten drehte sich Hajo Sörensen um und verließ die Kneipe.

Dreißig

Lorenzen hatte den Besprechungsraum zur Einsatzzentrale ausgebaut, bereitete dort die Ergebnisse der Ermittlungen auf und wühlte sich durch die zusammengetragenen Aussagen, um sie immer wieder neu zu sortieren. Das Alibi von Lukas Horvath war wasserdicht: Zur Tatzeit war er in Luzern gewesen, nachweisbar durch seine Freundin und einen unabhängigen Taxifahrer. Es gab sogar Überwachungsaufnahmen des Hotels, auf denen er zweifelsfrei zu identifizieren war. Ein Alibi, sogar nur für den halben Tag, hätte ihm wohl gereicht, da es von Luzern nach Sylt keine Expressverbindung gab. Die Beamten, die Lorenzen mit der Überprüfung betraut hatte, hatten sich sogar etwas aus dem Fenster gelehnt und darüber spekuliert, ob es vielleicht ein Auftragsmord war, Lukas also aus der Ferne die Fäden zog. Es wäre schwer, die Theorie als unsinnig abzuweisen. Lukas Horvath zahlte einen hohen Unterhaltsbetrag an Linda und hatte mehrere wertvolle Vermögensgegenstände durch die Scheidung verloren. Allein der laufende Unterhalt stellte ein ausreichendes Motiv dar, dazu kamen aber noch der Streit und der Wert des Hauses.

Egal: Sie konnten Lukas trotz allem zunächst von der Liste der Verdächtigen streichen. Die Ergebnisse der DNA-Proben und die Einschätzungen der Rechtsmedizin schienen die Nachforschungen bezüglich Lukas Horvath überflüssig zu machen. Doch in der Arbeit eines Ermittlers gab es niemals völlige Gewissheit. Es war von entscheidender Bedeutung, Unschuldige auszuschließen und unnötige Anstrengungen zu vermeiden, die besser in andere Untersuchungen investiert werden konnten.

Dieser Teil des Vorgehens war genauso wichtig wie das Verfolgen von Spuren oder das Befragen von Zeugen. Es war eine

Art Reinigung, ein notwendiger Schritt, um sicherzustellen, dass sie ihre Ressourcen auf die richtigen Personen konzentrierten. Denn in einem Fall mit so vielen Unbekannten war jede Minute, die sie sparen konnten, von unschätzbarem Wert.

Lorenzen wartete geduldig, bis alle im Raum versammelt waren und Platz genommen hatten. Es war spät, die meisten Kollegen waren bereits zwölf Stunden oder länger im Dienst.

»Wir haben Neuigkeiten aus Kiel, die unsere Ermittlungen in eine andere Richtung lenken«, begann er. Die Kollegen horchten auf: Wenn diese Nachricht die gesamte Untersuchung auf den Kopf stellen konnte, dann musste es etwas von Bedeutung sein.

»Die Kugel, die aus dem Schädel von Frau Horvath entnommen wurde, hat das gleiche Kaliber und auch sonst dieselben Merkmale wie das Projektil, das in der Wasserleiche auf Föhr gefunden wurde.«

Antje Schlösser, groß, blond, schlank. Ebenso wie Linda.

Marleen horchte auf. »Bedeutet das, dass der Mörder hier auf der Insel ist?«

Lorenzen hob eine Hand. »Aufgrund des Zeitfensters müssen wir davon ausgehen, ja. Deshalb habe ich mich mit der Staatsanwaltschaft beraten, und wir sind zu dem Schluss gekommen, eine DNA-Reihenuntersuchung aller Männer auf Sylt durchzuführen. Der Staatsanwalt ist bereits in Gesprächen mit dem Amtsgericht in Niebüll, und es sieht vielversprechend aus. Die rechtlichen Voraussetzungen für eine solche Untersuchung scheinen gegeben zu sein.«

Lorenzen hängte Fotos von den Opfern an das Whiteboard und befestigte sie mit Magneten. Mit dem Marker stellte er Verbindungslinien her.

»Wir haben es bei Linda Horvath und Antje Schlösser mit zwei Frauen zu tun, die sich optisch ähneln – blond, schlank, groß, feminin. Beide wurden durch einen Kopfschuss getötet, vermutlich aus derselben Waffe. Beide wurden in der Nähe des Wassers gefunden. Doch was diese Ermittlung komplexer macht als ursprünglich angenommen, ist die Tatsache, dass die DNA-Spuren, die bei Jessica Tomsen und unserer Unbekannten gefunden wurden, ebenfalls übereinstimmen. Wir gehen bei diesen Fällen von einem gemeinsamen Täter aus. Und jetzt kommt's: Diese DNA-Spuren konnten durch unsere Kripo auch in den nahegelegenen Dünen festgestellt werden. Das hat die Auswertung durch die Rechtsmediziner in Kiel ergeben. Und das bedeutet, wir haben eine Verbindung zwischen allen vier Todesfällen. Es ist nicht nur eine zufällige Häufung von Einzelmorden, sondern wir haben es aller Wahrscheinlichkeit nach mit einem Serientäter zu tun. Die Muster, die wir sehen – das Aussehen der Opfer, die Art der Tötung, der Ort ihrer Entdeckung – sprechen für einen Täter, der ein bestimmtes Profil von Opfern hat und eine spezifische Methode anwendet. Dies zusammen mit der DNA-Verbindung lässt keinen Zweifel daran, dass die vier Morde miteinander verknüpft sind.«

»Aber«, warf Marleen ein, »Tomsen hatte dunkles Haar. Und der Mörder ist anders vorgegangen. Ohne den DNA-Nachweis, würde ich dort den Modus operandi nicht erkennen.«

»Genau darüber habe ich mir den Kopf gemeinsam mit Clemens zerbrochen. Es scheint, als ob die Tat, wie du bereits vermutet und festgehalten hast, Marleen, im Affekt ausgeführt wurde. Vielleicht war es sogar einfach ein Unfall. Der Täter hatte keine Waffe bei sich, und der Mord scheint nicht bis zum Ende durchgeführt worden zu sein. Es könnte sein, dass er gestört wurde und dann in Panik reagierte. Wie auch immer: Nun liegt es an uns, diesen Mörder zu erwischen, bevor er ein weiteres Opfer findet. Jede Information, jedes noch so kleine Detail könnte wichtig sein. Es gibt immer Unterschiede in der Vorgehensweise eines Mörders, besonders, wenn er unter Druck steht. Vielleicht können wir diese Unterschiede nutzen, um mehr über ihn herauszufinden und ihn letztendlich zur Strecke zu bringen.«

Sie diskutierten noch eine ganze Weile darüber, wer mit der Durchführung der Reihenuntersuchung beauftragt werden sollte. Die Möglichkeiten waren durch § 81h StPO streng begrenzt, und das Verfahren musste sorgfältig geplant werden. Allen war bewusst, dass sie schnell handeln mussten. Innerhalb kürzester Zeit müssten sie dafür sorgen, dass die Tests durchgeführt wurden und so viele Menschen wie möglich, die während des Sturms auf der Insel waren, daran teilnahmen. Alles, bevor die Zufahrtswege wieder freigegeben wurden.

Die DNA-Spuren, die sie gesichert hatten, gehörten definitiv zu einem Mann. Das passte auch zu dem Video mit Jessica Tomsen, das sie sichergestellt hatten. Wenn der Amtsrichter der Argumentation der Polizei und der Staatsanwaltschaft folgte, würde er für alle männlichen Personen auf Sylt zwischen dem zwanzigsten und sechzigsten Lebensjahr die freiwillige Teilnahme an der Reihenuntersuchung anordnen.

Unter den gegebenen Witterungsbedingungen blieben ihnen schätzungsweise zwei Tage, bevor die Fähre ihren Betrieb wieder aufnehmen und die ersten Züge über den Hindenburgdamm rollen würden. Mit ihnen könnte der Mörder von Jessica, Linda, Antje sowie der unbekannten Frau, die auf Sylt angetrieben worden war, die Insel verlassen.

Mit diesem Gedanken im Hinterkopf schien ihre Aufgabe immer dringlicher zu werden.

Die Situation war kompliziert. Einerseits war sie ein Segen, denn sie bot ihnen eine echte Chance, den Mörder zu finden. Andererseits war sie ein Fluch, denn sie waren auf engstem Raum mit einem Mörder eingeschlossen, und keiner konnte wissen, wie dieser Mörder darauf reagieren würde. Es war ein Rennen gegen die Zeit, und sie durften nicht verlieren.

Lorenzen spürte ein Vibrieren in seiner Tasche, zog sein Smartphone heraus und sah, dass sie grünes Licht vom Amtsgericht erhalten hatten. Er warf einen Blick auf die Uhr – eine

Stunde war schon vergangen, es hatte gerade 19 Uhr geschlagen. Er blickte in die fragenden Gesichter seiner Kollegen, die auf seine nächsten Anweisungen warteten. Es war nicht so, dass die meisten von ihnen Linda persönlich gekannt hatten – nur Marleen und Matthias hatten sie wirklich mit ihr zu tun gehabt. Aber seitdem klar war, dass Linda die Partnerin von Matthias war, wurde die Jagd nach Lindas Mörder zu einer persönlichen Angelegenheit für das gesamte Revier.

Einunddreißig

Das Telefon in Lorenzens Büro gab kaum Ruhe. In einem Wettlauf gegen die Zeit wurden DNA-Proben organisiert. Die Polizei informierte über sämtliche Kanäle. Trotz des Orkans, der erste Böen über die Insel schickte, war die Resonanz aus der Bevölkerung beeindruckend. Eine vorläufige Statistik zeigte auf, wer von den Bewohnern in Frage kam. Alles musste schnell gehen, ohne dabei die Integrität der Beweise zu gefährden. Die Polizisten des Reviers spielten in diesem Prozess eine entscheidende Rolle. Die Mitarbeiter des Sylter Labors legten Überstunden ein, um die anonymisierten Eingänge zeitnah zu bearbeiten, da eine Übersendung zum Festland nicht möglich war.

Marleen und Sven bildeten an diesem Tag ein Team, um die Wege für die freiwilligen Testungen so kurz wie möglich zu halten. Gemeinsam durchquerten sie die regennassen Straßen von Archsum, Tinnum und Morsum. Sie folgten der Kreisstraße, die sie an Keitum vorbei und weiter in die ländlichen Gebiete im Osten der Insel führte, wo sie eine ortsnahe Testung anboten, um die Leute nicht durch die Fahrt über die nassen Straßen zu gefährden. Das Wetter machte ihnen zu schaffen, teilweise kamen die Scheibenwischer nicht mehr gegen den Starkregen an. Ihre Uniformen boten kaum Schutz gegen die nasskalte Witterung. Schon bald waren auch die weißen Hemden, die sie darunter trugen, vollends durchweicht.

Nach sechs Stunden unermüdlicher Arbeit ließ Sven ein herzhaftes Gähnen los. »Fast geschafft«, murmelte er mit einem erschöpften Lächeln, als die Liste erledigt war und kein Name mehr offen blieb.

Marleen zog ihre durchnässte Mütze ab, wrang sie aus und warf sie in den Fußraum. Das kalte Wasser tropfte auf den Boden. Sven startete den Wagen, drehte die Heizung auf und fuhr zurück zum Revier. Sie waren nicht die Letzten, die zurückkehrten, doch in diesem Moment fühlte Marleen eine tiefe Erschöpfung. Im Revier angekommen, machte sie sich eine Tütensuppe warm – keine Delikatesse, aber ein Funken Wärme. Sie spürte ihre Finger kaum mehr, so beißend kalt war der Wind. Der Kaffee dazu war stark und bitter, doch wie ein treuer Gefährte. Die Maschine hatte heute Überstunden gemacht, genau wie alle anderen in ihrer Einheit.

Marleen ließ sich auf einem der Stühle im Besprechungsraum nieder. Die Luft war erfüllt von der Anspannung, die seit dem Mord an Frau Horvath über der Inselgemeinschaft hing. Jonas saß ihr gegenüber, die Stirn in Falten gelegt, während er sich durch den Wust an Seiten kämpfte. Die Liste derjenigen, die sich der freiwilligen Testung unterzogen hatten, schien endlos.

Marleen beugte sich leicht vor, um einen Blick auf die Arbeit ihres Kollegen zu werfen. Ein Meer aus Haken zeichnete sich ab – beredtes Zeugnis dafür, dass fast alle der Aufforderung gefolgt waren. Kaum jemand hatte die Testung abgelehnt. Das Recht darauf hatte jeder, doch eine Verweigerung brachte einen, auch wenn man es von offizieller Seite verneinte, direkt in den Ermittlungsfokus und sorgte dafür, dass das Alibi dieser Person entsprechend gründlich überprüft und vielleicht sogar eine Probenentnahme erzwungen wurde.

»Sieht so aus, als hätten wir eine hohe Beteiligung«, merkte Marleen an.

»Ja, das zeigt, wie sehr die Leute wollen, dass der Mörder gefunden wird. Auf der Insel hält man eben zusammen«, antwortete Jonas, einen Schimmer von Stolz in der Stimme.

Seine Worte machten Marleen nachdenklich. Ihre Zugehörigkeit zur Insel war noch frisch, ihre Wurzeln lagen woanders. Und Linda? Sie war zurückgekehrt, doch hatte sie wirklich wieder Fuß fassen können?

»Kann ich mir die Liste einmal genauer anschauen?«, bat sie.

»Natürlich, hier. Das ist aber nur die Liste der Anwohner. Die Listen der Hotelgäste sind auf dem nächsten Stapel.« Jonas reichte ihr die Liste, und Marleen begann, die Seiten durchzugehen, bis sie fand, was sie gesucht hatte. Dort stand er, der Name, der ihr keine Ruhe ließ, markiert mit einem unauffälligen, aber bedeutungsschweren ›X‹.

»Was bedeutet das X hier?«, fragte sie. Ihre Stimme zitterte leicht.

»Das bedeutet, dass diese Person die Testung verweigert hat. Auch auf Nachfrage. ›O‹ bedeutet, dass sie aktuell nicht auf der Insel waren«, erklärte Jonas.

Marleen schluckte schwer. Dass die Testung verweigert worden war, löste in ihr ein Gefühl aus, das schwer zu definieren war. War es Ärger? Enttäuschung? Oder Besorgnis?

Mit hämmerndem Herzen verließ sie das Polizeirevier. Jeder Schritt, den sie auf dem Weg zu ihrer Wohnung tat, schien das Tempo ihres Herzschlags noch weiter zu beschleunigen. Es war nicht nur die körperliche Anstrengung, die ihr den Atem raubte, sondern auch die drängende Bedeutung ihrer Mission. Sie musste den Täter aufspüren, und die Zeit schien ihr wie Sand durch die Finger zu rinnen. Sie stürmte die Treppe zu ihrer Wohnung hinauf, stieß die Tür auf und wurde von Merle freudig begrüßt.

»Süße, du musst heute Nacht bei Jan bleiben«, sagte sie atemlos, während sie Merle das Halsband umlegte und die Leine befestigte. »Ich muss arbeiten und kann dich bei dem Sturm nicht die ganze Nacht allein lassen.«

Ohne einen weiteren Moment zu verlieren, eilte sie mit Merle wieder die Treppe hinunter und begab sich auf den Weg zu Jans Haus. Es dauerte nicht lange, dann erhob sich vor ihr das charmante Friesenhaus. Die schwere Holztür war durch einen kleinen Vorgarten vom Gehweg getrennt.

Mit der Leine fest in der Hand klingelte Marleen an Jans Tür. Der Wind heulte um das alte Haus und zerrte an Marleens Jacke, wirbelte ihr die Haare ums Gesicht. »Das kann doch nicht wahr sein!«, murmelte sie, während sie erneut klingelte. Der Sturm war so laut, dass sie den Gong drinnen nicht hören konnte. »Jan!« rief sie, doch ihre Stimme ging im Lärm des Sturms unter, und sie hämmerte mit der Faust gegen die schwere Holztür.

Just in diesem Moment öffnete Jan die Tür. Das warme Licht aus dem Inneren des Hauses strahlte heraus. Merle sprang freudig auf ihn zu. Marleen drückte ihm die Leine in die Hand. »Danke, dass du auf sie aufpasst«, presste sie hastig hervor.

»Du wirkst angespannt«, bemerkte Jan, der Marleen besorgt musterte. »Komm doch rein, ich mach dir schnell einen Kaffee.«

Marleen schüttelte den Kopf, ihre Augen fest auf die dunklen Wolken draußen gerichtet. »Ich hab keine Zeit, Jan.«

Seine Hartnäckigkeit ließ jedoch nicht nach. »Ich hab auch schwarzen Tee, Kluntjes und Klütjes im Haus.«

Sie seufzte resigniert. Es war ein verlockendes Angebot. Der Schwarze Tee und die groben Zuckerkristalle gehörten eher zur ostfriesischen Teekultur, waren vor allem in den gemütlichen Stuben rund um Aurich und auf den ostfriesischen Inseln zu finden, doch auch hier in Nordfriesland lehnte man eine gute Tasse Tee nicht leichtfertig ab.

»Na gut, einen schnellen Kaffee.« Mit diesen Worten trat sie ein, die Tür fest gegen den heulenden Sturm hinter sich zuziehend. Jans Lächeln breitete sich auf seinem Gesicht aus, bevor er in die Küche verschwand, Merle dicht auf den Fersen. Das vertraute Klirren von Tassen drang zu Marleen durch, während sie sich ins Wohnzimmer begab.

Ihr Blick fiel auf das Bücherregal, das eine ganze Wand einnahm. Es war prall gefüllt mit Büchern jeder Art, von klassischen Romanen bis hin zu modernen Thrillern. Jedes Buch hatte seinen festen Platz, ein stilles Zeugnis von Jans ordnungsliebender Natur. Sie konnte nicht anders, als die sorgfältige Anordnung zu bewundern, während sie auf ihren Tee wartete. Im selben Regalfach, im auffälligen Kontrast zu den modernen

Büchern, lag ein antiquiertes Fotoalbum. Es hatte den Anschein, als habe Jan es erst kürzlich durchgeblättert. Das Album selbst war aus dunkelbraunem Leder, an den Ecken abgewetzt und mit goldenen Ornamenten verziert.

Marleen strich mit den Fingern über das raue Leder und bemerkte den feinen Staub, der sich in den Rissen und Spalten des Umschlags angesammelt hatte. Vorsichtig öffnete sie das Album und begann, die alten Fotos zu betrachten.

Sie schaute auf die Uhr. »Ich weiß, das klingt jetzt blöd, aber könntest du mir den Kaffee in meinen To-go-Becher umfüllen? Der müsste noch in deinem Spülbecken liegen«, rief sie ihm zu.

»Inzwischen ist er abgewaschen und steht im Regal, aber klar, ich fülle ihn dir gleich um, du rastloser Geist.«

Marleen hatte sich schon zum Gehen gewandt, hielt aber plötzlich inne und fasste sich ein Herz. Sie drehte sich noch einmal um und blickte Jan ernst und angespannt an. »Jan?« Sie wartete, bis er seinen Blick von der Kaffeetasse hob und sie direkt ansah.

»Ja?« Seine Augenbrauen zogen sich fragend zusammen.

»Ich muss mit dir über etwas sprechen.« Ihre Stimme war fest.

»Tust du doch gerade.« Jan beugte sich zu ihr und gab ihr einen Kuss. »Stimmt etwas nicht?«, fragte er, als er den besorgten Ausdruck auf ihrem Gesicht bemerkte.

»Wie du weißt, führen wir derzeit Gentests an der männlichen Bevölkerung durch, um den Täter zu finden«, begann sie mit ruhiger, sachlicher Stimme. »Wir nehmen Speichelproben, um das DNA-Identifizierungsmuster des Täters zu ermitteln.«

»Ja, das weiß ich. Habt ihr ihn schon gefunden?« Er beugte sich herunter und kraulte Merle hinter den Ohren.

»Alle bisherigen Proben waren negativ. Es ist frustrierend. Wir haben DNA-Material, das eindeutig dem Täter zugeordnet werden könnte.« Marleen seufzte und sah Jan direkt an. »Ich wollte es eigentlich gar nicht zur Sprache bringen, aber es lässt mir keine Ruhe: Ich war wirklich überrascht, als ich deinen Namen auf der Liste der Männer fand, die sich dem Test noch nicht unterzogen haben.«

»Überrascht? Warum?«

»Warum? Das sollte ich eher dich fragen.« Marleen zog ein DNA-Testkit aus ihrer Tasche und hielt es hoch.

»Du willst mich testen?«

»Es ist doch nichts dabei. Ein steriler Wattetupfer, ein paar Zellen von deiner Mundschleimhaut …«

Jan stand wie angewurzelt im Flur. »Also verdächtigst du mich jetzt?«

Marleen schüttelte den Kopf. »Nein, natürlich nicht. Aber wenn du den Test machst und er ist negativ, dann wärst du auch offiziell entlastet.«

»Und du kannst nicht einfach so glauben, dass ich kein Mörder bin? Du brauchst ein Testergebnis dafür?« Seine Stimme klang jetzt nicht mehr vorwurfsvoll, sondern verletzt.

»Du solltest diesen Test machen. Es ist wichtig.« Marleen versuchte, ihre Stimme ruhig zu halten.

»Ach, ist es das?« Jans Antwort kam eiskalt.

»Es wäre hilfreich, wenn …«

»Hilfreich?« Jan unterbrach sie. »Für wen? Für dich persönlich? Oder für den Mörder, der da draußen frei herumläuft, während ihr willkürlich unschuldige Leute ins Visier nehmt?«

»Du verstehst mich falsch, Jan.«

»Ich habe ein Recht auf meine Privatsphäre, Marleen!« Jans Stimme hallte durch das stille Wohnzimmer. »Nur weil ich mich weigere, mich testen zu lassen, bedeutet das nicht, dass ich etwas zu verbergen habe!«

Marleen hob die Hände in einer beruhigenden Geste. »Niemand unterstellt dir das.«

»Ach ja? Wirklich? Für mich klingt es, als würdest du genau das tun. Ich will nicht, dass mein genetisches Profil in einer Datenbank gespeichert wird. Ich gebe meine persönlichen Informationen auch nicht bei dubiosen Gewinnspielen preis oder poste ständig Fotos von mir im Internet. Aber das alles macht mich noch lange nicht zu einem Verbrecher!«

»Du bist nicht der Einzige mit solchen Bedenken. Aber es erschwert die Ermittlungen erheblich.«

»Weißt du, was ich schwierig finde?« Jans Stimme klang jetzt gefährlich leise. »Dass du mir nicht vertraust. Dass du denkst, ich könnte der Täter sein. Dass du einen Nachweis verlangst.«

»Das ist nicht fair, Jan ...«

»Nichts an dieser Situation ist fair, Marleen. Du tauchst hier auf, sozusagen mitten in der Nacht, wackelst mit diesem Ding vor meiner Nase rum. Und wofür? Damit du ruhig schlafen kannst? Du vertraust mir genug, dass du mich auf Merle aufpassen lässt, aber in unserer Beziehung zählt mein Wort plötzlich nichts mehr? Darf's auch noch mein Impfausweis sein oder meine Steuererklärung, willst du auch noch meine Passwörter?«

»Ich habe das nicht entschieden!« Marleens Stimme überschlug sich fast vor Verzweiflung.

»Ich möchte nur, dass wir offen und ehrlich miteinander umgehen. Das ist das Einzige, worum ich dich bitte. Das Einzige!«

»Ich versuche, offen zu dir zu sein.«

»Offenheit? Ist das jetzt dein neues Credo?« Sein Tonfall war schneidend, seine Worte messerscharf. »Dann will ich auch mal offen sein. Das, was du hier machst, ist Mist. Du projizierst deine Ängste aus vergangenen Beziehungen auf mich. Du vertraust mir nicht. Ich würde niemals so etwas von dir verlangen.«

»Das hat nichts damit zu tun ...«, begann Marleen, doch Jan unterbrach sie.

»Nein, Marleen! Das geht mir zu weit.« Seine Stimme war fest. »Du kannst morgen kommen und Merle abholen. Den Schlüssel hast du ja, ich muss also nicht da sein. Wenn du dann immer noch auf diesen Test bestehst, leg ihn einfach auf den Tisch.«

»Jan, ich …«, begann Marleen.

»Du musst jetzt arbeiten. Und ich hab noch was auf dem Herd.« Bevor Marleen antworten konnte, schob er sie zur Tür hinaus. Marleen blieb zurück, allein und durchnässt im Sturm. Jans Worte hallten in ihrem Kopf wider wie ein unheilvolles Echo. Sie hatte die Kontrolle verloren – über die Situation, über sich selbst, über Jan, über alles. Sie fühlte sich plötzlich verlassen, als würde sie mitten auf einem Ozean ohne Rettungsanker dahintreiben. Und während der Wind heulte und das Meer gegen die Küste donnerte, brach auch etwas in ihr. Tränen liefen ihre Wangen hinunter, vermischten sich mit dem eisigen Regen. Die Kälte des Windes schnitt in ihre Haut, genauso scharf und gnadenlos wie jedes Wort, das zwischen ihnen gefallen war.

Es war kein DNA-Testkit, das ihre Beziehung zerstörte. Es war das fehlende Vertrauen, das sie auseinandertrieb.

Zweiunddreißig

Kriminaloberkommissar Christoph Hübner verschloss das Fenster seines Büros im zweiten Stock der Polizeiinspektion Husum. Er hatte einen kurzen Moment genutzt, um die stickige Büroluft durch Sauerstoff zu ersetzen. Doch als der Wind mit voller Wucht an den Fenstern riss und rüttelte, sah er sich gezwungen, sie sicherheitshalber zu schließen. Er nahm ein Stück Schokolade aus einem kleinen Schälchen auf seinem Schreibtisch und lenkte seine Aufmerksamkeit auf den Computerbildschirm. Vor zwei Tagen hatte er Proben, die von einer Hausdurchsuchung stammten, in das INPOL-System eingegeben – das deutschlandweite Informationsnetz der Polizei, das eine länderübergreifende Fallbearbeitung und Fahndung ermöglichte.

Und zum ersten Mal seit langer Zeit – er konnte sich gar nicht erinnern, wann es das letzte Mal passiert war – hatte er eine Benachrichtigung erhalten. Sie stammte vom Landeskriminalamt in Flensburg: Die Daten stimmten mit einem Datensatz aus der Toten-Kartei überein.

Sofie Weyers, gefunden am Strand von Sylt. Nicht nur tot, sondern auf eine Weise entstellt, dass er kein zweites Mal in die Schale griff.

Verwundert las er im System, dass die Kriminalpolizei Sylt und die Mordkommission Flensburg die Ermittlungen in Kooperation aufgenommen hatten.

Die Wohnung von Sofie Weyers war auf der Suche nach Hinweisen, die Aufschluss über ihr Verschwinden geben könnten, durchkämmt worden. Die Wohnung war liebevoll gestaltet, von den sorgfältig ausgewählten Möbeln bis hin zu den Katzen-Kratzbäumen, die einen erheblichen Teil des Wohnzimmers einnahmen. An den Wänden hingen zahlreiche Fotografien, die Sofie Weyers Katze zeigten. Alles deutete darauf hin, dass sie eine fürsorgliche Besitzerin war. Kaum vorstellbar, dass sie einfach spurlos verschwinden und ihr geliebtes Haustier dem Hungertod überlassen würde.

Zudem hatten sie ein Tagebuch gefunden, das weitere Einblicke in das Leben der verschwundenen Frau versprach. Einsamkeit durchzog die Seiten wie ein roter Faden, doch es war mit Sorgfalt geführt. Sofie Weyers' Handschrift war wunderschön und deutlich, als würde sie jeden Buchstaben mit Bedacht formen. Jeder Absatz, jedes Wort, jede Zeile schien einen Einblick in ihre Gedanken und Gefühle zu bieten.

Zunächst schienen die Einträge wenig zur Ermittlung ihres Aufenthaltsortes beizutragen. Doch als die bittere Wahrheit ans Licht kam – dass Sofie nicht mehr am Leben war –, gewannen ihre sorgfältig formulierten Worte an Gewicht. In blumiger Sprache beschrieb sie detailliert einen Mann, der ihr kurz vor ihrem Verschwinden begegnet war.

Das Timing konnte nicht schlechter sein. Norddeutschland befand sich im Ausnahmezustand. Über verschiedene Kanäle hatte er erfahren, dass seine Kollegen auf der windgepeitschten Insel eine DNA-Reihenuntersuchung durchführten. Mit den neuen Erkenntnissen aus Sofies Tagebuch hätten sie den Kreis der Verdächtigen womöglich erheblich einschränken können.

Die Inselpolizisten kannten in der Regel ihre Leute. Doch sein eigenes Vorstellungsvermögen war für die Ermittler auf Sylt kaum von Nutzen. Es galt, die Informationen so schnell wie möglich weiterzugeben. Da der Postweg ausgeschlossen war, griff er zum Telefonhörer, wählte die Nummer der Polizeiinspektion auf Sylt und wartete. Geduldig erklärte er der Wachtmeisterin am anderen Ende der Leitung sein Anliegen. Doch eine direkte Verbindung zu den zuständigen Ermittlern konnte sie ihm nicht bieten. Der Sturm hielt viele seiner Kollegen in Atem, einschließlich der Kriminalpolizei.

»Wer kümmert sich bei Ihnen um den Fall? Ich weiß nicht, mit wem ich reden soll«, erklärte Hübner, während er einen besorgten Blick aus dem Fenster warf. Die Husumer Au, nur 300 Meter von der Polizeistation entfernt, führte bereits Hochwasser, und der Pegel stieg unaufhörlich.

»Kommissarin Marleen Jacobs ist ihre zuständige Ansprechpartnerin – soll ich versuchen, sie zu erreichen?«

»Ja, bitte tun Sie das«, erwiderte Hübner.

In der Zwischenzeit hatte Marleen sich eine dringend benötigte Atempause gegönnt. Doch das hartnäckige Klingeln des Telefons beendete die Erholung abrupt.

»Moin, hier spricht Kommissarin Jacobs.«

»Ja, Moin, Christoph Hübner von der Polizeiinspektion Husum. Können Sie gerade sprechen?«, fragte Hübner. Seine Stimme trug eine Spur von Dringlichkeit.

»Das hängt davon ab, worum es geht«, erwiderte Marleen, ihre Stimme angespannt, während sie sich auf ihrem Stuhl vorbeugte.

»Mir wurde gesagt, Sie wären zuständig für die Ermittlungen im Fall Sofie Weyers.«

»Um wen? Der Name sagt mir leider gar nichts«, gab Marleen zurück.

»Sind Sie sicher?« Hübner klang nicht unhöflich, sondern eher verwundert.

»Ja, bin ich.«

»Haben Sie die Mitteilung vom LKA nicht erhalten? Vor zwei Monaten wurde eine Leiche an Ihrer Küste angeschwemmt. Die entnommenen Proben konnten einer vermissten Frau hier aus Husum zugeordnet werden.«

»Nein, hier ist nichts angekommen.« Marleen ließ die Information in ihrem Kopf kreisen. Wurden die Unterlagen per Post verschickt? Dann befanden sie sich wahrscheinlich in einem großen Sack und warteten auf den Transport nach Sylt. Könnte es menschliches Versagen gewesen sein? Ein technischer Fehler vielleicht? Oder war das Material schlichtweg an die falsche

Adresse geschickt worden? Sie konnte die Möglichkeiten endlos durchgehen, aber ohne konkrete Beweise blieb alles reine Spekulation. Egal, jetzt würde sie das Nötigste erfahren.

»Also, dann bringen Sie mich doch bitte auf den neuesten Stand. Was können Sie mir zu dem Fall sagen?«

»Nun, Frau Weyers führte ein Tagebuch. Sehr ausführlich und bildhaft. Ich weiß, Sie haben gerade alle Hände voll zu tun, aber ich dachte, es wäre gut, wenn wir darüber sprechen könnten«, antwortete Hübner. »Ich habe die Einträge gelesen und konnte mir ein Bild von Sofie und dem Mann machen, der als Täter in Betracht kommt. Wir haben auch die Post von Frau Weyers durchgesehen – der letzte Eintrag datiert zwei Tage vor dem ersten ungeöffneten Brief.«

Marleen konnte es kaum fassen. Sie hatten nicht nur endlich einen Namen und ein Gesicht zu der Toten, sondern auch einen konkreten Hinweis auf den Täter!

»Ich könnte die relevanten Seiten scannen. Die Originalunterlagen bekommen Sie von mir geschickt, sobald die Verbindungswege wiederhergestellt sind.«

»Einverstanden. Und vielen Dank!«

Marleen musste beinahe vierzig Minuten warten, bis endlich die letzte Datei eingetroffen war. Es waren etliche Seiten, die ihr Kollege Hübner mühsam einzeln, Vorder- und Rückseite, einscannte und in Zehner-Paketen auf die digitale Reise schickte. Aber jetzt konnten sie theoretisch sofort beginnen, die Tagebucheinträge zu lesen und parallel in zwei Fällen zu ermitteln. Die Reihenuntersuchung war ohnehin ein Selbstläufer geworden, abgesehen von den wenigen Personen, die sich dagegen entschieden hatten. Jede Seite des Tagebuchs wurde drei Mal von ihr ausgedruckt und sorgfältig sortiert. Sie blickte sich im Revier um, auf der Suche nach jemandem, den sie um Hilfe bitten konnte. Jonas konnte ihrem Blick nicht schnell genug ausweichen, er war somit der erste, der sich einen Stapel Kopien verdiente. Die zweite war Claudia.

Sie skizzierte kurz das Ziel der Leseaktion. Während ihre Kollegen draußen Straßen abriegelten oder im schlimmsten Fall Sandsäcke schleppten, oblag es ihnen hier drin, die Tagebucheinträge Wort für Wort zu lesen und sich so ein Bild von der Verstorbenen zu machen. Tagebücher, besonders solche, die wie in diesem Fall mit Sorgfalt geführt wurden, stellten eine wahre Fundgrube für Ermittler dar. Sie waren ein Sammelbecken für sowohl negative als auch positive Erlebnisse und boten einen einzigartigen Rundumblick auf die Person, die sie beschrieben. Einträge über mögliche Konflikte und Streitigkeiten waren von besonderem Interesse und lieferten nicht selten den Schlüssel zur Lösung des Falles.

»Wir können durch die Augen der Toten sehen und vielleicht verstehen, was zu ihrem Tod geführt hat. Lasst uns diese Chance nutzen«, sagte Marleen abschließend.

Sie nahmen auf drei freien Stühlen Platz, von denen es derzeit mehr als genug gab, und begannen, die Einträge mit farbigen Markierungen hervorzuheben. Sobald sie damit fertig waren, würden sie eine Chronologie der letzten Monate von Sofie erstellen und untersuchen, ob es Personen gab, die in ihrem Leben eine besondere Rolle spielten.

Marleen war fasziniert von der Eloquenz, mit der Sofie ihre Gedanken und Erlebnisse zu Papier gebracht hatte. Sie formte Sätze mit einer solchen Anmut, dass ihre Einträge mehr Poesie als Prosa zu sein schienen.

Es wäre so leicht gewesen, diese zurückhaltende, stille Person zu übersehen. Niemand hätte ihre Abwesenheit bemerkt. Doch Sofie hatte sich dafür entschieden, sich ihren Ängsten zu stellen, sie schwarz auf weiß festzuhalten. Jeder Eintrag war ein Zeugnis ihrer inneren Kämpfe. Sie malte ein Bild von sich selbst, das nicht perfekt war, aber echt und unverfälscht. Und darin lag ihre Stärke.

Gegen Ende Juni veränderte sich die Atmosphäre von einem Eintrag zum anderen. Hübner hatte recht gehabt, die Wortwahl war sehr präzise. Beim Lesen der jüngsten Einträge entstand ein Bild vor Marleens innerem Auge, das sie schnell abschüttelte.

»Groß, blond, eins achtzig, muskulös, frech und lieb«, fasste Jonas die Beschreibungen mit einer gewissen Nonchalance zusammen und riss Marleen aus ihren Gedanken. Mit einem spielerischen Grinsen spannte er seine Oberarmmuskulatur an. »Wenn ich es nicht besser wüsste, würde ich sagen, sie hat mich beschrieben.« Marleen musste zugeben, dass Jonas' Worte einen gewissen Sinn ergaben. Er war unbestreitbar frech und kein Kind von Traurigkeit und passte auch optisch zu der Beschreibung. Über den Punkt »lieb« konnte und wollte sie nichts sagen, aber je tiefer sie in Sofies Welt eintauchte, desto drückender wurde die Atmosphäre.

Sie fühlte, was Sofie fühlte, und konnte sich auf eine Art mit ihr identifizieren, wie sie es als Mordermittlerin schon aus gesundheitlichen Gründen nicht tun sollte.

Aber es fiel ihr schwer, die Identifikation abzuschütteln. Denn es gab nur einen Mann, den sie kannte, auf den die Beschreibung Wort für Wort zuzutreffen schien. Und das war genau der Mann, der in ihr Leben getreten war, als sie ganz allein gewesen war, genau wie Sofie.

Jan.

In der Psychologie würde man von Übertragung reden.

Verärgert schob sie den Gedanken beiseite. Das war unprofessionell!

Das Tagebuch endete damit, dass Sofie voller Vorfreude davon schrieb, ihr grünes Kleid auszuführen. Nie zuvor hatte sie einen Anlass gefunden, es zu tragen. Ein unschuldiges Detail, das jedoch vor dem Hintergrund der Ereignisse eine düstere Bedeutung annahm. Marleen konnte nur hoffen, dass sie bald Antworten finden würden, um Sofies Geschichte zu einem Abschluss zu bringen.

Am liebsten hätte sie laut geschrien. Jans Weigerung, an der DNA-Testung teilzunehmen, war nicht rechtswidrig, aber er brachte damit sowohl sich als sie selbst in eine schwierige Lage.

Es lag nahe, dass gerade der Täter seine DNA nicht zur Analyse freigeben würde. Sie wollte ungern erklären müssen, warum ausgerechnet ihr Freund Gegenstand einer gerichtlichen Anordnung wurde und plötzlich im Zentrum der Mordermittlungen stand.

Sie war hin und her gerissen zwischen ihrer Beziehung und dem, was ihr Beruf von ihr verlangte – zu warten, bis ihre Kollegen Jan zu einer Beschuldigtenvernehmung vorluden oder eine Zwangsentnahme anordneten.

Andererseits: In ihrem eigenen Heim boten sich Marleen unzählige Möglichkeiten, DNA-Proben von Jan zu sammeln. Seine hellen Haare waren überall in der Wohnung zu finden und stachen deutlich hervor – sowohl gegenüber Marleens eigenem dunklen Schopf als auch gegenüber Merles weiß-rötlichem Fell. Jans Haare lagen auf dem Kopfkissen, das er benutzt hatte, auf dem Teppich und natürlich im Badezimmer. Es war eine bizarre Idee, und sie würde sich strafbar machen, wenn sie ihren Gedanken zu Ende führte. Sie fühlte sich wie eine Verräterin, nicht nur gegenüber Jan, sondern auch gegenüber sich selbst und ihren eigenen moralischen Grundsätzen. Es wäre ein Bruch mit allem, was sie kannte und wofür sie stand. Und wenn sie die Probe heimlich analysieren ließe, wäre das Ergebnis juristisch irrelevant – unabhängig vom Resultat. Aber wenn das Ergebnis negativ war, könnte sie ihn ohne schlechtes Gewissen von der Liste streichen und das Bild des Mannes in Sofie Weyers Tagebuch aus ihrem Kopf verbannen. Genau dazu konnte so ein illegaler Test dienen: um seine Unschuld zweifelsfrei zu beweisen.

Nachdenklich kaute Marleen an ihrer Unterlippe. Sollte sie es tun, um endlich Gewissheit zu haben? Oder sollte sie die Finger davon lassen und Jan den Fragen ihrer Kollegen aussetzen, was unweigerlich dazu führen würde, dass er ihr die Schuld zuschrieb? Es ging nicht nur um die Frage, ob sie das Richtige tun würde, sondern auch darum, mit den Konsequenzen ihrer Entscheidung zu leben.

Fragend blickte sie zu Merle. »Was meinst du?« Merle streckte ihr nur die Zunge heraus. »Hach, ich sollte wirklich ins Bett gehen.«

Noch weitere 20 Minuten lang ging sie in Gedanken alle möglichen Szenarien durch, wog das Für und Wider ab. Sie fühlte sich, als hätte sie einen Stein im Magen.

Der Polo ratterte in die schmale Einfahrt. Das Gebäude vor ihr war unscheinbar und bescheiden in seiner Größe, nichts deutete darauf hin, dass hinter diesen Türen gerade Arbeit von höchster Bedeutung verrichtet wurde. Die automatischen Eingangstüren glitten zur Seite und gewährten ihr Einlass ins Trockene. Pfützen bildeten sich auf dem Boden, das Wasser tropfte von ihrer Jacke und sammelte sich in kleinen Lachen. Sie ignorierte es und schritt zielstrebig auf die Rezeption zu.

»Guten Tag, Kommissarin Marleen Jacobs«, stellte sie sich vor. »Ich würde gerne mit dem Mitarbeiter sprechen, der für die Auswertung der DNA-Reihenuntersuchungen zuständig ist.« Sie präsentierte ihren Dienstausweis und hoffte, dass dieser ihr die gewünschte Kooperation verschaffen würde.

Die Frau hinter dem Empfangstresen musterte sie für einige Sekunden. »Bitte einen Augenblick Geduld«, bat sie und griff zum Telefon.

Während die Rezeptionistin leise ihr Anliegen erklärte, ließ Marleen ihren Blick durch den Raum schweifen. Der Empfangsbereich war einfach und schlicht gestaltet: eine Sitzecke, an den Wänden einige Gemälde, die Szenen von der Insel darstellten. Sie erkannte den Kampener Leuchtturm, der allgemein als der schönste Leuchtturm der Insel galt, und das Morsum-Kliff, das sie persönlich noch nicht besucht hatte.

»Folgen Sie mir bitte«, sagte die Rezeptionistin, nachdem sie das Telefonat beendet hatte, und erhob sich von ihrem Platz. Sie führte Marleen mit Hilfe einer Codekarte in einen gesperrten Sicherheitsbereich, der normalerweise für Gäste oder Kunden nicht zugänglich war. Einmal nach rechts, einmal nach links und dann die dritte Tür auf der rechten Seite. Hier befand sich das Büro des Laborleiters. Er hieß Dr. Saathoff und hörte Marleens Anliegen mit einer gewissen Skepsis zu, während er seine Hände faltete. Sein Blick war forschend und doch zurückhaltend, als hätte er noch nicht ganz entschieden, wie er auf ihre ungewöhnliche Anfrage reagieren sollte.

»Ich bitte Sie, diese Probe zu analysieren und sie mit der Referenzprobe aus der Reihenuntersuchung zu vergleichen«, nannte Marleen ihr Anliegen noch einmal. »Ich gebe Ihnen auch gerne einen persönlichen Auftrag dafür. Alles bleibt anonym. Ich muss nur wissen, ob die Proben übereinstimmen oder nicht. Ja oder nein, richtig oder falsch. Eine einfache Frage. Und ich brauche die Antwort so schnell wie möglich.«

Dreiunddreißig

Das unregelmäßige Pochen ihres Herzens hallte in Marleens Brust wider. Vor dem Haus verharrte sie einen Moment, drückte den Klingelknopf und lauschte in die Stille. Keine Antwort. Wie auch? Er hatte ihr kurz und knapp geschrieben, dass er noch einmal raus müsse und sie Merle bei ihm abholen könne. Trotz ihrer harten Worte, trotz des Streits, hatte er sich um die Hündin gekümmert. Ohne Forderungen, ohne Druck. Er hatte ihr lediglich eine Nachricht hinterlassen, dass sie vorbeikommen könne, wann immer sie bereit wäre. Jetzt, wo der Sturm der Emotionen verebbt war, durchströmte sie Scham. Sie hatte sich gehen lassen, war unfair gewesen.

Sie stand vor Jans Haus, das Gesicht dem unbarmherzigen Sturm ausgesetzt, der um die Ecken des Gebäudes heulte. Ihre Kleidung war durchnässt, genau wie ihr Haar, das an der Jacke klebte, und ihre Augen suchten verzweifelt nach einem Zeichen von Leben im Dunkeln. Sie klingelte ein weiteres Mal, doch die einzige Antwort war die unheimliche Stille, die sich über das Haus gelegt hatte. Sie und Jan waren noch nicht an dem Punkt ihrer Beziehung angelangt, an dem sie Schlüssel austauschten, aber er hatte ihr eine andere Art von Vertrauen geschenkt: Er hatte ihr sein Versteck für den Zweitschlüssel gezeigt. Und sie hatte sein Vertrauen schändlich missbraucht.

Vor dem Haus, zwischen den anderen Steinen, lag ein bestimmter Stein. Er war etwas heller als die anderen, wetterfest und im trockenen Zustand auffällig. Doch jetzt, im Regen, nahm er die dunkle Farbe der anderen Steine an, tarnte sich perfekt in ihrer Mitte. Marleen fluchte leise vor sich hin, während sie Stein um Stein umdrehte; ihre Finger suchten blind nach dem richtigen. Die Kälte biss sich in ihre Haut, jeder

Atemzug fühlte sich an wie ein Stich. Endlich fand sie ihn. Der Stein war kalt und nass in ihrer Hand, doch darunter spürte sie die vertraute Form des Schlüssels. Sie nahm den Schlüssel, betrachtete ihn einen Moment, bevor sie ihn fest umklammerte und zur Tür ging.

Im Haus ließ sie den Stein und den Schlüssel auf eine Ablage fallen, ein stummes Zeichen für Jan, dass sie da gewesen war. *Ich werde die Tür einfach hinter mir zuziehen, wenn ich gehe,* dachte sie. Ein leiser, fast unhörbarer Abschied.

Doch jetzt, in diesem Moment, war sie da. Trotz des Sturms, trotz der Kälte, trotz der Unsicherheit. Sie war da, und das war alles, was zählte. Und sie hätte sich gewünscht, das auch Jan hier gewesen wäre.

»Hey, Mädchen!«, rief sie in die Stille, und im nächsten Moment hörte sie das vertraute Klacken von Krallen auf dem Holzboden. Merle kam die Treppe heruntergeschossen und um die Ecke gerannt, stürzte sich freudig auf Marleen. Sie ging in die Hocke und begrüßte die Hündin, strich ihr liebevoll über das weiche Fell.

Sie würde sich bei Jan zu entschuldigen und zu versuchen, sein Vertrauen wiederzugewinnen, nahm sie sich vor. Sie hatte überreagiert, das sah sie jetzt ein. Seine einzige Forderung war gewesen, dass sie Merle abholen sollte, wann immer sie bereit wäre. Merle sprang auf und rannte voller Energie durch das Wohnzimmer, wedelte mit dem Schwanz und gab unruhige Fieptöne von sich. Sie lief zur Glastür, die in den Garten führte, und wieder zurück. Marleen wusste, sie musste dringend raus.

»Ich weiß, ich weiß«, murmelte sie beruhigend und strich Merle über den Kopf. »Wir gehen gleich raus, okay? Tut mir leid, dass du warten musstest. Heute läuft alles etwas anders als geplant.« Merle antwortete mit einem sanften Stupsen ihrer Schnauze gegen Marleens Hand, das sich anfühlte wie eine Zusage, dass sie verstanden hatte. In diesem Moment wusste Marleen, dass es an der Zeit war, die Dinge wieder in Ordnung zu bringen.

Ein Korridor der Erinnerungen streckte sich vor ihr aus, sauber und ordentlich wie immer. Der helle Steinboden reflektierte das gedämpfte Licht, das durch die Fenster einfiel, und erzeugte ein mildes Leuchten, das an den kühlen Grautönen der Wände verebbte. An einer Wand hingen gerahmte Schwarzweißfotos, jedes einzelne sorgfältig ausgerichtet. Es war eine Männerhöhle im wahrsten Sinne des Wortes.

Sie folgte dem Flur, der sie zum Wohnzimmer führte. Ein großes braunes Ledersofa beherrschte den Raum. Davor stand ein niedriger Couchtisch aus Glas, auf dem Spuren vergangener Abende zu erkennen waren – ein Stapel Hochglanzmagazine, eine kleine silberne Schale – leer –, und an der Wand gegenüber thronte ein großer Flachbildfernseher, der die Erinnerung an gemeinsame Filmabende wachrief. Links neben der Tür reihte sich das große Bücherregal mit den sorgsam geordneten Büchern in die Szenerie ein. Vor dem Sofa lag ein Teppich aus feiner Wolle in einem neutralen Grauton, der die Kühle des Raumes aufgriff, und daneben stand eine moderne Stehlampe in Weiß, die ein weiches, einladendes Licht ausstrahlte. An der Wand hing ein großes, abstraktes Gemälde in monochromen Tönen, das unweigerlich die Blicke auf sich zog. Daneben stand die riesige ovale Holzskulptur der Künstlerin, die sie besucht hatten. Ein Werk, das einen Hauch von Natur in den Raum brachte.

Auf der anderen Seite des Raumes stand ein kleiner Schreibtisch aus dunklem Holz, auf dem ein Laptop und ein Notizblock mit einem Stift lagen, alles akribisch ausgerichtet. Es war ein starker Kontrast zu ihrer eigenen Welt, die chaotisch und gemütlich war, während bei Jan alles organisiert und strukturiert war. Sie hatte sich oft vorgestellt, wie eine Fusion ihrer beiden Welten aussehen würde, doch dieser Gedanke machte sie im Moment nur traurig.

Die Frage, ob es jemals dazu kommen würde, lag schwer in der Luft, ein ungesagtes »Was wäre, wenn …«

Hinter dem Haus verbarg sich ein Garten, der durch die großen Fenster des Wohnzimmers zum Teil zu sehen war. Im Gegensatz zu der sorgfältigen Ordnung des Hauses war der Garten eine Wildnis. Wuchernde Pflanzen zusammen mit Wildkräutern, hohes Gras und ein alter Baum als einsamer Wächter inmitten des Grüns. Am Rande des Grundstücks bildeten Büsche eine natürliche Grenze, die den Garten vor neugierigen Blicken schützte. Marleen öffnete die Gartentür und hielt sie fest, als ein kalter Windstoß ihr entgegenwehte. Der Sturm tobte immer noch, rüttelte an den kahlen Bäumen und wirbelte die bereits gefallenen Blätter über das Grundstück. Und nicht nur das, der Windzug blies auch Jans Zeitschriften vom Tisch.

»Los, Mädchen«, sagte Marleen und ließ ihre Hündin in den Garten. Unbeeindruckt vom tobenden Sturm rannte Merle freudig hinaus und erledigte schnell ihr Geschäft. Marleen blieb unter dem Vordach und beobachtete den Baum, der trotz des Sturms standhaft blieb.

Im Grunde war dieser Baum ein trauriger Anblick. Einst war er ein Ort des Spiels und der Freude gewesen, jetzt war er nur noch eine Ruine. Marleen konnte sich Jan als Kind vorstellen, wie er auf den Baum kletterte, lachte und spielte. Sie konnte sich vorstellen, wie er das Baumhaus mit stolzen Augen betrachtete und mit Freude erfüllte. Eine tiefe Melancholie überkam sie. Die Erinnerung an ihren Streit schnürte ihr die Kehle zu, und ein Gefühl der Schuld durchzog sie. Sie wünschte, sie könnte die Zeit zurückdrehen, die Dinge ungeschehen machen. Aber das war unmöglich. Sie konnte nur versuchen, etwas wieder in Ordnung zu bringen.

Die losen Planken des alten Baumhauses klapperten im Wind. Mit jedem Windstoß wuchs ihre Sorge, dass sie sich lösen und durch den Garten wirbeln könnten. Doch irgendwie schienen sie festzuhalten, so wie sie selbst versuchte, an dem festzuhalten, was noch übrig war.

Mit einem letzten Blick auf den Garten rief sie ihre Hündin gegen den heulenden Sturm zurück ins Haus. »Merle, komm jetzt.« Sie wollte nicht, dass Merle weiter draußen war, bei diesem Unwetter. Drinnen war es sicher, fernab vom tobenden Sturm und den fliegenden Blättern und Ästen.

Einmal drinnen, ließ Marleen sich einen Moment Zeit, um nachzudenken. Sie lehnte sich gegen die geschlossene Tür und schaute sich um. Es herrschte eine merkwürdige Stille im Haus, eine ruhige Konstante, die im starken Kontrast zu dem Chaos stand, das ihr Leben gerade durchzog. Wie gern wäre sie einfach hiergeblieben, an diesem friedlichen Ort!

Merle schien ähnliche Gedanken zu haben. Sie rollte sich auf der Wolldecke zusammen, die Jan auf dem großen Ledersofa für sie ausgebreitet hatte. »Wir können hier nicht bleiben, Merle«, murmelte Marleen leise, mehr zu sich selbst als zu ihr. Die Hündin antwortete mit einem leisen Fiepen.

Obwohl das Haus still und leer war, konnte Marleen Jans Präsenz noch immer spüren. Seine Bücher auf dem Regal, sein Mantel auf dem Haken, seine Tasse auf dem Tisch.

Marleens Blick wurde von den Bücherreihen angezogen. Dort lag auch ein Lederhalsband, zu klein für einen Hund, mit der Aufschrift »Cleo«. Ja, sie erinnerte sich, sie hatten schon einmal von Cleo gesprochen, der Katze mit dem zweifarbigen Fell.

Sie wollte noch etwas verweilen, bevor es wieder in die beißende Kälte ging.

Vorsichtig öffnete sie die Seitentüren des Regals. Dort, jetzt wieder ordentlich eingeordnet, lag das große Familienalbum, das sie letzthin schon gesehen hatte.

Neugierig nahm Marleen das Album heraus und begann, die Seiten durchzublättern. Jedes Foto war wie ein Fenster in Jans Vergangenheit, ein Blick auf den kleinen Jungen, der er einst gewesen war. Und während sie diese Bilder betrachtete, fühlte sie sich ihm seltsam nah und doch unendlich fern von ihm.

Die Bilder von Jan waren unwiderstehlich süß. Obwohl er heute ganz anders aussah – älter, reifer, mit einem Hauch von Melancholie in seinen Augen –, konnte sie ihn immer noch an seinem Lächeln erkennen. Ein Lächeln, das sie zum Schmunzeln brachte, obwohl sie sich in diesem Moment alles andere als fröhlich fühlte.

Auch Jans Mutter war auf den Fotos zu sehen: Eine schlanke, auffallend schöne Frau mit blonden Haaren. Ihre Augen, stolz und selbstbewusst, strahlten eine unvergleichliche Eleganz aus. Auf fast jedem Bild trug sie ein smaragdgrünes Seidentuch um den Hals. Angesichts dieser Bilder konnte sie nicht umhin zu denken, dass Jan mit solchen Genen nur wunderschöne Kinder zeugen könnte. Als sie weiterblätterte, bemerkte sie etwas. Auf einem der Fotos sah sie eine Katze mit zwei weißen Pfoten – ein Merkmal, das Cleo I nicht besessen hatte. Dieses auffällige Detail war unverkennbar und kaum zu übersehen.

Die Zeit zwischen den Aufnahmen erschien kurz. Zwei verschiedene Katzen mit demselben Halsband, mit dem Namen Cleo. Und Jan, immer im gleichen Alter, ebenso wie seine Mutter. Marleen blätterte schneller durch das Album, die Verwirrung wuchs mit jedem Bild. »Cleo III, Cleo IV, Cleo V …« Sie zählte leise vor sich hin, während sie die Seiten umblätterte. Jede Katze war einzigartig, hatte ihre eigenen Merkmale und eine Persönlichkeit, aber alle teilten sie den Namen Cleo und das braune Lederhalsband. Sie schaute auf das Halsband, das noch immer auf dem Regal lag, und fühlte eine plötzliche Welle von Entsetzen. »Was ist mit euch passiert?«, flüsterte sie. Die Frage hing in der Luft, unbeantwortet und schwer wie Blei.

Der Raum war still. Leise atmete die schlafende Merle, die friedlich auf dem Sofa lag. Marleen starrte auf die unschuldige Szene, doch in ihrem Herzen wogte eine Flut von Unsicherheit. Zwischen ihr und Jan hatte sich ein Streit entzündet, der ihre Beziehung mit dunklen Schatten überzog oder sogar bereits beendet hatte. Sie wusste, sie musste das ansprechen, musste die Dinge klären, auch wenn das bedeutete, einen weiteren Streit zu riskieren.

In ihrer Hand hielt sie das abgenutzte Halsband von Katze Cleo fest umklammert. Es war aus weichem braunem Leder gefertigt, das die Spuren jahrelanger Nutzung trug. Das Leder war an einigen Stellen abgestoßen, zeigte Kratzer und Risse, die Zeugnis von Cleos abenteuerlustigem Geist ablegten.

An dem Halsband hing eine goldene Metallplakette. Sie war kühl. Sie schloss die Augen und ließ das kleine, daneben hängende goldene Glöckchen klingeln. Der zarte Klang hallte im Raum wider, ein sanfter Aufruhr gegen die ansonsten so stille Atmosphäre. Marleen öffnete die Augen und starrte auf das Halsband. Es war Zeit, sich der Realität zu stellen. Sie konnte nicht länger hierbleiben. Sie stellte das Fotoalbum zurück ins Regal, legte das Halsband an seinen Platz.

Als sie pfiff, sprang Merle sofort auf. Ihre Augen leuchteten, und sie wedelte mit dem Schwanz, bereit, ihrer Besitzerin zu folgen, wohin auch immer sie ging. Mit einem letzten Blick auf das Haus, das sie für kurze Zeit ihr zweites Zuhause genannt hatte, schloss Marleen die Tür hinter sich. Es war Zeit zu gehen.

Der Sturm wütete über der Insel, entfesselte seine erbarmungslose Gewalt und hinterließ eine Spur der Verwüstung. Marleen saß in ihrer Wohnung, angespannt und allein, während das alte Holzhaus unter der Wucht des Windes ächzte. Es war eiskalt, die Heizung war immer noch nicht repariert worden. Sie starrte auf das Display ihres Smartphones, dessen Akkuanzeige gefährlich gegen zwei Prozent tendierte. Doch statt das Smartphone an das Ladegerät anzuschließen, das geduldig auf der kleinen Kommode im Flur wartete, verlor sie sich in einer Art Trance in den alten Nachrichten von Jan.

Plötzlich durchschnitt ein ohrenbetäubender Knall die Nacht. Sie fuhr hoch, schlüpfte in ihre durchnässte Jacke und eilte zur Tür, stürzte aus ihrer Wohnungstür hinaus in die sturmgepeitschte Nacht ... und erstarrte beim Anblick des Schreckens, der sich ihr bot. Der große Kirschbaum der Nachbarn direkt gegenüber war durch die gnadenlose Gewalt des Sturms entwurzelt worden und hatte sich wie ein gigantisches Ungeheuer über das Einfamilienhaus gelegt. Die Wand des Hauses war unter dem Gewicht zu Stein und Staub zerfallen. Trotz des peitschenden Regens und der Dunkelheit konnte sie das Ausmaß der Zerstörung erkennen. Die Fenster waren zersplittert, und inmitten der Trümmer lag ein Mann blutend am Boden.

Mit einem beherzten Sprung überquerte sie den Zaun und kletterte durch die zerstörte Wand, die einst das Wohnzimmer des Hauses begrenzt hatte. Inmitten des Chaos erblickte sie eine Mutter und zwei Kinder, die sie oft beim Fußballspielen vor ihrem Haus gesehen hatte. Sie waren unverletzt, aber die Angst in ihren Augen war greifbar.

Und da lag er, der Vater. Sein Körper war von Glassplittern zerschnitten, regungslos lag er auf dem Boden, seine Atmung flach und unregelmäßig. Der Anblick war alarmierend. Trümmer lagen verstreut um ihn herum, der Geruch von feuchtem Holz, Blut und Regen erfüllte die Luft. Der entwurzelte Baum hatte ihn zu Boden gerissen, doch glücklicherweise nicht unter sich begraben. Marleens Instinkt ließ sie sofort zum Smartphone greifen und den Notruf wählen. Die Stimme am anderen Ende der Leitung klang angespannt, teilte ihr mit, dass die Rettungskräfte bereits ausgelastet seien, gebeutelt vom heftigen Sturm und einer Flut von Notfällen auf der Insel. Es könnte eine Weile dauern, bis Hilfe eintraf.

Verzweiflung durchfuhr sie, doch sie zwang sich, die Fassung zu bewahren. Mit ruhiger, fester Stimme übermittelte sie die nötigen Informationen so präzise wie möglich. Sie betonte die Schwere der Verletzungen und drängte auf schnelle, vorgezogene Hilfe. Sie konnte nur hoffen, dass ihre Worte gehört wurden und die Hilfe rechtzeitig eintreffen würde.

Dann sank sie neben dem schwer verletzten Mann auf die Knie. Sein Name hing irgendwo an der Grenze ihres Gedächtnisses fest. War es Marius? Oder war es Mario? Nein, Marius klang vertrauter.

»Marius«, sagte sie. »Sie müssen durchhalten.«

Ihre Hand lag auf seiner Brust, sie spürte seinen schwachen Herzschlag, der gegen ihre Fingerflächen pochte. In diesem Moment hing alles davon ab, dass Marius kämpfte und gewann, während sie versuchte, die Blutung an seinem Bein mit einem provisorischen Verband zu stillen. Trotz ihrer beruhigenden Worte konnte sie nicht übersehen, wie seine Atmung flacher wurde, seine Haut einen fahlen Ton annahm.

Einige Meter entfernt stand seine schockierte Ehefrau, ihr Gesicht von Angst und Sorge gezeichnet. Sie hielt die beiden Kinder fest, versuchte verzweifelt, sie von der schrecklichen Szene fernzuhalten. Die Kinder weinten, riefen nach ihrem Vater, streckten ihre kleinen Hände aus, als könnten sie die Distanz irgendwie überbrücken.

Aber es war besser, sie nicht zu nah an das Grauen heranzulassen, das sich ohnehin viel zu dicht vor ihren Augen abspielte.

Die Stimme aus der Notrufzentrale hallte in Marleens Ohr, eine monotone Erinnerung daran, dass sie allein war, allein mit diesem sterbenden Mann und seiner Familie, die in stummer Angst zusah.

Mit zitternden Händen riss sie ein Stück Stoff von ihrem Shirt ab, das sie unter der Dienstkleidung trug, und band es fest um das blutende Bein des Mannes. Mit glasigen Augen sah er sie an.

»Es wird alles gut«, flüsterte sie mehr zu sich selbst als zu ihm, während sie seine Hand festhielt.

»Ja«, hauchte er mit letzter Kraft.

»Marius, Sie müssen wach bleiben. Bleiben Sie bei mir, okay? Ich kann das nicht allein machen. Sie müssen mithelfen.«

Sie hielt immer noch seine Hand. Die Minuten dehnten sich aus, fühlten sich an wie Stunden, während sie auf die ersehnte

Hilfe wartete. Marius' Bewusstsein schien wie ein flackerndes Licht im Wind zu erlöschen. Sie konnte nichts weiter tun. Nur warten und hoffen.

Ein ohrenbetäubendes Krachen ließ sie zusammenzucken, als ein weiterer Baum unter der Gewalt des Sturms knapp neben dem Haus zu Boden ging und einen Teil des Zauns zertrümmerte.

»Keine Angst«, sagte sie sanft. »Ihr Haus wurde nicht getroffen. Die Rettungskräfte sind gleich da.« Aber Marius verlor das Bewusstsein. »Marius, bitte nicht!«, flehte sie, »Bleiben Sie bei mir! Marius!«

Sie fühlte sich wie in einem Albtraum gefangen, während die Zeit unerbittlich davonlief. Die Mutter der Familie begann zu schreien, als sie bemerkte, dass Marius aufgehört hatte zu atmen. Verzweifelt begann Marleen mit der Reanimation, doch ihre Versuche schienen wirkungslos. Ihre Kräfte schwanden, und Marius begann nicht wieder zu atmen.

Die Zeit lief ihr wie Sand durch die Finger, während sie mit aller Kraft gegen den Tod ankämpfte, der Marius bereits fest zu umklammern schien. Mit letzter Kraft und blutverschmierten Händen setzte sie die Herzdruckmassage und Mund-zu-Mund-Beatmung fort; jede Sekunde zählte. Dabei betete sie, dass der Rettungswagen bald eintreffen würde.

Dann geschah das Unfassbare – Marius holte Luft, er atmete. Ein rauer, röchelnder Atemzug war zu hören und zu spüren, gefolgt von einem schwachen, aber deutlichen Puls. Ein Funke Hoffnung.

»Wir haben einen Puls!«, rief sie und lehnte sich erschöpft zurück. Ihre Hände zitterten vor Erschöpfung und Erleichterung. »Marius! Machen Sie das nicht noch einmal, bitte. Atmen Sie einfach weiter!«

In dem zertrümmerten Einfamilienhaus, das nun mehr einer Ruine als einem Heim glich, wütete das Chaos. Ein heftiger, pfeifender Wind zwängte sich durch die vom Sturm aufgerissene Lücke, in der sich Naturgewalt und menschliche Verzweiflung vermischten, das Schluchzen der Frau, das herzzerreißenden Weinen der Kinder, und griff gierig nach allem, was ihm in die Quere kam.

Der Regen, vom Wind ins Innere getragen, hinterließ eine nasse Spur der Verwüstung. Alles, was einst Schutz und Sicherheit versprochen hatte, war der erbarmungslosen Kraft des Unwetters ausgeliefert.

Marleen hatte mit aller Kraft versucht, die Situation unter Kontrolle zu halten. Sie hatte die Kinder gebeten, bei ihrer Mutter zu bleiben, und die Familie unter dem Vorwand weggeschickt, Decken oder Wasser zu holen – alles, um ihnen den schmerzhaften Anblick zu ersparen und sie aus der unmittelbaren Tragödie herauszuhalten. Marius lag da, sein Zustand kritisch, während Marleen am Ende ihrer Kräfte angelangt war. Mit einer Mischung aus Entschlossenheit und Verzweiflung hatte sie alles in ihrer Macht Stehende getan, um ihn zu stabilisieren. In regelmäßigen Abständen ergriff sie sein Handgelenk, tastete nach dem kaum spürbaren Puls, lauschte auf seinen flachen Atem. Jede kleine Regung, jedes schwache Zucken seiner Finger interpretierte sie als Hoffnungsschimmer, klammerte sich an diese winzigen Beweise seines Kampfes ums Überleben.

Fünfzehn Minuten nach ihrem Notruf – Marleen hatte das Gefühl, eine Ewigkeit sei vergangen – kündigte das ferne Heulen der Sirenen endlich Hilfe an. Anfangs kaum hörbar, bis schließlich das rhythmische Blaulicht durch die Dunkelheit brach und Hoffnung in das Chaos brachte. Sie hörte die Stimmen der Sanitäter, beruhigend und professionell, während sie von der Frau am Hauseingang in Empfang genommen wurden.

Mit routinierter Effizienz erfassten sie binnen Sekunden die Lage und eilten zu dem Verletzten. Marleen berichtete ihnen präzise und klar über das Geschehen. Jede Bewegung der Rettungssanitäter war geprägt von Hunderten Stunden Training und Erfahrung, war sicher und bestimmt. Marius wurde behutsam, aber schnell, auf die Trage gehoben und in den wartenden Notarztwagen verfrachtet. Die Kinder suchten instinktiv die Nähe ihrer Mutter, umklammerten ihre Beine, als bildeten sie den einzigen sicheren Hafen in diesem Sturm der Gefühle.

In dem Moment, als sich der Rettungswagen mit aufheulenden Sirenen in Bewegung setzte, wusste Marleen, dass sie hier fertig war. »Die Feuerwehr wird bald kommen und sich um alles Weitere kümmern«, sagte sie mit einer Stimme, die trotz ihrer Festigkeit die Erschöpfung nicht verbergen konnte.

Die Augen von Marius' Frau, in denen sich Angst und Verzweiflung spiegelten, gingen ihr nah. Es war ein Blick, den Marleen nur zu gut kannte: der einer Seele am Rande des Abgrunds, die nur für ihre Liebsten noch die Fassung bewahrte. Ein geflüstertes »Danke« entwich den Lippen der Frau, so leise, dass es beinahe vom Sturm verschluckt wurde.

»Das ist doch selbstverständlich«, entgegnete Marleen und legte vorsichtig einen Arm um sie – trotz des Schmerzes, der durch ihren eigenen, noch nicht verheilten Arm zuckte. Während der Wiederbelebung von Marius hatte sie all ihre Kraft aufgebracht, wohl wissend, dass dabei Schaden entstehen konnte. Sie erinnerte sich an das knirschende Geräusch, als womöglich Rippen unter ihren entschlossenen Händen nachgegeben hatten. Ein notwendiges Übel – Rippenbrüche bei Reanimationen waren keine Seltenheit.

Der Sturm tobte unermüdlich weiter.

»Kommt ihr klar?«, fragte Marleen die Nachbarin. »Es wird schon gehen«, antwortete Nina. »Ich informiere meine Schwester; vielleicht kann sie die Kinder nehmen, während ich Marius ins Krankenhaus begleite.«

»Ich mache dir einen Vorschlag«, bot Marleen an, während sie bereits gedanklich ihren Autoschlüssel suchte. »Ich kümmere mich um deine Kinder und bringe sie zur Verwandtschaft, und du kannst Marius folgen.«

Ein dankbares Lächeln huschte über das Gesicht der Frau. »Das würde sehr helfen.«

Vierunddreißig

Marleen eilte hinüber, völlig erschöpft, aber unermüdlich. Der Wind fegte durch ihre Kleidung und ließ sie frösteln. Sie musste schnell machen, sie wurde am Deich gebraucht.

Das Smartphone in ihrer Tasche begann zu vibrieren.

Sie zog es heraus und starrte auf das aufleuchtende Display. Das Labor!

»Hallo?«, rief sie ins Telefon, ihre Stimme kämpfte gegen den heulenden Wind. Die Antwort war nur ein wirres Durcheinander aus Rauschen und Störgeräuschen. Marleen erkannte schnell, dass sie unter diesen Bedingungen kein vernünftiges Gespräch führen konnte.

»Warten Sie! Ich kann Sie kaum verstehen! Einen Moment bitte!« Sie hastete sie zurück zum Haus. Ihre Finger, kalt und zitternd, kämpften sich durch das wirre Durcheinander in der feuchten Tiefe ihrer Jackentasche, auf der Suche nach dem Schlüssel. Endlich hatte sie ihn gefunden, Sekunden später gab das Schloss mit einem leisen Klicken nach.

Die Tür schwang mit einem lauten Knall auf, als der plötzliche Druckunterschied sie nach innen zog. Marleen kämpfte gegen die Tür, die sich anfühlte wie ein Segel. »Verdammt!«, fluchte sie. Mit einem letzten, kräftigen Ruck schloss sich die Tür hinter ihr. Sie lehnte sich schwer atmend dagegen, ihr Herz hämmerte in ihrer Brust. Sie war inzwischen bis auf die Haut durchnässt, ihr Kleidung klebte am Körper.

»Entschuldigen Sie«, keuchte sie ins Telefon. »Draußen konnte ich Sie nicht verstehen.«

Die Stimme am anderen Ende klang mitfühlend. »Sie haben heute Außendienst? Das ist ja eine Strafe. Wie auch immer, wir haben die Ergebnisse der Probe, die Sie uns geschickt haben.«

»Ja?« Marleen wischte sich die nassen Haarsträhnen aus dem Gesicht.

»Es besteht eine Übereinstimmung.

»Was?«, hauchte Marleen, obwohl sie die Dame sehr wohl verstanden hatte. Ihr Herz hämmerte gegen ihre Rippen.

Im selben Moment gaben ihre Knie nach, und sie sank auf den kalten Boden. *Nein*, dachte sie verzweifelt, *das darf nicht sein!* Sie schüttelte den Kopf, wieder und wieder, als könnte sie die Worte damit rückgängig machen.

»Sind Sie sicher? Sind Sie wirklich ganz sicher?« Ihre Stimme war fast erstickt von der Welle aus Verzweiflung, die über sie hinwegrollte.

Tränen stiegen in ihre Augen.

Keine Antwort.

Nur noch Stille.

Totale, erdrückende Stille.

»Hallo?« Marleen starrte auf das dunkle Display ihres Smartphones. Der Akku war leer, das Gerät tot. Draußen heulte der Wind. Die Nässe aus ihren Haaren lief an ihrem Gesicht herunter.

Es muss ein Irrtum sein, redete sie sich ein. Ein menschlicher Fehler. So was passiert. Während dieser Gedanke in ihrem Kopf kreiste, fühlte sie, wie ihre Augen zu brennen begannen, eine leichte Benommenheit sich ihrer bemächtigte und ein pochender Schmerz ihren Schädel umklammerte.

Die Welt um sie herum schien für einen Moment die Farbe zu verlieren, als wären die kräftigen Töne des Lebens in ein fahles Grau getaucht. Sie blinzelte, versuchte die Schwäche zu vertreiben. Tief atmete sie ein, hielt die Luft an in der Hoffnung, dass mit dem nächsten Atemzug nicht nur Sauerstoff, sondern auch Klarheit in ihre Lungen strömen würde.

Sie versuchte, die letzten Reste ihrer Kraft zusammenzukratzen, richtete sich gegen die Wand gedrückt wieder auf. Die Worte der Laborantin hallten in ihrem Kopf wider.

Sie konnte es nicht fassen.

Sie *wollte* es nicht fassen!

Nicht Jan! Nicht *ihr* Jan, nicht der Mann, mit dem sie ihr Leben teilen wollte. Der Mann, der ihr Halt und Sicherheit gegeben hatte, als ihr Leben zerbrochen schien. Noch einmal würde sie das nicht ertragen.

Das Smartphone entglitt ihren Fingern und landete mit einem hohlen Klappern auf den alten Holzdielen. Sie atmete keuchend, ihr Brustkorb hob und senkte sich unregelmäßig. Es fühlte sich an, als würde sie ertrinken. Es war zu viel. Alles war einfach zu viel.

Es dauerte einige Augenblicke, bis sie sich zu sammeln vermochte. Sie konnte nicht hierbleiben. Sie musste die Kollegen informieren. Und die Kollegen mussten Jan finden! Um es zu klären, um alles zweifelsfrei zu klären.

Mit einer Anstrengung, die jenseits ihrer eigenen Vorstellungskraft lag, stützte sie sich an der kalten Wand ab und kämpfte sich dann die Treppe hoch zum Festnetztelefon im Obergeschoss.

Sie war gerade dabei, den Schlüssel ins Schloss zu stecken, als sie bemerkte, dass die Tür einen Spalt weit offen stand. Anscheinend hatte sie in ihrer Hast, das Haus zu verlassen, vergessen, sie vollständig hinter sich zuzuziehen. Sie trat hinein und hängte ihre durchnässte Jacke an dem Haken im Flur auf. Mit zitternden Händen steckte sie das Smartphone ans Ladekabel und wollte gerade nach dem Festnetztelefon greifen, als ein Geräusch hinter ihr sie zusammenfahren ließ.

Vor Schreck entglitten ihr die Schlüssel. Marleen hob ruckartig den Kopf, erkannte Jan, ihre Augen suchten im selben Moment hektisch die vertraute Umgebung ab, bis sie am Tisch hängen blieben.

Sie erinnerte sich genau, dass sie einen Brief dort abgelegt hatte, ohne zu ahnen, welche Tragweite das haben würde. Jetzt war der Tisch leer.

Schmerzlich wurde ihr bewusst, wie sehr sich ihr Leben durch die Informationen in diesem Dokument verändern würde. Die Leere auf dem Tisch glich plötzlich einem Abgrund, der sich vor ihr auftat.

»Ich weiß, was du getan hast.«

»Wieso bist du hier?«, fragte Marleen. Sie zwang sich zur Ruhe, auch wenn es ihr von Atemzug zu Atemzug schwerer fiel.

»Ich habe auf dich gewartet. Ich wollte mit dir reden. Ich hätte nicht damit gerechnet, dass du etwas so Dummes tun würdest. So habe ich dich nicht eingeschätzt.«

Als sie seinen Blick erwiderte, breitete sich eine unangenehme Stille im Raum aus. Marleen konnte ihr eigenes Herz schlagen hören. Also tat sie das Einzige, was sie in diesem Moment tun konnte: Sie versuchte, ihre Angst zu verbergen. Seine Augen waren rot und glasig, als hätte er geweint.

»Du musst mir glauben, ich wollte nur reden.«

Er war unruhig in seinen Bewegungen. Etwas stimmte ganz gewaltig nicht.

Ein Schauer lief ihr über den Rücken. Sie hatte das Gefühl, auf dünnem Eis zu wandeln.

»Wie bist du hier reingekommen?« Ihre Stimme klang schärfer als beabsichtigt.

»Ich habe bei der Vermieterin geklingelt«, antwortete Jan ruhig. »Sie kennt mich und hat mich reingelassen. Man kennt sich, man hilft sich. So ist das bei uns Insulanern.«

Er trat einige Schritte auf sie zu.

Marleen versuchte ihre professionelle Haltung als Kommissarin wiederzufinden.

»Bleib stehen, komm nicht näher.«

Langsam zog sie ihre Dienstwaffe und richtete sie auf ihn.

Sein Blick fiel auf die Pistole.

»Du bist überarbeitet, Marleen«, sagte er. »Du verrennst dich da in etwas.«

Marleen konnte nicht verhindern, dass ihre Hände zitterten.

»Fehler passieren, Marleen. Du solltest das besser als jeder andere wissen.«

Marleen schluckte schwer. »Wir klären das mit dem Labor. Aber vorerst bist du festgenommen«, unterbrach sie ihn schroff.

»Du würdest doch wohl nicht auf mich schießen, oder?«

»Ich werde es tun, wenn ich muss.« Ihre Hand war fest um den Griff ihrer Dienstwaffe gelegt.

Es gab keine Worte für die Gefühle, die in ihrem Inneren tobten. Die Enttäuschung in seinem Blick sprach Bände. Sie musste sich davon lösen, durfte jetzt nicht darüber nachdenken.

»Ich nehme dich fest wegen des Verdachts auf Mord an Linda Horvath, Jessica Tomsen, Antje Schlösser und Sofie Weyers. Dreh dich um, Hände auf den Rücken«, befahl sie mit fester Stimme.

»Du glaubst ernsthaft, dass ich schuldig bin?«

»Ich bin nicht diejenige, die das entscheidet«, antwortete Marleen.

Sie atmete tief durch, bereitete sich innerlich auf das vor, was kommen würde.

Sie griff nach ihren Handschellen. »Jan Ahrens, Sie sind unter Arrest.«

»Ich verstehe«, murmelte er. Langsam drehte er sich um, fügte sich widerstandslos in die vorgeschriebene Position, die Arme hinter dem Rücken gekreuzt.

Doch als Marleen auf ihn zutrat, um ihm die Handschellen anzulegen, reagierte Jan plötzlich mit einer Geschwindigkeit, die sie nicht hatte kommen sehen. Mit einer fließenden Bewegung drehte er sich um, packte ihre Handgelenke und drückte zu. Ein Schuss löste sich, doch die Kugel zischte an Jan vorbei und bohrte sich in das Dachgebälk über ihnen. Marleen spürte, wie ihre Handknochen unter dem Druck seiner Finger zu bersten drohten. Die Waffe entglitt ihr und knallte auf den Boden. Jan reagierte sofort und kickte sie außer Reichweite, bevor Marleen auch nur daran denken konnte, danach zu greifen. Dann schlug Jan mit voller Wucht zu. Marleen stieß einen Schmerzensschrei aus und wich zurück.

Er riss sie zu Boden.

»Was tust du?«, ächzte sie, doch er drückte ihr den Hals zusammen, bevor er sich wieder beruhigte und seinen Griff ein wenig lockerte.

»Ich arbeite an mir. Ich brauche nur noch etwas Zeit. Zeit, die du mir nicht geben willst«, begann er. »Ich bin kein schlechter Mensch. Was auch immer heute Nacht passiert, hast du dir selbst zuzuschreiben. Verstehst du das? Das geht nicht auf mein Konto, sondern es sind lediglich die Konsequenzen deiner eigenen Handlungen.« Marleen spürte, wie die Panik in ihr wuchs. »Ich wünschte, du wärst nicht nach Sylt gekommen«, sagte er leise. Mit diesen Worten legte er seine Hand auf Marleens Mund und Nase, bis sie keine Luft mehr bekam.

»Ich versuche, es so human wie möglich zu machen«, flüsterte er ihr ins Ohr.

Sie kämpfte verzweifelt gegen ihn an, versuchte zu schreien, nach Luft zu schnappen. Obwohl er deutlich stärker war, musste er all seine Kraft aufbringen, um sie unter Kontrolle zu halten. Verbissen kämpfte Marleen um ihr Leben.

»Es tut mir leid«, murmelte Jan und schloss die Augen. »Aber jetzt heißt es entweder du oder ich.«

Ihr Kampfgeist ließ nach, ihre Bewegungen wurden langsamer, bis sie schließlich das Bewusstsein verlor. Ihre Lunge rang noch einige Sekunden reflexartig nach Sauerstoff, dann entspannten sich ihre Muskeln, sodass sie schlaff in seinem Griff hing.

Jan hielt inne und wartete noch einen Moment, bevor er seine Hand von ihrem Gesicht nahm. Er legte sie vorsichtig ab, griff nach Marleens Handgelenk, drückte seine Finger hinein, fühlte das Pochen ihres Pulses. Äußerlich schien sie unverletzt. Ihre Atmung war flach und unregelmäßig. Sie lebte. Noch.

Mit ruhigen Schritten trat er in den Flur und zu der verschlossenen Abstellkammer, wo die eingesperrte Merle unruhig am Holz kratzte. Als er die Tür öffnete, schoss die Hündin heraus und eilte schnurstracks in die Küche. Dort kauerte sie sich neben die ohnmächtige Marleen.

In der Ecke der Abstellkammer stand immer noch der Heizofen, den er vom Dachboden geholt hatte. Mit einem Ruck hob er das Gerät hoch, stellte es neben Marleen ab. Dann verschloss er alle zur Küche angrenzenden Türen, setzte sich auf einen der Küchenstühle, schaltete den Ofen an und wartete. Wartete, bis sich das Gas in der Küche verteilte. Erst als ihm selbst der Kopf schwirrte und Merles, die nahe am Boden war, bereits zur Seite kippte, beschloss er, dass es Zeit war zu gehen.

Bedächtig stand er auf, griff mit einem Küchentuch nach Marleens Waffe und steckte sie ihr wieder ins Halfter. Ihr kurzes Gerangel hatte ein wenig Unordnung geschaffen. Er räumte den umgekippten Stuhl auf und verließ die Wohnung. Mit einem letzten Blick zurück zog er die Tür hinter sich zu.

Sie muss sterben, dachte er. *Still und leise. Warm.*

Fünfunddreißig

Matthias stürmte, durchnässt bis auf die Knochen, ins Polizeirevier.

»Jonas, hast du Marleen gesehen?«, fragte er, kaum dass er den Raum betreten hatte.

»Nein, in den letzten Stunden nicht.«

»Hast du irgendwas von ihr gehört?« Matthias klang angespannt.

»Nein, warum? Du sollst doch noch gar nicht da sein.«

»Ich wäre auch nicht hier, wenn du ans Telefon gegangen wärst«, erwiderte Matthias gereizt.

»Was ist denn los mit dir? Ich mache hier die ganze Zeit nichts anderes, als Anrufe beantworten, deshalb konntest du mich nicht erreichen.«

»Wer ist noch hier?«

»Claudia. Sie teilt sich den Telefondienst mit mir.«

Ohne ein weiteres Wort ging Matthias, um Claudia zu finden. Als sie ihn bemerkte, hob sie einen Finger in die Luft, um ihm zu signalisieren, dass er einen Moment warten müsse. Sie sah müde und gestresst aus, die Auswirkungen des Sturms waren nicht nur draußen zu spüren.

»Ich verstehe Ihre Situation, wirklich«, sagte sie mit professioneller Freundlichkeit. »Aber alle Notdienste sind wegen der akuten Wetterlage überlastet. Ja, ich werde die Feuerwehr informieren. Bitte haben Sie noch etwas Geduld bis zu ihrem Eintreffen. Ich kann das leider nicht beschleunigen. Bitte bleiben Sie höflich, wir tun unser Bestes. Auf Wiederhören.« Mit einem Seufzen legte sie auf und begann, den Anruf in ihrem Computer zu dokumentieren.

»Klei mi an 'n Mors! Döspaddel!«, brummte sie.

»Claudi …«

»Doch, der kann mich mal ganz gepflegt am Arsch lecken. Ich mach hier auch nur meinen Job«, schimpfte Claudia. Es war klar, dass der Umgangston einiger Leute in dieser Situation zu wünschen übrigließ. Ihre Geduld wurde auf eine harte Probe gestellt, und der Mangel an Anstand mancher Anrufer machte es nicht besser.

Matthias wollte gerade etwas sagen, als Claudia ihn unterbrach. »Warte bitte, ich komme sonst durcheinander. Heute ist wirklich ein außergewöhnlicher Tag.«

Das Telefon läutete erneut, aber Claudia ließ es klingeln, während sie den vorherigen Anruf noch ins System eintippte. »Was machst du eigentlich hier?«, fragte sie, ohne von ihrer Arbeit aufzusehen.

»Ich wollte nur fragen, ob du was von Marleen gehört hast.«

»Sie ist in Bereitschaft. Sie könnte überall sein.« Das Telefon klingelte beharrlich weiter, und Claudia nahm schließlich den Hörer ab. »Polizei Sylt, Claudia Gebauer. Wie kann ich Ihnen helfen?«

Matthias blickte sich um. Alle Kolleginnen und Kollegen waren im Einsatz, sei es drinnen oder draußen. Lorenzen telefonierte in seinem Büro, sichtlich angespannt. Matthias klopfte an die leicht geöffnete Tür. Lorenzen winkte ihn herein und bedeutete ihm mit einer Handbewegung, auf dem Stuhl gegenüber seinem Schreibtisch Platz zu nehmen.

Als er auflegte, sprach er sofort weiter. »Was tust du hier, Matthias? Ich kann mich nicht erinnern, dich aus der Bereitschaft geholt zu haben.«

»Ich kann Marleen nicht erreichen.«

»Sie ist dir wohl kaum Rechenschaft schuldig«, antwortete Lorenzen und war schon wieder bei der nächsten Aufgabe. »Und auch sie sollte noch nicht im Dienst sein.«

»Ich kann sie sonst immer erreichen. Außerdem war sie vor knapp einer Woche noch krank und muss sich schonen.«

Lorenzen blickte an ihm vorbei in den Raum und winkte Claudia heran. »Wo ist Marleen?«, fragte er.

»In Bereitschaft, nehme ich an.«

»Keine Annahmen, schau nach.«

Claudia verschwand und tippte in die Tasten.

»Sie hat vor zwanzig Minuten einen Notruf bei der Feuerwehr abgegeben, nah bei ihrer Heimatadresse«, rief sie.

»Dann los, Matthias. Fahr bei ihr vorbei, aber sobald du festgestellt hast, dass es ihr gut geht, fährst du rüber zu den anderen und hilfst bei der Deichsicherung.«

Die Sorge um Marleen nagte unaufhörlich an seinem Bewusstsein, bohrten sich tiefer und tiefer hinein, wie ein Raubtier, das seine Beute zermürbt.

Umgeben von der Wut des Sturms, kämpfte Matthias sich zu Marleens Haus vor. Seine Jacke fest um den Körper gezogen, trotzte er dem Regen, der auf ihn niederprasselte. Er hatte in Windeseile die Uniform angelegt und war dann losgezogen.

Als er schließlich vor Marleens Haus stand, flackerte das Licht der Straßenlaterne unruhig im Wind. Die Straße runter erkannte er den Grund für den Notruf, sah aber auch, dass die Lichter dort bereits erloschen waren. Die Feuerwehr war noch nicht ausgerückt, um den Baum zu bergen, aber die Familie war offenbar in Sicherheit. Er drückte den Klingelknopf, doch es kam keine Antwort. Im ersten Stock brannte Licht, ein einsames Leuchtfeuer in der Dunkelheit. Die Haustür war geschlossen, aber nicht verriegelt. Es war, als würde sie eine stumme Einladung aussenden, nein, sogar eher eine Bitte.

Beklemmung ergriff Matthias. Mit einem tiefen Atemzug betrat er den düsteren Flur und begann, die feuchte Holztreppe hinaufzusteigen. Die nassen Stufen zeugten davon, dass jemand kurz vor ihm hier gewesen sein musste. War Marleen also doch zu Hause? »Marleen!«, rief er, als er vor ihrer Wohnungstür im ersten Stock stand. »Bist du da?«

Stille. Keine Antwort. Er versuchte erneut, sie anzurufen. Diesmal klingelte es durch, und dann hörte er auch Marleens Klingelton aus der Wohnung. Ein Schauer lief ihm über den Rücken.

Marleen, die stets erreichbar war, die nie ohne ihr Smartphone das Haus verließ – für Matthias gab es keinen Zweifel, dass etwas nicht stimmte. Er konnte sich nicht vorstellen, dass sie ihn absichtlich ignorieren würde, der bloße Gedanke war ebenso fremd wie unerträglich. Entschlossen hämmerte er mit der Faust gegen die Tür.

»Marleen! Mach auf, verdammt!«, drängte er laut und fordernd. Doch seine Worte wurden von dem seltsamen Schweigen verschluckt, das den Flur einhüllte und nur vom unheilvollen Heulen des Windes draußen durchbrochen wurde. Kein Laut kam aus der Wohnung, nichts, was seine wachsende Angst hätte mildern können. Er klopfte wieder, dann spähte er durch den schmalen Spalt des Schlüssellochs.

Was er sah, ließ ihm das Blut in den Adern gefrieren. Im Schein der Küchenbeleuchtung lag eine Gestalt regungslos auf dem Boden.

Ohne noch eine weitere Sekunde zu zögern, setzte er seinen gesamten Körper ein und stieß die alte Tür mit der Schulter aus den Angeln. Es krachte laut, als das Scharnier aus dem Holzrahmen brach, dann schlug die Tür mit einem Knall auf den Boden. Matthias spürte einen stechenden Schmerz in seiner Schulter. Er verharrte für einen Moment, atmete tief durch und bewegte vorsichtig seine Hand.

Marleen lag auf dem Boden und rührte sich nicht. Matthias kniete sich neben sie. »Marleen!«, flüsterte er. Er schüttelte sie sanft, doch ihre Augen öffneten sich nur kurz – ein flüchtiger, verwirrter Blick, bevor sie wieder geschlossen wurden. Ihr Atem ging flach und unregelmäßig.

Er tätschelte ihre Wange, um sie zu wecken. Ihre Augen öffneten sich erneut, nur einen Spalt weit, doch ihr Blick war trüb und benommen, bevor sie endgültig wieder in die Bewusstlosigkeit sank.

Nicht weit von ihr entfernt lag Marleens Hündin Merle. Auch sie schien benommen, aber Matthias bemerkte einen schwachen Funken Bewusstsein in ihren Augen. Sie versuchte aufzustehen, doch ihre Beine gaben nach und sie sank wieder zu Boden.

Mit zitternden Händen untersuchte Matthias Marleen. Ihr Hals, ihr Kopf – nichts deutete auf eine Verletzung hin. Kein Blut, keine Schnitte, Prellungen oder Schwellungen. Er fühlte nach ihrem Puls – schwach, aber stetig. Die Atmosphäre in der Wohnung war bedrückend, schwer wie Blei. Matthias begann zu husten, die Luft schien kaum Sauerstoff zu enthalten. Verwirrt versuchte er zu verstehen, was geschehen war. Sein Blick huschte durch die Wohnung, doch nichts deutete auf einen Einbruch oder Kampf hin. Alles war an seinem Platz und unberührt. Der Puls in seinen Schläfen hämmerte. Er wusste, dass die Rettungskräfte überlastet waren, aber Marleen brauchte so schnell wie möglich einen Arzt! Sein Blick fiel auf den Heizofen – dann roch er das Gas. Du lieber Himmel! Konnte es sein, dass sie mit dem Ding versucht hatte, die Wohnung warm zu bekommen? Und was, wenn das Teil defekt war oder gar explodierte? Er drückte den Knopf, um die Gaszufuhr abzuschalten, und drehte das Ventil an der Gasflasche zu. Wie hatte sie nur auf so eine Idee kommen können?

Wenige Minuten später legte er die bewusstlose Marleen auf die Rückbank seines Wagens. Ihr Körper war schlaff, ihr Atem flach – ein Anblick, der ihm das Herz zuschnürte.

Er war gerade dabei, den Motor zu starten, als er sich abrupt besann. Merle! Sie war noch dort oben. Er konnte sie nicht einfach zurücklassen.

Er öffnete das hintere Fenster einen Spalt weit, damit frische Luft ins Auto kam, dann sprang er aus dem Wagen und rannte so schnell, wie seine Beine ihn trugen, zurück und die Treppe hoch. In der Küche fand er die Hündin, die zwar leise knurrte, aber zu geschwächt war, um ernsthaften Widerstand zu leisten. Mit einem Ruck hob er das schlaffe Tier hoch und legte es sich behutsam über die Schulter. Dann machte er sich auf den Weg zurück zum Auto. Seine Lungen brannten. Zurück am Auto, legte er die nasse Hündin vorsichtig auf Marleens Beine, startete den Motor und fuhr los.

Der Regen prasselte unaufhörlich auf das Fahrzeug nieder. Es war ein Trommeln, ein Hämmern, das die Welt außerhalb in eine undeutliche, fließende Landschaft verwandelte. Die Scheibenwischer kämpften in hohem Tempo gegen die Wassermassen an, nur um einen flüchtigen Blick auf die Straße zu ermöglichen.

Die Einfahrt zur Klinik wurde sichtbar. Mit einem ruckartigen Lenkmanöver und einem Hauch zu viel Geschwindigkeit fuhr er durch das Eingangstor und wich dabei nur knapp einem Poller aus, der wie eine Wächterfigur in der Mitte der Fahrbahn stand. Der Dienstwagen kam auf dem roten Bürgersteig vor der Notaufnahme zum Stehen, das holprige Aufsetzen ließ das Fahrzeug kurz erzittern.

Mit einem heftigen Ruck riss Matthias die hintere Tür auf. Marleen lag zusammengesunken auf dem Sitz, ihr Gesicht von einer ungesunden, beinahe fiebrigen Röte gezeichnet. Matthias beugte sich über sie; seine Hand zitterte leicht, als er ihren Puls fühlte. Schwach, aber immerhin vorhanden. Ein leises, kaum wahrnehmbares Lebenszeichen.

Behutsam griff Matthias nach Marleen. Er hob sie sanft aus dem Auto, ihren Körper fest an seine Brust gedrückt. Ihre Haut fühlte sich kalt an, viel zu kalt, und ihr Kopf hing leblos gegen seine Schulter.

Mit Marleen in seinen Armen rannte Matthias zur Notaufnahme. Jede Sekunde zählte. Er konnte ihr Gewicht spüren, die Last ihrer Ohnmacht. Doch er würde sie nicht fallen lassen. Nicht jetzt, nicht hier. Er würde Marleen retten, koste es, was es wolle.

Es war seine Schuld. Der Gedanke hallte in seinem Kopf wider, ein endloses Echo seiner eigenen Selbstvorwürfe. Der Schlag gegen Marleens Kopf im Horvath-Anwesen, die Gewalt, die er nicht hatte abwenden können – es war alles seine Schuld. Er hätte schneller reagieren müssen, hätte sie beschützen müssen. Doch im entscheidenden Moment hatte er versagt. Und jetzt lag Marleen hier, bewusstlos.

»Halte durch!«, flehte Matthias, als er Marleen zur Eingangstür des Krankenhauses trug.

Sobald er durch die automatischen Türen der Notaufnahme stürzte, hallte sein Hilferuf durch den Raum. »Ich brauche sofort einen Arzt!« Eine Krankenschwester reagierte direkt beim Anblick von Marleens reglosem Körper. Eine weitere eilte herbei, ihre Schritte eilig und zielgerichtet.

Sie nahmen ihm Marleen ab und legten sie auf eine Trage. Ihre Hände arbeiteten schnell und routiniert, während sie Marleen für die Untersuchung vorbereiteten. Der Blick der einen Schwester richtete sich auf Matthias: »Was ist passiert?«

»Ich weiß es nicht«, stammelte Matthias. Seine Stimme brach fast unter der Last seiner Sorge. »Ich fand sie bewusstlos in ihrer Wohnung, zusammen mit ihrem Hund. Sie hatte vor einiger Zeit eine Kopfverletzung. Und dann war da dieser alte Gasofen …«

Marleen wurde schnell in einen Behandlungsraum geschoben, und Matthias folgte ihr, so weit er konnte. Doch am Eingang wurde er gestoppt. »Bitte warten Sie draußen«, forderte die Krankenschwester ihn auf. Fröstelnd blieb er im Türrahmen stehen, und sah zu, wie sie um Marleens Leben kämpften.

Dr. Simone Bleeker, eine Frau von unermüdlicher Energie und mit jahrelanger Erfahrung in der Notfallmedizin, übernahm das Ruder. Ihre Stimme hallte durch den Raum, klare und präzise Anweisungen erteilend, die Bemühungen des Teams koordinierend. Marleen wurde an die Geräte angeschlossen, die Messwerte auf den Monitoren waren besorgniserregend – Marleens Sauerstoffsättigung war gefährlich niedrig.

Ohne zu zögern ordnete die Ärztin eine Blutgasanalyse und eine Messung der Carboxy-Hämoglobin-Konzentration an. Ihre Worte klangen wie ein Urteil: »Wir müssen den Kohlenmonoxidgehalt in ihrem Blut bestimmen.«

Nach einer gefühlten Ewigkeit trat Dr. Simone Bleeker aus dem Behandlungsraum in den Flur. Ihr Gesicht war ernst. Matthias spürte, wie sich jede Faser seines Körpers anspannte, als er sich auf das Schlimmste vorbereitete.

»Wo haben Sie sie gefunden?«, fragte die Ärztin. Ihre Stimme klang ruhig und sachlich, doch er konnte die Sorge darin nicht überhören.

»In ihrer Wohnung«, antwortete Matthias. »Sie lag bewusstlos auf dem Boden«

»Haben Sie irgendetwas Ungewöhnliches in der Wohnung bemerkt?« Dr. Bleeker sah ihn direkt an, ihre Augen suchten in seinen nach einem Hinweis, einer Erklärung.

»Was meinen Sie?«

»War der Gasherd an? Waren die Fenster geschlossen?«

»Es stand nichts auf dem Herd, aber es lief ein gasbetriebener Heizofen, und die Fenster waren geschlossen«, antwortete er. »Was ist mit ihr?«

»Ihre Kollegin hat eine Kohlenmonoxidvergiftung«, erklärte Dr. Bleeker nüchtern. »Wir werden sie mit reinem Sauerstoff behandeln und das Kohlenmonoxid nach und nach aus ihrem Körper entfernen.«

»Wie lange wird das dauern? Wird sie wieder gesund?«

»Eins nach dem anderen«, beruhigte ihn Dr. Bleeker. »Das Schlimmste ist überstanden – Sie haben Ihrer Kollegin das Leben gerettet. Jetzt geht es darum, das Gift aus ihrem Körper zu bekommen. Wir können nie garantieren, dass keine Schäden zurückbleiben, aber die Chancen stehen gut. Die vollständige Eliminierung wird bis zu sieben Stunden dauern. Aber …« Sie legte ihre Hand beruhigend auf seinen Arm. »Sie können hier momentan nichts tun. Man braucht Sie sicherlich auf der Wache oder irgendwo draußen im Einsatz. Wir werden Sie informieren, sobald sich etwas tut.«

»Kann ich sie sehen?«

»Ja, aber nur kurz. Sie braucht Ruhe. Sie wird gleich auf ein Zimmer verlegt, danach können Sie zu ihr.«

»Ich danke Ihnen.« Matthias atmete erleichtert auf. Als sich Dr. Bleeker zum Gehen wandte, rief er sie zurück. »Eine Sache noch.«

»Ja?«

»Was für Langzeitfolgen könnten auftreten?«

»Bleibende Schäden am Herz und am Nervensystem sind möglich, einschließlich Gedächtnis- und Konzentrationsstörungen, Psychosen und Bewegungsstörungen. Aber wir tun alles, was wir können, um das zu verhindern.«

»Noch einmal: Danke!«

Marleen lag bewusstlos in ihrem Krankenhausbett, umgeben von medizinischen Geräten, die regelmäßig piepten. Ihr Gesicht sah jetzt friedlicher aus und hatte einen Teil seiner unnatürlichen Röte verloren. Matthias stand einen Moment da, zögerte, ihre Hand zu nehmen, entschied sich aber schließlich dafür.

»Ich bin nicht wirklich gut in so was«, gestand er. Er konnte die Worte, die er sagen wollte, nicht finden, die Worte, die er brauchte, um ihr zu sagen, wie sehr er sich sorgte. »Werd einfach schnell wieder gesund.«

Er streichelte ihr noch einmal über die Hand, die mit einer Kanüle versehen war. Dann verließ er das Zimmer und ging den langen Krankenhausflur entlang. Das leise Summen der Maschinen hallte in seinen Ohren nach, ein steter, gleichmäßiger Rhythmus, der ihn an Marleens Kampf ums Überleben erinnerte. Die Neonlampen über ihm warfen kaltes Licht auf den glänzenden Boden.

Mit schweren Schritten machte er sich auf den Weg zum Streifenwagen.

Im Taumel der Ereignisse hatte Matthias völlig vergessen, dass Merle noch im Auto wartete. Als er den Streifenwagen erreichte, umfasste er vorsichtig den Türgriff und öffnete die Tür. Die Rückbank war feucht – er hatte das Fenster einen Spalt weit offen gelassen.

Als er die Tür öffnete, lag Merle noch immer auf der Rückbank, in exakt der gleichen Haltung, in der er sie zurückgelassen hatte. Ihr Fell war feucht und struppig, aber sie schien wieder bei Bewusstsein zu sein und nicht mehr so benommen wie zuvor. Anders als sonst begrüßte sie Matthias nicht mit einem Knurren, sondern blickte ihn mit großen, müden braunen Augen ruhig an. Sie hob langsam den Kopf, als sie seine Stimme hörte, und wedelte schwach mit dem Schwanz.

Ein Lächeln huschte über Matthias' Gesicht, während er sanft über ihren Kopf strich. »Keine Sorge, Mädchen«, murmelte er, seine Stimme sanft und beruhigend. »Marleen ist in Sicherheit. Sie wird bald wieder bei dir sein. Du hast gut auf sie aufgepasst.«

Trotz der Umstände schien es Merle deutlich besser zu gehen als ihrer Besitzerin.

»Ja, Marleen ist in Sicherheit«, wiederholte Matthias leise, mehr für sich selbst als für Merle. Es war eine Beruhigung. Merle beobachtete ihn weiterhin, den Kopf schief gelegt, als würde sie versuchen, seinen Worten einen Sinn abzugewinnen.

»Zentrale, ich fahre jetzt zu Jan Ahrens«, meldete sich Matthias über das Funkgerät. Kurz darauf ertönte die Antwort aus dem Gerät: »Verstanden, Matthias, gute Fahrt.«

Matthias atmete tief durch, bevor er den Schlüssel im Zündschloss drehte und den Motor zum Leben erweckte. Dann lenkte er das Auto auf die regennasse Straße. Die Bäume am Straßenrand bogen sich gefährlich unter der Gewalt des Sturms, und Matthias hoffte, dass sie nicht das Auto unter sich begraben würden.

Sein nächstes Ziel war Jan. Er musste sicherstellen, dass jemand sich um Merle kümmerte, solange Marleen im Krankenhaus war. Das war das Mindeste, was er tun konnte.

Sechsunddreißig

Das Haus von Familie Ahrens war schnell erreicht. Matthias richtete seine Uniform, die ihm nass am Körper hing. Nur noch Merle ins Trockene bringen, dann würde er weiterfahren und seine Kollegen am Deich unterstützen.

Er warf einen Blick in den Rückspiegel. Merle schien wieder fit zu sein, sie brauchte wohl keinen Tierarzt.

Die Zufahrt zum Ahrens-Haus war ein Kiesweg, der in einer sanften Kurve zum Gebäude führte. Licht schien in einem der Zimmer, und ein Schatten bewegte sich hinter dem Vorhang. Ein gutes Zeichen, dachte Matthias. Er musterte das Haus und konnte einen Anflug von Neid nicht unterdrücken. So würde er auch gerne wohnen.

»Du wartest besser erst mal hier«, sagte er an Merle gerichtet.

Er klingelte. Nichts. Er klingelte erneut. »Jan?« Er schlug mit der Faust gegen die Tür. War der Kerl neuerdings schwerhörig, oder übertönte der Sturm alle Geräusche? Er war doch da, Matthias hatte ihn durch das Fenster gesehen! Noch einmal hämmerte er gegen die Tür und trat dann einen Schritt zurück.

»Jan? Es geht um Marleen.« Erst dann hörte Matthias das Klicken der Verriegelung, und die Tür öffnete sich einen Spalt weit.

Jan stand im Türrahmen, ohne ihn hereinzubitten. Seine Augen waren gerötet, und er machte insgesamt einen angeschlagenen Eindruck. Er wirkte geradezu fiebrig.

»Matthias, es wäre besser, wenn du jetzt gehst, mir geht es nicht gut.«

»Kann ich kurz reinkommen?«, fragte Matthias. Jan schaute Matthias misstrauisch an. »Ich habe eine schlechte Nachricht und eine Bitte an dich.«

»Du solltest gehen«, wiederholte Jan mit brüchiger Stimme, konnte aber nicht verhindern, dass Matthias sich an ihm vorbeischob.

Matthias wollte diese unangenehme Aufgabe so schnell wie möglich hinter sich bringen. Es war ein Aspekt seiner Arbeit als Polizist, den er nicht mochte: Angehörigen oder engen Freunden die Nachricht von einem Unfall zu überbringen. »Ich komme am besten gleich zur Sache«, begann er. »Es gab einen tragischen Vorfall, einen Unfall. Marleen hat in ihrer eigenen Wohnung eine Kohlenmonoxidvergiftung erlitten.«

»O Gott, ist sie etwa …«

»Sie ist außer Gefahr und wird derzeit im Krankenhaus behandelt. Die behandelnde Ärztin ist zuversichtlich, dass sie wieder ganz gesund wird, allerdings ist Marleen noch immer nicht bei Bewusstsein.«

Jans Gesicht verlor abrupt jede Farbe, und er taumelte unwillkürlich einige Schritte zurück, bis er sich an der Küchenablage abstützte, auf der sich ein benutztes Messer befand. Scheinbar ohne es zu bemerken, griff er in die Klinge des Messers und schnitt sich in die Hand. Der Schweiß lief ihm die Schläfen hinunter.

»Hey, ganz ruhig, sie wird bestimmt wieder gesund«, versuchte Matthias Jan zu beruhigen. »Musst du dich setzen? Brauchst du ein Glas Wasser?« Dann sah er das Blut, das auf die Theke tropfte.

Trotz seiner beruhigenden Worte rang Jan nach Luft. Keine Seltenheit bei solchen Nachrichten und einer solchen Verletzung. Matthias entschied, dass die Angelegenheit mit Merle warten konnte.

»Ich kann den Rettungsdienst verständigen«, bot Matthias an. Er war sich bewusst, dass die Wahrscheinlichkeit gering war, dass ein Wagen zur Verfügung stand. Jans Verletzung war das eine, aber die Anwesenheit eines erfahrenen Sanitäters könnte angesichts seines schlechten Allgemeinzustands insgesamt nicht schaden.

»Nein … Es geht schon, es ist nur … O Gott …«, stammelte Jan und verbarg sein Gesicht in seiner unversehrten Hand.

»Hör zu, Kumpel«, sagte Matthias. »Ich rufe jetzt den Rettungsdienst, aber bis zum Eintreffen könnte es dauern. Du setzt dich erst mal hin, ich hole dir was zu trinken, und dann sagst du mir, wo du dein Erste-Hilfe-Set gelagert hast, oder was auch immer du da hast. Ich versorge deine Wunde schnell, das ist kein großes Ding – ich hab so was schon öfter gemacht. Ist das okay?«

In der offenen Küche musste Matthias erst nach den Gläsern suchen. Jan war in seinem derzeitigen Zustand keine große Hilfe. Schließlich fand Matthias ein Glas und füllte es mit Mineralwasser aus einer bereits angebrochenen Flasche, die auf dem Tisch stand.

»Wo hast du dein Verbandszeug?«, fragte er dann. »Wohnzimmer? Badezimmer?« Jan atmete tief durch und versuchte sich zu konzentrieren. Seine Hände zitterten. Mit einem flüchtigen Blick schaute er in Richtung der Zimmertür zur Linken.

Für Matthias reichte das als Antwort. »Alles klar – bleib bitte hier sitzen, ja? Ich suche mir die Sachen und informiere auch gleich die Notrufzentrale«, entgegnete er.

An der Zimmertür angekommen, drückte er die Klinke herunter, doch die Tür war verschlossen. Im Schloss steckte ein Schlüssel. Seltsam, dachte er. Dann schloss er mit einem leichten Dreh die Tür auf.

Der Raum, den Jan angegeben hatte, entpuppte sich als ein lange Zeit ungenutztes Zimmer, das offenbar zu einem großen Abstellraum umfunktioniert worden war. Diverse Kisten mit Kleidung, allerlei Kleinkram … Im Gegensatz zum Rest des Hauses, das wie auf Hochglanz poliert wirkte, herrschte hier das pure Chaos. Eine Staubschicht bedeckte sämtliche Oberflächen.

»Bist du dir sicher, dass das Verbandsmaterial hier ist?«, rief Matthias zurück in den Flur.

Matthias glaubte, Geräusche zu hören. War Jan aufgestanden? Er konnte es nicht genau sagen. In den Umzugskartons würde er das gesuchte Material sicher nicht finden. Daher wandte er sich einem großen Schrank zu, der mit zahlreichen Schubladen ausgestattet war.

»Weißt du vielleicht, in welcher Schublade?« Keine Antwort. Er lauschte in Richtung der Küche, doch es herrschte nur Stille. Wahrscheinlich hatte Jan ihn nicht gehört. Mit einem leichten Seufzen setzte Matthias seine Suche fort. »Na gut, dann wollen wir mal sehen.« Er öffnete eine Schublade nach der anderen, warf einen kurzen Blick hinein und schob sie wieder zu.

Bei der Schublade ganz oben rechts verweilte er. »Wie kann das sein?« Seine leise gemurmelte Frage verhallte ungehört. In der Schublade lag ein goldenes Armband mit zwei Anhängern – ein Leuchtturm und ein Adler mit Heiligenschein.

Instinktiv griff er nach seiner Dienstpistole.

In diesem Moment hörte er ein Geräusch, und als er sich umdrehte, sah er zu seinem Schrecken, dass Jan in der Tür stand und eine Waffe auf ihn richtete. Ein Knall – die Kugel zischte nur knapp an seinem Kopf vorbei.

Binnen Sekundenbruchteilen wurde Matthias alles klar. Er konnte es einfach nicht fassen. Der Mann, mit dem er an dem Abend auf dem Geburtstagsfest auf ihre Freundschaft angestoßen hatte, hatte Linda ermordet, kurz nachdem er selbst in der Nacht ihr Haus verlassen hatte. Das Armband war der Beweis.

»Du hast sie getötet!«, rief Matthias.

Im gleichen Augenblick durchbrachen zwei weitere Schüsse die Stille, diesmal aus Matthias' Waffe. Jan suchte in der Küche Deckung, während Matthias sich an die Wand drückte, die Zentrale anfunkte und um Verstärkung bat.

Er ließ seinen Blick durch den Raum schweifen und zum Fenster hinauswandern. Nur wenige Meter entfernt begann der Sandstrand, wo sich meterhohe Wellen brachen. Es wäre ein möglicher Fluchtweg. Er lauschte in den Flur hinein, riskierte einen Blick und feuerte um die Ecke. Jan taumelte zurück, als eine Kugel seine Schulter traf. Seine Waffe fiel mit einem gedämpften Geräusch auf den Boden. Den Moment nutzend, entschied Matthias, Jan weiter zurückzudrängen und seinen Waffenvorteil auszunutzen. Doch dieser nahm die Arme schützend vors Gesicht und sprang durch die gläserne Terrassentür ins Freie. Glasscherben zerrissen seine Kleidung und seine Haut, als er versuchte, sich in Richtung der Dünen zu retten.

Matthias griff die zu Boden gefallene Waffe und sprintete hinter Jan her. Er feuerte erneut, verfehlte ihn diesmal aber knapp.

Jan blieb stehen, die Dünen boten ihm nicht den erhofften Schutz, und Matthias war ihm zu schnell gefolgt. Er drehte sich langsam zu Matthias um, das tosende Meer im Rücken.

»Du hättest es verdient, erschossen zu werden«, sagte Matthias. »Linda hatte das nicht verdient.«

Er war nicht gekommen, um ihn zu verhaften, doch jetzt war klar, dass er einem Mörder gegenüberstand.

Jan schaute Matthias an, ging langsam rückwärts. Ja, er hatte diese Frau getötet. Sie hatte sterben müssen, damit die letzte Verbindung zu seinem Trauma endlich in Rauch aufging. Jan hatte so sehr gehofft, danach würde es ihm besser gehen. Er hatte geglaubt, endlich Frieden zu finden, doch er hatte sich geirrt.

»Stehen bleiben und Hände nach oben«, sagte Matthias kühl und richtete die Pistole auf ihn. Er wusste nicht, weshalb Jan Linda getötet hatte, und es war ihm in diesem Moment auch vollkommen gleichgültig. »Ich werde dich wegen Mordes an Linda Horvath festnehmen.«

»Du tust mir einen Gefallen, wenn du schießt«, erwiderte Jan. »Ich kann nicht ins Gefängnis, ich kann einfach nicht!« Er hielt sich die Schulter. Blut lief in seine Kleidung und tropfte in den Sand. Dann trat er einen Schritt zurück.

»Ich will nicht auf dich schießen«, erklärte Matthias.

Jan ging unbeirrt weiter.

»Aber ich werde schießen, wenn du nicht sofort stehen bleibst.«

»Ich lass mich nicht einsperren, nicht mehr«, antwortete Jan und rannte los.

Matthias hatte nur Sekundenbruchteile, um eine Entscheidung zu treffen. Er korrigierte seine Haltung, richtete die Pistole nach unten und schoss auf Jans Bein, um ihn bewegungsunfähig zu machen.

Es war, als hätte man Jan den Boden unter den Füßen weggezogen. Er brach im Lauf zusammen, sackte in den Sand und schrie.

»Tatverdächtiger am Boden, benötige einen Rettungswagen«, raunte Matthias ins Gerät. Die Kugel hatte die innere Oberschenkelarterie zerfetzt, Blut strömte aus der Wunde. Mit ganzer Kraft drückte Matthias auf die Arterie. »Scheiße«, murmelte er. Es war eine Mammutanstrengung, und ihm war jetzt schon klar, es würde nicht reichen. Er spürte das Pulsieren der Arterie und das warme Blut auf seinen Händen, sah, wie Jan mehr und mehr an Farbe verlor.

Jans Augen irrten panisch hin und her, fixierten ihn für einen Moment. Er hatte Schmerzen, große Schmerzen, doch mit jeder Sekunde wurden die Schmerzen weniger, bis sie schließlich ganz aufhörten.

Siebenunddreißig

Sven parkte den Wagen hinter dem von Matthias, stieg aus und meldete seine Ankunft über Funk. Klaas umrundete das Auto, dabei eine Pfütze meidend, und holte die Taschenlampen. Nachdem Matthias Verstärkung angefordert hatte, waren sie in größter Eile losgefahren.

Sven ging am Einsatzwagen von Matthias vorbei, leuchtete hinein und fuhr erschrocken zurück, als Merle mit ihren Pfoten gegen die Scheibe sprang und ihn von der Rückbank aus mit ihren großen, kastanienbraunen Augen ansah.

»Er hat Marleens Hund mitgenommen.« Er leuchtete weiter ins Auto, ließ den Lichtstrahl über die Sitze tanzen. »Marleen ist aber nicht dabei.« Fragend sah er Klaas an, der auch keine plausible Erklärung parat hatte. Der Lichtkegel glitt zum Haus hinüber, das unscheinbar und ruhig dalag. In einem Zimmer brannte Licht, doch er konnte niemanden erkennen.

»Wer ist der Eigentümer?«, erkundigte sich Sven. Klaas hatte alle verfügbaren Informationen zusammengestellt, die sie in der kurzen Zeit seit der Ortung des Einsatzwagens erhalten hatten.

»Ein gewisser Jan Ahrens ist hier gemeldet«, entgegnete Klaas. Bei der Nennung des Namens warf Sven einen besorgten Blick zum Haus. Jan Ahrens war gemeinsam mit seinem Bruder zur Schule gegangen und hatte nie den Eindruck gemacht, als würde er sich irgendwann in seinem Leben auf Feuergefechte mit der Polizei einlassen.

Mit der Faust klopfte er drei Mal an die Tür und läutete gleichzeitig an der Klingel. »Herr Ahrens, sind Sie zu Hause? Polizei!«

Die Haustür war verschlossen. Er umrundete das Gebäude, auf der Suche nach einem Hintereingang.

»Klaas! Hierher!«

Sie standen vor der zerschmetterten Glastür der Terrasse, die vom Haus in den Garten führte. Ein gewaltiger Durchbruch klaffte in der Mitte, und Blut klebte an den Spitzen der Glassplitter. Scherben bedeckten den gesamten Bereich.

»Verdammt!«

Die beiden zogen ihre Dienstwaffen. Vorsichtig stiegen sie über das zerbrochene Glas, das unter ihren Schritten knirschte. In der Küche stießen sie auf Blutspuren und Einschusslöcher, ebenso in dem angrenzenden Abstellraum.

Keine Stimmen, keine Schritte. Niemand schien bemerkt zu haben, dass sie das Haus betreten hatten. Ein Luftzug strich ihnen entgegen, begleitet vom Heulen des Windes, der durch die offenen Fenster wehte und an den Türen rüttelte. Ein Glas Wasser stand auf dem Tisch, doch ihr eigentliches Interesse galt der Blutlache auf dem Boden. Ein Messer lag in der Nähe.

»Herr Ahrens? Matthias?«, rief Sven und trat wieder in den Flur.

Mit einer Handbewegung zeigte Sven auf die Einschusslöcher, dann auf die benachbarte Tür. Sie näherten sich vorsichtig und betraten den Raum.

Ihre Blicke fielen auf die Dünen und den Strand, der sich vor dem Fenster als unheilvolle Kulisse abzeichnete.

Dort stand jemand. Mit dem Rücken zu ihnen.

Minuten später stellten sie fest, dass sich dort nicht nur eine Person befand, sondern dass es zwei Personen waren – eine kniend, die andere am Boden liegend. Sie näherten sich leise von hinten.

»Matthias? Bitte steh auf und dreh dich zu uns um.«

Matthias drückte sich mühsam vom Sand hoch und kam langsam auf die Beine. Als er sich zu seinen Kollegen umdrehte, erstarrten seine Bewegungen abrupt beim Anblick der gezogenen Pistolen.

»Wirf die Waffe auf den Boden«, befahl Sven mit kühlem Ton. Er beobachtete aufmerksam, wie sein Kollege seine Pistole aus dem Halfter zog und in die Dünen schleuderte, bevor er sich von dem am Boden liegenden Mann entfernte und beschwichtigend die Hände hob.

»Ist das Jan Ahrens?«

»Ja«, antwortete Matthias »Er hat Linda Horvath getötet und wollte mich erschießen, als ich versucht habe, ihn festzunehmen.«

Sven und Jonas tauschten einen vieldeutigen Blick. »Wo ist Marleen?«, fragte Sven. »Du hast ihren Hund dabei.«

»Ich habe sie ins Krankenhaus gebracht, sie hatte eine Kohlenmonoxidvergiftung, und ich wollte den Hund zu ihrem Freund bringen.«

Svens Gedanken verknüpften die Informationen mit dem toten Körper im Sand. »Matthias, ich verstehe, dass die letzten Tage für dich hart waren, und wir bedauern deinen Verlust zutiefst. Aber wie zum Teufel kommst du darauf, dass Marleens Freund Linda Horvath ermordet haben könnte?«, fragte er ungläubig.

»Ihr Armband! Lindas Armband, es war in seiner Wohnung!«

»Du hast seine Wohnung durchsucht? Ohne Durchsuchungsbefehl?«

»Ja. Nein! So war das nicht!«

»Wie war es dann?« Sven hielt noch immer die Waffe im Anschlag.

Klaas räusperte sich. »Das Armband …«

»Ein Leuchtturm und ein …«

»Adler mit Heiligenschein?«, vervollständigte Klaas den Satz. »Dann muss es ein anderes Armband sein.«

»Was?«

»Frau Horvath trug dieses Armband, als sie getötet wurde. Es wurde zusammen mit ihrem Leichnam von der Küstenwache zum Institut für Rechtsmedizin gebracht. Das kann ich dir versichern«, sagte Klaas ruhig.

»Das kann nicht sein! Das kann einfach nicht sein!«, rief Matthias verzweifelt.

»Doch, du irrst dich, Matthias. Komm jetzt ganz ruhig zu uns herüber.« Sven zog die Handschellen hervor.

Achtunddreißig

Die letzten Wochen waren eine Tortur gewesen. Körperlich hatte sie sich erstaunlich gut erholt – sie hatte die Auswirkungen der Kohlenmonoxidvergiftung ganz gut weggesteckt, und auch ihre Blessuren heilten unauffällig. Doch die emotionalen Wunden, die Jan hinterlassen hatte, schnitten tiefer als jede körperliche Verletzung.

Trotz der Trauer, trotz der Wut, machte sie weiter. Marleen war nicht bereit, zuzulassen, dass die Handlungen des Mannes, den sie geliebt hatte, ihr Denken und Fühlen bestimmten. Nicht noch einmal.

Sie hatte sich in den Sand des Weststrandes gesetzt, nur wenige Meter von der Stelle entfernt, an der sie die Leiche von Sofie Weyers gefunden hatten. Marleen ließ ihre Gedanken mit dem Wind an sich vorbeiziehen.

Es war Sofie, die den entscheidenden Hinweis geliefert hatte. Sie, die niemals erfahren würde, welche weitreichenden Auswirkungen ihr Leben für Marleen, Matthias und all die anderen, vielleicht noch namenlosen Frauen gehabt hatte.

Eine Träne bahnte sich ihren Weg über Marleens Wange. Jan war wie aus dem Nichts in ihr Leben getreten, hatte scheinbar alles zum Besseren gewendet und ihr eine starke Schulter zum Anlehnen geboten. Er hatte ihr einen Ankerpunkt auf der Insel gegeben, einen neuen Ort, den sie Heimat nennen konnte. Doch jetzt, mit der bitteren Wahrheit konfrontiert, fühlte sich diese Heimat plötzlich fremd an.

Das Tagebuch hatte ein unverkennbares Bild von dem Mann gezeichnet, den Marleen vor ihrem inneren Auge sah, als sie die Texte las. Ein Bild von Jan, so lebendig, als stünde er direkt vor ihr. Ihr Bauchgefühl hatte ihr bereits früh zu verstehen gegeben, dass etwas nicht stimmte. Sie war misstrauisch geworden, doch am Ende hatte sie sich selbst nicht mehr vertraut.

Sie konnte ihr Versäumnis nicht rückgängig machen und hätte weder Jessica noch Sofie vor einem Mann retten können, den sie nicht kannte und, das wurde ihr mit einem schmerzhaften Stich in der Brust bewusst, niemals wirklich kennengelernt hatte. Und nun, da die Wahrheit ans Licht gekommen war, musste sie mit den Konsequenzen leben.

Nicht nur Matthias war gründlich befragt worden, auch Marleen geriet in den Fokus der Ermittlungen.

Sie hatte schweigend ertragen, wie das geheime Leben ihres Partners offenbart und Stück für Stück seziert wurde. Immer wieder war sie gefragt worden, ob sie wirklich nichts bemerkt hatte. Oder ob sie absichtlich weggeschaut hatte.

Clemens machte ihr keine direkten Vorwürfe, doch es war offensichtlich, wie übel ihm die Tatsache aufstieß, dass sie die gesamte Dauer der Ermittlungen im Fall Tomsen damit verbracht hatten, jemanden zu jagen, der mit Marleen das Bett teilte. Die Mordkommission hatte Jans gesamtes Leben auf den Kopf gestellt und damit auch ihres, hatte jede erkennbare Spur aus seinem Haus analysiert. Marleen hatte es über sich ergehen lassen. Jetzt standen die Kollegen kurz davor, die Akten zu schließen.

Die Frage nach dem Warum blieb bestehen. Erst die Gesprächsprotokolle der Psychotherapeutin, mit der Jan sporadisch gearbeitet hatte, lieferten eine vage Antwort. Das Bild, das sich aus den Protokollen ergab, war das einer tief gestörten Psyche, geprägt von einer Kindheit voller Missbrauch und Vernachlässigung. Doch selbst dieses Wissen konnte kaum ausreichen, um das Unbegreifliche irgendwie begreifbar zu machen.

Sie war eine erfahrene Mordermittlerin. Sie hatte gelernt, dass es manchmal nötig war, in die Abgründe der menschlichen Psyche einzutauchen. Man musste dies tun, um die Schritte der Täter nachzuvollziehen und zu korrekten Schlussfolgerungen zu kommen. Doch mit diesem speziellen Abgrund konnte sie sich nicht auseinandersetzen. Sie konnte weder die Taten noch die Hintergründe begreifen, ganz gleich, wie erdrückend die Beweislage war – noch nicht zumindest.

Sie versuchte sich vorzustellen, wie es sich anfühlen musste, so voller Hass und Wut zu sein, dass man fähig war, solche abscheulichen Taten zu begehen. Doch jedes Mal, wenn sie es tat, fühlte sie sich, als würde sie ertrinken, erstickt von der Dunkelheit. Dann fragte sie sich, ob es sich für Jan auch so angefühlt hatte. Doch all diese Fragen führten zu nichts.

Hinter sich hörte sie Schritte im Sand. Matthias hatte schon mal besser ausgesehen, stellte sie fest. Auch für ihn waren es schwere Wochen gewesen. Er hatte Jan erschossen, und das hatte Fragen aufgeworfen – unangenehme Fragen. Fragen, die ihn in ernste Schwierigkeiten bringen konnten.

Ein Polizist hatte grundsätzlich das Recht, im Notfall Gewalt anzuwenden. Deshalb war es ihm ja auch gestattet, eine Waffe zu tragen. Doch dieses Privileg war mit einer enormen Verantwortung verbunden. Die Ausbildung war natürlich darauf ausgelegt, mit der Waffe umzugehen, aber der Fokus lag auf Deeskalation und der Auflösung gefährlicher Situationen durch andere Mittel. Der Einsatz einer Waffe war an strenge Vorgaben gebunden. Jeder abgefeuerte Schuss musste sorgfältig geprüft werden, und am Ende durfte kein Zweifel bestehen, dass der Einsatz der Schusswaffe gerechtfertigt gewesen war.

Bis zu Marleens Erwachen im Krankenhaus war Matthias der Hauptverdächtige in zwei Mordfällen gewesen. Das hinterließ Spuren, zog einen Schatten über ihn, der nicht so leicht verschwinden würde. Die Vernehmungen waren lang und zermürbend gewesen.

»Darf ich mich zu dir setzen?«, fragte er.

»Klar – das weißt du doch.«

Er ließ sich neben ihr in den Sand fallen, versuchte, eine bequeme Position auf dem nachgiebigen Untergrund zu finden.

»Wie geht's dir?«

»Beschissen.« Sie atmete tief ein und aus, ihre Atemwolken vermischten sich mit der kalten Meeresbrise. »Und ich wünschte wirklich, ich hätte ein Mittel dagegen. Ich bin die letzten Tage wie der Teufel laufen gewesen, aber es hat nichts gebracht. Jetzt versuche ich es mit Sonne. Und du? Wie geht es dir?«

»Besser, denke ich.«

»Was ist dein Geheimnis?« Ihre Frage war halb scherzhaft, halb ernst gemeint.

Matthias beobachtete die Wolken, die rasch vorüberzogen, getragen vom schnellen Wind.

»Perspektive«, sagte er schließlich. »Sofie, Linda, Jessica und Antje haben Gerechtigkeit erfahren.«

»Ja, dafür bin ich auch dankbar.«

Er drehte seinen Kopf zu ihr, sein Blick war ernst. »Darf ich dir etwas sagen?«

»Was denn?«

»Du hast einen furchtbaren, wirklich furchtbaren Männergeschmack. Dir ist hoffentlich bewusst, dass Lorenzen die nächsten Jahre jeden deiner Freunde so gründlich überprüfen lässt, als wollten sie beim Geheimdienst einsteigen.«

Marleen musste lachen.

Erste Regentropfen fielen, sie prasselten auf die See und den Strand, hinterließen kleine Kreise im Sand. Aus dem Augenwinkel sah sie, dass er neben sich griff und ihr einen Regenschirm reichte.

Sie sah ihn überrascht an.

»Der ist für dich«, antwortete er. »Ein Geschenk, damit du nie wieder allein im Regen stehst. Ich weiß, dass du nie einen Schirm dabeihast, wenn du einen bräuchtest. Und das, obwohl du von der Küste kommst.«

Sie lachte leise. »Es ist doch meistens viel zu windig für einen Schirm.«

»Man beachte die Symbolik. Weißt du, was Lorenzen zu mir sagte, als das mit Klaus passierte?«

»Nein. Was denn?«

»»Das ist *deine* Hölle, Matthias. Entweder bleibst du dort und gehst unter, oder du kneifst die Backen zusammen und siehst zu, dass du da rauskommst.‹«

»Sehr poetisch.«

Sie lagen eine Zeitlang schweigend nebeneinander. Der Himmel war fast schwarz, aber durch eine Lücke in der Wolkendecke kämpften sich Sonnenstrahlen hindurch und trafen auf das raue, von Böen aufgepeitschte Wasser.

Marleen atmete tief durch und griff in ihre Jackentasche. »Ich will nicht dort bleiben.« Sie zog ihr Smartphone hervor und wählte eine Kurzwahlnummer, die sie in den letzten Monaten immer wieder angestarrt hatte, nur um dann das Gerät wieder unverrichteter Dinge wegzustecken.

Ein Freizeichen war zu hören, dann ein Klicken.

Eine Stimme meldete sich am anderen Ende der Leitung.

»Polizeipräsidium Kiel, Innenrevision. Brunner am Apparat. Was kann ich für Sie tun?«